外国语言文学核心概念和关键术语丛书

庄智象◎总主编

外国儿童文学

100核心概念与关键术语

张生珍　舒伟◎编著

清華大学出版社
北　京

内容简介

本书结合当前外国儿童文学研究的现状和中国儿童文学研究的前沿动态与批评诉求，对这一领域中最为核心、最具代表性的核心概念和关键术语进行整体性的介绍、阐释和评述。核心概念部分对外国儿童文学研究领域的基本概念、主要文类和批评模式进行梳理与辨析，探索儿童文学研究的历史全貌与独特价值；关键术语聚焦外国儿童文学研究领域的热点问题和批评范式，综合呈现当下儿童文学的发展态势与研究现状。本书通过对核心概念和关键术语的梳理、辨析与阐发，为儿童文学的创作者、阅读者和研究者打造学术、专业、原创、权威的学科工具书，进而推进具有中国视野的世界儿童文学批评话语体系的建设。

图书在版编目（CIP）数据

外国儿童文学100核心概念与关键术语 / 张生珍，舒伟编著．—北京：清华大学出版社，2023.6

（外国语言文学核心概念和关键术语丛书）

ISBN 978-7-302-62225-3

Ⅰ.①外…　Ⅱ.①张…　②舒…　Ⅲ.①儿童文学—文学研究—世界　Ⅳ.①I106.8

中国版本图书馆CIP数据核字（2022）第232598号

策划编辑： 郝建华
责任编辑： 郝建华　杨文娟
封面设计： 李伯骥
责任校对： 王凤芝
责任印制： 杨　艳

出版发行： 清华大学出版社
　　网　　址： http://www.tup.com.cn, http://www.wqbook.com
　　地　　址： 北京清华大学学研大厦A座　　**邮　　编：** 100084
　　社 总 机： 010-83470000　　**邮　　购：** 010-62786544
　　投稿与读者服务： 010-62776969, c-service@tup.tsinghua.edu.cn
　　质量反馈： 010-62772015, zhiliang@tup.tsinghua.edu.cn
印 装 者： 北京鑫海金澳胶印有限公司
经　　销： 全国新华书店
开　　本： 155mm×230mm　　**印　　张：** 19.75　　**字　　数：** 302千字
版　　次： 2023年6月第1版　　**印　　次：** 2023年6月第1次印刷
定　　价： 98.00元

产品编号：094497-01

前言

无论在何时何地，人类社会中只要有儿童，就会出现为儿童讲述故事、传授知识的“儿童文学”。从古到今，凡是儿童通过各种方式接触到的，以及任何他们喜闻乐见的文学素材，都可以称为广义的儿童文学。由此可见，儿童文学的历史久远，但其内涵和外延较为模糊，是一个宽泛的、无所不包的、难以从学理层面准确把握的大范畴。相比之下，有自觉意识的儿童文学体现了成人社会对儿童和青少年精神世界有意识的关注、呵护和培育，是作家和艺术家依据儿童和青少年身心发展特征及审美接受特征，有意识地为其创作的、有益于其精神和生命健康成长的文学艺术作品。成人社会对儿童和青少年精神世界有意识的关注、呵护和培育成为儿童文学创作和研究的最高目标及最重要的价值取向。秉持自觉意识的儿童文学的发生和发展是近现代世界文学大系统的一件大事，也是人类文明进步的重要体现。需要注意的是，作为文学大系统的新生事物，有自觉意识的儿童文学的不断翻新与人类社会在相应生产力发展水平的条件下，人们的儿童观和童年观的动态发展密切相关。人们的思维方式及认知能力往往受特定时代的条件限制，也会随着时代的进步、自身生存条件的改善和观察能力的提高而发生改变，儿童观的演变亦是如此。根据唯物辩证法认识论，有自觉意识的儿童文学的发展是社会物质生产力发展到一定阶段，以及人们的认知能力得到相对提高之后才得以实现的，而且与时代变迁中的儿童观或童年观密切关联。

试以英国儿童文学为例。与历史上的其他时期相比，维多利亚时代的儿童观和童年观无疑经历了质的变化。从清教主义的“原罪论”儿童观、洛克和卢梭主张的“童年纯洁”与“崇尚天性”的儿童教育观、浪漫主义文学思潮的“童心崇拜”等观念，到工业革命时期“重返童年”思潮，不同认识层面的儿童观导致了不同的儿童文学图书创作理念和出版实践的施行。在这样的历史语境中，有自觉意识的英国儿童文学的发生和发展经历了三个重要发展阶段：一是清教主义主导的以“布道说教，救赎灵魂”为宗旨，专为儿童读者写作的宗教训诫叙事；二是以约翰·纽伯瑞（John Newbery）出版的各种儿童读物为代表的题材和内容丰富多样的故事讲述；三是维多利亚时代走向“重返童年，珍视想象”的儿童和青少年文学叙事。在清教主义阶段，儿童图书创作有这样一个重要特征：书中发生的事情基本是按照预先设定的、不能背离的宗教理念或条件进行的；事件进程的走向也是确定的，不能变化的。当然，清教主义者关注儿童的读书识字教育，是出于让儿童接受基督教教义的需要。他们认为，儿童读物能够影响儿童的人生，尤其是通往天国的人生。正因如此，在清教主义者注重儿童教育理念的推动下，儿童图书成为独立的出版类型，主要包括宗教训诫类图书及一些具有实用性、知识性的图书。从早期的挽歌式宗教读物到约翰·班扬（John Bunyan）的《天路历程》（*Pilgram's Progress*，1678），基督教的天国叙述和天国想象对于日后逐渐萌生自觉意识的英国儿童文学产生了深刻影响。第二个历史阶段的标志是约翰·纽伯瑞于 1744 年大规模出版了题材多样的儿童读物，这一行动使儿童图书从此成为英国图书出版行业一个不可或缺的组成部分。纽伯瑞的儿童图书一改清教主义宗教叙事的固化模式，展现儿童在特定生活环境中对所面临的问题采取行动从而作出自己选择的过程。例如，出版于 1765 年的小说《一双秀鞋》（*Little Goody Two-Shoes*）展现了一个 18 世纪的英国现实版“灰姑娘”的故事，故事讲述了一个贫穷的小女孩如何克服各种困难，读书识字，并成为一名教师，最终改变了自己命运。从预设的宗教信仰模式转变为主人公的主动选择和行动，这无疑是一个至关重要的分水岭。纽伯瑞童书的故事一改宗教叙事中的固化模式，出现了对于儿童人物在特定生活环境中进行具有自主性、选择性活动的描写，从而使这类图书在特定意义上成为有针对性的满足儿童独特精神需求的文学读物。当然，尽管在人生命运模式的叙述上出现了重大突破，但纽伯瑞及其继承者的出版理念和出版的大部分图书的内容还停留在理性常识的范畴，依旧恪守道德与宗教训导等教育主题。进入 19 世纪，工业革命引领的维多利亚时代，以达尔文进化论为代表的新思想和新发现前所未有地冲击了基督教有关上帝与世间众生关系的不二说法，不仅冲破了维多利亚时代的宗教信仰基座，而且动摇了英国清教主义自 17 世纪后期以来对幻想文学和童话文学的禁忌与压制。社会巨变激发了精神迷茫下的“重返童年”的时代思潮，“重返童年”的时代意义前所未有地凸显出来，终于形成了第一个有自觉意识的儿童文学的黄金时代。有自觉意识的英国儿童文学创作从清教主义的宗教训导式文学表达及居高临下的“教诲”式儿童文学，走向真正意义上的儿童本位的童年精神的文学表达——这就是有自觉意识的英国儿童文学发展的第三个历史阶段。这个时代产生了大批文类多样、题材丰富、艺术手法娴熟、品质卓越的儿童文学作品，囊括现实主义童年叙事、儿童本位的幻想小说、女性童话叙事、少年校园叙事和少年历险叙事等，并逐渐形成了一个具有共同读者对象、共同价值取向和相似艺术追求的儿童文学共同体。重要的是，这些作品是真正以儿童为本位的、契合儿童审美意识与心理发展的童年文学表达。其中许多作品成为经典，既能满足青少年读者审美和认知的阅读需求，又能吸引成年读者的目光，使他们从中找到“重返童年”这一人类精神家园的心理和情感诉求，具有独特的双重性。这些作品对于现当代英国儿童文学的发展具有至关重要的推动意义，也成为当代儿童文学批评和研究的重要对象。

20 世纪以来，相关领域的学者对维多利亚时代儿童文学“黄金时代”及其作品进行了持续而深入的学术研究，从文学艺术的学理层面揭示了儿童文学名篇佳作的经典性及其社会文化意义，由此开创了当代儿童文学独立自洽的学科研究道路。事实上，20 世纪 60 年代以来，一大批文学研究学者以深厚的文学理论修养和长期积累的学术资源，投入由英国儿童文学黄金时代发展历程引导的现当代英语儿童文学研究，考察其发生的源流和发展的历程及风格多样的文学艺术特征，更将研究对象从时代语境中的创作延伸到当代文化阐释和批评现象。他们的研究采用了多种人文学科视角，运用了不同的理论范式和文本解读方式，超越了以往师法成人文学的文化研究和审美研究的翻版，涉及文化学、传播学、儿童文学史学、意识形态理论、修辞学、女性主义、精神分析学、主体性理论及语言学和叙事理论等，体现了研究者对人文学科前沿理论话语的创造性借鉴与融合。尤其重要的是，这些学者开展研究的共同特点是将儿童文学视为整个文学活动领域的重要组成部分，在相同条件下接受相同的评判标准。在此基础上，儿童文学更需遵循我们为当代最优秀的成人作家所设定的相同的，甚至更高的审美标准和道德标准，也正是在这样的学术研究基础上，学者们将研究视阈拓展至世界儿童文学的学科研究，其重要成果体现为大型理论工具书《世界儿童文学百科全书》（*International Companion Encyclopedia of Children's Literature*，1996）的出版。这部厚重的百科全书由英国儿童文学研究学者彼得·亨特（Peter Hunt）主编，撰稿者是学养深厚的儿童文学和儿童文化研究专家，通过对现当代世界儿童文学的发展和学术研究进行全方位的深入考察，呈现了 20 世纪以来儿童文学学术研究领域取得的丰硕成果。在关心和关注儿童文学的人们的共同努力下，儿童文学的学科研究获得了原创性的途径和方法，拓展了研究的深度和广度，成果丰硕，引人关注，使儿童文学研究突破了依附于主流文学批评的束缚，也不再作为教育学科的附庸而存在，最终形成了独立、自洽的文学学科。

在中国，从“五四”前后的“儿童文学运动”及叶圣陶发表于 1922 年的童话集《稻草人》，到 20 世纪三四十年代张天翼的《大林和小林》等童话，再到 2016 年曹文轩获得国际安徒生奖，经过一代又一代儿童文学创作者和研究者的不懈努力与薪火相传，具有自觉意识的中国原创儿童文学已经走过了百年不平凡的峥嵘历程，取得了令人瞩目的非凡成就。20 世纪初，域外儿童文学作品成为中国现代儿童文学引进和借鉴的重要资源。从总体看，自“五四”时期以来，中国儿童文学主要做的一件事情就是大量翻译介绍西方儿童文学，通过大规模引进、借鉴外来的儿童文学资源推动中国儿童文学踏上原创道路。与此同时，那些翻译引进的外国儿童文学作品在转化为汉语作品之后，也成了中国儿童文学的重要组成部分，在各时期的儿童文学建构中起着重要作用。如今，中国儿童文学已经成为世界儿童文学版图上巍然屹立的东方板块。改革开放以来，尤其是进入 21 世纪以来，中国国家实力日益强盛，人们更加重视儿童文学的社会文化价值，中国儿童文学的创作和出版也因此成为出版行业中极具活力的板块。据统计，我国每年出版儿童图书 4 万多种，达 6 亿多册，在销品种 20 多万种。少儿出版行业推出的图书产品包括童话、散文、寓言故事、少儿诗歌、现实主义的童年叙事、动物文学、校园文学、探险文学、幻想文学等各种文类及题材，满足了近

4 亿儿童及未成年人文学阅读的强劲需求，使中国成为世界上名副其实的儿童文学大国，并朝着儿童文学强国的目标不断迈进。与此同时，中国儿童文学的学科发展史和批评史研究也成为儿童文学研究的重要组成部分。人们清醒地认识到，要实现从儿童文学大国走向儿童文学强国的目标，最基本、最重要的工作就是加强儿童文学创作和研究队伍的建设。一方面要用真正具有中国情怀、世界视野的经典作品来提升中国儿童文学走向世界的竞争力、传播力和影响力；另一方面需切实加强儿童文学的学科研究，进一步提升研究的水平，运用新的思想资源、学术和理论资源去考察儿童文学批评史的整体历程，不断拓展当代文化和文学发展视野，这对于中国儿童文学走向世界具有重要的文化和文学认识论意义。构建中外儿童文学多层性和互动性的文学和文化共同体，具有积极的文化认知价值和文学批评实践意义。事实上，有自觉意识的中国儿童文学与世界儿童文学形成的互动，构建了富有建设性的中外儿童文学关系，包括中国儿童文学的对外交流、中外儿童文学理论交流和实施中国儿童文学“走出去”的战略等相关命题，这些内容见证了中外儿童文学交流互鉴的历史走向和必要性。从文化交流互动的角度看，以翻译为媒介的中外文学关系与百年中国精神文化谱系密切关联。近代以来百余年的中国翻译文学已然成为中国现当代文学的一个独特组成部分，它既是域外来者，又在交流和融合之后获得在中国生存的身份，成为中华民族的文化和文学演进历程中不可或缺的一部分。中外关系对于现代中国儿童文学的发生与发展具有更加明显和重要的意义。百年中国儿童文学对外交流的互动表明了中国儿童文学自身的精神文化和内在活力如何在引进与借鉴的同时得到催生和焕发、如何发展为生机勃勃的儿童文学创作与研究的时代潮流。

当前外国儿童文学研究及中西比较儿童文学研究领域主要涉及三个维度。第一个维度是儿童文学的本体研究，即结合文学艺术理论及相关人文社会科学理论开展对儿童文学作品和创作现象的研究。儿童文学的学科研究特性尤其指向儿童文学表达的独特本质，指向从低幼到青少年阶段的未成年人这样一组变体。相较于成人文学常见的“诗歌、小说、散文、戏剧”的文体分类法，儿童文学的文体分类显得愈加驳杂，不仅分类过于宽泛，而且概念也有颇多重合，其题材及主题意识也往往大于文体意识。从故事、寓言、童话三类文体，到科学文艺、儿童戏剧与影视、儿童歌曲与韵文等单列文体，再到科幻文学、成长小说、青春文学及动物文学等交叉样态的文学样式，儿童文学经历了从简易单纯到复杂多样的演变过程，并在阅读和接受的复杂性与难易程度上形成一个特殊的连续体，也同样促使研究者对儿童文学的基本概念和批评方法进行细致的辨识和梳理。

另一个维度则是儿童文学的跨学科研究，即通过借助包括自然科学在内的其他学科的认知话语和研究范式等相关途径来考察儿童文学，跨越了单纯的文学艺术领域。事实上，学术界已经通过文学批评理论及文化学、心理学、历史学等学科的研究方法，推动儿童文学研究向纵深发展。近年来，儿童文学作品的改编与流行文化的关系更是成为儿童文学研究的热点，获奖的儿童文学作品和其作家的研究也是学界持续关注的领域，儿童文学多样性亦成为出版商和研究者近年来关注的重点，儿童文学研究由此进入新的历史阶段。儿童文学与其他学科的结合，促进了儿童文学领域的学术探索与反思，也使得跨学科研究方法成为儿童文学研究的主流方法。20 世纪 70 年代，文学研究学者进入儿童文学领域，推动了欧美儿童文学的创作与发展。适用于成人文学的心理批评分析、读者反应论、新历史主义和文化研究等文学批评理论也同样被广泛地应用于儿童文学研究之中，促使儿童文学得以借助教育学、心理学、社会学等学科的研究方法，将儿童文学纳入儿童问题、人的问题的思潮中予以思考。儿童文学与其他学科间的壁垒也得以打破，并以积极的姿态主动与其他学科融合，接纳相关学科的研究力量，从而激发了儿童文学的批评活力。生态环境破坏所引发的一系列生存危机引起了儿童文学家们的注意，研究者们开始思考儿童文学如何激励青少年应对气候危机，并为争取生命、健康和生存等基本权利而斗争。儿童作为保护生态环境的重要力量，更应对生态环境破坏与保护问题有所了解，儿童文学由此承担起了帮助青少年关注生态问题的重任。另一个具有代表性的例子便是心理分析和童话文学的跨学科交叉，进而催生出的当代童话心理学研究。20 世纪 70 年代出现的童话心理学是精神分析学和童话文学研究跨学科交叉的结果，是推动和深化儿童文学学科研究的重要开拓。重新审视 20 世纪的童话心理学，意味着返回精神分析话语的创始之处，这一

“返回”是为了更好地理解童话心理学的话语性创新，真正实现与话语性创始者的对话，通过“返回”原点实现童话文学研究的创新，生发出异质性的活力和有益思想。与此同时，通过童话心理学视阈重新审视现当代童话叙事文学的认知和审美特征、功能，无疑是推进儿童文学跨学科研究的一个重要途径。事实上，童心世界成为心理分析学家探寻人类精神世界的原点，童话成为人类认识自我与世界的重要资源，这也是童话故事的魅力经久不衰的奥秘所在。童话文学已经成为文化研究、文学研究、教育学研究、心理学研究、人类学研究等人文社会科学研究的一个重要资源。

除此之外，儿童文学比较史学研究重视儿童文学史的书写，关注儿童文学发展所必需的文化、社会、经济和教育条件，这同样成为儿童文学比较研究的一个重要维度。世界儿童文学作为跨语言、跨文化和跨历史等诸多方面的重要研究领域，或显或隐地反映了占主导地位的社会和文化规范，传递信息，传承信仰和习俗。儿童文学作为一种代际交流的认可方式，体现出群体归属感，是承载国家、地区或民族集体记忆的文化和文学宝库。儿童文学的翻译与传播研究通过翻译、改编、接受等关注不同国家儿童文学的交流。儿童文学比较诗学则重点关注儿童文学的美学发展及儿童文学在不同文化中的形式和功能的变化。媒介间性研究致力于研究和比较不同的文化符号，如视觉艺术、舞蹈、音乐、电影和戏剧等。比较类型学研究探讨了校园故事、女孩小说或冒险小说等类型如何在国际传统背景下得到发展。

随着时代的发展，儿童文学的核心概念与关键术语随之不断更新，越来越多来自一般文学及其他学科研究的批评术语和研究范式，同样进入儿童文学研究的批评视域之中，构成了当代外国儿童文学批评的重要组成部分。基于当前外国儿童文学研究的现状，参考国内外研究最新成果，并结合中国儿童文学研究动态和批评诉求，本书择取 100 个最为核心的、最具代表性的基本概念和相关术语，作为探究外国儿童文学研究现状的切入点，在凸显研究学术性与工具性的同时，深度揭示儿童文学内在丰富的文化内涵和现实指向，并真实还原当下儿童文学批评现状。本书包括两大部分，核心概念部分包括基本概念、主要文体类型、文学与文化批评关键词；关键术语部分为简略版相关术语、机制和奖项。其中，基本概念包含儿童、童年、男孩时期、女孩时期、儿童文学、插图艺术和荒诞话语等儿童文学研究的重要概念。每一个概念和现象都力图呈现完整的历史全貌和学术意义与价值。通过相关概念的厘清和辨析，有助于学界了解外国儿童文学的发展。文体类型包括儿童诗歌、儿童戏剧、科幻小说、动物文学、成长小说、童话与童话叙事文学、幻想文学几个重要类型。在提供基本信息的同时，本书力图追溯源流，探索有关观念和现象的现代发展与当代价值。文学与文化批评力图对相关外国儿童文学批评方法进行必要阐释，主要包括性别批评、审美批评、互文性批评、叙事学批评、童话心理学批评、跨学科批评、民族中心主义、浪漫主义等内容，同时对儿童文学与文化领域的热点问题展开讨论，对审查制度、跨界文学、书籍疗法、流行文化、经典、改编、儿童文学的黄金时代等问题展开深入探究。关键术语部分不仅综合叙述了外国儿童文学研究和批评的相关术语，而且对研究机构和儿童文学创作及研究的重要奖项进行了介绍和说明。

由于一手资料的缺乏，不少人对外国儿童文学的发展历史和研究现状认知有限，甚至屡屡出现概念模糊、概念误读现象。为解决这一问题，本书对外国儿童文学与文化的相关概念进行了清晰梳理，并从文学批评和文化批评的历史传承视角，以及国际化的比较视角，对外国儿童文学主要理论和核心概念进行阐述，着重于外国儿童文学和文化理论研究中常被运用但有待揭示的概念，叙述其理论来源、脉络及趋势。在此基础上，本书运用比较文学的研究方法，努力拓展儿童文学研究视野，在把握外国儿童文学研究学科本质的基础上，对相关基本概念、基本命题及基本术语等进行学科层面的归纳，并给予实质性、针对性的解答。希望通过这样的批评路径，为研究者、创作者等相关读者群体提供理解儿童文学研究领域前沿、权威的关键词，使之成为集学术性和原创性于一体的学科资源和工具书，从而增加中外儿童文学对话与互鉴等因素，努力建构基于中国视野的世界儿童文学批评话语体系。

编者

2022 年 11 月

目录

核心概念篇

插画艺术 ILLUSTRATION

限于儿童（children）有限的文化（culture）认知能力，图像（image）成为帮助儿童理解故事内涵的重要方式，因此，插画成为儿童文学（children's literature）的重要组成部分，与文字构成儿童绘本的重要部分。视觉图像与语言文字之间的相互作用和阐释，共同构建起儿童读者的想象世界。插画家借助最常见的艺术媒介可以绘制出丰富多样的插画形式，如单一图画、中心图案、装饰性首字母和小插图等。

插画艺术的发展

插画艺术（illustration）有着漫长的发展史，第一本配有插图的印刷书是威廉·卡克斯顿（William Caxton）于1484年创作的《伊索寓言与历史》（*Subtyl Historyes and Fables of Esop*）的木刻插画。这本插画书的目标读者虽然并不是儿童，但却受到儿童读者青睐。专门面向儿童读者的重要插画作品是约翰·阿莫斯·科美纽斯（John Amos Comenius）的百科全书《世界图绘》（*Orbis Sensualium Pictus*，1658）。这本书除了带有拉丁文及德文的说明文字，还汇集了150幅描绘自然世界的木刻插图。18世纪的儿童图画书受约翰·洛克（John Locke）教育理念的影响，注重插画的教育功用。洛克在《教育漫话》（*Some Thoughts Concerning Education*，1693）中强调，插画作为一种鼓励儿童进行探索的工具，在儿童教育领域发挥着重要的寓教于乐功能。受洛克思想的影响，18世纪的儿童插画作品发展迅速，例如，著名儿童图书出版商约翰·纽伯瑞的《美丽的小书》（*A Little Pretty Pocket Book*，1744）就配有木刻插画，被视作最早寓教于乐的图书之一。18世纪兴起的廉价小册子（chapbook）也经常采用回收的木版画作插图。托马斯·比威克（Thomas Bewick）在《伊索寓言》（*Aesop's Fables*，1753）等作品中强调插图作品与文字同等重要，这一理念也在《格林童话》（*Grimm's Fairy Tales*，1823）首部英译本插画中得到直观体现［插画师为乔治·克鲁伊·克沙克（George Crui Kshank）］。

随着 19 世纪印刷技术的进步，童书插画质量也相应地得到提升。木版画和木刻画逐渐被铜板和钢板上的蚀刻画取代，越来越多的专业雕刻家使用这一技术，以确保原始图像的精确印制。1799 年发明的彩色石印术在欧洲大陆推广开来，早期例子之一是海因里希·霍夫曼（Heinrich Hoffmann）的《蓬头彼得》（*Der Struwwelpeter*，1845）。在霍夫曼的坚持下，石印工人完整复现了他的风格，未作任何修改或美化。到 19 世纪下半叶，彩色插图的制作成本变得相对低廉，由此促进了儿童绘本和插画书的飞跃式发展。19 世纪末三位英国艺术家伦道夫·凯迪克（Randolph Caldecott）、凯特·格林纳威（Kate Greenaway）、沃尔特·克兰（Walter Crane），与擅长三色印刷工艺的印刷工兼雕刻师埃德蒙德·埃文斯（Edmund Evans）合作制作出了令人愉悦的高品质插图作品。除英国外，插画艺术在 19 世纪的美国也得到了长足发展，插画作品的主要传播媒介和载体是期刊，如 19 世纪中期以来的儿童杂志《年轻人》（*Our Young Folks*，1865—1873）和《圣·尼古拉斯》（*St. Nicholas*，1873—1940）等。这一时期的插画创作影响了后世美国儿童插画艺术的发展。被称为"美国儿童插画之父"的艺术家霍华德·派尔（Howard Pyle）的作品深受欧洲艺术家的影响，重视中世纪画风和图书设计，并在教学实践中开创了独特的美国艺术风格。派尔的绘画风格影响了众多后辈学生，如麦菲·派瑞（Maxfield Parrish）、杰西·威尔科克斯·史密斯（Jessie Wilcox Smith）等。

童书插画艺术的进步也反映了当代艺术领域的发展。顺应英国工艺美术运动的兴起，艺术家奥布里·比尔兹利（Aubrey Beardsley）等人为儿童制作了呈现时代特点、丰富多元的插画书。法国的路易斯·莫里斯·布特·德·蒙维（Louis Maurice Boutet de Monvel）、瑞士的恩斯特·克莱多夫（Ernst Kreidolf）、瑞典的艾莎·贝斯克（Elsa Beskow）和卡尔·拉森（Carl Larsson），以及俄罗斯的伊凡·比利本（Ivan Bilibin）都创作出版了集插画艺术与时代艺术相结合的作品。20 世纪童书领域最常见的插画形式是线条画，由此，部分英国和美国艺术家，如欧内斯特·霍华德·谢泼德（Ernest Howard Shepard）、沃尔特·特里尔（Walter Trier）、艾隆·维克南（Ilon Wikland）和加斯·威廉姆斯（Garth Williams）等专门为他人文字作品创作线条画。有趣的是，诸多创作插画书的艺术家们也在为他人的作品创作插画，艺术家爱德华·阿迪卓恩（Edward Ardizzone）、查尔斯·齐平（Charles Keeping）、昆丁·布莱克（Quentin Blake）、雪莉·休斯（Shirley Hughes）、迈克尔·福尔曼（Michael Foreman）、安东尼·布朗（Anthony Browne）和简·奥默罗德（Jan Ormerod）等都曾为其他作家和艺术家的作品配图。

20 世纪 30 年代，美国漫画书成为一种十分流行的绘本形式。20 世纪 40 年代，西蒙与舒斯特出版公司推出的“金色童书”（*Little Golden Books*，简称 LGB）[1] 系列，插图精美，仅卖 25 美分，可谓质优价廉，迅速发展为一种出版现象。在买书的父母们看来，这些书比漫画更好看，也更实惠。“金色童书”系列获得了惊人的成功，其中第八本，即珍妮特·西布林·劳瑞（Janette Sebring Lowrey）创作的《世界上最慢的小狗》（*The Poky Little Puppy*，1942），一直是《哈利·波特》（*Harry Potter*，1997—2007）出版前最畅销的儿童精装书之一。事实上，精装儿童畅销书排行榜前十本中，有五本属于“金色童书”系列。

这一时期，许多早期创作者也成长为著名的作家和插画家，如玛格丽特·怀斯·布朗（Margaret Wise Brown）、古斯塔夫·滕格伦（Gustaf Tenggren）、理查德·斯凯瑞（Richard Scarry）和加斯·威廉姆斯等，在各自领域发挥着重要的引领作用。图画书（picturebook）已经成为最常见的插图印刷媒介（media）。除此之外，插画也经常出现在幼儿图书（主要作用是帮助理解）、说明书、面向儿童的诗歌集、童话或民间故事集，以及精选经典作品集之中，其中许多作品已由数位艺术家重新绘制。例如，罗伯特·路易斯·史蒂文森（Robert Louis Stevenson）的《儿童诗园》（*A Child's Garden of Verses*，1885）就是由米莉森特·索尔比（Millicent Sowerby）、查尔斯·罗宾逊（Charles Robinson）、杰西·威尔科克斯·史密斯、伊芙·加内特（Eve Garnett）、布莱恩·怀德史密斯（Brian Wildsmith）和迈克尔·福尔曼共同绘制。其他反复重绘的作品还有刘易斯·卡罗尔（Lewis Carroll）的《爱丽丝梦游奇境

---

1 1942 年由西蒙与舒斯特出版公司出版的儿童图画书系列，之后不断推出新作，2001 年兰登书屋购买其版权。

记》(*Alice's Adventures in Wonderland*，1865)、查尔斯·狄更斯(Charles Dickens)的《圣诞颂歌》(*A Christmas Carol*，1843)，以及卡洛·科罗迪(Carlo Collodi)的《木偶奇遇记》(*The Adventures of Pinocchio*，1881—1882)等。马西娅·布朗(Marcia Brown)、狄伦夫妇(Leo Dillon，Diane Dillon)、翠娜·夏特·海曼(Trina Schart Hyman)和杰里·平克尼(Jerry Pinkney)都为其他国家的民间故事绘制了插画。最常受这些艺术家青睐的作品无疑是夏尔·贝洛(Charles Perrault)、格林兄弟(Jacob Grimm，Wilhelm Grimm)，以及汉斯·克里斯蒂安·安徒生(Hans Christian Andersen)的童话(fairy tale)。著名插画家如亚瑟·拉克姆(Arthur Rackham)、约翰尼·格鲁埃尔(Johnny Gruelle)、莫里斯·桑达克(Maurice Sendak)、翠娜·夏特·海曼、莉丝白·茨威格(Lisbeth Zwerger)、雅诺什(Janosch)和帕特里克·詹姆斯·林奇(Patrick James Lynch)都参与了艺术创新和重绘。插画家如婉达·盖格(Wanda Gág)、马西娅·布朗和保罗·欧·扎林斯基(Paul O. Zelinsky)也重新阐释了他们为之创作插画的原版书。部分插画家因其重要贡献而获得阿斯特丽德·林格伦纪念奖(Astrid Lindgren Memorial Award)、兰道夫·凯迪克奖(Randolph Caldecott Medal)、国际安徒生奖(Hans Christian Andersen Award)及凯特·格林纳威奖(Kate Greenaway Medal)等。

☙ 插画艺术的价值

这个世界对儿童而言是陌生的，因此他们所经历的一切都是全新的。他们学习如何说话、如何感知世界，也努力习得阅读(reading)的方法。儿童书籍给了他们将文字和图片构成的想象世界与现实世界建立牢固联系的机会。由此，人们深入思考什么样的童书适合儿童阅读，童书究竟应包含怎样的独特审美价值和社会功用。这些思考加上大量的直接观察，促使更广泛多样的童书形式逐渐形成，如专为婴儿和学步儿童设计的纸板书(board book)。这种书将简单的文字印刷在结实牢固的硬纸板上，让幼小的儿童能够迅速认出书页上的图片，并且将图片上的内容与真实世界的对等物联系起来，进而学会每个图片对应的单词，如

“小狗”“球”等。这些小孩子们对纸板书非常满意，因为这些书以一种他们能够理解的方式展示这个世界，而且纸板书的硬质书页让他们能够抓紧书本，对他们而言，体验纸板书是其自我意识和自我掌控能力的一大飞跃。纸板书和随后出现的阅读的图画书也给父母提供了增进亲子感情的机会，这是儿童心理健康发展关键的第一步。书是连接父母与孩童的完美桥梁，让他们有机会一同观察、交流，并增进亲密关系。对于小孩子来说，简单的动作，比如成功地翻一页书，都是了不起的成就，也是一个自豪地展示其掌控力和理解力的机会。纸板书是最简单、最基本的儿童图书，此后，随着儿童自身与世界互动能力的不断提升，儿童图书也变得更加奇妙和复杂。除此之外，一些图画书经常加入类似游戏的元素，让孩子们能去猜谜语，或者和故事（story）里的人物交谈。他们鼓励儿童用自己的语言续讲故事，并在此基础上更细致入微地观察周围环境，在日常事务中发现奇迹。曾在银行街教育学院（Bank Street College of Education）[1] 学习的玛格丽特·怀斯·布朗的《晚安，月亮》（*Goodnight Moon*，1947）是一本典型的因受银行街教育学院研究的启发而创作的图画书。

如今，年轻人拥有更多了解世界的渠道和途径。与二三十年前相比，更多的成年人开始将儿童文学当作一种艺术形式来欣赏。在过去，人们通常认为只有小孩子才读儿童读物，等他们长大了，自然会抛弃这些书。但现在越来越多的人认识到，一些儿童读物是真正的文学作品，其中的插画是真正的艺术，对成年人和儿童读者而言都具有一定价值。越来越多的博物馆致力于儿童书籍艺术发展，便是这一趋势的有力证明。“正如博物馆馆长不再认为童书插画是艺术成就中的一个小类别一样，越来越多的艺术家和作家将儿童文学作为施展其创作才华的合适路径”（Zhang & Marcus，2020：10）。因此，更多才华横溢的人投入到了儿童文学的创作中。有趣的是，在过去孩子们常常盼着快点长大，能扔掉图画书，去看全是文字的书。但是现在，视觉艺术正迅猛发展，年轻人不大可能想完全扔掉插画作品。这也印证了图像小说迅速崛起的事实。由

1 银行街教育学院是纽约市的一所私立学校和研究生院。自 1916 年成立以来，银行街教育学院一直致力于了解儿童如何学习和成长。从学校、博物馆、幼儿中心到医院，银行街的毕业生、教育者和领导者都较为擅长儿童工作。

此可见，图书插画在任何图书中都有一定的作用，不论这本书面向哪个年龄段的读者。

☙ 插画艺术的新特征

由于网络技术的发展和跨国旅行的便捷，越来越多的书籍（book）是由不同国家的创作者们合作完成的。例如，一本书可能由意大利人编写，西班牙人绘制插图，而由美国人出版。在这种日益灵活的创作环境中，国家边界及文化差异在某种程度上开始显而易见地消失了。例如，中国作家曹文轩创作的绘本《羽毛》，其插画是由巴西插画家罗杰·米罗（Roger Mello）创作的（Zhang & Paul，2020）。过去看似匪夷所思的国际合作，现在却成为常态。

近年来，漫画小说（graphic novel）逐渐成为一种全球现象。在这方面，美国落后于欧洲和日本。在美国，图像小说在 2006 年左右才开始兴起，那时出版商们注意到很多儿童越来越痴迷于译介过来的日本漫画，他们发现互联网成为很多无法出版作品的年轻漫画家的创作天堂。美国学术出版社和其他几家美国出版商开始推出面向儿童的漫画小说后，这类书籍在市场上迅速崛起，就连那些不太爱读书的儿童和青少年（young adult）都沉迷其中。可见，漫画小说在促进儿童阅读方面作出了重要贡献，而漫画小说的流行也让很多艺术家和作家有机会尝试不同的创作方式。

此外，插画艺术的数字化创作比十年前更加普遍，这反过来又促进了童书插画外观和质感上的变化，从以感觉为中心向以设计为中心转变。从整体来看，此类变化部分归因于技术本身——计算机能够将文字转化为图形，同时也归因于市场向图画书倾斜的发展趋势。当成人书籍购买者在艺术博物馆商店的货架上挑选，期待为自己选一本高端精致的图书时，这种图画书很可能吸引到成人书籍购买者的注意。除此之外，儿童文学奖项在推动插画艺术积极发展的过程中也发挥着关键作用，鼓励才华横溢的作家和艺术家创作儿童文学和插画，并推动来自不同国家的创作者进行国际文化交流，促进理解和合作。

参考文献

Zhang, S. Z. & Marcus, L. 2020. The development and challenges of children's literature: An interview with Leonard Marcus. *Foreign Literature Studies, 42*(5): 1–15.

Zhang, S. Z. & Paul, L. 2020. Approaches and challenges in children's literature: An interview with Lissa Paul. *Interdisciplinary Studies of Literature, 4*(2): 1–15.

成长小说 BILDUNGSROMAN

“成长小说”这一概念源于德语词汇 bildungsroman，有“塑造”“修养”“发展”和“成长”之意。歌德（Johann Wolfgang von Goethe）的《威廉·迈斯特的学习时代》（*Wilhelm Meister's Apprenticeship*，1796）被认为是这一文类的典型代表。相对于其他小说类型而言，成长小说的概念界定相对模糊，似乎任何小说都可划归到这一范畴之中。然而，随着现代主义（Modernism）的到来，成长小说的规律性叙事模式遭到研究者们的质疑与诟病。尽管詹姆斯·乔伊斯（James Joyce）的《一个青年艺术家的肖像》（*A Portrait of the Artist as a Young Man*，1916）和保尔·托马斯·曼（Paul Thomas Mann）的《魔山》（*The Magic Mountain*，1924）被视为现代主义成长小说的典型代表，但也被一些研究者当作成长小说消亡的例证。弗雷德里克·詹明信（Fredric Jameson）因成长小说的表现形式与其所倡导的辩证批判模式相悖，便将其贬斥为一种具有非历史思维的“自然形式”（natural form）。马克·雷德菲尔德（Marc Redfield）认为成长小说是一种被研究者们不断赋予文学合法性的“幽灵形式”（phantom formation），仅仅是一种审美意识形态构建。随着20世纪80年代和90年代女权主义、后殖民主义和族裔问题研究的繁荣，传统成长小说既受到挑战也获得发展。

☙ 英语成长小说概念发展与儿童文学

“成长小说”这一概念，首次出现于卡尔·摩根斯特恩（Karl Von Morgenstern）在多尔帕特大学（现爱沙尼亚的塔尔图大学）担任美学教授期间的两次长篇演讲中。虽然卡尔·摩根斯特恩对成长小说概念的界定已涉及这一文类的叙事模式，但他的定义在当时并未引起学界关注。真正将成长小说引入大众视野，并成功将这一概念普及开来的是德国哲学家、社会学家威廉·狄尔泰（Wilhelm Dilthey）。在《体验与诗》（*Poetry and Experience*，1986）一书中，狄尔泰提出成长小说是德国四分五裂社会现实的必然产物。专制国家政权的形成与合法性公共领域的缺失滋养了小说主人公的自我中心精神，使得主人公们并不积极参与对社会和世界的改造，而过于关注内在自我的完善。黑格尔（Georg Wilhelm Friedrich Hegel）在《美学讲演录》（*Aesthetics Lectures on Fine Art*，1973）中对成长小说主人公这一特征出现的原因作出了精辟阐释。他认为，英雄的消失是社会转型的必然结果，进入市民社会后，骑士精神已被普通个体的庸常愿望取代。这些普通个体的理想不再是维护荣誉，而只是通过“学徒”获得他人认可，最终“变成一个同别人一样的庸人”（Hegel，1975：592）。在黑格尔看来，个人内在自我的诗意理想与外在现实世界的矛盾调和，终以个人的精神幻灭作为代价。不同于黑格尔，卢卡奇（György Lukács）则认为主人公命运的此种表现并不是一种精神幻灭，于是在《小说理论》（*The Theory of the Novel*，1916）中，卢卡奇将成长小说定位为介于“抽象的理想主义”和“浪漫的幻想主义”之间，因此“在《威廉·迈斯特的学习时代》中，即使在抽象的理想主义完全专心于行动与浪漫主义（Romanticism）变成沉思的、纯内心的行动之间，[歌德]也找到了一条中间道路”（卢卡奇，2012：124）。在卢卡奇看来，幻灭情节的特点是自我与世界的分离，主人公的诗意理想与现实世界相脱离，而成长小说则在诗意的理想和对现实世界的接受之间找到了平衡：

> 教育小说同所有较早的传记体小说的区别在于，教育小说自觉地、富于艺术地表现一个生命过程的普遍人性。它到处都同莱布尼茨所创立的新的发展心理学有联系，也同符合自然地

> 跟随心灵的内部进程进行教育（education）的思想有联系，……歌德的《威廉·迈斯特》比任何其他小说更开朗、更有生活信心地把它说了出来，这部小说以及浪漫主义者的小说之上，有一层永不消逝的生命之乐的光辉。（威廉·狄尔泰，2003：342–325）

狄尔泰将个体的人与普遍的人联系起来，个人成长与世界相结合，形成一种螺旋式发展。苏联著名文艺理论家、批评家巴赫金（Mikhail Bakhtin）在论文《教育小说及其在现实主义历史中的意义》（"The Bildungsroman and Its Significance in the History of Realism"，1986）中进一步阐释了这一观点，将时空体观念引入成长小说的概念中，重点关注"成长中人的形象"（巴赫金，1998：232）。巴赫金认为："人的成长过程可能是截然不同的。一切取决于对真实的历史时间把握的程度。在纯粹的传奇时间里，自然（nature）不可能有人的成长（对此我们将在后面论述）。但在循环时间里，人的成长是完全可能的"（同上：226）。循环时间影响了人物内在自我的发展，人物内心又反映了历史的进程，历史与个人有机地结合成为整体。在巴赫金看来，人物的成长被置于历史语境之中，成长小说应被赋予了历史意义和社会意义。

随着成长小说在世界范围内流行，20 世纪的英语研究者们开始关注成长小说，并深入探索具有英国民族特征和文化特色的成长小说范式，努力将成长小说固化为一种文学模式。关于这一主题的第一部英国学术著作是苏珊娜·豪（Susanne Howe）的《威廉·迈斯特和他的英国亲戚》（*Wilhelm Meister and His English Kinsmen*，1930）。在这一著作中，苏珊娜将成长小说的历史源头追溯至早于《威廉·迈斯特的学习时代》的英语文学作品。苏珊娜对成长小说的定义继承了德国研究者们对这一小说类型的认识，但她已经开始将成长小说抽象为"离家—磨难—顿悟—重新认识自我"的模式，反映出英美国家对个人主义的遵从，以及关注个人自由发展的文化特征。对英语成长小说发展影响较大的是杰罗姆·汉密尔顿·巴克利（Jerome Hamilton Buckley）的《青春的季节：从狄更斯到戈尔丁的成长小说》（*Season of Youth: The Bildungsroman, from Dickens to Golding*，1974），书中强调"成长小说指的是一种只描绘了两三个特定特征的小说，其中包括童年（childhood），世代的冲突，粗俗，更大的社会，自我教育，疏远，爱的折磨，寻找职业和工作哲学”（Buckley，1974：18）。在巴克利看来，父母、城市、金钱和爱情等外在因素对个体的内在成长起着决定性作用。成长小说中主人公的内在成长不再是一种诗意理想的获得，而是追求金钱、阶级、地位不得的苦恼。英国成长小说的这一变化与约翰·洛克的教育思想密切相关，洛克鼓励年轻人学习实用技能，因为这些技能将帮助人与社会和解。这样的成长观念必然映射在文学作品之中，在简·奥斯汀（Jane Austen）的《傲慢与偏见》（*Pride and Prejudice*，1813）中反映了资产阶级向贵族阶级的妥协以改变他们的现实境况；夏洛蒂·勃朗特（Charlotte Brontë）的《简·爱》（*Jane Eyre*，1847）表现了英国殖民扩张对资产阶级力量的需求，处于下层阶级的简·爱追求女性独立的斗争成为获得资产阶级关注的筹码，最终回归家庭（family），成为“家庭天使”；查尔斯·狄更斯的作品虽然批判资本主义剥削制度所带来的压迫，但无论是《雾都孤儿》（*Oliver Twist*，1837[1]）中的小奥利弗，还是《匹克威克外传》（*The Pickwick Papers*，1836）中的匹克威克，获得资产阶级社会的认同是其努力目标，被视为成长的必然结果。

在英语成长小说中，这种将在外在物质世界取得成功视为成长准则的叙事模式，暗含着一种不平等的权力关系，无论是故事中的主人公还是读者，都将其内化为主流意识形态。因此，成长小说的重要作用在于教育，而儿童文学（children’s literature）在实现儿童（children）社会化进程中起到关键的教育作用。儿童文学作品往往涉及儿童主人公开展的一段旅程，这段探索之旅是年轻的男女主人公为提升自身能力和他们的社会地位而进行的。这个过程是儿童成长过程的象征性表现，鼓励他们走出舒适区，踏入未知领域。他们克服一切困难，按照为他们设定的路线实现成长。与此同时，儿童和青少年小说的目标读者也会被引导去模仿这种自我发展的过程，以期为他们成为未来良好公民做好准备。当儿童更加彻底地了解自己时，也会更加充分地理解自己与外部世界的关系。

1 《雾都孤儿》是狄更斯出版的第二部小说，自 1837 年开始以连载形式出版。

꧁ 成长小说的发展困境

随着现代主义思潮的到来，主流批评家们普遍认为，现代主义成长小说正处于消亡的危机之中，而且儿童读者很难读懂现代主义成长小说。第一次世界大战在成长小说的这一转变中起着关键作用，因为战争带来的创伤（trauma）阻碍了作为个体的人的成熟转变和社会的和平发展。青春被认为是短暂且神秘的，成长小说历时性和线性的叙事方式被一种断裂的、共时性的叙事形式所取代。佛朗哥·莫雷蒂（Franco Moretti）的《世界之路》（*The Way of the World*，1987）勾勒了成长小说在现代主义文学实验和创新压力下的命运，以全新的视角审视了成长小说在 20 世纪的发展，指出现代主义者鉴于这样的逆境，选择放弃延续传统成长小说叙事方式和认知模式，不再致力于将文本内的情节串成一个连续的叙事链条。因此，对 20 世纪成长小说的研究越来越多地转向有关后殖民、族裔、多元文化和移民等问题。长期的殖民生活使得殖民地区的年轻人缺少成长的必要条件，往往停滞不前，此类成长问题不能用经典的教育理念来解释，也不能套用经典成长小说的叙述模式。因此，殖民和流离失所使“成长情节的寓言功能崩溃”（Esty，2012：15），如萨曼·拉什迪（Salman Rushdie）的《午夜之子》（*Midnight's Children*，1981）和托尼·莫里森（Toni Morrison）的《宠儿》（*Beloved*，1987）等小说就是成长小说这一转变的具体表征。主人公的内在自我与外在环境间的矛盾被经济不平等、种族和性别歧视、政治动荡、社会阶级的快速变革、官僚主义、文化工业和资源掠夺等现代状况所加剧，无法实现经典成长小说模式下经由教化完成的自我指涉。

其实，传统成长小说遭到研究者们批判的根源仍在于其所呈现的主流话语霸权。作为一种教育工具，成长小说呈现了一个人物的成长和发展，体现了个人和社会成功的标准。这样的观念在儿童文学中形成隐性的个人指导，最终形塑出一个顺从的公民，内化了社会的霸权价值。正如艾伦·威廉姆斯（Ellen McWilliams）所警告的那样：“成长小说具有教育意义（从而对读者施加影响）的观念可能是危险的，因为它可能会强化莫伊所描述的作者和读者之间的那种专制关系。”（McWilliams，2009：28）儿童文学中存在的隐藏成人现象将会加剧这一霸权形式，成人意识将成为凌驾于目标读者自我发展之上的专制权威。随着女权主义、后结构主义和后现代主义（Postmodernism）相继出现，儿童成长小说也发生了一系列的转变，儿童文学借此能够对自身重新探索和评估，而不是简单地模仿霸权结构。

☙ 成长小说的发展趋势

随着女性主义（Feminism）的发展，成长小说中的权力不平等现象遭到猛烈批判。兴起于 20 世纪五六十年代的青少年小说表现出青少年（young adult）在成长过程中对自我认同的追寻，打破了传统成长小说模式化的叙事方式。苏珊·依·辛顿（Susan Eloise Hinton）的《局外人》（*The Outsiders*，1967）和罗伯特·科米尔（Robert Cormier）的《巧克力战争》（*The Chocolate War*，1974）是 20 世纪最有代表性的两部青少年小说。在《局外人》的结尾，主人公与外在世界达成和解，获得成长，但这也恰恰意味着文化反叛失败所带来的精神幻灭。小说最后约翰尼和最具反叛性的少年犯达拉斯之死，则意味着下层群体反叛的终结，他们被排斥在有序的社会之外，未与社会形成和解。他们的反叛是被社会整合的无望，正如科茨所说："教育小说体现了这类文体最普遍的情节结构，它不仅是对青少年读者愿望的满足，也是对成人社会愿望的满足，因为它讲述了个体成为符号秩序中一个完全俄狄浦斯化成人主体的成功整合故事。"（凯伦·科茨，2010：130）在这里辛顿也无意识地暗示了文化反叛的不同结局，在争夺文化领导权的过程中，上层中产阶级的孩子在弑父之后，回归寻父之路。而下层中产阶级的孩子除却消失之外，则是摆脱反叛者身份，融入社会秩序。在《巧克力战争》中，阿奇和杰瑞也同样是两个反叛者形象，但两人的成长都未与现实世界达成和解。杰瑞拒绝售卖巧克力，形成对守夜会的公然反抗，在许多同学看来这是英雄行为，但杰瑞在这一过程中没有获得任何快感，只是被迫反抗，最终被殴打成重伤。

此外，在成长小说中，儿童主人公往往可以拥有行动的主导力量，打破旧有秩序，重建新世界。在《哈利·波特》系列中，哈利所在的魔法世界遵循着血统决定论，父母同为巫师（wizard）的家庭是纯血统，如果父母中有一位是不会魔法的普通人则会被蔑称为“泥巴种”。伏地魔率领的邪恶巫师们想要实施大清洗，仅仅保留“纯血统”巫师。哈利自出生起便被预言成为拯救世界的英雄，也曾如哈姆雷特一样困惑于为何自己要承担“重整乾坤”的重任。但在面对生死威胁时，哈利最终仍选择带领大家共同抵抗伏地魔，建立一个和平的新世界。在《黑暗物质》（*His Dark Materials*，1995—2000）三部曲中，莱拉与威尔同样学会承担起自己应负的责任。最终他们选择将窗口留给死人世界，让他们有机会重新成为自然的一部分。威尔和莱拉回到自己的世界，重建“天堂共和国”的秩序。由此可见，儿童的成长不再完全遵循隐藏成人（adult）为其预设的发展路径，儿童成长小说也随之突破了传统成长小说叙事模式，使儿童读者肩负起改变世界秩序的重任。

参考文献

巴赫金 . 1998. 巴赫金全集（第三卷）. 白春仁等，译 . 石家庄：河北教育出版社 .

凯伦・科茨 . 2010. 镜子与永无岛：拉康、欲望及儿童文学中的主体 . 赵萍，译 . 合肥：安徽少年儿童出版社 .

卢卡奇 . 2012. 小说理论 . 燕宏远，李怀涛，译 . 北京：商务印书馆 .

威廉・狄尔泰 . 2003. 体验与诗 . 胡其鼎，译 . 北京：生活・读书・新知三联书店 .

Buckley, J. H. 1974. *Season of Youth: The Bildungsroman from Dickens to Golding*. Cambridge: Harvard University Press.

Esty, J. 2012. *Unseasonable Youth: Modernism, Colonialism and the Fiction of Development*. Oxford and New York: Oxford University Press.

Hegel, G. W. F. 1975. *Aesthetics Lectures on Fine Art* (Vol. I). (T. M. Knox, Trans.). Oxford: Clarendon Press.

McWilliams, E. 2009. *Margaret Atwood and the Female Bildungsroman*. Farnham, Surrey & Burlington, VT: Ashgate Publishing.

动物文学 ANIMAL STORY

从“动物形象”的摄取，到“动物题材”的挖掘，至“动物文学”（animal story）的升华，“动物文学”逐渐成为文学中的独特品类。它遵从文学的一般规律，同时，形成了自己独特的审美规范。其中，最为核心的，当属回答“什么是动物文学?”这一问题。动物文学是一种以动物为主要描写对象，立足于动物真实的生命体验，展现动物生存状况的文学类型。这一类型的作品是以动物作为艺术主角，按照动物“物的逻辑性”原则而创造的一种动物题材叙事性文本，严格遵循现代小说艺术的“人物、情节和环境”三要素原则。作为其中主要体裁（genre）的动物小说，最典型的表达方式是以第三人称为主，而作者以身临其境的“在场感”直接表现动物世界的生存法则和生命意蕴。通常情况下，动物都“不开口说话”，即使偶有开口说话的动物，也只是动物与动物之间的交流，而不是与人对话。相比之下，神话（myth）、童话（fairy tale）、寓言（fable）、传说（legend）中的动物，则往往可以“开口说话”，且主要是与人“说话”。动物文学的审美特征表现为：一是强调动物的主体性，人不能将自己的主观意愿强加给动物，而应遵循动物的生存法则；二是强烈的荒野意识；三是有“仿生性”“似真性”等独特的话语方式。体裁上，动物文学以动物小说为主体，包括部分动物散文、动物诗歌；价值立场上，动物文学以非人类中心主义为价值主导，兼顾弱人类中心主义，为动物代言，肯定动物的生存权利，维护动物（与人）并存的主体性；艺术特点上，动物文学强调客观真实性，但也不排斥以生物学为基础的适当虚构。动物小说常见写法可分为三类：一是纪实类，即运用客观视角，力图展现原生态的动物世界；二是以动物视角看待世界，展现动物与动物、动物与人类的互动关系；三是站在人的立场观看动物，赋予动物一定的思想感情，旨在实现动物性与人性的相互关照。

☙ “动物观”的流变与“动物文学观”的变迁

自古以来，动物便与人如影随形。人和动物既是竞争对手，又是合作伙伴，甚至互为猎物。文学虽是“人学”，但动物同样也是文学书写的重要对象。动物文学的景观呈现与作者自身秉持的“动物观”之间的关联十分密切。所谓“动物观”，就是人如何看待、对待动物，进而可以反映人如何看待、对待人。作家们秉持什么样的“动物观”，往往决定了“动物文学”的写作趋向及艺术水准。也就是说，文本的“动物文学观”是由“动物观”决定的。动物文学首先是“文学”，然后才是“动物”文学。动物文学首先遵循的是文学的基本审美特性，即通过塑造艺术形象引起读者共鸣。

动物文学有别于其他文学的重要特质之一在于其对动物观的呈现。如果说文学在本质上是人学，人性是书写的重心，那么，动物文学的主角无疑是动物，以书写动物性为主旨。不管是书写人性还是动物性，都离不开人的审美价值尺度。以人性观照动物性是前提，也是本然之举。同时，以动物性反观人性，乃应然之姿。二者相辅相成，生成了动物文学的审美内涵，也拓展了文学书写的审美空间。从某种意义上说，动物文学风行，除文学内在发展使然，还承载着关乎全人类（地球文明）生死存亡的重大使命。随着环保意识、生态意识日益普及且日常化，动物作为生态链中的重要环节，与人类是命运共同体。因此，助推动物文学发展的显然是先进的动物观。也就是说，探讨动物文学，动物观必然是重中之重。若动物观守旧或者落后，诸如认为动物就应该被人役使、受人宰割，必然就决定了动物文学的上限。这样的动物文学作品即使艺术水准再高，注定是不可能得到正向传播的，更没有成为经典（canon）的可能。

动物观随着人类与动物相处的历史进程而演变。早期原始人类生存能力较弱，既与动物对立，又对动物崇拜。随着生产力的提高，人类对动物的态度由仰视变为平视乃至蔑视，动物成为人类的私有财产和役使工具。动物的悲惨处境和 20 世纪中叶的生态危机让人类重新反思自身与动物的关系，开始重视动物的权利，将其视为生态系统中不可或缺的一环。总体而言，动物观主要分为两大类——人类中心主义动物观和非人类中心主义动物观。人类中心主义动物观和非人类中心主义动物观的区别主要在于动物和人类的地位划分。人类中心主义动物观是将人类置于主体地位，动物置于附庸地位，而非人类中心主义动物观一般是将动物置于与人类同等的地位。如果将动物抬升至高于人类的地位，甚至视动物为人类的主宰，则会滑向非人类中心主义的极端——动物中心主义。根据人类与动物的地位高低程度，人类中心主义动物观可以分为传统人类中心主义动物观，即强人类中心主义动物观，和现代人类中心主义动物观，即弱人类中心主义动物观，非人类中心主义动物观也可以分为强非人类中心主义动物观和弱非人类中心主义动物观。强人类中心主义动物观是将人类置于完全的统治地位，动物只是人类的附庸，如自然目的论、神学目的论、哲学目的论。弱人类中心主义动物观虽然将人类置于中心地位，但是关注动物命运，要求人类善待动物。强非人类中心主义动物观主要是站在非人类动物立场，强调动物的主体地位，甚至要求人类利益为动物利益让路，如动物中心主义就是强非人类中心主义动物观的极端代表，动物道德权利论则更为接近强非人类中心主义。弱非人类中心主义动物观主要是以整个生态系统、生命共同体等为出发点，要求尊重非人类动物的生存权利，如整体生态系统观。

↷ “兽型人格”与“工具型动物”

动物作为一种书写资源，可谓源远流长。自文学诞生之日起，动物形象便进入了文学书写领域。原始渔猎时期，动物身影穿梭于神话传说、史诗歌谣中。这些作品中的动物往往具有神性，承担着各种神圣角色，表达了人类对于自然（nature）及动物的敬畏。当人类的理性思维渐趋成熟，各种动物成为寓言的主人公。这最早可追溯到公元前 6 世纪的《伊索寓言》，其中收集了《农夫和蛇》《狐狸和山羊》《狼与鹭鸶》《牛和蛙》和《狼与小羊》等三四百个有关动物的小故事。除了“动物寓言”，还有古罗马时期的《变形记》（*Metamorphoses*，8 AD）、《金驴记》（*The Golden Ass*，Late 2 AD）等，以及《双犬对话录》（*The Dialogue of the Dogs*，

1613)、《雄猫穆尔的生活观》(*Lebens-Ansichten des Katers Murr*，1819)等讲述动物文学的作品。《金驴记》以驴子的口吻讲述旅途中的所见所闻，展现世间百态；《雄猫穆尔的生活观》则以猫为讲述主角，畅谈生活、理想和价值。总之，这些作品中的动物具有动物外表，但承载着人的思想、情感和道德观念，即所谓的“兽型人格”“工具型动物”，不具有审美的主体性。

☙ “拟实性动物”与“动物审美主体”

以动物作为审美主体的动物文学诞生于19世纪的欧洲，《黑骏马》(*Black Beauty*，1877)是开山之作[1]。达尔文(Charles Robert Darwin)的进化论让人们认识到，“人类与其他生物有着生物学意义上的共同的根”，因此应该“把人类的伦理扩大到所有的生命”(王诺，2011：33)。工业革命让欧洲社会产生了重大变革，物质文明大大提升，但文化传统却面临断裂的危机。机器造福于人而又奴役人，人与自然空前对峙、割裂，回归山林田园的浪漫主义(Romanticism)风潮应运而生。“浪漫主义运动”对当前盛行的“人类中心主义”进行批判，反思人类理性的缺陷，呼吁感性的回归，重新审视人类在大自然中的位置。因此，在被称为“人类情怀最为温暖宽广”的维多利亚时期的英国，诞生了第一部“善待动物、尊重动物”的动物小说《黑骏马》，揭示当时普遍存在的虐马现象。维多利亚时期，人类虐马事件较为普遍。该作品讲述了黑骏马和它的朋友们一生的遭遇，仿若自序传。黑骏马既是讲述故事(story)的主角，也是审美观照的主体。黑骏马剔除了“兽型人格”，浑身漫溢出真实的动物天性，这既展现了19世纪英国社会的现实画卷，又表达了善待动物的美好吁求，彰显了深厚的人道主义情怀。尽管作为审美主体的黑骏马难免带有“神人同形论的喧闹”(约翰·洛威·汤森，2003：105)，但它已不单是人类思想情感的传声筒，而能发出自我内心的呼唤。这部小说无疑成了动物文学史上的里程碑式作品。从此，极力表现

1 个别学者提出，《黑骏马》的叙事立场仍旧是人类中心主义，真正的“动物文学”中的动物是作为人的对立面而出现，比如赫尔曼·麦尔维尔(Herman Melville)的《白鲸》(*Moby Dick*，1851)。

动物的内心世界、真实书写动物的生活习性，便成为“动物文学”书写的重心。之后，《美丽的乔》(*Beautiful Joe*，1893)以小狗“乔”的口吻，讲述自己如何逃离残忍的主人的家，进入新家庭并过上幸福生活的故事。作品既抨击了虐待动物的野蛮行径，又展现了人与动物的和谐关系，并寄予人类善待动物的美好愿望。“再没有让孩子们关爱动物更好的教育手段了。孩子们学会了热爱、保护不会说话的动物，将来长大了，也会善待他们的同胞。”(玛格丽特·桑德斯，2006：116)类似的作品还有《格雷弗里亚斯·博比》(*Grefrias Bobby*，1872)、《鲍勃，战斗之子》(*Bob*，*Son of Battle*，1898)等。尽管《黑骏马》和《美丽的乔》等皆难免像人一样叙说、思考，但它们作为动物的主体性已然生成。由此可见，该时期“动物文学”的审美特征已经发生了质的飞跃。一方面，作品弱化了动物的“工具性”，开始强化动物的“拟实型”。通过强化动物作为审美对象的主体性，以动物的生存处境和命运为书写中心，使动物不仅仅是“披着兽皮的人”，更具有独立的声音(voice)表达。另一方面，动物身上寄寓着作家浓郁的悲悯情怀和人道主义精神。尽管这些动物形象的塑造始终未能摆脱“兽形人格”的桎梏，且保有动物习性，却像人一样宣扬道德、诉说情感。即便传达了“善待动物”的理念，但人类凌驾于动物之上的“人类中心主义”思想仍旧若隐若现。

“丛林法则”与“生态意识”

19世纪中后期以来，工业文明日新月异，人类对大自然的掠夺加剧，动物的生存处境和生态平衡日益恶化，而进化论思想深入人心，环保意识和生态意识增强。在这样的社会背景与文化氛围中，“动物解放运动”风起云涌，动物权利和动物解放观念日益普及。于是，世界动物文学井喷，黎达·迪尔迪科娃(Lida Durdikova)、杰克·伦敦(Jack London)、乔伊·亚当森(Joy Adamson)和查尔斯·罗伯茨(Charles Roberts)等优秀的“动物文学”作家相继蜚声文坛。有“现代动物小说之父”美誉的加拿大作家欧内斯特·汤普森·西顿(Ernest Thompson Seton)，在《我所知道的野生动物》(*Wild Animals I Have*

Known，1898）、《动物记》（*Animal Heroes*，1905）、《大灰狼——柯伦坡的国王》（*Black Wolf: The Life of Ernest Thompson Seton*，1984）、《小熊强尼》（*Johnny Bea*，1901）作品中，突破了“动物文学”借动物抒发人类思想、情感的传统，醉心于书写动物天性，用极尽自然和客观的语言书写动物天性。美国作家杰克·伦敦与西顿生活在同一个时代，也是书写野生动物的高手，创作了《野性的呼唤》（*The Call of the Wild*，1903）和《白牙》（*White Fang*，1906）等经典作品，展现出动物在恶劣的自然环境中的野性之美。如果说西顿的叙事客观、冷静，那么，杰克·伦敦的笔触则更为野性、澎湃，具有摄人心魄的生命穿透力。英国作家约瑟夫·拉迪亚德·吉卜林（Joseph Rudyard Kipling）的系列动物小说《丛林之书》（*The Jungle Book*，1894），以印度的原始丛林为背景，描写了野性喧腾的动物世界，尽管未能突破“兽型人格”的传统写法，却将“兽类”和“人格”并置，既展现动物为了繁衍生息殊死搏斗，又点染了哲学家一样的连珠妙语，从而突显了动物文学的“神秘性”和“趣味性”。法国作家黎达·迪尔迪科娃创作的《海豹历险记》（*Scaf le Phoque*，1936），既真实、生动地描写了各种动物的生活习性和天赋特长，又揭示了大自然诸多生趣盎然的奥秘。此外，加拿大的查尔斯·罗伯茨、日本的椋鸠十，以及俄罗斯的普里什文、比安基等，也是顶级的动物文学大师。其中，椋鸠十的《雁王》《两只大雕》等从“上帝的视角”诠释了诸多全球性的重大命题，如如何保证动物的生存权利、如何促进人性的良性发展、如何修正人类与动物的关系、如何创建自然万物的和谐与发展等。

♋ “动物解放主义”

“动物解放主义”对于动物文学书写同样具有重大影响。1822 年，英国通过了人类历史上第一个《反虐待动物法案》，之后又成立了世界上第一个动物福利保护组织，也就是皇家动物保护协会的前身，这些举动无不体现了坚执的“动物解放”思想。此种思想的源头，可追溯至《人类的由来》（*The Descent of Man*，1871）和《动物权利：与社会进程的关系》（*Animals' Rights: Considered in Relation to Social Progress*，

1892）。到了 20 世纪，动物解放思想迅猛发展，《动物解放》（*Animal Liberation*，1975）堪称“动物保护运动”的“圣经”。动物文学与该思潮呼应，从文化视角反思人类自我意识的功利性，以及动物置身其间的悲惨处境，如《断头台》（*Guillotine*，1986）、《屠海》（*Sea of Slaughter*，1984）等。同一时期，更为宏大的生态文学也崭露头角。美国著名科学家、生态学家奥尔多·利奥波德（Aldo Leopold）在《沙乡年鉴》（*Sand County Almanac*，1949）中提出了“大地伦理”概念，呼吁要把人类在共同体中以征服者的面目出现的角色变成这个共同体中平等的一员和公民。这一全新的、非人类中心主义的动物观和自然观，很快影响了一大批动物文学作家。例如，蕾切尔·卡逊（Rachel Carson）的《寂静的春天》（*Silent Spring*，1962）等作品里漫溢出“大地伦理”的影子。自此，生态文学已然成为历久不衰的动物文学书写的延续和发展。

参考文献

奥尔多·利奥波德 . 2016. 沙乡年鉴 . 侯文蕙，译 . 北京：商务印书馆 .

理查德·福提 . 2018. 生命简史 . 高环宇，译 . 北京：中信出版集团 .

玛格丽特·桑德斯 . 2006. 美丽的乔 . 胡剑虹，译 . 哈尔滨：北方文艺出版社 .

约翰·洛威·汤森 . 2003. 英国儿童文学史纲 . 王林，译 . 台北：天卫文化图书有限公司 .

王诺 . 2011. 欧美生态文学 . 北京：北京大学出版社 .

儿童 CHILDREN

☙ "儿童"的界定

从法学、社会学、生物学等意义上讲，儿童（children）通常是指从生命诞生之始到 18 岁成年期（adulthood）之前、生理年龄介于 0—18 岁的任何人[1]。也就是说，儿童这一群体涵盖了从婴儿直至青少年（young adult），尚未进入成年期的所有人。社会生活中，人们对于儿童这一群体的总体看法和基本观点称为"儿童观"或"童年观"（views on children），"是成人对儿童生活和心灵世界进行观照而生成的对儿童生命形态、性质的看法和评价，是成人面对儿童所建立的人生哲学观"（朱自强，2000：215），涉及"儿童的特性、权力与地位，儿童期的意义，以及教育（education）和儿童发展之间的关系等问题"（顾明远，1998：318）。

儿童观因时代变迁、文化传统差异、意识形态更迭等因素而有所不同，因此"儿童"的概念也呈现出多元性特质。这一概念自出现之初即成为史学、社会学、教育学、心理学、哲学、法学、文学等领域的研究课题，相关的研究成果与儿童文学（children's literature）的产生与发展有着千丝万缕的联系。

☙ 西方儿童观的历时演进及其文学映射

世界文学史上，"儿童"的概念及相应的儿童观并非是人类社会与生俱来的，而是经历了一个从无到有、从简单到复杂的过程。随着社会的发展、社会科学研究的不断深入，人们对于儿童的看法以及教育思想和方式不断变化，在不同社会文化背景下形成了不同的儿童观，其内涵也在不断丰富和演进。同时，儿童观与儿童文学观有着紧密的联系，儿

1 见《儿童权利公约》（*Convention on the Rights of the Child*，1989）第 1 条。

童观是儿童文学的基石和依据，甚至可以称为儿童文学涉及的最重要命题之一，决定着作者的主题拣选、语言构建、形象塑造和创作手法，形成不同的文学映射（Reynolds，2014）。

☙ 中世纪之前的“黑暗”儿童观

法国著名史学家菲力普·阿利埃斯（Philipe Ariès）的著作《儿童的世纪：旧制度下的家庭生活》（*L'Enfant et la Vie Familiale sous l'Ancient Regime*）于1960年出版，并于1962年由罗伯特·巴尔迪克（Robert Baldick）翻译成英文版本（*Centuries of Childhood: A Social History of Family Life*），被许多学者称为“儿童史开山之作”，或儿童史研究的“圣经”（DeMause，1974：5），在儿童历史研究领域，甚至在其他领域均产生了深远的影响。阿利埃斯提出，中世纪之前的西方社会不存在童年观念，“‘童年’（childhood）是17、18世纪现代社会建构（social construction）的产物”（Ariès，1962：125）。该观点一经提出便引发了学界的热烈讨论。以色列历史学家舒拉米斯·莎哈（Shulamith Shehar）在其著作《中世纪的童年》（*Childhood in the Middle Ages*，1990）中反驳道，中世纪后期存在童年观，只是当时的儿童观或童年观与后世不同（Shehar，1992）。莎哈和阿利埃斯观点相左，但他们的著作及其他学者的研究无不表明，与现代社会相比，中世纪的西方社会，对很多儿童来说的确是一个“黑暗时代”。在17世纪之前的西方社会中，儿童并非是具有独立人格的个体，而是父母的私有财产，可被随意遗弃、虐待、买卖甚至杀害。罗马的十二铜表法[1]就规定，由一家之长决定新生儿的生死（Archard，2004）。基督教虽禁止杀婴，但否认儿童的独立性，认为儿童是“缩小的成人”（miniature adult），婴儿带着原罪来到人间，“处于非常危险的阶段”（Reynolds，2014），需要严格的教导与训诫，甚至体罚。这样的观念在当时的文学作品中随处可见，例如，有“法兰西戏剧之光”之称的莫里哀（Molière）笔下那些少男少女总是天真无知、需要被督导的；他的巅峰之作《无病呻吟》（*Le Malade Imaginaire*，1673）中，

1 约公元前450年制定，因刻在12块铜牌上得名。

主人公阿尔冈询问小女儿路易松关于大女儿的信息无果时，就要棍棒相加，在误以为大女儿已死时，又说“这小女孩还不能算女儿”。这些情节无不展现出同时期主流的童年观。

尽管学界观点不一，但可以确定的是，由于中世纪以前人们并未意识到儿童的特殊性，致使这一时期西方社会的儿童境遇复杂。因此，适合儿童阅读的文学作品通常并非专为儿童所作，而是改编自成人文学作品，或者是成人文学作品片段，且通常以教本的形式，强调功用性，如孩子们阅读《伊利亚特》（*Iliad*，750 BC—725 BC）[1]和《埃涅阿斯纪》（*Aeneid*，29 BC—19 BC）[2]选段以模仿英雄的成年生活（吴鼎，1980）。直至 17 世纪，儿童教育仍渗透着说教式或者宗教式儿童观，例如，人们翻译或改编《圣经》（*Bible*）等宗教作品以教化儿童，在英国各种教育场所都可见到简化版的《天路历程》充作童书（Murray，2010）。这些作品都清晰地表明，当时的成人社会“一心要通过说教和树立行为榜样来拯救孩子的灵魂”（Reynolds，2014）。后世公认的儿童文学经典（canon）《伊索寓言》也可以说是此类说教式儿童教育思想，或者上述儿童观的代表。

换言之，中世纪之前并无专门为儿童创作、立足儿童心理特性或需求的儿童文学作品，而且在一般的文学作品中，儿童总是被边缘化。不仅如此，很多作品中杀婴、儿童死亡献祭、母杀子等情节时有出现，例如，詹姆斯·简威（James Janeway）所著的《儿童的楷模：几位孩童皈依天主的神圣典范人生以及欣然赴死的事迹录》（*A Token for Children, Being an Exact Account of the Conversion, Holy and Exemplary Lives, and Joyful Deaths of Several Young Children*，1671）中共有 13 名孩子丧命（Grenby，2014），甚至竟以“joyful”（欣喜的）来形容儿童的死亡献祭。1987 年美国女作家托尼·莫里森的《宠儿》中，黑人母亲赛丝因不愿幼女如自己一样沦为奴隶而扼杀了女婴，这个情节隐含的杀婴母题便是源于以古

1 约公元前 750—公元前 725 年，由古希腊吟游诗人荷马（Homer）创作的六音步史诗，讲述特洛伊战争中的英雄故事。

2 公元前 29—公元前 19 年，由古罗马国民诗人维吉尔（Virgil）创作的史诗，讲述埃涅阿斯成为罗马人祖先的英雄事迹。

希腊悲剧，即古希腊大师欧里庇得斯（Euripides）的《美狄亚》（*Medeia*，431 BC）为代表的杀婴母题。

☙ 18—19 世纪“儿童的发现”与“儿童崇拜”

欧洲的文艺复兴带来了人文主义思想及圣母崇拜，随之也带来了进步的儿童观，儿童的境遇从 17 世纪末期开始有所改变（郭法奇，2012）。英国教育思想家、哲学家约翰·洛克在《教育漫话》中提出著名的“白板理论”（Theory of Tabula Rasa），认为儿童生来没有原罪，无所谓天赋观念，而是像一块白板，他们的思想观念需通过后天教育或者后天经验习得。故而洛克提倡父母和教育者采用理性教育，摒弃体罚和恐吓，注重培养品德、智慧、礼仪、学问的“绅士教育”（Gentleman Education）。这个理论（theory）极大地影响了当时社会对儿童的看法，虽然当时儿童仍被置于成人（adult）的掌控之下，未从根本上独立出来，但儿童从中世纪之前的“黑暗”境地中被解救了出来，促使社会改变对儿童的看法，也推动了儿童观的发展。

到“18 世纪中期，‘童年’有了积极正面的色彩，代表自由和纯真”（Reynolds，2014），这一转变除有赖于洛克“白板理论”的推动外，还要归功于法国教育家、思想启蒙家让·雅克·卢梭（Jean Jacques Rousseau）。卢梭的儿童教育小说《爱弥儿：论教育》（*Émile: ou De l'éducation*）于 1762 年出版，通过这部小说，卢梭首先批驳原罪说，继而点明并承认儿童的独特性，推行理性、自由、尊重个性的儿童教育思想。他认为，“婴儿生来纯洁”，教育应“保存童年的特质”（同上），使儿童自然地、充分地发展，并提倡以年龄阶段、性别、个性为基础发展儿童教育，由此，儿童以及他们区别于成人的特性终于被“发现”，从而从根本上将儿童与成人区分开来，因此，卢梭也被称为“发现儿童之父”。到 18 世纪晚期，儿童被学界称为成人社会的“他者”（other），明确指出儿童与成人不同。

儿童的独特性受到关注，催生出越来越多的专门为儿童而创作、以儿童心理特性为立足点的童书，儿童文学如火如荼地发展起来。在 18

至 19 世纪，有些童书仍沿袭传统的说教式思想，如格林兄弟的《儿童与家庭童话集》（*Children's and Household Tales*，1812）中大部分都是揭示人生哲理或者带有寓言性的故事（story），意在引导儿童辨别善恶美丑。但也有越来越多的儿童文学作品更注重娱乐性和奇幻性，如丹尼尔·笛福（Daniel Defoe）的《鲁滨孙漂流记》（*Robinson Crusoe*，1719）、卡洛·科罗迪的《木偶奇遇记》、儒勒·凡尔纳（Jules Verne）的《已知和未知世界的奇异旅行》（*Voyages Extraordinaires dans les Mondes Connus et Inconnus*，or *Extraordinary Voyages*，1863—1905）等经典儿童文学作品。此外，还有很多作品以儿童为主人公，这些主人公大多充满智慧、富有冒险精神，在新奇又不乏危机的经历中，增长知识或磨炼性格，逐渐成长，实现自我教育和发展，如刘易斯·卡罗尔的《爱丽丝梦游奇境记》中纯真可爱、善于思考的爱丽丝和马克·吐温（Mark Twain）的《汤姆·索亚历险记》（*The Adventures of Tom Sawyer*，1876）中顽皮勇敢、足智多谋的汤姆等。

这个时期的一些文学作品（包括但不局限于儿童文学）甚至将童年理想化或将儿童神化。以 19 世纪的英国文坛为例，浪漫主义诗人威廉·华兹华斯（William Wordsworth）的诗作《虹》（*Rainbow*，1802）将儿童尊奉为“成人之父”（The child is the father of the man）。他的另一首长诗《颂诗》的副标题为“忆幼年而悟永生”（*Ode: Intimations of Immortality from Recollections of Early Childhood*，1807），甚至将儿童与神比肩。还有童书作家赫斯巴·斯崔顿（Hesba Stretton）的《杰西卡的第一次祷告》（*Jessica's First Prayer*，1867）中，无家可归却天真坦诚的小女孩儿杰西卡最终成为咖啡摊主斯坦德林的救赎者，使后者从只知追钱逐利的生活中幡然悔悟。即便是在批判现实小说家查尔斯·狄更斯笔下，也可以看到《雾都孤儿》中身处逆境却心地纯洁的奥利佛和《老古玩店》（*The Old Curiosity Shop*，1841）中善良美丽的小耐尔，以及《小杜丽》（*Little Dorrit*，1857）中乐观纯真的“小圣母”小杜丽等。

其实，从本质上讲，无论是“白板说”还是“儿童崇拜”，仍旧是从成人的感受和想法出发来界定和培育儿童，或多或少仍暴露出“成人本位”（adult based）的思想，没有完全脱离“成人本位”儿童观的藩篱。但卢梭的“自然儿童观”相信儿童心理和成人心理有巨大的、本质的不同，“发现儿童”就是理解儿童心理、发现童心世界，关注儿童的独立自主和自身需求，与以往的儿童观有本质的区别，因而被称为教育史上的“哥白尼革命”（Copernican Revolution），推动了儿童概念的现代化进程，对现代儿童观的形成具有决定性的意义，是西方社会科学研究的一次影响深远的变革。

☙ 20 世纪以来的“儿童本位”儿童观

19 世纪末 20 世纪初欧美等国大规模的“儿童研究运动”（Child Study Movement）从生物学视角对儿童进行“科学的”观察和研究，引起世界范围内对儿童生存和发展条件的关注，也为现代儿童观的确立提供了科学数据（郭法奇，2012）。此外，美国哲学家、教育家约翰·杜威（John Dewey）也功不可没。杜威被称为 20 世纪最伟大的教育改革家之一，是西方现代儿童观的理论奠基者。他深化了卢梭的儿童观，通过《我的教育信条》（*My Pedagogic Creed*，1897）、《学校与社会》（*The School and Society*，1899）、《儿童与课程》（*The Child and the Curriculum*，1902）、《明日学校》（*Schools of Tomorrow*，1915）等一系列著作阐述和推行“教育即生活”的理念，提倡遵从儿童独特的精神及心理需求，以尊重儿童的个体差异为前提解放儿童、发展儿童，教会儿童生活。杜威的教育思想以发展儿童特性为核心，正是“儿童中心论”（child-centered theory）、“儿童本位”（child based）儿童观的代表。

随后，“儿童本位”思潮席卷西方，“儿童中心论”教育运动在 20 世纪上半叶达到顶峰，因此，依照瑞典教育家爱伦·凯（Ellen Key）的预言，20 世纪被称为“儿童的世纪”（the century of the child）（Key，1909：1）。

20 世纪初以来，儿童问题、儿童权益、儿童教育受到前所未有的关注（Cunningham，1998：1195），儿童史成为社会科学研究的显学，儿童的心理特点、精神需求成为社会关心的热点，儿童文学相应获得较大发展，涌现出大量表现出全新儿童理念的经典作品。随着尊重儿童个体差异的“儿童本位”思想的渗透，20 世纪以来的儿童形象比 19 世纪的更加多元，形象类型更为丰富，每一位作家笔下的儿童都个性鲜明。例如，读詹姆斯·巴里（James Matthew Barrie）的《彼得·潘》（*Peter Pan*，1911），那个永远长不大、豪迈奔放又好奇勇敢的小飞侠形象就跃然纸上；读阿斯特丽德·林格伦（Astrid Lindgren）的《小飞人卡尔松》（*Karlsson on the Roof*，1955），读者就认识了顽皮、好恶作剧却又心地善良的卡尔松；读乔安妮·凯瑟琳·罗琳（Joanne Kathleen Rowling）的《哈利·波特》系列就会看到哈利勇敢坚强地战胜自我、不断成长、拯救他人的小英雄形象。

综上所述，西方社会的儿童概念、儿童观经历了巨大转变，逐渐由中世纪的“黑暗”儿童观、近代“成人本位”观，到现代“儿童本位”观，人们对儿童的认识不断改变。儿童也从成人的“所有物”“缩小版的成人”，演变成天真纯洁、需成人督导的“白板”，至现代社会成为人类社会中处于成年期之前，具有独立人格、独特个性和自身认知习惯的一个群体。“儿童”内涵的变化与儿童文学的产生、发展和繁荣密切相关，并且催生出文学、儿童文学中与之对应的儿童形象。整体来讲，不同的儿童观决定并铸就了不同的文学主题和文学形式，推动了儿童文学的产生、发展和繁荣。反之，透过儿童文学作品，也可一窥某位作者、某个社会群体、某个历史阶段，甚至某种文化（culture）的儿童观，了解他们对儿童本质、特性等方面的认知。儿童文学作品中的儿童形象也以潜移默化的形式影响着社会群体，尤其是儿童自己，对儿童形象的塑造，在娱乐儿童的同时，实现儿童文学的教育目的。

参考文献

顾明远 . 1998. 教育大辞典 . 上海：上海教育出版社 .

郭法奇 . 2012. 欧美儿童研究运动：历史、比较及影响 . 北京：北京师范大学出版社 .

吴鼎 . 1980. 儿童文学研究 . 台北：远流出版公司 .

朱自强 . 2000. 中国儿童文学与现代化进程 . 杭州：浙江少年儿童出版社 .

Archard, D. 2004. *Children: Rights and Childhood* (2nd ed.). London: Routledge.

Ariès, P. 1962. *Centuries of Childhood: A Social History of Family Life*. (Robert Baldrick, Trans.). New York: Vintage Books.

Cunningham, H. 1998. Histories of childhood. *The American Historical Review, 103*(4): 1195–1208.

DeMause, L. (Ed.). 1974. The *History of Childhood*. New York: Rowman & Littlefield Publishing Group.

Grenby, M. O. 2014. Childhood and children's literature. *The British Library*. Retrieved Jul. 28, 2020, from The British Library website.

Key, E. 1909. *The Century of the Child*. New York: G. P. Putnam's Sons.

Murray, S. 2010. A book for boys and girls: Or, country rhimes for children: Bunyan and literature for children. In A. Dunan-Page (Ed.), *The Cambridge Companion to John Bunyan*. Cambridge: Cambridge University Press, 120–134.

Reynolds, K. 2014. Perceptions of childhood. *The British Library*. Retrieved Jul. 26, 2020, from The British Library website.

Shehar, S. 1992. *Childhood in the Middle Ages*. London: Routledge.

儿童诗歌 CHILDREN'S POETRY

诗歌与儿童诗歌

诗歌起源于原始时代人们的集体劳动，是一种集抒情性、音乐性、凝练性和形象性于一身的文学样式。诗歌的抒情性，是指感情是诗的直接表现对象，也是诗的内在生命。诗歌的音乐性，是指诗歌语言具有鲜明的节奏和铿锵的音调，即由于语音排列次序不同而形成的有规律的抑扬顿挫，以及在诗句的末尾使用韵母相同的字而形成押韵。同时，诗歌语言的高度凝练及其形象性，要求更集中、更概括地反映生活。

儿童诗歌（children's poetry）或儿童诗（children's verse），是为儿童（children）所创作的诗歌或适合儿童阅读的诗歌（Philip，1990），"也包括少年儿童为抒怀而自己创作的诗"（李汝中，2007：159）。它可以是民间诗歌、专为儿童所创作的诗歌、起初为成人（adult）所作但后来为儿童所接受的诗歌，或散文作品中的诗歌。作为一种激发读者想象力和情感的文学体裁，儿童诗歌常常以童谣（nursery rhyme）或摇篮曲的形式成为儿童最早接受的文学样式之一。儿童诗是诗的一个分支，既要有诗的共性，还因专门面向儿童这一目标读者而具有自身的特点，以便儿童能够理解和愉快接受。与以成年人为主要对象的普通诗歌相比，儿童诗尤其注重"直接的感官体验"（the immediate sense perceptions）（Philip，1990：xxv）。儿童首先对声音之美有所反应，因此为他们创作的诗歌往往听觉效果显著，极具音乐性与韵律感。对于儿童诗而言，"音韵和谐、节奏得当、意象精妙是儿童诗的基本条件"。而"在此基础上能更充分地体现儿童的生动与率真，尤其是不同时代、民族、地域背景下童年生活的磅礴与细腻"，则是儿童诗能自成一格的"个性"。（姚苏平，2020）而且，诗歌本就是"简洁的艺术"，而儿童诗与普通诗歌相比，往往从思想内涵到语言和节奏都更加直截了当、清晰易懂（Philip，1990：xxv–xxvi）。

☙ 儿童诗歌的创作主体

一般来讲，儿童诗歌创作的主体包括成人和儿童自己。但是，纵观儿童诗歌，甚或儿童文学（children's literature）这个整体，成人作家仍是各种儿童读物创作的主力军。有许多诗人专门为孩子们创作诗歌，如迈克尔·罗森（Michael Wayne Rosen）、艾伦·阿尔伯格（Alan Ahlberg）和托尼·米特（Tony Mitton）等人；也有些诗人针对不同的受众（audience），为成人与儿童分别创作，如罗伯特·路易斯·史蒂文森、克里斯蒂娜·罗塞蒂（Christina Georgina Rossetti）、泰德·休斯（Ted Hughes）、查尔斯·考斯利（Charles Stanley Causley）、罗杰·麦戈夫（Roger Joseph McGough）和卡罗尔·安·达菲（Carol Ann Duffy）。然而，这两个群体都被边缘化了。例如，考文垂·帕特莫尔（Coventry Patmore）在《儿童花环》（*Children's Garland*，1862）中写道："我几乎没有收录明确写给儿童的诗歌，也没收录大多数写给成年人的关于儿童的诗歌"（Styles，2004：397）；尼尔·菲利普（Neil Philip）在《新诗宝库》（*A New Treasury of Poetry*，1990）的序言中写道："我也对专为儿童写的诗持谨慎态度，我更喜欢那种不需要任何阐明或明确标准的情况下就能够让年轻读者读懂的作品。"（Philip，1990：15）此类观点并不少见。过去那些不为儿童写作的诗人，如英国的亚历山大·蒲柏（Alexander Pope）、威廉·柯珀（William Cowper）、罗伯特·彭斯（Robert Burns）、威廉·华兹华斯、沃尔特·司各特（Walter Scott）和约翰·济慈（John Keats），以及美国拉尔夫·沃尔多·爱默生（Ralph Waldo Emerson）、埃德加·爱伦·坡（Edgar Allen Poe）、沃尔特·惠特曼（Walt Whitman）、艾米莉·狄金森（Emily Elizabeth Dickinson）等作家的作品被收录在儿童诗选中的频率甚至要高于为儿童写诗的泰勒姐妹（Ann Taylor，Jane Taylor）、爱德华·李尔（Edward Lear）或克里斯蒂娜·罗塞蒂的作品。19 世纪和 20 世纪的那些著名的儿童诗选集都印证了当时受过高等教育的精英群体的这种偏好，然而很多深受儿童喜爱的诗歌一直都被诗集编者们所忽视。如果说当时成年人不断追求进步的本能和孩子们的阅读（reading）选择之间存在某种冲突与对抗，那么这种冲突与对抗在这些儿童诗歌选集中表现得尤为明显。当然，从更积极的角度看，一些在儿童经典诗歌中占有一席之地的成人诗歌似乎已被儿童读者所接受，这可以看作是一个良好的趋势，显示出儿童本身塑造专属文学的强大推力（Styles，2004）。

☙ 重教化的早期儿童诗歌

儿童文学是社会观念，尤其是儿童观发展和演变的产物，儿童诗歌作为儿童文学的一个分支，其萌芽和发展也是如此。以英国和美国为例，儿童诗歌，无论是创作目的和主题，还是写作手法和风格，均经历了长久的发展与转变。

英语儿童诗歌在过去的数百年间一直被用作一种教化儿童、娱乐儿童的手段。早在15世纪的英国，礼仪教化书籍（book）就曾以儿童诗歌的形式传达理念。17世纪的清教徒们首先系统地借诗歌对孩子们进行宗教教育（Hahn，2015：465）。英国传教士约翰·班扬创作的《给男孩儿和女孩儿的书》（*A Book for Boys and Girls*，1686）是可追溯的第一部著名儿童诗集。其他为儿童们写诗的英国清教徒包括纳撒尼尔·克劳奇（Nathaniel Crouch）和本杰明·基奇（Benjamin Keach）。1715年，英国神学家以撒·华滋（Isaac Watts）的儿童诗歌辑《圣歌》（*Divine Songs*，1715）第一版问世，以温和而简单的写作风格表达清教思想。华滋被后世誉为“圣诗之父”，他推行仁爱教育，认为诗歌能促进学习，这一观点被广泛认同，因此他的作品在其生前身后的两个多世纪里广受欢迎。《圣歌》在接下来一个半世纪里是英语世界里传播最广的儿童书籍之一，到1918年，《圣歌》已有多达550个版本问世（Styles，2004）。

在18世纪以前，大多数英语儿童诗歌的主要内容是规范儿童行为或传递人们认为对儿童有益的东西，而非使孩子们获得娱乐或满足孩子们的想象。不过，还是可以找到一些与此不同的儿童诗歌作品，如英国戏剧家、作家托马斯·德克尔（Thomas Dekker）的《摇篮之歌》（*A Cradle Song*，1603）、乔治·威瑟（George Wither）的《摇摆赞歌》（*Rocking Hymn*，1623）。当时能够接触印刷物的父母和孩子可以通过通俗读物中的流行文化（pop culture）获得诸如韵律、笑话、民谣、英雄故事等更为丰富的素材（同上）。

☙ 18—19世纪教化与娱乐共存的儿童诗歌

在18世纪的英国，约翰·盖伊（John Gay）、纳撒尼尔·科顿（Nathaniel Cotton）和克里斯托弗·斯玛特（Christopher Smart）等人开始为儿童创作诗歌。其中，诗人克里斯托弗·斯马特因《我的猫杰弗里》(*For I Will Consider My Cat Jeoffrey*，1763)而闻名于世，他另外一部儿童诗歌作品《娱乐孩子们的赞美诗》(*Hymns for the Amusement of Children*，1771)也极负盛名。这两部作品字里行间浸透着对上帝的赞美，带有一种独特的甜美触感。查尔斯·卫斯理(Charles Wesley)的诗集《写给儿童的赞美诗》(*Hymns for Children*，1763)遵循同样的传统，收录用英语创作的优美赞美诗，包括《听啊！天使高声唱》(*Hark! The Herald—Angels Sing*，1739)[1]。安娜·巴博尔德(Anna Barbauld)是18世纪晚期最受欢迎的儿童赞美诗作家之一，她的代表诗作为《散文赞美诗》(*Hymns in Prose for Children*，1781)，无论排版还是文体皆着眼于儿童读者的需求，创设了一种父母与子女间日常对话的和谐语言氛围，影响了其后很多儿童文学作品的创作。

1789年，另一部能与华滋的《圣歌》比肩的儿童诗歌传世经典(canon)问世——威廉·布莱克(William Blake)的《天真与经验之歌》(*Songs of Innocence and of Experience*，1789)。布莱克是"最早借鉴18世纪育儿机构语言经验"的伟大诗人，他"捕捉到了以孩子为中心、像母亲对婴孩讲话和歌唱那种温柔言辞"(Styles，2004：416)，因此《天真与经验之歌》以简单欢快的基调和诗画结合的写作手法烘托主题，反对成人的主导地位，歌颂人类童年(childhood)纯真和天然的智慧。这种思想对于当时的社会来说过于超前，因此这首诗歌直至19世纪20年代才被收录于儿童作家诗选中，为大众所熟知，但布莱克的作品对儿童诗歌产生了深远的影响(Lindsay，1989)。1804年，由诗人、评论家安·泰勒和诗人、小说家简·泰勒[2]姐妹创作的经典作品《为婴儿之心灵而创作的诗歌》(*Original Poems, for Infant Minds*)问世。随后，史学家、作家威廉·罗斯科(William Roscoe)的《蝴蝶舞会》(*The Butterfly's Ball*，1806)受到了更广泛的关注，被许多作家模仿。由莎拉·凯瑟琳·马丁(Sarah Catherine Martin)等人出版的童谣《老母亲哈伯德》(*Old Mother Hubbard*，1805)中的打油诗(doggerel)也很快赢得儿童读者的

---

1 又译为《新生王》，最早出现在卫斯理1739年的诗集《赞美诗与圣歌》(*Hymns and Sacred Poems*)中，现代版本经乔治·怀特菲尔德(George Whitefield)等多位作者修改润色。

2 著名儿歌《小星星》(*Twinkle, Twinkle, Little Star*)的文字部分为简·泰勒创作的儿童诗。

钟爱。同样受儿童欢迎的还有《特罗特夫人和她的猫》（*Dame Trot and Her Cat*，1818）和《李家的维金斯夫人》（*Dame Wiggins of Lee and Her Seven Wonderful Cats*，1823），但这两部诗歌体冒险故事的作者不详。

英国诗人和画家爱德华·李尔为儿童写作无意义的谐趣诗（nonsense poems）并绘制插图，他的《谐趣诗集》（*A Book of Nonsense*，1846）、《谐趣歌曲、故事、植物学和字母表》（*Nonsense Songs, Stories, Botany and Alphabets*，1871）及《可笑的歌词》（*Laughable Lyrics*，1877）等多以五行打油诗形式创作，幽默诙谐，广受儿童读者欢迎。塞西尔·弗朗西斯·亚历山大（Cecil Frances Alexander）创作的赞美诗文风简单明快，至今仍在世界范围内广受欢迎，如诗集《给儿童的赞美诗》（*Hymns for Little Children*，1848）中的两首诗——《曾经在皇家大卫城》（*Once in Royal David's City*）和《万物光明美丽》（*Things Bright and Beautiful*），以及她的另一部作品《道德诗歌》（*Moral Songs*，1880）。

总体上来讲，19 世纪以前的绝大多数英国儿童诗歌内容严肃且说教意味浓厚，像华兹华斯、布莱克、李尔等诗人创作的轻松明快、以儿童读者为出发点的诗歌作品在当时可谓凤毛麟角。到 19 世纪早期，英语儿童诗歌的主题和风格出现较大转变，大部分诗人创作儿童诗的目的从对儿童进行说教转向了娱乐儿童。诗歌中严苛的道德故事逐渐发生变化，例如，关于昆虫、鸟类和小动物们虚构行为的轻松诗歌流行起来，并涌现出大量以儿童意趣为中心的无意义诗歌（Styles，2004：398）。

19 世纪 40 年代，英国诞生了三部经典儿童诗歌作品，分别是罗伯特·勃朗宁（Robert Browning）以德国传说为基础改编而成的儿童诗《汉姆林镇穿杂色衣服的流浪艺人》（*The Pied Piper of Hamelin*，1842），爱德华·李尔的第一本《谐趣诗集》，以及德国韵律体儿童故事集《蓬头彼得》的英译本（1848）。进入 19 世纪下半叶，克里斯蒂娜·罗塞蒂的《妖精市场》（*Goblin Market*，1862），以及两本早期诗选——考文垂·帕特莫尔的《儿童花环》和约翰·格林利夫·惠蒂尔（John Greenleaf Whittier）的《儿童生活》（*Child Life*，1871）。这个时期另一部著名儿童诗歌作品是罗伯特·路易斯·史蒂文森的《儿童诗园》，以积极乐观的语调描画作者自己病痛缠身的童年，对沃尔特·德·拉·梅尔（Walter John de la Mare）的儿童诗歌创作产生了很大的影响。梅亚的代表作品包括《童年之歌》（*Songs of Childhood*，1902）、《孔雀饼》（*Peacock Pie*，1913）和《到此处来》（*Come Hither*，1923）。

19 世纪上半叶，美国儿童诗歌开始崭露头角。1823 年，圣经学教授克莱门特·克拉克·摩尔（Clement Clarke Moore）的圣诞诗歌《圣尼古拉斯的来访》（*A Visit from St Nicholas*）[1] 出版；1830 年，萨拉·约瑟夫·黑尔（Sara Josepha Hale）的《玛丽有只小羊羔》（*Mary Had a Little Lamb*）问世，这首诗更因托马斯·爱迪生（Thomas Edison）1877 年的留声机录音实验，而成为第一段被人造录音设备记录的语音内容。当时许多儿童钟爱像亨利·朗费罗（Henry Wadsworth Longfellow）的经典史诗《海华沙之歌》（*The Song of Hiawatha*，1855），以及约翰·格林利夫·惠蒂尔等美国主要诗人的作品。

此外，还有几位相当多产的英美儿童诗诗人也有佳作问世，他们的作品在 19 世纪受关注度相对较低，却为他们赢得了身后之名，如美国诗人爱丽莎·弗伦（Eliza Lee Cabot Follen）和尤金·菲尔德（Eugene Field），英国诗人菲莉西亚·海曼斯（Felicia Dorathea Hemans）、玛丽·豪伊特（Mary Howitt）、威廉·阿林汉姆（William Allingham）和威廉·布莱蒂·兰兹（William Brighty Rands）。

☙ 20 世纪上半叶儿童诗歌的繁荣

20 世纪的儿童诗歌创作空前繁荣，英美文坛涌现出一大批著名的儿童诗作，主题、风格、创作手法等日渐多元。法裔英国作家希莱尔·贝洛克（Hilaire Belloc）擅长幽默讽刺，作品包括宗教诗歌、儿童喜剧诗和讽刺诗。他的讽刺诗集广受欢迎，其中《儿童警示故事》（*Cautionary Tales for Children*，1907）是当时最为畅销的作品之一。托马斯·斯特尔那斯·艾略特（Thomas Stearns Eliot）所撰写的有关猫的心理学和社会

1 这首诗后来常以其首行“在圣诞前夜”命名。此诗 1823 年以匿名发表，1837 年冠以摩尔之名，1844 年正式收入摩尔的诗集，但有学者对作者是否为摩尔存有争议，因而使之成为“美国最著名的争议性诗歌”。

学的诗集《老负鼠的猫经》(*Old Possum's Book of Practical Cats*)于1939年问世，其中收录的短诗以其怪诞、诙谐而俏皮的风格广受儿童的欢迎。诗人、历史小说家罗伯特·格雷夫斯(Robert von Ranke Graves)的诗集《海伍德厅的安》(*Ann at Highwood Hall: Poems for Children*，1964)以颇具匠心的传统诗歌韵律形式描写生活。"桂冠诗人"泰德·休斯的《迎接我的亲戚》(*Meet My Folks!*，1961)、《四季歌》(*Season Songs*，1976)、《咯咯响的玩具袋》(*The Rattle Bag*，1982)[1]等既毫无保留与隐瞒地描绘了真实世界，同时又充满童趣。其后，詹姆斯·里夫斯(James Reeves)的儿童诗集《漫步的月亮及其他诗》(*The Wandering Moon and Other Poems*，1987)，引导小读者以独特的视角观察世界。诗人、小说家罗伊·福勒(Roy Broadben Fuller)的诗集《窗外集：给孩子们的诗》(*The World Through the Window: Collected Poems for Children*，1989)以简洁明快的语言记录日常生活。美国诗人奥格登·纳什(Ogden Nash)的《父母不要干涉》(*Parents Keep Out*，1951)，秉承作者一贯的艺术风格，语调轻松幽默、韵律独特精巧。曾两次获普利策奖提名的非裔女诗人露西尔·克利夫顿(Lucille Clifton)的《埃弗雷特·安德森的一些日子》(*Some of the Days of Everett Anderson*，1987)，以简洁直率、明快乐观的诗风展现了非裔美国儿童的日常生活。克莱德·沃特森(Clyde Watson)的《福克斯老爹的廉价诗》(*Father Fox's Pennyrhymes*，1971)，语言简洁明了、韵律轻松跳脱，还配有幽默有趣的插画，深得诸多小读者喜爱。更值得一提的是查尔斯·考斯利和他的儿童诗歌作品。考斯利创作了《给儿童们的诗》(*Figgie Hobbin: Poems for Children*，1970)，以或轻快愉悦，或和缓温柔的语调讲述康沃尔国王的故事(story)。除此之外，他还是20世纪最优秀的诗集编者之一，为孩子们奉献了《少儿魔法诗集》(*The Puffin Book of Magic Verse*，1974)、《少儿盐海诗集》(*Puffin Book of Salt—Sea Verse*，1978)、少儿宗教诗歌集《太阳，舞蹈》(*The Sun, Dancing*，1984)等经典诗歌作品，以及《吃糖浆的杰克》(*Jack the Treacle Eater*，1987)。

20世纪有影响力的美国儿童诗人包括大卫·麦考德(David McCord)、哈里·贝恩(Harry Behn)、夏洛特·佐洛托(Charlotte Zolotow)、伊

1 《咯咯响的玩具袋》为休斯与爱尔兰作家诗人谢默斯·希尼(Seamus Heaney)为青少年合作编著的诗歌。

芙·梅里亚姆（Eve Merriam）、约翰·夏尔迪（John Ciardi）、埃洛伊丝·格林菲尔德（Eloise Greenfield）、玛丽·安·霍伯曼（Mary Ann Hoberman）、阿诺德·阿道夫（Arnold Adolf）、南希·威拉德（Nancy Willard）和杰克·普莱鲁茨基（Jack Prelutsky）等。他们的诗作往往有趣且风雅。除此之外，还有一些诗人的儿童诗歌作品，对现实题材有所观照。例如，谢尔·西尔弗斯坦（Shel Silverstein）的《阁楼之光》（*A Light in the Attic*，1981）、卡拉·库斯金（Karla Kuskin）的《任何我想成为的人》（*Any Me I Want to Be*，1972）和尼基·乔瓦尼（Nikki Giovanni）的《编一首柔和的黑人之歌》（*Spin a Soft Black Song*，1971），这些诗歌并不温顺地服从社会公知，且常含有当时具有争议的儿童主题，如反抗、死亡或超自然现象等。

一些极为出色且常被收入诗选的儿童诗则大多出自于创作成人诗歌的诗人之手，具有代表性的诗人如艾米莉·狄金森、罗伯特·弗罗斯特（Robert Frost）、卡尔·桑德伯格（Carl Sandburg）、埃德娜·圣文森特·米莱（Edna St Vincent Millay）、伊丽莎白·科茨沃斯（Elizabeth Coatsworth）、爱德华·埃斯特林·卡明斯（Edward Estlin Cummings）、雷切尔·菲尔德（Rachel Field）、兰斯顿·休斯（Langston Hughes）、迈拉·科恩·利文斯顿（Myra Cohn Livingstone）等。弗罗斯特的《你也来了》（*You Come Too*，1916）、桑德伯格出版的《风之歌》（*Wind Song*，1960）、狄金森和休斯的《致世界的一封信》（*A Letter to the World*，1968）和《不要转身》（*Don't You Turn Back*，1969）等诗集收录了这些儿童诗作。

20 世纪 70 年代以来儿童诗歌的现代化转变

20 世纪 70 年代，儿童诗歌的创作风格和主题发生了巨大的变化，早期优雅且常常伴有田园风的抒情诗变得更贴近现实（Styles，2004）。自然（nature）仍是诗歌的中心主题，并经常以动物诗歌的形式出现，用来抨击人类破坏环境的行为。即便这些诗歌读起来依然幽默有趣，但其中却包含更严肃的主题，如泰德·休斯的作品。

1974 年，一种新式儿童诗歌，即自由诗，大行其道，代表性的作品有英国迈克尔·罗森的《心系你自己的事》（*Mind Your Own Business*，1974）、《你不能抓住我》（*You Can't Catch Me*，1981）和《快，让我们离开这里》（*Quick, Let's Get out of Here*，1983）。这些诗作以孩子们的日常经历为中心，用贴近日常用语的浅显语言书写，夹杂着玩笑、辱骂与街头方言和夸张的修辞手法等，影响了当时的大批诗人。同时，罗杰·麦格夫的《你告诉我》（*You Tell Me*，1979）[1] 和《馅饼中的天空》（*Sky in the Pie*，1983）、阿德里安·亨利（Adrian Henri）的《幽灵棒棒糖女士》（*The Phantom Lollipop Lady*，1987）和布莱恩·帕登（Brian Patten）的《果冻漱口》（*Gargling with Jelly*，1986）用幽默戏谑的口吻书写现实中的世态炎凉。麦格夫的儿童诗歌作品趣味性十足，充分展示了极富创造性的想象力和精巧的文字游戏。

20 世纪 70 年代末，英国出现了基特·赖特（Kit Wright）这样多产而风趣的诗人，其代表作包括《守护山林的熊》（*The Bear Looked over the Mountain*，1977）和《午后》（*Short Afternoons*，1989）。20 世纪末期，许多诗人以一种轻松的游戏态度看待儿童诗歌创作，“淘气诗”（urchin verse）日渐成熟（Hahn，2015：465）。此类诗集还有迈克尔·罗森的《快，让我们离开这里》、艾伦·阿尔伯格的《求求你，巴特勒老师》（*Please Mrs Butler*，1983），以及本杰明·泽凡尼（Benjamin Zephaniah）的《善谈的土耳其人》（*Talking Turkeys*，1995）。这些诗集根植于儿童的生活经历——校园、操场和邻里，面向更广泛的人群。罗尔德·达尔（Roald Dahl）的小说中也出现了很多顽皮戏谑的传统押韵诗，并出版了一部儿童诗集《反叛的童谣》（*Revolting Rhymes*，1982）。

在美国，尽管活跃于当下诗坛的新一代诗人的一些作品还没有获得广泛读者的认可，但他们创作的儿童诗歌往往在主题或风格方面极富个性特点，同样值得关注。例如，亚裔女诗人珍妮特·王（Janet Wong）的《一箱海藻》（*A Suitcase of Seaweed and Other Poems*，1996），关注种族、身份、情感等青少年问题；墨西哥裔诗人加里·索托（Gary Anthony Soto）的《熟悉的诗篇》（*Canto Familiar*，1995），用舒适明亮的家庭场

1 《你告诉我》为麦格夫与迈克尔·罗森合著。

景、活泼幽默的语言风格介绍奇卡诺文化（Chicano culture）；阿拉伯裔女诗人娜奥米·希哈布·奈伊（Naomi Shihab Nye）的《十九种小羚羊》（*19 Varieties of Gazelle: Poems of the Middle East*，1994），向青少年读者展现了“9·11”事件后中东地区人们生活中的丝丝变化。除此之外，奈伊还编辑过一本优秀的诗选集《童年的旗帜》（*The Flag of Childhood: Poems from the Middle East*，2002），收录了巴勒斯坦、以色列、埃及和伊拉克等中东国家的优秀诗篇，这些诗篇大多以对家人、朋友，或者大自然的热爱为主题。

☙ 当代儿童诗歌面面观

整体来讲，当代儿童诗歌在语言上往往是非正式的（Styles，2004），又明显保留着过去所有流行的诗歌形式。但儿童诗歌也包含说唱、歌词、配音诗、俳句、具象诗、方言诗歌、戏剧独白和现实对话诗的特征，以及其他传统的韵律诗歌形式。儿童诗歌的定义也随着时代不断演变：当代诗歌强调对孩子们的爱，显现出重视儿童、娱乐儿童和保护儿童的意味，对诗歌中的幽默持有宽容、自由的态度。而清教徒时代儿童诗歌的功能是通过告诫孩子们要有美德、保持敬畏与服从，从而拯救孩子们的灵魂。浪漫主义（Romanticism）思想致使人们对童年的看法发生了令人欣慰的转变，其中一些观点流传至今（同上）。这些作品鼓励成人重视童年，弱化儿童道德主义，并为儿童开创了新的思考和写作方式。但不可否认的是，这样的创作观展现出人们仍然渴望理想化的童年，并将其等同于纯真，由此可能会导致对儿童抱有不切实际的期望。

当代较具权威性的儿童诗歌奖项有“青少年诗歌桂冠诗人”（Young People’s Poet Laureate），该奖项于2006年由美国诗歌基金会（Poetry Foundation）为促进美国儿童诗歌发展而设立[1]，每两年评选一次，评选

1　美国诗歌基金会是一个来自美国芝加哥的独立文学组织，也是当今世界最大的文学类基金会之一，同时也是英语国家第一个专注于诗歌的杂志《诗歌》（*Poetry*）的出版商。它的前身是于1941年设立的现代诗歌协会（Modern Poetry Association）。

对象为对儿童诗歌作出长久且重大贡献的在世诗人。近年来获得该奖项的代表性诗人有桂冠诗人迈克尔·罗森[1]和娜奥米·希哈布·奈伊。英国儿童文学作家迈克尔·罗森被称为"当代儿童诗歌中最重要的人物之一"，也是最早"紧密结合自己的童年经历并以儿童实际使用的语言来讲述"的诗人。他创作的著名儿童诗歌有《在垃圾箱后面》(*Down Behind the Dustbin*，2009)等。娜奥米·希哈布·奈伊所经历的不同文化(culture)的碰撞使她的作品充满了国际视野，她被认为是美国西南部地区的主要女性诗人之一，除前述作品外，她的代表作还有《红色手提箱》(*Red Suitcase*，1994)、《你失去了什么?》(*What Have You Lost?*，1999)等。

参考文献

李汝中 . 2007. 儿童文学 . 北京：科学出版社 .

姚苏平 . 2020，10 月 14 日 . 儿童诗：诗歌"共性"与"个性"表达 . 文艺报，(10).

Hahn, D. 2015. *The Oxford Companion for Children's Literature* (2nd ed.). Oxford: Oxford University Press.

Lindsay, D. 1989. *Blake: Songs of Innocence and Experience*. London: Macmillan.

Philip, N. 1990. *A New Treasury of Poetry*. London: Blackie.

Styles, M. 2004. Poetry. In P. Hunt (Ed.), *International Companion Encyclopedia of Children's Literature* (2nd ed., Vol. 1). London: Routledge, 396–417.

1 英国儿童文学作家迈克尔·罗森还于 2008 年主持创办以挪威籍英国杰出儿童文学作家、剧作家罗尔德·达尔命名的"罗尔德·达尔趣味童书奖"(Roald Dahl Funny Prize)，注重童书阅读中的幽默和有趣体验。

儿童文学 CHILDREN'S LITERATURE

儿童文学的界定

儿童文学（children's literature）是一个复杂、宽泛的概念，可以从不同角度来进行界定。

现代意义上的儿童文学则主要有以下几种视角和观点：

- 阅读（接受）对象的视角：儿童文学专指为儿童（children）创作的文学作品，或者给儿童读的、儿童喜欢读的任何作品；
- 艺术构成的视角：儿童文学是以儿童和儿童生活为主要描述对象的文学作品，并且通常语言及情节简单、乐观又富于道德寓意（Hunt，2011：45）；
- 创作目的视角：儿童文学是对儿童有益、教育儿童的文学作品（Lesnik-Oberstein，2004：16）；
- 综合性视角：儿童文学既包括"给儿童写的，写儿童的"，也包括创作主体是儿童的文学作品，即"儿童自己写的"文学作品。

其中，阅读（接受）对象视角的观点接受度最高，因此本书也采用这一视角和观点定义儿童文学。

首先，儿童文学有古典意义和现代意义之别。古典意义上的儿童文学指那些不是专门为儿童创作，但适合儿童阅读的作品。其次，儿童文学也有广义和狭义之分。广义的儿童文学主要从综合性视角进行考量，包括幼儿文学、少儿（童年）文学和少年文学，狭义的儿童文学专指童年文学。再次，从体裁（genre）上讲，儿童文学作品囊括了童谣（nursery rhyme）、儿童诗歌（children's poetry）、童话（fairy tale）、寓言（fable）、儿童故事（children's story）、儿童小说（children's fiction）、儿童散文（children's prose）、儿童报告文学（children's reportage）、图画文学（picture book）、儿童科学文艺（children's science and literature）、儿童影视（动漫）文学（children's movie and cartoon）、儿童戏剧（children's play）等多种类别（李汝中，2007）。最后，从属性上讲，儿童文学既指与儿童相关的文学作品，又指一个学术领域、一种文学门类（Hunt，1995）。从学术领域维度来看，儿童文学也包括"史、论、评"的研究，也可以从文学、教育（education）、图书馆学、历史、心理学、艺术、文化（culture）等多视角或者多元视角展开（Hunt，2005）。而从文学门类的维度，儿童文学与（成人）文学一样，也是以语言文字为工具的艺术形式，通过主题、技巧、形象等反映现实。由此可见，无论是作为文学作品、学术领域还是文学门类，儿童文学都是一个复杂的矛盾体。一方面，它涉及"儿童"，因而通常意味着"不成熟"（immaturity）或"简单"（simplicity）；另一方面，它意味着"文本和阅读方面的繁复"（sophistication in texts and reading）或"复杂"（complexity）的"文学"（Kinnell，1995：42）。而且，儿童文学作品由作者、出版商、评论家组成的"主要关心书籍的人士"（book people）从文学角度进行专业地书写和出版，由教师和家长等"主要关心儿童的人士"（child people）以非专业、非文学（而是社会、道德、心理、教育等）的标准进行审查，不同利益、不同价值观在其中博弈。此外，儿童文学的预期读者是儿童，而童书的写作、出版，甚至选择，却通常由成人（adult）操控（Hunt，2005；Benton，2005），成人标准与儿童标准的差异使得其中的矛盾进一步复杂化。因此，儿童文学绝非是由简单的文字组成的"简单"的文学，儿童文学作品也绝不是"纯低幼性质的读物"（舒伟，2015a：7），而是"错综复杂的丛林"（tangled jungle）（Hunt，2005：2），甚至是"不可能"被明确划分和界定的（Reynolds，2011：2）。换言之，儿童文学是一个研究内容丰富、独立而又具有跨学科性的（independent and interdisciplinary）学术领域（Hunt，2011：47；Šaric，2005：500–502）。

☙ 西方儿童文学简史

西方儿童文学主要经历了探索期（18 世纪之前）、萌芽及繁荣期（18 至 19 世纪）和深化发展期（20 世纪以来）三个阶段。

18 世纪之前的西方社会并无儿童文学的概念，最早出现的儿童读物皆以教本的形式出现，对儿童进行道德或宗教教育，如公元前 600 多年欧洲教士们为儿童编写的“手抄本”（manuscripts），以及《圣经》的翻译（translation）改写（吴鼎，1980：35）。此外，甚至还有古希腊荷马的史诗《伊利亚特》、维吉尔的《埃涅阿斯纪》选段、约翰·班扬的《天路历程》等。这些作品通常并非专门为儿童读者所作，要么晦涩难懂、要么严肃古板，或是由成人作品改编而来，或是成人文学的片段（Ray，2004；Sánchez-Eppler，2011），并未考虑儿童的接受特点，因此不能称其为现代意义上的儿童文学。这段时期出现的儿童文学经典作品包括：古希腊伊索（Aesop）于公元前 6 世纪编著和收集整理的动物寓言典范《伊索寓言》，法国多名作者合著、以古法语和诗句撰写而成的故事集《列那狐传说》（*Reynard the Fox*，1175—1250），法国诗人让·德·拉·封丹（Jean de La Fontaine）取材自《伊索寓言》并以诗的形式表述的《拉·封丹寓言》（*Fables Choisies Mises en Vers*，1755—1759）等。这几部作品也是以道德和宗教内容为主，但在语言形式、情节架构及思想表达等方面趋向简洁，较易于儿童接受，被认为是西方儿童文学“发轫之作”（韦苇，1990：13），对后世的儿童文学创作影响深远。

18 世纪，随着“儿童”“童年”（childhood）等概念的产生和发展，开始出现专门为儿童创作、以儿童心理特性为立足点的童书，因此可以说，西方在 18 世纪才出现了真正意义上的儿童文学（葛琳，1975：73）[1]。1744 年英国作家约翰·纽伯瑞的《美丽的小书》被认为是世界上第一部专门为儿童创作的作品（Grenby，2009）[2]。此外，他还开设书店，

---

1 彼得·亨特认为现代儿童文学（children's literature in its modern form）“‘真正的’童书”（“true” children's books）出现在 19 世纪。

2 马修·格伦比（Matthew Grenby）实际上对此说法有异议，认为若以“愉悦”儿童作为现代儿童文学的区别性特质，约翰·班扬的《给男孩和女孩的书》甚至詹姆斯·简威的《儿童的楷模》也具有这一特质。

为儿童设计、改编各种读物，兼顾文学价值、阅读趣味和知识传授，在取得了巨大商业收益的同时，更推动了儿童文学的发展，因此纽伯瑞被称为“儿童文学之父”（吴鼎，1980：40），启动了“历史上第一个自觉的自成体系的儿童文学出版事业”（舒伟，2015a：1）。

这一时期，在英国教育思想家约翰·洛克和法国教育家让·雅克·卢梭等为代表的现代教育思想及浪漫主义文学（romantic literature）思潮的推动下，更适合儿童审美趣味的幻想题材逐渐占据上风。与此同时，传统的道德与宗教教育主题也并未退场，多种主题相互辉映，儿童文学繁荣发展，涌现出了一些世界儿童文学大家，如丹尼尔·笛福、乔纳森·斯威夫特（Johnathan Swift）、格林兄弟、汉斯·安徒生、卡洛·科罗迪、儒勒·凡尔纳、刘易斯·卡罗尔、马克·吐温、罗伯特·史蒂文森等，为儿童读者创作出了《鲁滨孙漂流记》《格列佛游记》（*Gulliver's Travels*，1726）、《儿童与家庭童话集》，即《格林童话》，《讲给孩子们听的故事》（*Fairy Tales Told for Children*，1835），即《安徒生童话》（*Andersen's Fairy Tales*，1835—1872），《木偶奇遇记》《已知和未知世界的奇异旅行》《爱丽丝梦游奇境记》《汤姆·索亚历险记》《金银岛》（*Treasure Island*，1883）等经典的儿童文学作品。这些作品拓展和丰富了儿童文学类型，广泛流传，深入人心。其中，《格林童话》和《安徒生童话》最初都是以民间故事为原型的改编作品，因此两部作品可以说是“从民间文学转变到儿童文学”的代表。

英国的儿童文学不仅发展较早，而且经典（canon）频出，在19世纪更是形成了一股“儿童文学热潮”。除了笛福、斯威夫特、卡罗尔和史蒂文森等儿童文学作家和他们的作品之外，很多英国著名的小说家也开始为儿童编写故事（story），如查尔斯·狄更斯的《圣诞颂歌》、奥斯卡·王尔德（Oscar Wilde）的《快乐王子》（*The Happy Prince*，1888）等。

20世纪以来，西方儿童文学作家们能站在儿童立场、以儿童需要为出发点创作，更承认游戏为儿童生活的一部分（吴鼎，1980），因此幻想、冒险、游戏性叙事为主的作品逐渐突出，如瑞典作家阿斯特丽德·林格伦的代表作《长袜子皮皮》（*Pippi Longstocking*，1945）和《小飞人卡尔松》延续北欧的童话传统，为小读者编织由调皮可爱的小孩儿、精灵或者矮人等构成的、自由快乐的文学幻境。同样具有代表性的还有英国的奇幻小说，如詹姆斯·巴里的《彼得·潘》（*Peter Pan*，1904）中，成功塑造了梦幻岛和永远长不大的彼得这一经典人物形象，艾伦·米尔恩（Alan Alexandra Milne）及后来迪士尼公司出品的《小熊维尼》系列故事（*Winnie the Pooh*，1925）则建构起了一个友善和谐的动物家园。英国近几年还有承自维多利亚时代的校园叙事经典，产生了由乔安妮·凯瑟琳·罗琳创作的《哈利·波特》系列小说，果敢聪慧的男孩哈利和奇幻有趣的情节吸引了无数青少年读者，甚至成年读者（Reynolds，2011）。美国儿童文学则以冒险小说领军，如杰克·伦敦《野性的呼唤》里的雪橇犬巴克以己之力战胜磨难而成为荒野狼群之王，丹·慕克吉（Dhan Gopal Muerji）的《穿越喜马拉雅的信鸽》（*Gay-Neck: The Story of a Pigeon*，1927）里"花颈鸽"与凶狠的老鹰、恶劣的环境搏斗，最终完成不可能完成的任务，成为战鸽之王的经历，还有厄尼斯特·海明威（Ernest Miller Hemmingway）的《老人与海》（*The Old Man and the Sea*，1952）里老而弥坚、永不屈服的古巴渔夫圣地亚哥战胜自然（nature）的故事等。这些作品中展现的力量与勇气让一众少年读者心情激荡。

∽ 儿童文学与文学

儿童文学作为"一种独立的文学门类，在人类文学艺术版图中占有不可或缺的位置"（王泉根，2006：44），是文学多元系统的一个组成部分。儿童文学作为一门语言的艺术，与成人文学的根本区别在于其"儿童性"（children-orientedness），或者"文学表达的童趣化"（舒伟，2015a：13），既以儿童读者的审美需求和心智需求为基点，同时又以帮助儿童发展为创作目的。因此，儿童文学作品的语言、思想和人物关系通常更加浅显易懂，也更富于趣味性和教育蕴意，具有独特的文学价值和艺术规范（王泉根，2006），常常与成人文学相对照进行讨论（Hunt，2011）。换言之，儿童文学与文学之间的差异主要"在量而不在质"（in degree but not in kind），儿童文学与成人文学的区别则在于预期读者、写作技巧、写作目的、阅读方式（Hunt，2005：4），或者说"除了儿童的接受特点和理解能力需要作家照顾，儿童文学和一般文学没有别的分野”（韦苇，1990：16）。

此外，儿童文学的发生、发展不仅与人类社会对儿童的认识、儿童观的发展有关，也与文学的发展密切相连。历史上数次文学思潮都为儿童文学的创作所借鉴，不同程度地影响了儿童文学的发展状态和呈现方式，对儿童文学的选题立意、体裁特点、人物形象、创作手法等影响巨大（Thacker & Webb，2005）。例如，在16世纪的人文主义思潮的影响下，“世界儿童文学史上早期的两块里程碑”——法国小说家弗朗索瓦·拉伯雷（Franois Rabelais）的《巨人传》（*Gargantua and Pantagruel*，1532—1564）和西班牙作家米格尔·德·塞万提斯（Miguel de Cervantes Saavedra）的《唐·吉诃德》（*Don Quixote*，1605）渗透着人道主义思想，推崇解放人性和追求自由，而在18世纪启蒙运动思潮影响下的《鲁滨孙漂流记》和《格列佛游记》则让读者看到了当时社会的不足，鼓励他们不断进取（韦苇，1990：16）。

同时，儿童文学对文学大系统（甚至社会科学的其他分支，以及社会本身）有一定的反哺作用。例如，最初由凡尔纳为儿童阅读、表达未来科学假定而创作的科幻小说（science fiction）后来进入成人文学（同上，1990），丰富了成人文学的种类。正如德裔美国批评家杰克·齐普斯（Jack Zipes）指出的那样：“儿童文学是真正的民间文学，是为所有民众创作的文学，是无论老少都在阅读的文学，它对于儿童的社会化特别是发展孩子们的批判性和富有想象力的阅读能力具有重要作用。”（舒伟，2015b）有些儿童文学作品的主体读者是儿童，但也期望吸引成人读者，如米尔恩的《小熊维尼》系列故事中总是情绪低落又善良幽默的驴子屹耳时常思考人生，会随口说出一些富有哲理的俏皮话，这些俏皮话的含义儿童根本无法理解，而读故事给孩子听的父母才能理解这些语句的有趣之处（Lathey，2016）。因此，儿童文学作品虽然曾一度被“边缘化”（marginalized），但它们在社会、文化、历史，以及语言和政治等方面的多元影响，不仅限于儿童读者群，也会直接或间接地延伸至成人读者身上（Hunt，2005），甚至可以说，“儿童文学研究的最高成果可以为整个文艺学、美学、心理学、教育学、哲学等学科提供思维成果和理论材料”（王泉根，2006）。

此外，文学史上还有大量的成人文学作品虽然一开始并非专门为儿童所作，但却受到儿童喜爱，进而影响儿童文学的发展，成为“被儿童占为已有的‘儿童文学’”（Hunt，2011：46），如马克·吐温的《汤姆·索亚历险记》、班扬的《天路历程》，笛福的《鲁滨孙漂流记》、斯威夫特的《格列佛游记》、格林兄弟的童话集及优秀成人读物的改写本，如沃尔特·德·拉·梅尔的《圣经故事集》（*Stories from the Bible*，1933），还有各种民间故事和神话传说等。

不难看出，儿童文学与成人文学之间的边界并非一清二楚，正如彼得·亨特所说，在儿童文学和成人文学之间存在一个“经典作品”的混合范畴（a hybrid category of “the classic”），如米尔恩的《小熊维尼》，弗朗西斯·霍奇森·伯内特（Frances Hodgson Burnett）的《秘密花园》（*The Secret Garden*，1911）、史蒂文森的《金银岛》等。儿童文学既可以指相关文本又可以作为研究领域，使得它可以跨越学科界限，赢得各个读者群的青睐（Hunt，2005：1）。

综上所述，儿童文学从属于文学，遵循文学的各种规范和标准，并受其理论（theory）和实践影响，但同时也与（成人）文学互相参照、互相渗透、互为依傍。

参考文献

葛琳 . 1975. 师专儿童文学研究 . 台北：中华电视台 .

李丽 . 2010. 生成与接受：中国儿童文学翻译研究（1898—1949）. 武汉：湖北人民出版社 .

李汝中 . 2007. 儿童文学 . 北京：科学出版社 .

舒伟 . 2015a. 英国儿童文学简史 . 长沙：湖南少年儿童出版社 .

舒伟 . 2015b，10 月 14 日 . 英国儿童文学经典的世纪回眸 . 文艺报 .

王泉根 . 2006. 论儿童文学的基本美学特征 . 北京师范大学学报（社会科学版），（2）: 44–54.

韦苇 . 1990. 西方儿童文学史研究五题 . 浙江师大学报（社会科学版），（2）: 13–18.

吴鼎 . 1980. 儿童文学研究 . 台北：远流出版公司 .

Benton, M. 2005. Readers, texts, contexts: Reader-response criticism. In P. Hunt (Ed.), *Understanding Children's Literature* (2nd ed.). London: Routledge, 81–99.

Grenby, M. O. 2009. Children's literature: Birth, infancy, maturity. In J. Maybin & N. J. Watson (Eds.), *Children's Literature: Approaches and Territories*. London: Red Globe, 39–56.

Kinnell, Margaret. 1995. Publishing for children. In P. Hunt, D. Butts, E. Heins, M. Kinnell & T. Watkins (Eds.), *Children's Literature: An Illustrated History*. Oxford: Oxford University Press, 26–45.

Hunt, P. 1995. *Children's Literature: An Illustrated History*. Oxford: Oxford University Press.

Hunt, P. 2005. *Understanding Children's Literature* (2nd ed.). London: Routledge.

Hunt, P. 2011. Children's literature. In P. Nel & L. Paul (Eds.), *Keywords for Children's Literature*. New York: New York University Press, 42–47.

Lathey, G. 2016. *Translating Children's Literature*. London: Routledge.

Lesnik-Oberstein, K. (Ed.). 2004. *Children's Literature: New Approaches*. Bansingstoke: Palgrave Macmillan.

Ray, S. 2004. The world of children's literature: An introduction. In P. Hunt (Ed.), *International Companion Encyclopedia of Children's Literature* (2nd ed.). London: Routledge, 849–857.

Reynolds, K. 2011. *Children's Literature: A Very Short Introduction*. Oxford: Oxford University Press.

Sánchez-Eppler, K. 2011. Childhood. In N. Philip & L. Paul (Eds.), *Keywords for Children's Literature* (2nd ed). New York: New York University Press, 35–41.

Šaric, J. 2005. Collapsing the disciplines: Children's literature, children's culture, and Andrew O'Malley's *The Making of the Modern Child*. *Pedagogy Critical Approaches to Teaching Literature Language Composition and Culture*, *5*(3): 500–509.

Thacker, D. C. & Webb, J. (Eds.). 2005. *Introducing Children's Literature. From Romanticism to Postmodernism*. London: Routledge.

儿童文学的黄金时代

THE GOLDEN AGE OF CHILDREN'S LITERATURE

就文化史而言，“黄金时代”（the Golden Age）的概念来自古神话叙事，是田园牧歌般无忧无虑的美好家园及幸福时光的代名词。一般认为，这个词语首次出现于公元前 8 世纪古希腊诗人赫西俄德（Hesiod）的《农作与时日》（*Works and Days*，700 BC）。作者描述了有关已经逝去的幸福的黄金时代，那时人们和天神一样无忧无虑地生活着，没有苦恼和贫穷；他们不会衰老，四肢永远像年轻时那样充满力量，死亡只不过是安详的长眠；他们丰衣足食，终身享受着富饶大地慷慨馈赠的美酒、佳肴和欢乐（赫西俄德，2006）。在荷马史诗《奥德赛》（*Odyssey*，725 BC）第 4 卷中，海上老人普罗托斯用“长了翅膀的语言”描述了一个凡人的理想乐土：

> 至于你，宙斯养育的墨涅拉俄斯，神明却无意
>
> 让你死去，在马草丰肥的阿耳戈斯终结——
>
> 长生者将把你送往厄鲁西亚平原，
>
> 位于大地的极限，金发的拉达门苏斯居住那边，
>
> 凡人的生活啊，在那里最为安闲，
>
> 既无飞雪，也没有寒冬和雨水，
>
> 只有不断的徐风，拂自俄开阿诺斯的浪卷，
>
> 轻捷的西风吹送，悦爽人的情怀……（荷马，2003：121）

无论是赫西俄德描述的幻想家园，还是荷马讲述的极地乐园，“黄金时代”所指代的都是古希腊时期的人类理想国度，是一个遥远而神秘的所在，是大自然赐予凡人的美丽富饶的宁静乐土，也成为西方文学中表现凡尘世间人们所苦苦寻求的“阿卡迪亚”（Acadia）原型模式。

在19世纪工业革命的浪潮中，英国维多利亚时代异军突起的儿童文学（children's literature）共同体成为儿童本位（child based）的、契合儿童（children）审美接受意识与发展心理的童年文学表达和文学类型。这一时期，有自觉意识的儿童文学取得了卓越的成就，名篇佳作数量之多，艺术水平之高，影响之深远，令人瞩目。此后，学界公认维多利亚中后期至爱德华时代为具有深远影响的英国儿童文学的“黄金时代”，只是在时间划分上略有不同。汉弗莱·卡彭特（Humphrey Carpenter）的《秘密花园：儿童文学的黄金时代研究》（*Secret Gardens: A Study of the Golden Age of Children's Literature*，1985）是学者对这一时期的儿童文学成就进行系统考察研究的专著之一。作者借用女作家弗朗西斯·霍奇森·伯内特的儿童小说（children's fiction）名著《秘密花园》为专著的主标题，对19世纪中期至20世纪初的杰出儿童文学作家及其创作进行了全面深入考察，认为这些作家的文学创作活动形成了相似的涉及思想观念和主题的文学艺术模式。

这一“黄金时代”的出现，是长期以来不同儿童观所引导的儿童图书创作实践在变化的历史语境中碰撞、演进的结果。进入基督教时代后，尤其16世纪以来随着新教主义及英国社会中产阶级的兴起，人们对童年（childhood）特殊精神状态的漠视状况有所改观。不少人出于基督教理念开始关注儿童心理。在清教主义者注重儿童教育理念的推动下，儿童图书成为独立的出版类型，主要包括实用性、知识性图书及宗教训诫类图书。在相当长的时期内，挽歌式的诗歌作品和宗教训诫故事成为儿童读物的主流，用于儿童读书识字的读物通常也只能采用《圣经》的内容。1744年，出版家约翰·纽伯瑞致力于开拓儿童读物市场，出版题材和内容丰富的儿童读物，成为儿童图书出版史上具有重要意义的事件。纽伯瑞的贡献在于使儿童图书从此成为图书出版行业不可或缺的一个组成部分。19世纪以来，有自觉意识的英国儿童文学创作在工业革命和社会变革的浪潮推动下，发端于清教主义（puritanism）的宗教训导式文学表达走向了真正意义的儿童本位的童年精神的文学表达。以达尔文进化论为代表的新思想产生了强烈的震荡和冲击，不仅动摇了传统宗教信仰的基座，而且撼动了英国清教主义思潮和中产阶级社会自17世纪后期以来对张扬幻想和游戏精神的文学表达的禁忌与压制。与此同时，社会巨变激发了精神迷茫下的“重返童年”的时代思潮，推动了有自觉意识的儿童文学的长足发展，使儿童文学创作从“布道说教，救赎灵魂”的宗教叙事走向回归童年本真，珍视想象和娱乐的创作追求。这一时期的儿童文学文类多样、题材丰富、杂色多彩，主要包括现实主义（Realism）的童年叙事、儿童本位的幻想叙事、女性童话叙事、少年校园叙事和少年历险叙事等，形成了维多利亚时期具有共同读者对象、共同价值取向和相似艺术追求的儿童与青少年（young adult）文学共同体。其中，从维多利亚时代后期兴起的现当代儿童幻想小说成为英国儿童文学最重要的支柱之一。这些作品对于现当代英国儿童文学的发展具有至关重要的推动意义，也从此成为儿童文学批评史关注和研究的重要对象。这一时期的名家名作造就了英国儿童文学影响深远的经典作品，奠定了英国儿童文学的坚实基础，形成了突出的儿童文学传统，如狄更斯传统、卡罗尔传统、内斯比特传统、格雷厄姆传统等。

☙ 狄更斯“苦难—成长”题材的现实主义童年叙事

19 世纪中期以来，许多著名的英国作家都怀着重返童年的怀旧（nostalgia）心态为孩子们写作，客观上推动了英国儿童文学的发展。就“重返童年”而言，英国文坛上出现了两种创作走向：以狄更斯作品为代表的现实主义的童年叙事和以刘易斯·卡罗尔作品为代表的幻想性童年叙事。

在工业革命和社会动荡的时代浪潮中，狄更斯把关注的目光投向英国城镇中下阶层民众的现实生活，尤其关注底层社会形形色色的童年人生。在他的诸多长篇小说中，狄更斯令人难忘地描写了英国中下层社会种种触目惊心的贫困与混乱情景，尤其揭示了儿童作为拜金主义社会的牺牲品所承受的精神和物质生活的双重苦难。狄更斯现实主义童年叙事的原动力来自他本人受到至深伤害的童年经历。狄更斯采用批判现实主义的写作手法，捕捉英国工业革命时期多种多样的童年和人生，大力开拓了现实主义“苦难—成长”的童年叙事领域。事实上，从《雾都孤儿》的发表到《远大前程》（*Great Expectations*，1861）问世的 25 年间，狄更斯所呈现的那些历尽磨难和坎坷人生的儿童群像（如奥利弗、耐尔、董贝、蒂姆、匹普、小杜丽、科波菲尔等），无不铭刻在无数读者的头脑之中。狄更斯对维多利亚时代社会转型期的少年主人公的倾心描写是他对 19 世纪以来的英国儿童文学作出的重要贡献。

௸ 以“爱丽丝”小说为代表的幻想性童年叙事

刘易斯·卡罗尔的两部“爱丽丝”小说是维多利亚时期幻想性童年叙事的卓越代表，使不同时代的读者能够徜徉在童年奇境中流连忘返。通过以幻写实，亦真亦幻的童话艺术，作者讲述了天真质朴且具有常识判断的小女孩爱丽丝在荒诞的奇境世界和镜中世界的离奇经历，创造性地拓展了传统童话叙事的表现空间和哲理容量。一方面，“爱丽丝”故事秉承了口传童话故事（fairy story）的民间文化因素，具有现场性、亲密性和互动性的特质，体现了它与传统童话的血脉关系；另一方面，这两部作品又通过作者的卓越才思和精致的文学叙事获得了独领风骚的艺术升华。以卡罗尔的两部“爱丽丝”小说为代表的幻想性童年叙事作品前所未有地冲破了从 18 世纪中期以来一直在英国儿童文学领域占主导地位的刻板写实之藩篱，颠覆了那些恪守“事实”、坚持理性说教的儿童图书的写作教条，推动了张扬幻想、追求快乐、奔放天性的幻想儿童文学叙事主潮的兴起。

这一时期儿童幻想小说（童话小说）的创作蔚然成风，出现了一大批风格各异、深受少年儿童读者喜爱的名篇名著，引领了英国儿童文学的第一个黄金时代的到来。这一时期的其他重要作品还包括弗兰西斯·爱德华·佩吉特（Francis Edward Paget）的《卡兹科普弗斯一家的希望》（*The Hope of the Katzekopfs*，1844），罗斯金（John Ruskin）的《金河王》（*The King of the Golden River*，1851），威廉·梅克比斯·萨克雷（William Makepeace Thackeray）的《玫瑰与戒指》（*The Rose and the Ring*，1855），查尔斯·金斯利（Charles Kingsley）的《水孩子》（*The Water Babies*，1863），乔治·麦克唐纳（Gorge Macdonald）的《乘着北风遨游》（*At the Back of North Wind*，1871）、《公主与妖怪》（*The Princess and Goblin*，1872）、《公主与科迪》（*The Princess and Curdie*，1883），奥斯卡·王尔德的童话集《快乐王子及其他故事》（*The Happy Prince and Other Tales*，1888；包括《快乐王子》《夜莺和玫瑰》《自私的巨人》《忠诚的朋友》和《神奇的火箭》）及《石榴之家》（*A House of Pomegranates*，1891；包括《少年国王》《小公主的生日》《渔夫和他的灵魂》和《星孩儿》），约瑟夫·拉迪亚德·吉卜林的《丛林之书》《原来如此的故事》（*Just so Stories*，1902），毕翠克丝·波特（Beatrix Potter）的《彼得兔》（*Peter Rabbit*，1902），伊迪丝·内斯比特（Edith Nesbit）的《五个孩子与沙精》（*Five Children and It*，1902）、《凤凰与魔毯》（*Phoenix and Carpet*，1904）、《护符的故事》（*The Story of the Amulet*，1906）、《魔法城堡》（*The Enchanted Castle*，1907），巴里的《彼得·潘》（*Peter Pan*，1904），肯尼斯·格雷厄姆（Kenneth Grahame）的《黄金时代》（*The Golden Age*，1895）、《梦里春秋》（*Dream Days*，1898）、《柳林风声》（*Wind in the Willows*，1908）等。

☙ 女性童话作家的创作

维多利亚时代中期以来，英国女性童话作家异军突起。她们的创作构成了该时期童话文学创作的半壁江山，使英国童话小说突破道德说教的藩篱，为英国儿童文学第一个黄金时代的到来作出了不容忽视的重要贡献。这批女性作家包括伊迪丝·内斯比特、毕翠克丝·波特、萨拉·柯尔律治（Sara Coleridge）、凯瑟琳·辛克莱（Catherine Sinclair）、弗朗西斯·布朗（Frances Browne）、安妮·伊莎贝拉·里奇（Anne Isabella Ritchie）、马洛克·克雷克（Dinah Maria Mulock Craik）、玛丽·路易莎·莫尔斯沃斯（Mary Louisa Molesworth）、朱莉安娜·霍瑞肖·尤因（Juliana Horatia Ewing）、克里斯蒂娜·罗塞蒂、玛丽·德·摩根（Mary De Morgan）、哈里特·路易莎·蔡尔德–彭伯顿（Harriet Louisa Childe-Pemberton）、露西·莱恩·克利福德（Lucy Lane Clifford）和伊芙琳·夏普（Evelyn Sharp）等。从社会政治的角度看，由于置身于一种性别歧视的男权社会里，女性作家有更多的精神诉求和情理表述，有更充足的理由去寻求心灵创伤（trauma）的慰藉，来诉说对社会不公的鞭挞，也有更急迫的需求去获得自我生命的超越，去构建一个理想的童话乌托邦（Utopia）。而从文学表达的意义上，女性童话作家特有的敏感和直觉的性别感受，使她们具有更细腻而浪漫的审美想象，有更自如地讲述童话故事的“天赋”才能。她们对于工业革命以来社会转型期产生的困惑和痛苦有着不同体验，更渴望道德关怀、审美情趣和天伦之乐，也更需要诉诸奇异的文学想象。在这一时期的女性童话作家中，影响最大的当属伊迪丝·内斯比特。她不仅推动了维多利亚后期的英国童话小说创作的持续发展，更对 20 世纪的英国儿童幻想文学（fantasy）创作产生了深刻的影响，其代表作包括《五个孩子和沙精》《凤凰与魔毯》和《护符的故事》系列，以及《魔法城堡》、《亚顿城的魔法》（*The House of Arden*，1908）、《迪奇·哈丁的时空旅行》（*Harding's Luck*，1909）等着重表现跨越时空题材的儿童幻想小说。《五个孩子与沙精》是描写同一集体主人公（一户人家的五个孩子）的三部曲系列的第一部，具有重要的开拓意义。在这些故事（story）里，孩子们通过沙地精的神奇但又有限制的魔法而经历了奇异的人生境遇，体会到了各种改变带来的欣喜、震惊、惶恐、懊悔等，从而获得了对生活的更多理解。这位女作家的幻想文学创作形成了“内斯比特传统”，是对传统童话叙事的更新与发展，预设了各种现代社会语境下主人公进入幻想世界或魔法世界的方式，对后人影响深远。

☙ 达尔文的“自传式”童年叙事

1859 年，达尔文发表了《物种起源》（*On the Origin of Species*），随后以达尔文进化论为代表的新思潮，颠覆性地撼动了基督教有关上帝与世间众生关系的不二说法。有关文献表明，达尔文学说直接影响和推动了这一时期的儿童和青少年文学创作的想象力。查尔斯·金斯利在《水孩子》中就糅合了进化论思想和基督教精神，体现了宗教感化因素与文学想象的结合。从格雷厄姆的《柳林风声》、巴里的《彼得·潘》，吉卜林的《原来如此的故事》、波特的《彼得兔》，到伯内特的《秘密花园》等作品中，无不受到达尔文思想的影响。1887 年，达尔文发表了《达尔文自传》（*The Autobiography of Charles Darwin*），使之成为这一时期的重要童年叙事之一。这部传记讲述科学家本人的童年，包括童年往事和回忆、出海科考的历程、对家族名人的记述，既是生动翔实的童年记忆，又呈现出想象的世界、奇迹的世界，具有双重影响，使自然科学家的童年书写成为儿童成长历程的具有吸引力的阐述之一。在普遍意义上，它鼓励少年儿童培养好奇心，以及勇于探索和发现的科学精神；在文学意义上，《达尔文自传》所描述的科学家的童年成为一个追求知识、追求信念和实现希望的文学新大陆，受到广泛关注。

少年校园叙事

维多利亚时代，公学在英国的初级教育体系中扮演着十分重要的角色。表现学校生活的校园小说成为主人公从年幼无知走向身体和心智成熟的普遍成长叙事。夏洛蒂·勃朗特的《简·爱》，狄更斯的《董贝父子》（*Dombey and Son*，1848）、《大卫·科波菲尔》（*David Copperfield*，1849）等作品已出现对英国学校状况和校园生活的生动细致描写，而且引发了社会公众对学校教育状况的关注。随着时代语境的变化，英国校园小说在维多利亚时期取得了丰硕的成果，出现了具有很高文学艺术性并对后人产生很大影响的经典文本，其中影响最大的作家包括托马斯·休斯（Thomas Hughes）、弗雷德里克·法勒（Frederic Farrar）、塔尔博特·里德（Talbot Reed）和约瑟夫·拉迪亚德·吉卜林等人。托马斯·休斯创作的校园小说《汤姆·布朗的公学岁月》（*Tom Brown's School Days*，1857）讲述一个名叫汤姆·布朗的男生在教育家托马斯·阿诺德任校长的拉格比公学的校园生活及成长经历。这部作品用写实性的手法艺术地再现了阿诺德校长教育活动的影响和布朗在学校求学期间的经历。小说对人物的刻画生动细致，具有浓厚的学校生活气息。书中描述的学校生活场景和经历是许多学龄孩子所熟悉的，其所关注的集体生活环境中的友谊，以及如何处理同学间的人际关系、培养团队意识，如何应对成人（adult）的权威等内容，都能够唤起读者的共鸣。

☙ 少年历险叙事

与英国校园小说一样，英国儿童与青少年历险小说在维多利亚时期取得了丰硕的成果，出现了一大批经典作品。在维多利亚时代的社会历史语境下，注重行动与男子汉气概的历险小说自然得以繁荣，而令人振奋激动的历险故事也大受欢迎。整个英国的社会和文化机制都鼓励男孩和女孩去阅读历险故事。1812 年出版的《瑞士鲁滨孙一家》（*The Swiss Family Robinson*）于 1814 年被译成英文。沃尔特・司各特的历史传奇小说也拓展了英国历险小说传统的疆域，惊险的故事不仅发生在海外的异国他乡，也发生在本土的历史长河中，针对儿童读者的改写本相继出版，许多作家不由自主地瞄准了儿童图书市场。阿格尼斯・斯特里克兰（Agnes Stricland）创作了《相互竞争的克鲁索》（*The Rival Crusoes*，1826），又名《海难》（*Shipwreck*），安尼・弗雷泽・泰特勒（Anne Fraser Tytler）创作了《莱拉》（*Leila*，1833），又名《岛屿》（*The Island*），这两部小说讲述的都是鲁滨孙漂流历险式的故事。霍夫兰夫人（Mrs. Hofland）创作的《被人偷走的少年》（*The Stolen Boy*，1828）的故事背景也设置在异国他乡，讲述少年曼纽尔被来自德克萨斯的红种印第安人掠走关押后机智逃脱的故事。哈里特・马蒂诺（Harriet Martineau）创作了《农夫与王子》（*The Peasant and the Prince*，1841）和《内奥米》（*Naomi*，1860），又名《在耶路撒冷的最后日子》（*The Last Days of Jerusalem*），以及韦布夫人（Mrs. J. B. Webb）同样创作了许多经典的历险故事。进入维多利亚时代中后期，英国儿童历险小说的创作迎来新的创作高峰。在当年流行的历险小说中，仅乔治・亨蒂（George Henty）的作品每年都要发行 15 万本。到 19 世纪末，几乎所有的主要出版社，如布莱克特、尼尔逊、朗曼、麦克米兰和 J. F. 肖等都致力于推出历险小说。这一时期最具代表性的历险小说作家有弗雷德里克・马里亚特（Frederick Marryat）、威廉・亨利・吉尔斯・金斯顿（William Henry Giles Kingston）、乔治・亨蒂、罗伯特・路易斯・史蒂文森和亨利・里德・哈格德（Henry Rider Haggard）等。

参考文献

荷马 . 2003. 奥德赛 . 陈中梅，译 . 南京：译林出版社 .

赫西俄德 . 2006. 工作与时日 · 神谱 . 张竹明，蒋平，译 . 北京：商务印书馆 .

舒伟 . 2014. 从“爱丽丝”到“哈利 · 波特”：现当代英国童话小说创作主潮述略 . 山东外语教学，*35*（03）：84–91.

舒伟 . 2015. 英国儿童文学简史 . 长沙：湖南少儿出版社 .

舒伟 . 2017. 社会转型期的童年叙事经典：论维多利亚时期英国儿童和青少年文学叙事共同体 . 社会科学研究，（02）：177–185.

Carpenter, H. 1985. *Secret Gardens: A Study of the Golden Age of Childrens Literature*. Boston: Houghton Mifflin Company.

儿童戏剧 CHILDREN'S PLAY

戏剧与儿童戏剧

戏剧是一种以演员的表演为中心，综合了文学、舞蹈、音乐、美术等多种艺术手段的综合性舞台艺术，兼有文学性和表演性两大特性。其文学性，即作为一种文学形式，以剧本（play script）的艺术性构建为具体体现；其表演性或动作性，则表现为演员以剧本为基础，在舞台上对角色的阐释，具体包括他们的语言、表情及动作等。诚然，戏剧与小说、散文等文学体裁的不同之处，在于其文字（包括对话等）通常是为了舞台表演而设计的。也就是说，对于一个剧本而言，比起作为文字被读者直接阅读，这些文字能否转化成包含了演员的语言与动作 、舞台设计、音响与灯光效果等因素的视听觉表演才是剧本最大的价值所在（Greenhalgh，2004）。但是，作为重要的文学体裁样式，剧本不仅为舞台演出提供脚本，同时也供读者阅读。剧本是戏剧这种综合舞台艺术的

“脚本”，也是供演员和其他艺术部门再创造的“蓝图”（王泉根，2009：275）。换言之，戏剧的文学性是其表演性的前提和基础，戏剧作为一种独特的艺术类型，仍然可以被视为文学的重要组成部分。

儿童戏剧（children’s play）或儿童剧（theater/play/drama for children）[1]，又称青少年戏剧（theater/play for young audience，简称 TYA 或 YA play[2]），通常指以儿童（children）为对象的戏剧。在儿童戏剧的学科边界确立以前，西方学者将所有给少年儿童看的戏剧都称作“儿童戏剧”。20 世纪 70 年代后，随着研究的深入，西方学者发现可以将儿童戏剧分为三类，即“儿童演戏给儿童看”“成人教儿童演戏”“成人演戏给儿童看”，并以最后一类作为儿童戏剧学科的边界，命名为“为儿童的戏剧”（范煜辉，2013：134）。这一类戏剧“是专业剧院的成年人制作和表演给儿童看”，并“被视为是一种教育工具，教育好的公民，帮助儿童培养自尊和解决问题的能力”（Schonmann，2006：26）。

以美国剧作家、学者奈丽·麦凯瑟琳（Nellie McCaslin）为代表的西方学者将确立儿童戏剧边界的重要标准界定为“儿童作为独立的观众群体”，以及儿童戏剧须由“成人创作”。但受到成人（adult）参与和剧院商业利益的挑战，不论是美国的改编剧传统，还是苏联的原创剧传统，“儿童作为独立的观众群体”这一原则都不适用。儿童戏剧往往与经济、社会、政治、文化（culture）联系紧密，都不可避免地牵涉成人世界价值观和意识形态的深层运作。因此，儿童戏剧确立其边界的一大必要条件是，存在独立受众（audience）的儿童群体经常遭到儿童戏剧发展的漠视或颠覆。在引入非洲儿童戏剧的异质性资源后，麦凯瑟琳儿童戏剧边界定义的另一标准，即须由“成人创作”的原则，亦受到挑战。非洲的儿童戏剧与西方的儿童戏剧走的是两种不同的发展道路。西方儿童戏剧中，“占据道德优势的成年人不可或缺”，而大部分非洲儿童戏剧由于

1 “play”侧重戏剧剧本及其文学成分，而“theater”或“children’s theater”则含义更加广泛，包括与戏剧相关的剧本创作、舞台表演等各个方面，尤其侧重以戏剧剧本为基础、以娱乐或教育为目的的舞台表演（Davis & Behm，1978；McCaslin，1968 等）。

2 近年来，有西方学者用“play for young audience”（青少年戏剧）这一术语替代“children’s play”（儿童戏剧）（Doolittle & James，2007；Van de Water，2012 等）。

缺少剧本与戏剧工作者，演出主要由儿童完成，此外还将非洲传统的诸多艺术结合进戏剧，激发演员群体的内在创造性，为观众创造戏剧经验。其戏剧活动注重发展自我开拓与自我表达能力，同时关注戏剧的内在互动性和社会化能力（范煜辉，2013：135–136）。由此可见，儿童戏剧显然不仅局限于"成人创作"，而是涵盖所有以儿童为对象，适合他们接受能力和欣赏趣味的戏剧（王泉根，2009），既包括成人为儿童创作的戏剧作品，也包括儿童自己创作、参与演出的戏剧作品（Greenhalgh，2004：600；Van de Water，2012：134–139）。

☙ 儿童戏剧的特点与分类

儿童戏剧是整个戏剧文学的一个组成部分，具有一般戏剧文学的艺术特征，遵循一般戏剧创作的普遍规律，但又具有自己的特殊性，"因而其艺术特征必然是戏剧文学的一般性与儿童戏剧的特殊性的完美结合"（李汝中，2007：310）。可以说，儿童戏剧既具有戏剧文学的普遍特性，又因儿童这一目标受众的特殊性而特色鲜明。具体来说，与以成人为对象的戏剧相比，儿童戏剧在主题、剧情、人物形象、语言特点、类型等方面独具特色，自成一体。

从主题意蕴上看，儿童戏剧通常"积极明朗""健康向上"（同上），同时又注重根据目标观众（读者），即少年儿童的欣赏趣味和心理特征，选择能够反映他们现实生活的题材，以便引领孩子们在成长中思考，帮助他们解除心中的困惑。在剧情或者主题表现形式方面，由于儿童对事物的注意力维系时间有限，以及他们的逻辑思维水平较低，儿童戏剧往往故事性强、结构紧凑，重视情节开端，迅速展开冲突，而且线索明晰、层次分明地围绕一个核心事件展开，以便主题"相对鲜明、浅显、集中，易于儿童接受"（同上）。

考虑到少年儿童通常向往充满探险意味的经历，崇拜拥有超凡能力的英雄和富有传奇色彩的人物，儿童戏剧剧本中的人物往往个性鲜明，是"典型环境中的典型人物"（同上：311），带有一定夸张性与独特性，同时又是儿童熟悉的，以真实感人的舞台艺术形象赢得儿童观众的认可，从而产生较强的感染力。由于目标观众（读者）的特殊性，儿童剧及其剧本的语言一般具有浅显易懂、富有儿童兴趣和动作性等特点。相较于大段的抒情性或叙事性独白与对白，儿童戏剧的语言更为活泼，也更加符合儿童的口语表达习惯（王泉根，2009）。

儿童戏剧类型丰富多样，有多重不同分类：按艺术形式划分，可分为话剧（spoken play）、戏剧（opera）、歌舞剧（musical）、木偶剧（puppetry）、皮影戏（shadow play）、课本剧（textbook play）等；按戏剧容量与场次划分，可分为多幕剧（full-length play）与独幕剧（one-act play）；按题材划分，则分为历史剧（history play）、现代剧（modern play）、童话剧（pantomime）、神话剧（myth play）、民间故事剧（folktale play）等；以演出地点划分，有舞台剧（stage play）、街头剧［street play；又称广场剧（square play）］、广播剧（radio play / audio-drama）、学校剧（school play）等。

外国儿童戏剧的萌芽与发展

从整体上来看，儿童戏剧的萌芽和发展首先与儿童观的演变密不可分，其开端与“儿童的发现”相伴相随。

17 至 19 世纪上半叶，由于生产力的落后，大多数儿童都需要同成人一样，参与到劳动生产的活动中，承担着家庭（family）经济支持者的角色。直到 19 世纪末，随着社会生产力的发展，儿童也逐渐向依赖家庭经济、需父母抚养的消费者转变。这一儿童身份的变革决定了社会主流儿童观的变化，儿童在精神、道德、教育（education）等层面受到越来越多的关注，由此形成了一些专门为这一馆中群体所创作的戏剧作品。在儿童和青少年戏剧的发生期，成人希望通过戏剧将生活经验灌输给孩子们，以便他们在未来能更好地适应社会，故在当时，儿童和青少年戏剧最本质的属性是教育性（范煜辉，2012）。在西方，儿童戏剧最早可以追溯到中世纪，在其萌芽之初，即带有鲜明的目的性。在中世纪早期的英国教堂，唱诗班男童在宗教仪式间隙以拉丁语进行戏剧表演，通常以宣道为目的，到 16 至 18 世纪期间，戏剧俨然成为一些英国名校学校教育的重要手段（Fielitz，2006；Hentschell，2016）。

专门为儿童创作的戏剧，即儿童戏剧，最早出现在18世纪末期的英国和法国。这些戏剧多用于对儿童进行道德教育，如法国作家、教育理论家德·让利斯夫人（Madame de Genlis）在1779—1780年创作的《教育戏剧》（*Theater of Education*）、英国作家汉纳·莫尔（Hannah More）在1782年创作的《惊吓戏剧》（*Scared Dramas*），以及英国小说家威廉·葛德文（William Godwin）在1809年创作的《为儿童的戏剧》（*Dramas for Children: Imitated from the French of L. F. Jauffret*）等。

随着现代儿童观的演变，“儿童本位”（child based）思想逐渐被学界和社会接受，符合儿童天性的游戏性或者娱乐性戏剧剧本不断出现，与教育性戏剧交相辉映。第一部为娱乐儿童而创作的娱乐性戏剧出自有“英国第一位一流儿童文学（children's literature）女作家”之称的爱尔兰女作家玛丽亚·埃奇沃思（Maria Edgeworth）之手，在她富于道德教育意义的《父母的助手》（*The Parent's Assistant*，1796）一书中，包含一部独幕剧“老波兹”（“Old Poz”），情节及语言皆极富趣味性。

然而，在相当长的一段时间内，儿童戏剧并不被认可，不被认为是一种具备专业性的戏剧形式，欧洲早期儿童戏剧剧作家创作的作品并非为迎合专业剧院的需求，而仅仅以在家庭或学校中的表演或阅读（reading）为目的（Hahn，2015）。直到18世纪末期，英国剧院开始上演圣诞童话剧（pantomime），为儿童提供一种新的圣诞娱乐方式，此外，儿童在家中可以采取玩具剧场（Toy Theater）的方式进行娱乐，也有许多儿童观看或自己参与表演哑剧。在其他英语国家，儿童戏剧也被用作社会教育的一种手段。在美国，儿童戏剧的发展可追溯到1903年爱丽丝·赫兹（Alice Minnie Herts）在纽约成立的儿童教育剧院（Children's Educational Theater in New York），以通过戏剧教授英语并促进社会融合为宗旨，服务于美国“熔炉”文化这一社会需求（Greenhalgh，2004：607）。

1854年，伦敦的一家公司迪安（Dean & Son）开始推出由茱莉亚·科纳（Julia Corner）为孩子们创作的“Little Plays”系列，倡导以戏剧教育儿童。之后，1865 年出版的《爱丽丝梦游奇境记》，以及 1871 年出版的《爱丽丝镜中奇遇记》分别于 1880 年及 1882 年首次被改编为戏剧。由亨利·萨维尔·克拉克（Henry Savile Clark）改编、沃尔特·斯劳特（Walter Slaughter）编曲的《爱丽丝》于 1886 年首次在专业剧院以轻歌剧形式上演。同一时期，欧洲许多著名儿童书目也被改编成了戏剧，如托马斯·古斯瑞（Thomas Anstey Guthrie）的小说《反之亦然》（*Vice Versa: A Lesson to Fathers*，1882）由爱德华·罗斯（Edward Rose）于出版次年即改编为舞台剧。此外，还有弗朗西斯·霍奇森·伯内特的作品《方特勒罗伊小爵爷》（*Little Lord Fauntleroy*，1888）及《萨拉·克鲁》（*Sara Crewe*，1902）、威廉·梅克比斯·萨克雷的幻想小说《玫瑰与戒指》、查尔斯·金斯利的小说《水孩子》、德国心理学家海因里希·霍夫曼的儿童绘本《蓬头彼得》等，也曾被搬上舞台。

同时期较有代表性的儿童戏剧有英国苏格兰戏剧家、小说家巴里于 1904 年创作的《彼得·潘》，由比利时著名剧作家、诗人、散文家莫里斯·梅特林克（Maurice Maeterlinck）以法语创作的象征童话剧《青鸟》（*L'Oiseau bleu*，1908），以及英国剧作家克利福德·米尔斯（Clifford Mills）与约翰·拉姆齐（John Ramsey）合著的英语儿童幻想戏剧《彩虹末端的地方》（*Where the Rainbow Ends*，1911）。

1919 年，匈牙利在巴托克（Béla Bartók）、科达利（Zoltán Kodály）和卢卡奇等知识分子和艺术家的倡导之下成立了第一个儿童剧院，德国和捷克斯洛伐克也做了相同的尝试，而第一个国家级的儿童剧院建成于 20 世纪 20 年代的俄罗斯（Greenhalgh，2004）。

“二战”后，英国立刻开始不断尝试创作高质量的专业儿童戏剧。卡里尔·詹纳（Caryl Jenner）创立了戏剧巡演公司（Mobile Theater Ltd），为儿童表演戏剧，该公司后来发展成为独角兽剧院（Unicorn Theater）。布雷恩·韦（Brain Francis Way）1953 年创立的伦敦儿童剧院（Theater Center in London），主要针对 4—18 岁的观众群体，最初以学校礼堂、操场等为主要演出场地。布雷恩·韦也成为倡导将儿童戏剧植入儿童教育、具有现代儿童戏剧理念的先驱。也有大量剧作家进行儿童戏剧创作和改编（adaption），特别是尼古拉斯·斯图尔特·格雷

（Nicholas Stuart Gray），他基于著名童话故事进行了大量的舞台剧改编。然而由于当时的经济原因，诸如此类的尝试并未广泛开展，儿童戏剧的发展受到搁置，大部分儿童戏剧都由小型巡演公司在各个学校演出。当时取得商业成功的儿童舞台剧仅有圣诞童话剧，及诸如作曲家莱昂内尔·巴特（Lionel Bart）于 1960 年根据查尔斯·狄更斯的《雾都孤儿》改编其为音乐剧《奥利弗》（*Oliver!*）。直到 20 世纪 60 年代后期，大卫·伍德（David Bernard Wood）开始创作儿童音乐剧，填补了儿童戏剧在戏剧界的缺失，伍德也成了专为儿童创作的高质量戏剧剧作家。20 世纪 70 年代，英国成立了儿童音乐剧院（Children's Music Theater）[1]，上演由学童出演的原创音乐剧。

1965 年，国际儿童青少年戏剧协会（International Association of Theater for Children and Young People，简称 ASSITEJ International，2011 年改为 ASSIETEJ）在德国成立，以在世界各地推广儿童青少年戏剧艺术、文化和教育为要旨，为儿童发声。自成立之日起，该协会发展迅速，各国涉猎儿童和青少年戏剧领域的剧院、组织和个人纷纷加盟，目前已在近百个国家建立起研究中心，为此研究领域的国际交流和合作搭建平台。国际儿童青少年戏剧协会的成立和发展壮大，是儿童青少年戏剧研究发展和繁荣的一个重要标志。

近些年，英国大部分的儿童青少年戏剧都是根据现有儿童文学改编而成，包括朱莉娅·唐纳森（Julia Donaldson）和阿克塞尔·舍夫勒（Axel Scheffler）、保利·邓巴（Poly Dunbar）所创作的幼儿绘本，以及对朱迪丝·克尔（Judith Kerr）《老虎来喝下午茶》（*The Tiger Who Came to the Tea*，1968）、阿兰·本奈特（Alan Bennett）于 1990 年创作广受欢迎的《柳林风声》等作品的改编。英国皇家国家剧院（Royal National Theater）多年来的主要剧作作品围绕现有儿童或青少年小说改编，其中较具影响力的作品有菲利普·普尔曼（Philip Pullman）的《黑暗物质》三部曲，贾米拉·加文（Jamila Gavin）的《科勒姆家的男孩》（*Coram Boy*，2000）、《战马》（*War Horse*，1982），特里·普拉切特（Terry Pratchett）的《国家》（*Nation*，2008），马克·哈登（Mark Haddon）

1 现英国国家青年音乐剧院（National Youth Music Theater）的前身。

的《深夜小狗神秘事件》(*The Curious Incident of the Dog in the Night Time*, 2003)。

同时，自 20 世纪 70 年代始，为响应西方拓宽经典（The Opening up of the Canon）的呼声，儿童文学也进入拓宽的“经典”（canon）之列。具有重改编及非原创倾向的美国儿童戏剧所要传达的价值观，与大众经典对其受众的广泛覆盖效应具有叠加性（范煜辉等，2018）。以科尔曼 · 詹宁斯（Coleman A. Jennings）编集的《儿童剧：十五部经典剧作》(*Theater for Children: Fifteen Classic Plays*，2005）为例，此书收录了大众经典性质的美国当代儿童剧经典作品，过半剧作都展现出美国儿童剧创作中独特而显著的改编倾向，如《女巫》(*The Witches*，1983)、《黑鸟潭的女巫》(*The Witch of Blackbird Pond*，1958)、《了不起的吉莉》(*The Great Gilly Hopkins*，1978）和《格林奇怎样偷走了圣诞节》(*How the Grinch Stole Christmas*，1957）均改编自同名小说。《密西西比河上的匹诺曹》(*Mississippi Pinocchio*，2002）改编自经典童话，还有基于名人传记改编的《布莱叶：路易斯 · 布莱叶的早年生活》(*Braille: The Early Life of Louis Braille*，1989）等。此外，墨西哥裔美国剧作家冈萨雷斯（José Cruz González）的《两个甜甜圈》(*Two Donuts*，2007）刻意将美国意识形态植入剧本，这种对历史的歪曲迎合了美国意识形态幻想的传播；《密西西比河上的匹诺曹》在故事背景、价值观念、人物塑造等方面均基于意大利小说《木偶奇遇记》做出了符合美国文化气息的改动，传达了美国的文化价值观；剧作家桑德拉 · 亚瑟（Sandra Asher）的儿童剧《狼和它的影子》(*The Wolf and Its Shadows*，2000）采用了史诗剧编剧法，将伊索寓言的《狼和狗》、俄罗斯民间故事《愚蠢的狼》、美国西北部原住民特林基特人的故事（story）《疲惫的狼》、美国北方原住民因纽特人转述的故事《从不哭泣的狼》和德国作家戈特霍尔德 · 莱辛（Gotthold Ephraim Lessing）的《老狼七寓言》五个故事连缀为整体，但各个部分互相独立，形成片段化的戏剧结构并实现间离效果。

☙ 创意戏剧与儿童教育

教育性儿童戏剧作为发生期儿童戏剧的主要形态出现于 20 世纪初期，以美国社区儿童教育戏剧为代表。1930 年，美国戏剧教育家温妮弗列德·瓦德（Winifred Ward）出版《创意戏剧活动》（*Creative Dramatics*）一书，其后"创意戏剧"（creative dramatics，现称 creative drama）作为一种教学方法便在瓦德师生的教学等推动之下如火如荼发展起来，并对各国戏剧教育产生影响。自 20 世纪 60 年代始，创意戏剧"以经过规划的戏剧程序，由教师根据群体的需要，以戏剧或者剧场的技巧，建立群体参与的互动关系，引导学生发挥创造力和相互合作的精神来丰富课程的内容"（王泉根，2009：285–286）。

1972 年，美国儿童戏剧协会（The Children's Theater Association of America，简称 CTAA）将创意戏剧教学定义为"一种即兴的、非展示性的，以程序进行为中心的戏剧形式，参与者由导师带领，根据自己的日常生活经验进行幻想、扮演和反映"（Davis & Behm，1978：10）。创意戏剧的主要目的并非为舞台表演而训练演员，将"儿童的演出呈现给观众"，而在于通过戏剧表演鼓励"儿童创造性想象的自由表达"（Goldberg，1974：4），进而达成鼓励个性成长和促进参与者学习的目的。桑德拉·亚瑟等剧作家对剧本意义阐释的开放性，以及寓言（fable）与民间故事的素材来源则对创造性戏剧实践有启发意义（范煜辉，2018）。

英国"教育戏剧"（Drama in Education，简称 DIE）可以说是"创意戏剧之英国版本"（林枚君，2005：10）。教育戏剧自 1912 年哈里特·芬利·约翰逊（Harriet Finlay Johnson）发表的《教学中的戏剧方法》（*Dramatic Method of Teaching*）一书肇始，其后经希斯考特（Dorothy Heathcote）等一批教育学家阐释与丰富。教育戏剧注重文本，以戏剧手段来教授诸如历史、社会、文化等其他科目，服务于特定的课堂教学目的（Wagner & Barnett，1998）。创意戏剧更注重语言和过程，而且并不局限于学校教育，而是涵盖教育戏剧、教育剧场、儿童剧场、少年剧场、社区戏剧、戏剧治疗等诸多应用领域（徐俊，2014；张晓华，

2004)。因此，创意戏剧的内涵要比教育戏剧的内涵宽广得多，因而创意戏剧理念的影响和研究也更加广泛，但是不可否认，学校课堂教学仍是创意戏剧最主要的应用领域。

参考文献

范煜辉 . 2012. 回顾与反思：儿童戏剧的发生期 . 浙江师范大学学报（社会科学版），（5）：45–50.

范煜辉 . 2013. 反思西方儿童戏剧学科边界的确立 . 文艺争鸣，（2）：134–137.

范煜辉等 . 2018. 论美国儿童剧经典的美学特质及三种研究路径 . 新世纪剧坛，（5）：74–80.

李汝中 . 2007. 儿童文学 . 北京：科学出版社 .

林枚君 . 2005. 创造性戏剧理论与实务——教室中的行动研究 . 台北：心理出版社 .

徐俊 . 2014. 教育戏剧的定义："教育戏剧学"的概念基石 . 湖南师范大学教育科学学报，（6）：31–37.

王泉根 . 2009. 儿童文学教程 . 北京：北京师范大学出版社 .

张晓华 . 2004. 教育戏剧理论与发展 . 台北：心理出版社 .

朱自强 . 2009. 儿童文学概论 . 北京：高等教育出版社 .

Davis, J. H., & Behm, T. 1978. Terminology of Drama/Theater with and for Children: A Redefinition. *Children's Theater Review, XXVII* (1): 10–11.

Doolittle, J. & James, J. 2007. Theater for Young Audiences. *The Canadian Encyclopedia*. Retrieved Feb. 8, 2020, from The Canadian Encyclopedia website.

Fielitz, S. 2006. Drama. In J. Zipes (Ed.), *The Oxford Encyclopedia of Children's Literature* (Vol. 1). Oxford: Oxford University Press, 431–434.

Goldberg, M. 1974. *Children's Theater: A Philosophy and a Method*. Englewood Cliffs. Hoboken: Prentice Hall.

Greenhalgh, S. 2004. Drama. In P. Hunt (Ed.), *International Companion Encyclopedia of Children's Literature* (2nd ed., Vol. 1). London: Routledge, 600–613.

Hahn, D. 2015. *The Oxford Companion for Children's Literature*. Oxford: Oxford University Press.

Hentschell, R. F. 2016. "Our children made enterluders": Choristers, actors, and students in St Paul's Cathedral Precinct. *Early Theater, 19* (2): 179–196. Retrieved Jan. 19, 2021, from *Early Theater* website.

McCaslin, N. 1968. *Creative Dramatics in the Classroom* (2nd ed.). New York: McKay.

Schonmann, S. 2006. *Theater as a Medium for Children and Young People Images and Observations*. Dordrecht: Springer.

van de Water, M. 2012. *Theater, Youth, and Culture: A Critical and Historical Exploration*. New York: Palgrave Macmillan.

Wagner, B. J. & Barnett, L. 1998. *Educational Drama and Language Arts: What Research Shows*. Portsmouth: Heinemann Drama.

改编 ADAPTATION

改编（adaptation）是以新的形式或媒介（media）复现一部作品。近年最常见的改编形式就是小说或漫画改编成电影或电视剧，例如，乔安妮·凯瑟琳·罗琳《哈利·波特》系列的七部小说全部由美国华纳兄弟娱乐公司（Warner Bros. Entertainment, Inc.）改编成电影，以八部奇幻片[1]的形式发行；而最为著名的改编案例当属由美国漫威娱乐（Marvel Entertainment, Inc.）[2]的"超级英雄漫画大师团"——斯坦·李（Stan Lee）、杰克·科比（Jack Kirby）、史蒂夫·迪特科（Steve Ditko）及乔·西蒙（Joe Simon）合作创作的系列漫画《美国队长》（*Captain*

1 《哈利·波特》系列小说第七部《哈利·波特与死亡圣器》分为两部电影，分别于2010年、2011年上映。

2 四位漫画作家属漫威娱乐下属的漫威漫画（Marvel Comics），上述漫画自1966年起陆续由哥伦比亚影业（Columbia Pictures）、漫威工作室（Marvel Studios，漫威娱乐子公司，2009年成为华特·迪士尼影业集团子公司）等改编为电视剧、动画片及电影。

America，1941）、《绿巨人》（*The Incredible Hulk*，1962）、《蜘蛛侠》（*Spiderman*，1962）、《X 战警》（*X-Men*，1963）、《复仇者联盟》（*Avengers*，1963）等改编而成的电视剧、卡通片及电影。

改编并非只有小说到电影或电视剧、漫画到电影或电视剧这两种形式，也并非只存在于现代文学之中。换言之，改编存在多种形式，除了从一种媒介改编至另一种媒介之外，诗歌、舞蹈、绘画等形式之间也可相互转化；从古代文学到现代文学也存在改编，如古希腊时期的戏剧和莎士比亚（William Shakespeare）的戏剧都经历了从剧本（play script）到舞台剧（stage play）的改编。在当下，电子媒介等形式的介入，使得改编形式更为多样化，如由文学衍生而来的主题公园、虚拟现实等。当然，这些改编现象也自然存在于儿童文学（children's literature）之中。儿童文学的改编通常有三种常见形式：从文本到文本的改编、从文本到影视的改编和从文本到虚拟现实的改编。

从文本到文本的改编

《圣经》是最早为青少年读者改编的书籍（book）之一，曾以袖珍版、诗歌、字母表、画册等多种形式发表。例如，依从法国王室的命令，希腊语或拉丁语《圣经》译本被改写为专门"供太子御用"（ad usum Delphini）的版本，给予王位继承人适当的古典教育。18 世纪下半叶之后，畅销成人小说有了删减本，如英国小说家丹尼尔·笛福的冒险小说《鲁滨孙漂游记》、爱尔兰作家乔纳森·斯威夫特的讽刺小说《格列佛游记》，这些书籍后来均成为儿童文学经典著作。其中，《鲁滨孙漂流记》一经问世，便涌现出了大量的改编版和翻译版，如欧洲儿童文学早期经典（canon）之一、德国作家约阿希姆·海因里希·坎普（Joachim Heinrich Campe）1779 年出版的《年轻的鲁滨孙》（*Robinson der Jüngere*，1779—1780）；坎普的改编更是触发了一系列类似作品的出版，甚至形成了"鲁滨孙式传统"（Robinsonade）（Müller，2013）。

文本到文本改编最常见的三种形式为节略（abridgment）、删改（expurgation）和复述（retelling）（Lefebvre，2013）。节略通常涉及对作品的缩短简化，包括以同一语言简化，或者另一种语言即跨语言翻译过程中的简化（Oittinen，2006）。这类作品原本为成年人而写，但作品的部分内容适合孩子阅读，或至少让他们感兴趣。也就是说，改写者“有意识地使用更短的句子、更简洁的词语、更简单的句法、丰富的对话、直白的情节、有限的人物和较少的抽象概念，使这些故事（story）更容易被年轻读者所接受”（Nikolajeva，2016：48）。如《格列佛游记》有些荒诞描写，包括格列佛在“小人国”撒尿排便引发的一系列麻烦这样的情节，在数个节略本中被删除，即是此类节略的典型例证（Oittinen，2006：7）。

删改即删去或替换掉不适合青少年读者的词汇或内容是改编的方式之一。如托马斯·鲍德勒（Thomas Bowdler）在《莎士比亚系列》（*Family Shakespeare*，1807）一书中修订了莎士比亚的作品，甚至产生了“鲍德勒化”（Bowdlerize）这个词语，意为“任意删改文句”。马克·吐温的《汤姆·索亚历险记》和《哈克贝利·费恩历险记》（*Adventures of Huckleberry Finn*，1884）由于其中的种族主义倾向而备受争议，因此，当 2011 年亚拉巴马州的图书出版商计划重新出版这两部作品时，原作中的 219 处“nigger”（黑鬼）被替换为更为中性的“slave”（奴隶）。出版商们认为，替换掉这一词语的版本才更适合新世纪青少年读者阅读（Lefebvre，2013：1）。

复述主要应用于神话（myth）、传说（legend）和童话（fairy tale）。原本为儿童（children）写的书也成为改编的对象，一个著名的例子就是瓢虫出版社（Ladybird）出版的英国女作家毕翠克丝·波特的《彼得兔》简化版。现今书店销售的大部分早期经典著作都是改编的版本，例如《木偶奇遇记》和《爱丽丝梦游奇境记》。改编版本还包括绘本，其中最重要的是插画的质量，尤其是在汉斯·克里斯蒂安·安徒生的作品中。

改编原本为成人（adult）书写的经典作品的目的在于改写较复杂的内容，以适合青少年（young adult）的认知、语言和兴趣水平，使得他们有机会参与文化传承，但是这种改编也常常被道德观念驱动，受一定的审美或教育理念影响。法国启蒙思想家卢梭认为，通过阅读《鲁滨孙漂流记》，儿童懂得了掌握自然（nature）生存技能的重要性，并学会独立自主。而很多成人文学作品改编为儿童文学版本，其目的也在于引导小读者们回归成人文学作品原作，以获得充分的审美体验（Müller，2013）。一些面向小读者的"通俗读物"，作为一种廉价的、面向穷人的文学读物，"成为缩编版流行经典的载体"。通俗读物的出现"说明了特定读者、商人、父母和老师对这些书籍的看法，即哪些段落最富有教育意义和娱乐性"（塞思·勒若，2019：152）。

从文本到影视的改编

从小说到影视作品的改编是一种较为普遍的跨媒介（transmediation）改编形式。电影、电视等传播媒介自诞生之初，即开始从文学作品中汲取故事素材，或者说，文学作品一直是影视作品的素材库。此类改编形式最早期的例子之一是《爱丽丝梦游奇境记》，1903 年，即作者刘易斯·卡罗尔去世 5 年后，它便被改编为长度仅为 8 分钟的一段默片，将作者荒诞的想象以可视化形式呈现出来，其中诸如人物变大和缩小的电影手法在当时的观众群体中引发了极大的兴趣和关注（Collins & Ridgman，2004）。

当代最伟大的电影改编者之一当然是瓦尔特·迪士尼（Walt Disney）。20 世纪 30 年代，美国掀起了一股改编浪潮，迪士尼出品了三部改编自经典儿童文学的电影：《白雪公主和七个小矮人》（*Snow White and the Seven Dwarfs*，1937），《格列佛游记》和《木偶奇遇记》。20 世纪五六十年代，动画短片迅猛发展，吸引了大量电视观众，迪士尼于 1953 年推出了《彼得·潘》。之后，迪士尼制作的半真人版动画电影《欢乐满人间》（*Mary Poppins*，1964）大获成功。当迪士尼电影在美国迅猛发展之时，法国、德国、英国等欧洲国家的改编电影也在稳步发展。许多经典儿童文学作品都经过多次改编和翻拍，如《爱丽丝梦游奇境记》《鲁滨孙漂流记》《雾都孤儿》、《匹克威克外传》《金银岛》《汤姆·索亚历险记》《王子与贫儿》（*Prince and the Pauper*，1881）等。随着有声电影时代的到来，雷电华电影公司（Radio Keith Orpheum，简称 RKO）、联美公司（United Artists）和米高梅（Metro-Goldwyn-Mayer）开始主导家庭电影的改编，如 RKO 于 1933 年出品的《小妇人》（*Little Women*），成了一部里程碑式的改编电影；联美公司的《野性的呼唤》（*Call of the Wild*，1935）、《象男孩》（*Elephant Boy*，1937）、《小毛孩》（*Little Lord Fauntleroy*，1936）等也成了永恒的经典；米高梅的《绿野仙踪》（*Wizard of Oz*，1939）、《乱世佳人》（*Gone with the Wind*，1939）、《圣诞颂歌》《大卫·科波菲尔》等也都成为观众最喜爱的改编剧。

电影改编的情况非常复杂，有多种原因。正如琳达·哈琴（Linda Hutcheon）所称，改编是“非复制的重复”，改编是无可避免的，“无论是改编作品还是改编过程，都不存在于真空之中：它们都出现在某个特定的时代、特定的地点，处于某种社会和文化（culture）背景中”（Hutcheon，2006：xvi）。如罗伯特·路易斯·史蒂文森的《化身博士》（*The Strange Case of Dr Jekyll and Mr Hyde*，1886）这部小说已经被改编多次，搬上荧幕。1920 年和 1971 年的改编电影改变了海德的外在邪恶，使其符合所处时代的历史和政治需求。1920 年的电影拍摄于禁酒令时期，因此电影版展现了酒精引起的堕落。1971 年的电影则表现了 20 世纪 60 年代之后的女权主义运动带来的困惑。受舞台时长所限，长篇小说的改编往往需要精炼和缩减。例如，要将《黑暗物质》三部曲改编为戏剧，就需要削减故事的角色和背景环境，凸显故事的主要情节，表现故事的叙述高潮。电影改编往往基于经济利益和商业价值。例如，虽然迪士尼本人制作的经典动画电影《木偶奇遇记》大获成功，但他本人既没有读过《木偶奇遇记》，也不了解科洛迪的这本原著。迪士尼选择将这部小说改编成电影的动机源于职员们对这一故事的喜爱，由此注意到这部作品的潜在商业价值。

随着电影改编的不断发展，其中存在的问题也不断涌现。电影和小说借助不同的媒介来讲述故事，两种媒介往往形成对立。为了获得震撼的视觉效果，电影改编会将原著内容浮浅化，使人物形象去个性化。此外，随着数字时代的到来，人们对经典作品进行了天马行空的改编，将其上传至互联网，以便更多触及更大的受众群体。然而，这些改编往往是对原著的戏谑。例如，《傲慢与偏见与僵尸》（*Pride and Prejudice and*

Zombies，2009）、《小妇人与狼》（*Little Women and Werewolves*，2010）、《理智与情感与海怪》（*Sense and Sensibility and Sea Monsters*，2009）、《绿山墙的安妮：小精灵杀手》（*Anne of Green Gremlins: Pixie Slayer*，2011）、《哈克贝利·费恩历险记与僵尸吉姆》（*Adventures of Huckleberry Finn and Zombie Jim*，2009）等。虽然这些作品从侧面反映出21世纪的读者对作者、改编和还原性之间复杂关系的认识，但这些作品大多只是对原作的玩笑式模仿，破坏了原作所传达的审美价值和道德价值。

☙ 从文本到虚拟现实的改编

许多经典儿童文学文本已经改编成了网络游戏，如《哈利·波特》系列，《小王子》《怪物史瑞克》《黑暗物质》三部曲之一的《黄金罗盘》（*The Golden Compass*，1995）等，还有由约翰·罗纳德·瑞尔·托尔金（John Ronald Reuel Tolkien）小说衍生出的《龙与地下城》（*Dungeons and Dragons*，1974）等，这些虚拟游戏因其逼真性和互动性等特征而深得孩子们的喜爱。网络游戏为玩家创造了一个身临其境的虚拟世界，满足游戏者对奇幻世界的想象。在游戏过程中，参与游戏的儿童要作出选择，这一选择并不一定能帮助其获得小说中的最后胜利，而这种张力为游戏者提供乐趣的同时，也帮助儿童形成了对某一问题的独立思考，这种新的文化形式促使他们探索身份、权力等课题（Collins & Ridgman，2004），同时也改变了他们对文本的阐释和理解。

在数字化时代的大背景下，中国儿童文学的发展也与网游等流行现象相结合。近些年，我国研发出了大量适合儿童的网络游戏，如“赛尔号”“奥比岛”“功夫派”“小花仙”“哈奇小镇”“洛克王国”等，它们不仅制作精良，而且趣味十足，真正做到了去低俗化，趣味性与知识性全面发展。随着这些网络游戏的成功，依其改编的儿童文学读物也成了销量黑马，占据儿童文学销售之首，如小说《功夫派》系列、《奥拉总动员》系列、《植物僵尸学校》系列、《洛克王国探险笔记》系列等。

这些改编自网游的儿童文学虽然能够帮助儿童重拾阅读（reading）乐趣，但仍存在一些隐忧。首先，我国的此类儿童文学生产模式是“网游—文学”，有别于欧美国家的“文学—网游”模式，这一模式是以娱乐性和游戏性为前提来满足儿童的观感，后期的文学创作为迎合儿童的阅读趣味，延续这些游戏特质，造成儿童文学的浅显化。其次，这些经由网游改编的儿童文学仍处于边缘化，不被主流文学认可。因此，这些网游儿童文学在向主流文学靠拢的过程中，还应思考如何保持自身的独立性和特色。再者，此类儿童文学并未产生跨界效应。欧美国家的网游受众群体范围往往更广，吸引了儿童、青少年、成人等不同群体。但我国为儿童设计的网络游戏往往只满足 14 岁以下的儿童需求，14 岁以上的青少年群体和成人群体还未被吸纳进来。网络游戏的低龄化直接导致改编文学的低幼化，只能在少数儿童群体中产生影响，不能产生《哈利·波特》系列这样具有世界影响的儿童文学作品。

儿童文学的改编并不局限于上述三种形式，还可以改编为歌剧、舞蹈、主题公园、漫画等多种形式。经典文本的改编一直在儿童文学史上扮演着重要角色（Müller，2013）。对原著文学的不断改编，往往促使观者去重读原著，保持了原著的生命力，使得文学经典在身处新的历史语境下的读者群中得以流传，获得新生，甚至促成了某些文学作品跻身“经典”之列。如路易莎·梅·奥尔科特（Louisa May Alcott）的《小妇人》（*Little Women*，1868）被多次改编，激励着每一代读者或观众勇于追求自己的人生目标，成为儿童文学经典作品之一。同时，通过电影、电视和其他新媒体进行的改编，儿童文学得以重新定位，成为一种文化驯化的文学形式（domesticated literary form）（Collins & Ridgman，2004：11），为当代文化交流和交互作用提供平台。以欧美奇幻文学的成功改编为例，通过改编，奇幻文学从本土化走向全球化，促进了不同文化之间的了解，有助于共建人类命运共同体。如《哈利·波特》系列电影的成功，不仅使奇幻文学风靡世界，同时还产生了全球性的粉丝文化（fandom），各国粉丝在互联网上分享他们的感受，增强了交流与互动。伴随着粉丝文化，改编现象不仅衍生出更多的文学创作模式，丰富了文学创作的品类，如在原有小说、漫画、动画或者影视作品中的人物角色、故事情节或背景设定等元素基础上进行二次创作的同人文、同人小说（fan fiction），而且还催生了以令人惊异的产品及电影、音乐和游戏引领潮流时尚的极客文化（Geek Culture）。

参考文献

塞思·勒若 . 2019. 儿童文学史：从《伊索寓言》到《哈利·波特》. 启蒙编译所，译，上海：华东师范大学出版社 .

Collins, F. M. & Ridgman, J. (Eds.). 2004. *Turning the Page: Children's Literature in Performance and the Media*. Oxford: Peter Lang.

Hutcheon, L. 2006. *A Theory of Adaptation*. London: Routledge.

Lefebvre, B. (Ed.). 2013. *Textual Transformations in Children's Literature: Adaptations, Translations, Reconsiderations*. London: Routledge.

Müller, A. (Ed.). 2013. *Adapting Canonical Texts in Children's Literature*. London: Bloomsbury.

Nikolajeva, M. 2016. *Children's Literature Comes of Age: Toward a New Aesthetic*. London: Routledge.

Oittinen, R. 2006. Abridgement. In J. Zipes (Ed.), *The Oxford Encyclopedia of Children's Literature* (Vol. 1). Oxford: Oxford University Press.

互文性　INTERTEXTUALITY

互文性（intertextuality，法语 intertextualité）又译作“文本间性”，是结构主义和解构主义思潮中产生的重要批评概念。从西方批评历史上看，对于文学作品、文学文本之间互动的研究古已有之，18 世纪英国作家蒲柏就曾在维吉尔的作品中发现了荷马对其的影响。艾略特在《传统与个人才能》（*Tradition and the Individual Talent*，1919）中探讨英国诗歌传统时提出，所有诗人的作品都相互指涉，个人才能不过是对他人作品的反映，诗人精神是一种消解作者与作品的催化剂，而传统是一种秩序，任何作品都会受这一秩序的规约，并为个人创作提供宏大的社会文化背景和创作素材体系。

“互文性”这一术语最早由法国文学理论家克里斯蒂娃（Julia Kristeva）于1966—1968年间在《词语、对话和小说》（“Word，Dialogue，Novel”）、《封闭的文本》（“The Bounded Text”）和《文本的结构化问题》（“Problèmes de la Structuration du Texte”）三篇论文中正式提出，她认为，“任何文本都是引语的镶嵌品构成的，任何文本都是对另一文本的吸收和改编”（Kristeva，1986：36）。换言之，任何文本都不是单独的实体，而是相互关联的，这里的“另一文本”也就是通常所说的“互文本”，既指历时层面上前后相继的文学作品，又指共时层面的社会、历史和文化（culture）等文本，而“吸收”和“改编”则是指戏拟、引用、拼贴等互文写作手法，也可以指“在文本阅读过程中通过发挥读者的主观能动性或通过研究者的实证分析、互文阅读等得以实现”（王瑾，2005：1–2）。显然，克里斯蒂娃的互文性理论深受当时俄国形式主义的影响，她自己也在论文中指出，正是她在保加利亚求学期间读过的巴赫金的著作启发她提出了互文性理论。巴赫金认为，小说中存在“多声部”和“复调”现象，并指出在文化危机时期产生的复调作品或多声部小说通过戏仿具有了“文学狂欢化”的特征。这一理论（theory）实际上已经呈现出了“互文性”的意味，并在文学批评、人类学、社会学等更宏观的视角之间确立起了一种互文性关系。克里斯蒂娃综合索绪尔和巴赫金的语言观，提出了“互文性”的概念。她认为，主体是分裂、多样和异质的，这丰富和发展了巴赫金的对话主义，但从本质上讲，克里斯蒂娃和巴赫金二人“描述的是相同的现象”（蒂费纳·萨莫瓦约，2003：10）。

哈罗德·布鲁姆（Harold Bloom）将心理学与互文性理论结合，提出了一种独特的“影响的焦虑”的诗歌理论。他认为，诗人存在强弱、重要和不重要之分，强势诗人在创作时受俄狄浦斯情结影响，首先继承某种诗歌传统，再通过对其他诗歌文本的延展、改造和升华形成自己独有的诗歌文本，但是在对诗歌文本溯源时总会发现他们起源于同一个诗歌文本。在具体操作过程中，布鲁姆提出了用以解释和分析诗歌文本互文关系的六个修正比。罗兰·巴特（Roland Barthes）则走得更远，提出“任何文本都是互文本；在一个文本之中，不同程度地并以各种多少能辨认的形式存在着其他文本，例如，先前文化的文本和周围文化的文本”（Barthes，1981：39），在他看来，文本是一个生产场所，是意指的过程。

与克里斯蒂娃不同，巴特取消了主体在文本中的作用，认为“互文性完全是文本自身的运作，而与主体无关”（王瑾，2005：55），这也是他和克里斯蒂娃及布鲁姆互文观最大的不同之处。德里达（Jacques Derrida）的“延异”说也推动了互文性理论的发展，他认为，每个文本都是众多能指的交织物，因此一切文本都具有互文性。这就不仅包括了文学文本，甚至包括所有文学阐释、文学批评在内的文本。乔纳森·卡勒（Jonathan Culler）继承和发扬了互文性理论，将读者作为互文性的重要组成部分，认为互文性是一个普遍话语空间，在其中“意义”才变得可理解，并借用语言学研究中的逻辑预设、修辞或文学性预设、语用预设来认识互文性。

总之，互文性批评改变了以往对作家、作品关注的传统批评方法，转向更为宏观的跨文本、跨文化研究。艾伦（Graham Allen）在《互文性》（*Intertextuality*，2000）一书中将克里斯蒂娃的研究归为后结构主义互文性，而把热拉尔·热奈特（Gérard Genette）、安托万·孔帕尼翁（Antoine Compagnon）和迈克尔·里法泰尔（Michael Riffaterre）的称为结构主义互文性。前者试图用互文性的手段去破坏文本的机制和认识范式，代表学者有德里达、保罗·德曼（Paul de Man）和希利斯·米勒（Hillis Miller），后者跳脱出克里斯蒂娃所框定的意识形态批判藩篱，使互文性“工具化”并具有更强的操作性。互文性理论提出的重要意义在于，它让我们“懂得并分析文学的一个重要特征，即文学织就的、永久的、与它自身的对话关系，这不是一个简单的现象，而是文学发展的主题”（蒂费纳·萨莫瓦约，2003：1）。萨莫瓦约认为，存在两种互文性，即表层的互文性（对重复使用的具体做法从类型和形式上进行研究）和深层的互文性（研究因为文本相接而产生的各种关系），表层的互文性主要集中在语言内层面，深层的互文性则存在于文本的生产层面（同上：13）。

在儿童文学（children’s literature）中互文性主要有三种表现方式：第一种是对其他前文本的引用，也是最易被儿童读者觉察到的类型，例如，艾伦·阿尔伯格的“快乐邮递员”（*Jolly Postman*，1986—1995）系列故事取材自一些著名童话故事（fairy story）。第二种是对前文本的模仿、戏仿、改写甚至包括翻译（translation），这在很多儿童文学作品外译为其他语言时最为常见，“意译”“增译”“替换”等翻译策略的使用实际上都是一种“互文”手段。第三种则不易被儿童读者所觉察，某些故事（story）中的深层结构、符码乃至写作传统都和一些前文本构成“互文性”关系。当然，这三种方式有时会同时出现在同一部文学作品之中。

与之对应，儿童文学研究者对儿童文学的互文性研究也主要集中在上述三种表现方式：第一种是对儿童文学中的前文本引用的研究，例如，钱淑英的《互文性透视下的儿童文学后现代景观》对《三只小猪》的图画书（picturebook）进行了分析，徐琼的《从文字到影像：〈草房子〉的互文性考察》、李生柱的《互文性视野下的童谣文本翻译》等，均是这类研究的代表。第二种是对前文本的模仿、戏仿、改写和翻译的研究，例如，德斯梅特（M. K. T. Desmet）的《翻译中的互文性 / 互视性》（*Intertextuality/Intervisuality in Translation*，2001），孙演玉等人的《互文性与儿童文学翻译》等。谭春萍的《互文性视角下的小说翻译研究》以《爱丽丝梦游奇境记》的两个中译本为例，探索了互文性思想对小说翻译研究的意义与价值，薄利娜的《儿童文学作品中文化互文性及其汉译策略》、刘慧的《多维性、未来性与互文性——当代大陆儿童诗的书写维度》、李文革的《叶圣陶童话创作与“五四”童话翻译：互文性探究》等都是此类研究的代表。而蔡俊的《文本的盛宴——〈童话山海经〉的互文性研究》从互文性的角度研究了萧袤的《童话山海经》系列，探讨了其作品的创新性和试验性，是第三种互文性研究的代表。

除此之外，儿童文学研究者还从读者反应批评（reader-response criticism）理论着眼对互文性问题进行了深入思考，从互文性的角度理解费什（Stanley Fish）所提出的“阐释共同体”（interpretive communities）及其在儿童文学读者那里形成的机制，如大卫 · 布鲁姆（David Bloome）的论文《互文性在课堂阅读与写作课程中的社会建构》（“The Social Construction of Intertextuality in Classroom Reading and Writing Lessons”，1993），以及杰伊 · 莱姆克（Jay Lemke）的《互文性与教育研究》（*Intertextuality and Educational Research*，1992）。互文性理论对作者和读者作用的分析对于理解儿童文学同样很有启发，克里斯汀 · 威尔基 · 斯蒂布斯（Christine Wilkie-Stibbs）认为，儿童文学的读者和作者处于“不平衡的权力关系”（imbalanced power relationship）之中，这就造成儿童（children）只能被动接受成年人写给他们的故事，使得儿童文学成为成年人文学的“互文本”。此外，斯蒂布斯还提醒我们在研究儿童文学时，要注意文学文本与其他文本的互文性关系，如文学文本与其他文学文本，电影、电视等视觉文本，漫画书、广告、歌曲等文化文本之间的关系。通过互文性作用，儿童在阅读文学文本的时候将这些已经纳入文化中的其他文本视为是“常态的”“自然的”（Wilkie-Stibbs，2004）。

参考文献

蒂费纳·萨莫瓦约 . 2003. 互文性研究 . 邵炜，译 . 天津：天津人民出版社 .

王瑾 . 2005. 互文性 . 桂林：广西师范大学出版社 .

Barthes, R. 1981. Theory of the text. In R. Young (Ed.), *Untying the Text: A Post-structuralist Reader*. London: Routledge and Kegan Paul.

Kristeva, J. 1986. Word, dialogue and novel. In T. Moi (Ed.), *The Kristeva Reader*. Oxford: Blackwell Publisher.

Wilkie-Stibbs, C. 2004. Intertextuality and the child reader. In P. Hunt (Ed.), *International Companion Encyclopedia of Children's Literature*. New York: Routledge.

幻想文学 FANTASY

从文学叙事的艺术特征看，幻想文学（fantasy）是一种与现实主义（Realism）或写实性、非虚构性文学叙事相对应的文类。写实性文学叙事直接反映人们所熟悉的经验世界，其人物和事件都是在现实中能够出现，而且可以被验证的，并且通过“在场”的写实方式直接展现出来。相比之下，幻想文学叙事是在经验无法证实的意义上，通过“以实写幻，幻中有真，亦真亦幻”这一特殊的“在场”方式，来表现本应“不在场”的人物、事件和时空。而这种依据客观常识本应“不在场”之物的出场是作家激发想象功能进行幻想叙事的结果。用当代哲学家的话语来说，想象是一种心智意义的“逃离在场”（flight from the presence），可以不受物理规则限制而进入另一种文学世界，具有独特的文学审美效果和价值。张世英先生认为，审美意识的最高境界在于通过想象，以在场的东西显现出无限的不在场的东西，从而使鉴赏者玩味无穷，即“对事物的整体把握和认识在于通过想象，把无限的不在场的东西与在场的东西综合为一体”（张世英，2004：1）。由此综合的产物就是虚实相间、虚实相融、幻极而真的审美场域。根据约翰·罗纳德·瑞尔·托尔金的表述，想象力是人类构建特殊心理意象，包括那些实际上并不在场、也不可能在场之事物的心理意象的能力。这些心理意象不仅是“实际上不在场的，而且是在我们的第一世界里根本就找不到的”事物，但想象力需要一种高超的艺术形式去追求“现实的内在一致性”，这就是幻想的艺术，是介于想象力与最终的幻想文学创作结果（替代性创造）之间的一种操作运行的连接（Tolkien，1966：68）。而根据凯瑟琳·休姆（Kathryn Hume）提出的幻想文学的“一体两端说”（Hume，1984：20–21），这种呈现“不在场”或者“逃离在场”的特征是“对于公认的常识性现实的背离”。休姆指出，一切文学作品都是“模拟”和“幻想”这两种冲动的产物，它们不过是处于一个统一体的两端而已（同上）。那些位于“模拟”一端的就是以写实性为主要特征的作品，而位于“幻想”一端的就是那些以非写实性为主要特征的作品。而根据幻想文学作品对于公认的常识性现实的不同的背离方式，人们可以区分不同的幻想叙事类型。

☙ 幻想文学的文化渊源

从文化史看，人类幻想文学的传统源远流长。放眼历史时空，人类先民在生存发展的过程中无不怀有拓展自己经验视野的深切愿望。这种愿望自然成为推动人类驰骋想象，竭力感知和认识自身及世界的原动力，同时也催生了各民族的神话叙事。古代先民通过各种方式去认识大千世界，然后根据自身的体悟和理解记叙下来，传诸后世。古代神话故事并不需要得到现代意义的证实或确认，只是早期先民们在观察、探索自然（nature）世界，以及现实体验的基础上进行的有意义的幻想性叙事，而这同样成为一种珍贵的文化遗产。这些神话故事产生的一个重要目的就是为某些不得其解的疑惑提供解答，而不是确切的分析判断。其中尤其重要的是如何为人们提供一个令其满意的故事（story），而且这些故事还会随着持续的讲述而变得更具幻想性和神奇性。从古希腊荷马史诗（公元前 8 世纪左右）奇异的航海故事到尤赫姆拉斯（Euhemerus）的哲理性传奇小说《神的历史》（*The Sacred History*），以及琉善（Lucian of Samosata）的《真实的故事》（*A True Story*，2nd century CE），这一古希腊传统一直延续到讲述闵希豪森男爵经历的离奇遭遇的故事，以及那些奇异的、前往其他行星的旅行故事。尤赫姆拉斯的《神的历史》无疑是幻想叙事，但作者却特别强调其"真实性"，作者声称自己在海洋航行中发现了原本存在于人们想象中的古文献，于是在此基础上讲述了前往大洋中一座名叫潘恰阿德的岛屿的奇异航行。琉善的《真实的故事》则是一个离奇的带有科幻元素的月球历险故事。一艘希腊人的船只在海上被滔天暴雨和狂风卷上了月球。登上月球的航行者们发现这里早有居民，而且月球的国王与太阳的国王为了争夺木星的殖民地而发生了战争。这样的虚构性故事往往具有讽刺性和社会批判性，日后逐渐演变为科幻小说（science fiction）的前身。与此同时，富有神奇色彩的各种奇游记、奇遇记成为一种流行的童话叙事模式。

17 世纪天文学的发现更为作家的文学创作增添了幻想的翅膀。哥白尼（Kopernik）、开普勒（Johannes Kepler）、伽利略（Galileo）等人的发现和写作拓宽了人们的思想视野，进一步激发了人们的想象力。德国数学家、天文学家开普勒的《梦幻之旅》（*Somnium*，1608）从一个梦幻开篇，观察者杜兰科塔斯借助超自然的手段登上了月球。此后，各种太空旅行成为作家们驰骋想象的故事题材。另一方面，从柏拉图（Plato）的《理想国》（*The Republic*，375 BC）到托马斯·莫尔（Sir Thomas More）的《乌托邦》（*Utopia*，1516），乌托邦叙事呈现出政治哲学的思考与文学诗学的表达这两者结合的特征。它通过文学表征体现批判性和讽刺性指向，尤其涉指法律、政府及社会状况，同时将虚构的乌托邦

（Utopia）的真善美与作者所处现实社会的罪恶进行对比彰显。莫尔的《乌托邦》用拉丁文写成，全名为《关于最完美的国家制度和乌托邦新岛的既有益又有趣的金书》，“乌托邦”从此成为此类作品的代名词。反乌托邦（Dystopia）与乌托邦同源异流，致力于表现人们构想出来的反面的理想社会。反面乌托邦表现想象中的非常糟糕的社会、政治状态，尤其是科学技术的发展所带来的灾难性的未来世界。

ღ 幻想文学的整体语境

以幻想文学的整体语境为参照，有助于从文化（culture）和文学视野理解儿童幻想文学的历史源流和发展状况。英国科幻小说作家和学者布赖恩·奥尔迪斯（Brian Aldiss）将现代幻想文学（Modern Fantasy）划分为两极，一极是追求思考和批判的分析性作品，以赫伯特·乔治·威尔斯（Herbert George Wells）为代表；另一极是梦幻性的奇异幻想作品，以《人猿泰山》（*Tarzan of the Apes*，1912）的作者美国作家埃德加·赖斯·巴勒斯（Edgar Rice Burroughs）为代表（Aldiss & Wingrove，2001）。梦幻性叙事不仅具有故事性，而且蕴含童趣性，与儿童文学（children's literature）密切关联。20 世纪以来，托尔金为青少年读者创作的《霍比特人》（*The Hobbit*，1937）及《指环王》（*The Lord of the Rings*，1954）系列为梦幻性叙事传统的发展注入了新的活力。在儿童文学语境中，以文学童话（fairy tale）为代表的幻想叙事具有悠久传统，其源流可以追溯到古印度《故事海》《五卷书》，阿拉伯民间文学名著《一千零一夜》（*One Thousand and One Nights*，8 C to 14 C），以及意大利作家斯特拉帕罗拉（Giovanni Francesco Straparola）的《欢乐之夜》（*The Nights of Straparola*，1550—1553）与巴塞勒（Giambattista Basile）的《五日谈》（*Pentamerone*，1634—1636）。中世纪以来，影响现代幻想儿童文学的传统源流包括约翰·班扬的《天路历程》和乔纳森·斯威夫特的《格列佛游记》。寓言体小说《天路历程》潜藏着童心般的情感及义愤，充满鲜明生动、夸张别致的意象，成为能够吸引儿童读者的比较接近现代儿童文学的读物。《天路历程》的叙述者在梦境中看见一个名叫基督徒的男人，正在专心致志地读《圣经》，通过书中的启示，基督徒踏上了寻求天国的天路历程。这一开端仿佛预示着《爱丽丝梦游奇境记》的开端：爱丽丝在泰晤士河边悄然入梦，随后在一只大白兔的指引下，纵身跳进兔子洞，进入充满荒诞色彩的地下世界，开始奇遇旅程。《天路历程》通过主人公基督徒追寻天国的历程，将抽象的人类品行、品性、伦理道德及宗教观念与信仰、人间的善恶冲突等描写为活生生的人物形象和戏剧性的动作行为，能够满足儿童（children）的好奇心和求知欲。与《天路历程》一样，讽刺小说《格列佛游记》也是为成人读者写的，但它不失为一部具有童话叙事特征的游记小说。其中有关“大人国”“小人国”“飞岛”的故事及意象早已成为脍炙人口的幻想读物，对于儿童和青少年读者具有天然的吸引力。《格列佛游记》讲述的是主人公格列佛四次出海航行冒险的经历。作者采用的童话叙事方式使之产生了突出的双重性。对于儿童与青少年读者，在有关“大人国”“小人国”“飞岛”“漂流岛”“磁力岛”“地下世界”等奇异之地经历的奇异游记的故事无疑具有天然的吸引力。而对于成人读者，小说揭示了发人深思的人类观。作品匠心独具，讽刺尖锐深刻，涉及对 18 世纪上半叶英国社会的批判，对英国统治阶级的腐败、无能、狠毒、倾轧、荒淫、贪婪、傲慢等的鞭挞。这样的双重性正是这部游记小说的独特之处，同时印证了克莱夫·斯特普尔斯·刘易斯（Clive Staples Lewis）所言，童话是表达思想的最好方式[1]。斯威夫特通过童话叙事的手法进行的绝妙讽刺为它赢得了力量和意义，使之成为开放性的文本，无惧时间的流逝，可以进行各种各样的解读。《格列佛游记》采用了以实写幻的童话叙事方式，也就是用近似科学理性的方式和准确性去讲述最异乎寻常的遭遇，使之读起来就像普普通通的日常事件，可以切切实实地发生在现实生活中。科幻文学研究学者达科·苏恩文（Dazko Suvin）认为，斯威夫特讲述的奇异旅行代表着不断融合的想象的可能性和经验的可能性这两个极端（Suvin，1983）。这种以实写幻的童话叙事手法对于儿童幻想文学的发生和发展无疑具有深层次的影响。

1 原文为：Sometimes Fairy Stories May Say Best What’s to Be Said，是刘易斯于 1956 年发表在 *The New York Times Book Review* 上文章的题目。

☙ 幻想文学创作的主要成果

《牛津儿童文学指南》（*The Oxford Companion to Children's Literature*，1984）对“幻想文学”的界定实际上描述了维多利亚时期英国儿童文学黄金时代儿童幻想文学（童话小说）类型的基本发展轨迹及艺术特征。有两个因素值得关注，其一是真正儿童本位（child based）的幻想文学语境的出现，其二是这些作品与传统童话的血脉关系。

在儿童文学的语境中，幻想文学是指那些由特定作家创作的，而不是传统的口头传承的，通常具有长篇小说的长度，包含着超自然的，或其他非现实因素的虚构性小说作品。幻想文学与传统的童话故事（fairy story）有着紧密的联系，而英国幻想文学创作的开端恰逢 19 世纪人们对于口传童话故事的兴趣和崇尚的复兴。一般认为，这一文学类型的最初范例是弗兰西斯·爱德华·佩吉特的《卡兹科普弗斯一家的希望》。1851 年，罗斯金发表了他的《金河王》，两年之后，萨克雷写出了他的《玫瑰与戒指》。1863 年，查尔斯·金斯利发表了他的小说《水孩子》，令人信服地捍卫了充满想象力的作品，并且抨击了“彼得·帕利”及那些认为只应当为孩子们提供讲述事实的图书的作家们。在《水孩子》出版两年之后发表的《爱丽丝梦游奇境记》，显示出幻想文学的无限的可能性极具颠覆性与革命性。与此同时，乔治·麦克唐纳在幻想文学的创作方面采用了一种非常不同的方式，他基本上是沿着汉斯·克里斯蒂安·安徒生开创的叙述道路前行。在诸如《轻盈公主》（*The Light Princess*，1864）这样的短篇故事和后来以《乘着北风遨游》开始的多部长篇小说中，卓越的想象力与一种巧妙的教育目的结合了起来（Carpenter，1991）。

20 世纪五六十年代以来，英国儿童幻想小说创作继续发展，作家们在表现题材、叙事方式和表述话语等维度的全新探索，同样取得了丰硕厚重的创作成就。代表性作品有克莱夫·斯特普尔斯·刘易斯的《纳尼亚传奇》（*The Chronicles of Narnia*，1950—1956）系列、约翰·罗纳德·瑞尔·托尔金的《指环王》系列、琼·艾肯（Joan Aiken）的《雨滴项链》（*A Necklace of Raindrops*，1968）、罗尔德·达尔的《查理和巧克力工厂》(*Charlie and the Chocolate Factory*，1964)、乔安妮·凯瑟琳·罗琳的《哈利·波特》系列、菲利普·普尔曼《黑暗物质》三部曲等。

☙ 现代幻想文学的批评实践

鉴于19世纪以来原创儿童幻想文学异军突起的蓬勃发展格局，有批评家用现代幻想文学来指称现当代儿童幻想文学（Children's Fantasy），以区别于古代神话及早期幻想叙事文学。这又引发了相关的批评实践问题。问题的实质在于“幻想文学”范畴宽泛，包罗甚广，可以用来统称所有同源异流、相似相近，但却具有不同内涵特征和艺术追求的非写实性文学类型，例如，在成人文学语境中，有梦幻叙事、超现实主义、魔幻现实主义、心理现实主义、后现代主义（Postmodernism）、科幻小说、成人本位（adult based）的政治童话及新童话叙事等；而在儿童文学语境中，又有童话小说、奇幻小说和少儿科幻小说等。由此可见，在缺乏具体语境的情况下，“现代幻想文学”这一称谓显得比较含混模糊，指向性并不明确。因此有必要在传统幻想文学和现代幻想文学演进历程的参照下，对现当代儿童幻想文学的主要类型有所区分。

凯瑟琳·休姆提出的幻想文学的“一体两端说”为人们提供了一种具体区分幻想叙事类型的参照尺度。根据休姆的阐述，幻想文学呈现“不在场”之物，或者“逃离在场”的特征就是对于公认的常识性现实的背离，那么根据不同的对于公认常识性现实的背离方式，人们可以区分出不同的幻想叙事模式或类型。尽管幻想文学同源异流，具有共同的想象虚构特征，但不同的类型，以及预设了不同读者对象的作品往往同幻异旨、同工异趣，具有出自不同创作意图的艺术追求，尤其与“逃离”公认的常识性现实的方式大不一样。科幻小说最显著的特点是通过具有自然科学特征的认知因素去背离或改变公认的常识性现实，从而呈现“不在场”的事物。这种认知因素来自于科学发现和科技进步所激发的可能性。此外，少儿科幻小说还要考虑其营造的幻想空间、所讲述的故事是否有益于传播科学精神，能否推动读者去思考人类社会科技发展的未来、思考科技发展与人类社会进步的关系，以及人类文明与大自然的关系等有关科学伦理的重大命题。此外，科幻叙事进程的因果关系需要建立在科学认知的基础之上。当然，对于科学认知的前瞻性推测能够激发少年儿童的想象力，诸如克隆技术、生物技术、航天技术、人工智能及计算机科学的新进展等，都可以在少儿科幻小说的世界里得到形象、生动的反映，有助于提升少年儿童科学认知的素养和兴趣。

当今世界，科学常识早已使人们认识到，宇宙是按照自然规律运行，而不是按照上帝的意志运行。但另一方面，作为前人成熟化的认识结果，成人（adult）拥有的常识与经验在某些情况下对于少年儿童来说可能成为一种压力或负担，使其被动地接受常识甚至可能遮蔽和消解幼童的思维智慧。常识能合理地解释一切现象，但不少知识和判断容易陷入常识的规范，导致想象力和创造力的弱化，使整个思维变得机械和平庸。针对此种情形，童话小说和奇幻小说能够发挥特殊的作用，因为它们对公认的现实常识的背离是由内心愿望的满足性决定的，而不会考虑科学认知因素的制约。至于童话小说与奇幻小说（幻想小说）的关系，它们之间虽然有诸多相似之处，具有共同的“乌托邦”叙事特征，但在创作意图和读者对象两方面各不相同，具有不同的艺术追求，所以既相互交叉，又相互区别。从文体内核看，童话小说是指现当代作家创作的中长篇文学童话叙事，是传统童话的艺术升华，是童话精神与现代小说艺术的融合。以英国童话小说为例，在约翰·克鲁特（John Clute）和约翰·格兰特（John Grant）主编的《幻想文学百科全书》（*The Encyclopedia of Fantasy*，1999）中，维多利亚时代的女作家萨拉·柯尔律治创作的《凡塔斯米翁》（*Phantasmion*，1837）被称作第一部用英语写出的童话小说（Clute & Grant，1999：185）。作为儿童文学语境中的幻想文学，现当代童话小说具有独特的双重性。它发端于儿童文学而又超越儿童文学，根植于传统童话而又超越传统童话，因此不仅具有鲜明的童趣性，而且能够满足不同年龄层次读者（包括成人）的审美需求——这是童话小说区别于一般幻想小说的重要特征。童话小说一方面要体现童话对儿童成长的意义和价值，不能像写一般幻想小说那样随心所欲；另一方面，作为历久弥新的童话本体精神与现代小说艺术相结合的产物，童话小说能够满足不同年龄层次读者（包括成人读者）的认知需求和审美需求。而且，用“现代幻想小说”来取代“童话小说”，势必要剥离这一独特文体的历史沉淀，割断它与传统童话的深层血脉关系，从而消解了童话文学传统赋予它的基本特质（给予儿童的“爱的礼物”）、精神特质（解放心智和想象力的乌托邦精神）和艺术特质（以实写虚的叙事手法，用自然随意的方式讲述最异乎寻常的遭遇和故事）。从总体上看，幻想儿童文学的世界有其自身的美学价值，具有共同的文学表征，但在创作意图、读者对象和艺术追求等方面各不相同。它们通过不同的方式去背离或改变公认的常识性现实，同样映射了现实世界的真实性。

参考文献

张世英 . 2004. 论想象 . 江苏社会科学，（2）：1–8.

舒伟 . 2011. 走进童话奇境：中西童话文学新论 . 北京：外语教学与研究出版社 .

舒伟 . 2015a. 从工业革命到儿童文学革命：现当代英国童话小说研究 . 北京：中国社会科学出版社 .

舒伟 . 2015b. 英国儿童文学简史 . 长沙：湖南少年儿童出版社 .

Aldiss, B. & Wingrove, D. 2001. *Trillion Year Spree: The History of Science Fiction*. London: The House of Stratus.

Clute, J. & Grant, J. (Eds.). 1999. *The Encyclopedia of Fantasy*. New York: St. Martin's Press.

Carpenter, H. & Prichard, M. 1991. *The Oxford Company to Children's Literature*. Oxford: Oxford University Press.

Hume, K. 1984. *Fantasy and Mimesis: Responses to Reality in Western Literature*. New York: Methuen.

Suvin, D. 1983. Victorian science fiction in the UK: The discourses of knowledge and of power. *A Reference Publication in Science Fiction*. Boston: G. K. Hall.

Tolkien, J. R. R. 1966. *The Tolkien Reader*. New York: Ballantine.

荒诞话语 NONSENSE

“荒诞话语”（nonsense）是一个意义丰富的词，很难用一个汉语词准确翻译出来。从字面上看，它表示没有意义、说不通、不合常理，包含了滑稽可笑、荒诞、愚蠢等诸多消极意义。商务印书馆出版的《牛津高阶英汉双解词典》（第九版）（*Oxford Advanced Learner's English-Chinese Dictionary*）将其译为“谬论”“胡扯”“胡言乱语”“愚蠢的行为”“不可接受的行为”“毫无意义的话”等[1]。西莉亚·安德森（Celia Anderson）与玛丽莲·费恩·阿塞洛夫（Marilyn Fain Apseloff）在其合著的《儿童的胡话文学：从伊索到苏斯》（*Nonsense Literature for Children: Aesop to Seuss*，1989）中强调，“荒诞话语并非缺乏意义，而是对意义的机智的颠覆，它强化而不是摧毁意义 [……] 无意义本质上具有二元性，它由含有双重意义或歧义的幽默的谬论构成，充满了对照、反转和镜像”（Anderson & Apseloff，1989：2）。因此，在他们看来，荒诞话语是“意义的超级导体”（同上：61）。苏珊·斯图尔特（Susan Steward）在《荒诞话语：民间传说与文学中互文性（intertextuality）的方方面面》（*Nonsense: Aspects of Intertextuality in Folklore and Literature*，1989）中指出，“无意义起源于寻找意义的活动，最终服务于寻找意义的活动”（Steward，1989：6）。简单地说，“荒诞话语”以看似缺乏逻辑、不合常理的语言建构起另一种意义，这一意义通过“荒诞话语”的形式成为展示现实的另一面镜子，为儿童（children）提供了一种认识复杂世界的独特方式。

荒诞话语在儿童文学（children's literature）中的运用包括很多技巧，如反讽、双关、比喻、含混、头韵、押韵、生造词等。不管使用哪种技巧，它都充满了游戏精神，“荒诞文学用游戏的精神重新编排世界”（Anderson & Apseloff，1989：94），这种游戏性打破由各种常理（common sense）构成的现实社会等级秩序，动摇社会体制及传统的道德与禁忌，使整个世界在儿童的认知里发生天翻地覆的变化。在颠覆性

1　参见：牛津高阶英汉双解词典，北京：商务印书馆，2018：1451–1452.

的狂欢中，僵化的条条框框被拆解，新的意义得以建构。无名诗人的诗作《世界被弄了个底朝天》（*The World Turned Upside Down*，1646）对这一颠覆性进行了尤为生动的注解。诗中写道："看见鸟儿啄果子 / 不算新闻 / 看见狗儿吹笛子 / 才算真正新奇""看见好男孩读书 / 不算新闻 / 看见鹅烤厨师 / 才算真正新奇""看见男孩在溪中游泳 / 不算新奇 / 看见鱼儿用鱼钩抓住人 / 才算真正新奇！"（Blake，1994：22）当代荒诞插画师，也是首位"桂冠儿童作家"的昆丁·布莱克爵士将这首诗放在他所编撰并配以插图的《海雀胡话诗集》（*The Puffin Book of Nonsense Verse*，1996）的第一部分，用以强调荒诞诗的颠覆性特点。荒诞儿童文学的内容多集中在两个方面：一方面强调人与动物的等同性，对人的主体地位进行解构与颠覆，甚至使动物成为主体，将话语权交给动物。例如，在《世界被弄了个底朝天》中，鹅与鱼成了主体，人成了客体，原有的人与动物的关系因此被瓦解。另一方面以善意的夸大或诙谐的语言来嘲讽成年人的世界，颠覆成年人在孩子面前的权威地位，对成年人与儿童之间的关系进行重构，使儿童获得一种通过语言对抗虚伪的社会现实的能力，进而舒缓儿童在成长中面临的来自成人（adult）的各种压力。

荒诞话语的运用在文学中历史悠久。古老的神话故事和民间传说（folklore），以及笑话、谜语和童谣（nursery rhyme）里都有着数不胜数的荒诞话语。我国流传数千年的神话故事"精卫填海""嫦娥奔月""夸父逐日"等都有荒诞性元素。家喻户晓的《西游记》与《聊斋志异》更是借助了荒诞话语的力量赢得了读者的喜爱。西方儿童从小吟诵的鹅妈妈童谣，以及在全世界流传的《伊索寓言》也以其趣味横生的荒诞话语获得经久不衰的魅力。莎士比亚、约瑟夫·拉迪亚德·吉卜林、拜伦（George Gordon Byron）、奥斯卡·王尔德、卡夫卡（Franz Kafka）等作家作品里都大量使用了荒诞话语。荒诞话语经由英国维多利亚时期的两位荒诞话语大师——爱德华·李尔和刘易斯·卡罗尔的广泛使用，不仅成为语言艺术，更成为一种盛行的儿童文学体裁，对当代儿童文学产生了巨大的影响。李尔著有大量插图版的荒诞诗（nonsense verse）与打油诗（doggerel）。他的《谐趣诗集》包含了无数简短的小诗，每首不过四五行，讲述了世界各地奇形怪状、性情各异的人物，语言浅显易懂、轻松明快，并配有充满谐趣的插画，多使用押韵，朗朗上口。明斯洛（Sarah Minslow）认为，他的荒诞话语语言被用来“建构、传递、解构那些取决于孩子无条件地服从与懵懂无知的社会等级秩序和权力关系”，并“赋予了孩子声音，使之在解读过程中成为主动的决策参与者（Minslow，2015：47）。例如，《谐趣诗集》中的其中一段小诗这样写道：“有一个魁北克老人 / 一只甲壳虫（beetle）爬上了他的脖子 / 他大嚷道，‘我只要一根针（needle）就可以杀了你 / 啊，比德尔（beadle）！’/ 那个愤怒的魁北克老人。”[1] 这段荒诞诗中愤怒的老人对小小的甲壳虫的威胁典型地体现了人凌驾于动物之上的粗暴，让人联想到成年人对孩子的暴力语言，因此既体现了人与动物之间的关系，也体现了成年人与儿童之间强弱力量的对比。作者使用的三个押韵词“beetle”“needle”和“beadle”在帮助儿童识记的同时，也在局部的变化中呈现了事物之间的联系。老人最后用“beadle”这一生造词指代甲壳虫，体现了愤怒之下的词不达意，使老人勃然大怒的形象跃然纸上。这首诗也体现了李尔荒诞话语诗的结构性。他在《谐趣诗集》中的每首诗都以某地有某人的陈述作为开始，然后讲述该人的怪事，最后一行往往再次强调这个人所在的地方。这种结构性与重复性使荒诞诗易于理解、便于识记，对儿童有较强的亲和力。卡罗尔的《爱丽丝梦游奇境记》可以说是荒诞文学的集大成者。整个文本围绕爱丽丝的梦境展开，里面充满了看似逻辑不通的对话和荒诞诗，以及大量的双关语、反讽、戏仿及生造词。其中爱丽丝可以变大变小，动物可以开口说话，扑克牌可以喋喋不休地争吵，同时间搞好关系可以让上课时间变成午饭时间，果酱只能在昨天和明天吃——今天永远吃不到……面对各种胡言乱语，爱丽丝发现自己所接受的文明世界的教育（education）遭到不断颠覆，原有的社会秩序与规范，包括语言本身的各种存在受到质疑，爱丽丝甚至无法回答“你是谁”这样的问题。法国语言学家让–雅克·勒赛克尔（Jean-Jacques Lecercle）在他的《胡话哲学》（*Philosophy of Nonsense: The Intuitions of Victorian Nonsense Literature*，1994）一书中从阐释学的角度对卡罗尔的童话《爱丽丝梦游奇境记》进行分析，认为“在缺乏意义性或‘疯癫’中，荒诞

1 原文为：“There was an Old Man of Quebec, a beetle ran over his neck; But he cried, “With a needle, I'll slay you, O beadle!” That angry Old Man of Quebec.”。参见 Lear, E. 1861/2005. *A Book of Nonsense*. London: Routledge.

文本比起直白的文本常常更具有洞察力，或者更具有想象性，或更多直觉性”。勒赛克尔的“直觉性”强调“胡话或疯癫不仅仅颠覆，还揭示并建构”（Lecercle，1994：6），这也赋予了儿童在探索世界过程中更大的能动性（agency），“使孩子得以自由地打量充满可能性的更大的宇宙”（Anderson & Apseloff，1989：95）。李尔与卡罗尔作为维多利亚时期的荒诞语言大师，揭示了“我们，如同爱丽丝一样，必须把我们的胳膊伸得足够远，越过蘑菇 / 世界，才能从相反面获得一些营养。因为正是在各种对立的平衡中我们才能保持清醒”（同上：20）。他们创造的荒诞文学传统成为当代儿童文学取之不尽用之不竭的宝贵源泉。

荒诞文学往往有着强烈的视觉效果，许多荒诞文学作家大多也是插画家。李尔在出版《谐趣诗集》之前已经是著名的画家，曾受维多利亚女王的邀请去王宫为女王授课。他的荒诞诗很多都是先有图画，后有诗作。因此，读者在欣赏他的荒诞诗时很难将那些生龙活现的图片与诗歌分离开来。卡罗尔在创作《爱丽丝梦游奇境记》时也曾亲自为之配上插图。当代著名的黑色幽默荒诞诗人爱德华·戈里（Edward Gorey）不仅创作了大量插图故事，还为许多经典童话（fairy tale）配上了不朽的插画。即便本人不是插画家，许多荒诞作品也因为与一些专职插画家的合作，使文本与插画之间获得相得益彰的互动。《查理和巧克力工厂》的作者罗尔德·达尔的众多儿童文学作品便得益于著名插画家昆丁·布莱克爵士的配图。荒诞文学中的插画往往有较强的漫画色彩，让人忍俊不禁，因此更为贴近儿童的心理，更容易被儿童接受，从而帮助孩子在笑声中接纳复杂的社会。

20 世纪以来涌现了大量优秀的荒诞儿童文学大家，包括詹姆斯·瑟伯（James Thurber）、奥格登·纳什、艾伦·米尔恩（他的《小熊维尼》系列故事为中国儿童所熟知）、罗尔德·达尔和苏斯博士（Dr. Seuss）等。荒诞文学也进入了批评家的视野，其中蕴含的哲学、政治、宗教、文化（culture）等意义得到了多维度的深入阐释，荒诞语言与意义之间的关系也成为备受关注的话题。无可否认，“无意义”的荒诞正以其丰富的意义吸引着学者们，也滋养着世界各地的儿童。

参考文献

Anderson, C. C. & Apseloff, M. F. 1989. *Nonsense Literature for Children: Aesop to Seuss*. Hamden: Library Professional Publications.

Blake, Q. 1994. *The Puffin Book of Nonsense*. London: Penguin Books.

Lecercle, J. 1994. *Philosophy of Nonsense: The Intuitions of Victorian Nonsense Literature*. New York: Routledge.

Minslow, S. 2015. Challenging the impossibility of children's literature: The emancipatory qualities of Edward Lear's nonsense. *Bookbird: A Journal of International Children's Literature, 53*(3): 46–55.

Steward, S. 1989. *Nonsense: Aspects of Intertextuality in Forklore and Literature*. Baltimore: Johns Hopkins University Press.

经典 CANON

在英语文学研究中，经典（canon）最早的含义是指某一特定作者的真实作品。20 世纪的英国文学批评采用了"经典"一词，指的是那些被认为最重要、最值得阅读和研究的文学作品，尤其是在大学课程中。确定哪些作品被纳入文学经典涉及"把关人"（gatekeeper）——主要是为出版商编纂重要文本选集的编辑，以及管理大学阅读清单中哪些应列入、哪些不应列入的学者。这些角色之间可能会有重叠，通常学者也是以大学生为目标读者的出版商。文学经典并非固定不变，哪些文学作品被纳入经典或从经典中被排除，取决于多方面的因素，如文学品味的变化、批评时尚、学术辩论，以及限制或鼓励多样性的社会变革等。然而，在 20 世纪的大部分时间里，文学经典在很大程度上忽视了儿童文学（children's literature）。

从 20 世纪 60 年代开始，经典的形成过程本身受到了批判性的审视。在随后的几十年里，对经典著作的严格审查使得儿童文学作品被大学文学系的“严肃”学者纳入了专业教学与研究的范畴。直到20世纪末，判定哪些儿童文学作品是重要的、值得研究的，常常是在学界之外做出的。儿童文学经典的形成比成人文学文本经典的形成更为复杂。在很长的一段时间里，儿童文学经典的形成过程都是在文学学术的边缘进行的，哪些文本应被视为经典，主要不是由学者或儿童读者本身来决定的，而是掌握在推荐和提供作品使用权的人，即教育工作者、图书馆员、家长、编辑和出版商手中。

☙ 儿童文学经典的雏形

18世纪，英国和美国开始通过教育（education）进行大规模扫盲，针对年轻读者的出版物激增。到了19世纪初，把关人开始辨别现有的文本中哪些具有道德和审美价值。虽然18世纪末的期刊文献对儿童文学进行了审查，但到了19世纪初，在确定哪些文本对儿童（children）有益，哪些对他们有害方面，一些人的影响力已经十分巨大，如英国儿童文学作家和评论家萨拉·特里默（Sarah Trimmer）就是其中一位。她在担任《教育卫士》（*Guardian of Education*，1802—1806）杂志的编辑期间，遵循英国清教徒传统，重视审查提升心灵且易读易懂的儿童文学作品。

19世纪初新兴的儿童文学经典包括对传统故事（通常是口头故事）、成人文本的改编（adaption），以及专门为儿童编写的文本。例如，罗伯特·桑伯（Robert Samber）英译的夏尔·贝洛的《鹅妈妈的故事》（*Tales of My Mother Goose*，1700s）一书中，就收录了《灰姑娘》（*Cinderella*）、《睡美人》（*Sleeping Beauty*）和《小红帽》（*Little Red Riding Hood*）等诸多儿童文学经典作品。

对儿童文学的评论从英国传到了大西洋彼岸的美国。理查德·达林（Richard Darling）在对1865年至1881年间美国儿童图书评论的调查中发现，至少有30种期刊经常讨论儿童文学的质量问题。期刊对儿童文学作品的高度关注意味着，从19世纪初开始，作品的质量就受到了来自道德、美学等视角的持续审视。

☙ 经典与创新

批评家哈维·达顿（Harvey Darton）和汉弗莱·卡彭特认为，英语儿童文学的“黄金时代”（the Golden Age）从刘易斯·卡罗尔的《爱丽丝梦游奇境记》延伸到艾伦·米尔恩的《小熊维尼》故事。达顿和卡彭特认为，这个“黄金时代”的特点是强调娱乐而非道德教育，以及从儿童的视角来看待世界。儿童文学“黄金时代”的童话故事（fairy story）的独特之处在于，它们以怀旧（nostalgia）的态度对待童年（childhood）及童年的逝去。

进入20世纪，儿童文学出版业超越了之前的“黄金时代”，出版商们制定了新的营销策略，以巩固和扩大儿童文学经典。1922年，路易斯·希曼·贝克特尔（Louise Seaman Bechtel）成为麦克米伦（Macmillan）童书部首位女性负责人，她开始将许多书籍（book）重新包装为“儿童经典”（Kidd，2011：54）。大约在同一时间，图书馆员期刊成了争论哪些文本应该被纳入经典和排除在经典之外的重要阵地。这些期刊延续了评论儿童文学新作的传统，当美国图书馆协会（American Library Association，简称ALA）于1921年设立纽伯瑞奖（Newbery Medal）时，图书馆员担任了评委。1936年，英国特许图书馆和信息专业人员协会（British Chartered Institute of Library and Information Professionals，简称CILIP）紧随其后，设立了儿童文学卡内基奖（Carnegie Medal）。这些奖项为新出版的作品赋予了“瞬间经典”的声望，但《学校图书馆杂志》（*School Library Journal*）上同样发表过批评纽伯瑞奖委员会选择的获奖书籍的文章，认为这些书籍对儿童来说晦涩难懂（Silvey，2008）。

一些正式和非正式的经典化方式在20世纪继续发挥作用。随着新技术的出现，广播、电影、电视等新媒体得以发展，针对新观众或听众的改编也进一步巩固了某些文本的权威地位。例如，美国迪士尼影业的改编既反映也巩固了早已确立的一些文本的权威地位，如《白雪公主和七个小矮人》《灰姑娘》《爱丽丝梦游奇境记》《瑞士鲁滨孙一家》，以及一些较新的作品，如根据帕梅拉·林顿·特拉弗斯1934年的小说《欢乐满人间》改编的电影。

在改编和强化经典小说和系列小说方面，一些影片的经历更为复杂。托尔金的《霍比特人》《指环王》三部曲，以及乔安妮·凯瑟琳·罗琳的《哈利·波特》系列等改编成电影后，大受欢迎，而克莱夫·斯特普尔斯·刘易斯的《纳尼亚传奇》系列和菲利普·普尔曼的《黑暗物质》三部曲，并没有享受到类似的大银幕上的成功，这些作品的经典地位，很大程度上仍然取决于这些书籍本身。

☙ 经典与流行

经典地位与流行程度的关系颇为复杂。一部文学作品要想成为经典，不仅需要得到教育者、图书管理员或颁奖者等“把关人”的认可，还需要受到读者群体的广泛欢迎。黛博拉·史蒂文森（Deborah Stevenson）认为，“路易莎·梅·奥尔科特的《小妇人》成为年轻女性书迷的文化仪式已经很久”（Stevenson，2009：113），最终成为一部经典文学作品。同时，由于多个电视或电影版本的改编，也使得作品广泛地流行起来。

经典文本需要拥有足够广泛的阅读量，教育家、图书管理员和评奖委员会的倡导本身并不能完全保证其经典地位，文本的普及才能使其在流行文化（pop culture）中占有一席之地，也就是说，文本需要拥有足够广泛的阅读量才能成为经典。然而，那些流行没有得到把关人支持的作品，由于时尚、生活方式和品位的变化，很难在几代人之后还能维持其经典地位。尽管如此，有些文本和作者在儿童读者中经久不衰，他们便可以不顾把关人及颁奖人的忽视，强行进入经典。

作为 20 世纪最多产、最受欢迎的儿童文学作家之一，伊妮德·布莱顿（Enid Blyton）尽管经常受到教师和图书管理员的冷落，但她的创作仍享有巨大人气。布莱顿为不同年龄层次的读者撰写了 700 多部书籍，其作品类型多种多样，包括冒险故事、童话故事、动物故事、校园故事（school story）和神秘故事等。但由于风格简约、持有中产阶级态度、偶尔的种族主义、对性别角色的刻板印象和对外国人的轻视而受到批评。除此之外，她的一些作品还被改编为舞台剧（stage play）、电视和电影，但很少能与其原作中的内容相媲美。她去世后，她的一些系列作品，包括《马洛里塔》（*Malory Towers*，1946—1951）和“五个小侦探”系列（*The Famous Five*，1942—1962），都为现代读者更新了内容，并由其他作者续写了新的故事（story）。此外，还有一些通俗儿童小说作家也为把关人所忽视，如《哈代男孩》（*Hardy Boys*，1927—1973）和《南希·德鲁》（*Nancy Drew*，1930—1959），在没有把关人的倡导下，已经确立了其流行宠儿的地位。这些系列作品的长期存在，以及后世作者对这些书籍的不断改写意味着，过时的态度、价值观甚至语言，都可以随着时间的推移而得到修正。

某些系列和作者的持久流行表明，如果故事对儿童有很强的吸引力，它们便可以成为儿童最喜爱的作品。正如维多利亚·德·里克（Victoria de Rijke）所观察到的那样，备受诟病的恐怖类型使罗伯特·劳伦斯·斯坦（Robert Lawrence Stine）成了有史以来最受欢迎的儿童作家（Rijke，2004）。此外，如果一个作家或系列作品持续受到欢迎，出版商就会不断再版这些作品，即使他们不得不悄悄进行更新，修订那些不再被普遍接受的方方面面。

☙ 经典与学术

从 19 世纪到 20 世纪中叶，教育工作者、图书管理员、编辑和出版商、家长及儿童本身等诸多角色是形成儿童文学经典的主要推动者。值得注意的是，为儿童书写的和关于儿童的作品，在很大程度上，被排除在大学的文学教学与研究之外。直到 20 世纪下半叶，经典的概念及其形成过程才受到严肃关注。文学教授在决定哪些文本应被认为“有价值”方面发挥了重要作用，这种作用一直持续到 20 世纪后期，如赫希（Eric Donald Hirsch Jr.）等学者合著的《文化素养》（*Cultural Literacy*，1988）和哈罗德·布鲁姆的《西方正典》（*The Western Canon*，1995）等批判性研究，认为应该有一套所有“受过教育”的读者都熟悉的核心文本。

然而，在20世纪五六十年代的英国，一些有影响力的书籍，特别是理查德·霍格特（Richard Hoggart）的《识字的用途》（*The Uses of Literacy*，1957）和雷蒙德·威廉姆斯（Raymond Williams，1921—1988）的《漫长的革命》（*The Long Revolution*，1961），对支撑学术典籍的精英主义意识形态进行了批判。这种批判导致了文化研究作为一门大学学科的兴起，扩大了大学中值得研究的文学种类。以前因为种族、民族、社会阶级、性别、年龄等因素而被边缘化的群体所创作的文学作品和为其所创作的文学作品，开始被纳入更具包容性的学术课程。学术界掀起了一场运动，要求确定一套足够复杂、值得学术研究的儿童文学文本。这一趋势可从儿童文学协会（Children's Literature Association，ChLA）出版的《试金石：反思最佳儿童文学》（*Touchstones: Reflections on the Best in Children's Literature*，1995）一书中看到。该协会尝试确定一套值得在高等教育中教授的儿童文学核心文本，而该著作利用了一系列的文学批评方法来为他们的选择提供理据。同样，《诺顿儿童文学选集》（*Norton Anthology of Children's Literature*，2005）将值得在大学学习的儿童文学文本集合在一起，同时提供了一些有助于学生欣赏经典文本的批评理论。

虽然经典的概念看似简单，但其形成过程却较为复杂。儿童文学经典的形成过程涉及由谁来选择经典，以及由谁制定相关的选择标准。在不同时期，教育工作者、图书馆员、家长、学者等众多不同的角色都充当了经典的把关人，而读者本身、儿童也发挥了自己的作用。出版商和编辑将某些文本作为“经典”来介绍，而这些文本又可能被改编为其他媒体形式，如戏剧、电影、广播、电视、电子游戏等，又进一步提升了其地位。把关人和儿童文学的主要受众（audience）所持有的品味、时尚和价值观可能一致，也可能互相冲突，因此，在什么是正统的、什么是不正统的问题上，可能会存在分歧。随着时间的推移，这些品味、时尚和价值观念会发生变化，经典亦可能会随之而变。没有任何文本可以保证在儿童文学经典中永远占有一席之地，但把关人、家长和读者永远希望确定一套“经典”文本，这就意味着有关哪些文本应被纳入经典、哪些文本应被排除在经典之外的争论，将不会停止。

参考文献

Darling, R. L. 1968. *The Rise of Children's Book Reviewing in America, 1865–1881*. New York: Bowker.

Hirsch, E. D. 1988. *Cultural Literacy: What Every American Needs to Know*. New York: Vintage Books.

Hoggart, R. 1957. *The Uses of Literacy: Aspects of Working-class Life with Special References to Publications and Entertainments*. London: Chatto and Windus.

Kidd, K. 2011. Classic. In P. Nel & L. Paul (Eds.), *Keywords for Children's Literature*. New Yok: New York University Press, 52–58.

de Rijke, V. 2004. Horror. In P. Hunt (Ed.), *International Companion Encyclopedia of Children's Literature* (2nd ed., Vol. 1). London: Routledge, 506–518.

Silvey, A. 2008. Has the Newbery lost its way?. *School Library Journal, 54*(10): 34–41.

Stevenson, D. J. 2009. Classics and canons. In M. O. Grenby & A. Immel (Eds.), *The Cambridge Companion to Children's Literature*. Cambridge: Cambridge University Press, 108–124.

Williams, R. 1961. *The Long Revolution*. London: Chatto & Windus.

科幻小说 SCIENCE FICTION

科幻小说（science fiction）是最令学者困扰的小说类型之一，目前还没有一个能被研究者公认的定义，但“幻想”“科学”“技术”“未来”等要素通常是这类小说重点表达的对象。

从某种意义上讲，科幻小说与神话（myth）具有相似性，都是人类尝试理解宇宙和未来命运的某种解释，不同之处在于科幻是现代文化的“神话”表达，被包裹在浓厚的未来主义之下。从文学谱系上讲，科幻小说最早起源于浪漫主义文学（romantic literature）。很多学者认为，玛丽·雪莱（Mary Shelly）的《弗兰肯斯坦——现代普罗米修斯的故事》（*Frankenstein; or, The Moder Prometheus*，1818）是西方科幻小说的开山之作。早期科幻小说往往与“恐惑”（uncanny）、哥特（gothic）有着千丝万缕的关系，以美国文学家爱伦·坡的一些科幻作品最为典型。19 世纪末 20 世纪初，欧洲出现了两位伟大的科幻小说家——法国作家儒勒·凡尔纳和赫伯特·乔治·威尔斯，他们创作的《地心历险记》（*Journey to the Center of the Earth*，1864）、《隐形人》（*The Invisible Man*，1897）、《时间机器》（*The Time Machine*，1895）已然被视为科幻小说中的“正典”，其中所涉及的时间旅行、外星人入侵、反乌托邦（Dystopia）等主题，直至今日都是科幻小说家写作的热点话题，因此有批评家将《时间机器》出版的1895年视为“科幻小说诞生元年”。对于自己的创作，威尔斯将其命名为科学传奇（scientific romance）。梁启超于 1902 年用文言文翻译了凡尔纳的小说，1903 年鲁迅也将《地心历险记》由日文翻译成了文言文，开启了中西科幻小说交流的大门。

进入 20 世纪后，科幻小说开始在美国生根发芽，涌现出雨果·根斯巴克（Hugo Gernsback）的《惊奇故事》（*Amazing Stories*）、约翰·坎贝尔（John Campbell）的《新奇故事》（*Astounding Stories*）、《奇幻与科幻小说杂志》（*The Magazine of Fantasy and Science Fiction*）等一大批极具特色的科幻杂志，它们有力地推动了美国科幻文学的发展。根斯巴克更是首次在英语中使用了“science-fiction”这一术语来形容科幻小说（而在此之前，根斯巴克还使用过 scienti-fiction 一词）。自此，科幻小说以一种独立的文类形式出现在了世界文学大家庭中。根斯巴克的《2660年纽约》（*New York A. D. 2660*，2000）、坎贝尔的《火星偷脑贼》（*The Brain Stealer of Mars*，1952）、埃德蒙·汉密尔顿（Edmond Hamilton）的《放逐幻星》（*The Universe Wreckers*，2010）均受到了爱因斯坦“相对论”的影响，小说家开始探讨星际穿越、战争和探险等新的话题，所以这一时期的科幻小说又被称为太空歌剧（Space Opera）时代，艾萨克·阿西莫夫（Issac Asimov）的“银河帝国”系列（*Galactic Empire*，1950—1952）和“基地”系列（*Foundation*，1951—1993）、弗兰克·赫伯特（Frank Herbert）的《沙丘》（*Dune*，1965）都是这类科幻的杰作。

另外，中国首部科幻小说——荒江钓叟的《月球殖民地小说》也创作于这一历史时期。

“二战”后科幻小说进入了其发展的“黄金时代”（the Golden Age），坎贝尔将《新奇故事》更名为《新奇科幻》（*Astounding Science Fiction*），邀请阿西莫夫、罗伯特·海因莱因（Robert Anson Heinlein）、范·沃格特（Alfred Elton van Vogt）等科幻大家参与创作，使得科幻小说无论从内容上还是形式上都变得更加严肃，同时具有了更大的文学价值。其中，阿西莫夫不仅提出了著名的“机器人三定律”，还很早便开始思考与“人工智能”相关的话题，这在当时都是十分超前的。科幻小说中的重要分支——赛博朋克、蒸汽朋克均诞生于这一阶段。巴拉德（James Graham Ballard）、威廉·吉布森（William Ford Gibson）的《神经漫游者》（*Neuromancer*，1984），菲利普·迪克（Philip Dick）的《仿生人会梦到电子羊吗?》（*Do Androids Dream of Electric Sheep?*，1968），托马斯·品钦（Thomas Pynchon）的《万有引力之虹》（*Gravity's Rainbow*，1973）等都是这一时期的重要科幻作品。这类朋克科幻小说具有强烈的反乌托邦色彩，在与现代主义（Modernism）和后现代主义（Postmodernism）相遇后，滋生出了许多极具生命力的新文学类型。弗雷德里克·詹明信、让·鲍德里亚（Jean Baudrillard）和唐娜·哈拉维（Donna Haraway）等重要理论家都非常重视对科幻文学的研究，对于这些文化批评家而言，科幻文学已经成为后现代最重要的文学流派，因为它是理解晚期资本主义、后工业社会快速发展的技术和文化（culture）变化的最佳场域。詹明信甚至提出，如果没有后现代主义，赛博朋克就是晚期资本主义的至高文学表达。直至近年，朋克科幻与生物工程相结合诞生了“生物朋克”，而以刘宇昆（Ken Liu）为代表的美国当代科幻小说家将美国朋克科幻传统与中国文化嫁接，创作出了很多被其称为“丝绸朋克”的科幻小说，使得朋克科幻成为科幻小说中最经久不衰、极富生命力的文类。另外，世界著名的科幻大奖，菲利普·K. 迪克纪念奖、雨果奖，以及中国的“银河奖”也都产生于这一时期。

长久以来，西方科幻小说都被视为是畅销文学的重要组成部分而被研究者束之高阁，儿童文学（children's literature）创作者也多会考虑到儿童（children）的接受能力选择奇幻而非科幻，所以严格来说，西方出现儿童科幻文学是较晚的事情。第一部儿童科幻小说应该是1863年查尔斯·金斯利创作的《水孩子》，一部带有浓厚自然（nature）神论色彩的作品。当然，早在1853年，汉斯·安徒生便写过一篇名为《千年》（*In a Thousand Years' Time*）的短篇小说，小说描绘了在英国和法国海底所修建的电磁跨海隧道，这已经有了非常典型的科幻小说特征。1901年，由《绿野仙踪》（*The Wonderful Wizard of Oz*，1900）的作者莱曼·弗兰克·鲍姆（Lyman Frank Baum）所创作的《凯大师》（*The Master Key*，1912）是"一战"前最重要的由成名儿童作家所创作的一部科幻小说。虽然之后凡尔纳和威尔斯并非专门为儿童写作，但他们的作品却深受儿童读者的喜爱，类似的作品还包括柯南·道尔（Conan Doyle）的《迷失的世界》（*The Lost World*，1912）、杰克·伦敦的《猩红疫》（*The Scarlet Plague*，1912），以及埃德加·赖斯·巴勒斯的"外星浪漫"三部曲等。由美国作家维克多·阿普尔顿（Victor Appleton）于1910—1941年及1954—1971年间创作的"汤姆·斯威夫特"（Tom Swift）系列故事是这一时期最为重要的科幻文学作品，它起到了对儿童进行科学普及的作用。20世纪50年代英国最重要的儿童科幻作家和作品是阿奇博尔德·洛夫（Archibald Low）及其创作的《平流层漂移》（*Adrift in the Stratosphere*，1955）。罗伯特·海因莱因在1947至1958年间，也每年都会创作一本儿童科幻文学作品，用来对青少年（young adult）进行科普教育，例如，1951年出版的《行星之间》（*Between Planet*）、1954年出版的《星球怪兽》（*The Star Beast*）及1957年出版的《银河公民》（*Citizen of the Galaxy*）等，对儿童科幻作品的创作影响深远，也为这一文类的写作范式奠定了基础。之后的科幻作家雷（Lester del Rey）也是海因莱因儿童科幻作品的模仿者之一。随着儿童文学市场蓬勃发展，阿瑟·克拉克（Arthur C. Clarke）、哈里·哈里森（Harry Harrison）等主流科幻小说家也在这时开始创作儿童科幻文学作品。

"二战"后儿童科幻文学开始从成年科幻文学中逐渐分离，以独立姿态走上世界文学的舞台。1947—1968年间，约翰·布莱恩（John Blaine）创作了二十多部以里克·勃兰特为主人公的、专门为少年儿童创作的科幻小说。同样是在这一时期，美国诞生了一位杰出的女性儿童科幻作家——爱丽丝·玛丽·诺顿（Alice Mary Norton）。在英国，则涌现出了帕特里克·摩尔（Patrick Moore）、昂格斯·马科维卡（Angus MacVicar）等颇有名气的科幻文学作家。这一时期，还出现了一种被称为“科学奇幻”（science fantasy）这一新的儿童科幻文学类型，其中最有影响力和代表性的是安托万·德·圣·埃克苏佩里（Antoine de Saint-Exupéry）的《小王子》（*The Little Prince*，1943）。20 世纪六七十年代，西方文坛先后出现了约翰·克里斯托夫（John Christopher）、彼得·狄更斯（Peter Dickinson）、路易斯·劳伦斯（Louise Lawrence）等一批更加成熟的儿童科幻作家。20 世纪 70 年代以来，美国、加拿大儿童科幻文学开始摆脱欧洲传统的束缚，弗吉尼亚·汉密尔顿（Virginia Hamilton）、胡佛（Helen Mary Hoover）、道格拉斯·希尔（Douglas Hill）、埃德加·琼森（Edgar Johnson）等一大批作家中的一些人至今还活跃在儿童科幻文学创作舞台。

中国儿童文学和科幻文学始于清末民初时期，自诞生之日起便如影随形、难以分割，有研究者甚至指出儿童科幻实际上是中国科幻的源头。1949 年以后，中国科幻小说开始持续、蓬勃发展，但这一时期的科幻文学更准确地说是科普文学，教育性大于文学性，这些作品大多都面向低龄读者，也因此和儿童文学产生了密切的关联。这类文学作品可以被称为“科普型儿童科幻小说”，叶永烈的《小灵通漫游未来》、郑光年的《飞向人马座》都是其中的代表，同时还涌现出姜永育的《地球密码》、陆杨的《小鱼大梦想》系列等一大批儿童科幻作家作品。此外，《科幻世界》杂志也成为中国科幻小说创作的重镇，尤其受到青少年读者的喜爱，该刊物也会不定期刊载少年儿童科幻小说，有力地推动了中国科幻、中国儿童科幻的发展。近十年来，中国科幻文学进入了高速发展的时期，刘慈欣、郝景芳先后获得“雨果奖”，全球掀起了“三体热”，王晋康、韩松等一批科幻小说家的作品被译为多个语种，他们都为世界科幻小说的发展作出了自己的独特贡献。近年来儿童科幻小说创作开始受到关注，先后设立了“大白鲸原创幻想儿童文学优秀作品征集”及 2020 年“少儿星云奖”等，刘慈欣的《三体》第三部甚至还获得了中国作协颁发的全国优秀儿童文学奖。

很长一段时间里，学界对科幻小说的研究都囿于主流文学批评，尤其受达克·苏文（Darko Suvin）的“认知疏离”（cognitive estrangement）等形式主义方法影响，对儿童科幻文学的研究也是如此，目前尚无独立的儿童科幻小说批评出现。但随着这一文学类型在儿童教育过程中所发挥的作用越来越重要，儿童科幻文学研究必将成为未来的新热点。

参考文献

Clute, J. & Nicholls, P. 1993. *The Encyclopedia of Science Fiction* (2nd ed.). London: Orbit.

Lesnik-Oberstein, K. (Ed.). 2004. *Children's Literature: New Approaches*. New York: Palgrave Macmillan.

Roberts, A. 2016. *The History of Science Fiction*. New York: Palgrave Macmillan.

跨界文学 CROSSOVER LITERATURE

“跨界文学”（crossover literature）这一术语的出现与儿童文学批评的发展密不可分。“跨界文学”主要包括两种类型：跨界阅读和跨界写作。“跨界阅读”指跨越年龄界限的阅读（reading），即成年人阅读面向儿童读者的文学作品或儿童阅读面向成年人的文学作品。广义上，“跨界写作”指成年人为儿童读者创作或未成年人为成年读者创作，近些年主要指同时为成年人和儿童读者写作，但以儿童读者为主的现象；“跨界写作”在狭义上指成年人创作的某部作品同时吸引了儿童读者和成年读者。几乎所有文类形式［小说、诗歌、戏剧（opera）等］都存在跨界阅读和跨界写作的现象。只有从全球视野和跨文化的角度来看待跨界文学，才能充分理解它的影响力、发展趋势和重要性。

“跨界”并不是唯一一个被创造出来用来指代儿童（children）和成年人都可以阅读的文学作品的术语。在“跨界”一词被广泛采用之前，跨界写作（cross-writing）一词就被评论家广泛使用，甚至在英语国家之外的地区也被广泛接受。虽然这两个术语最初被当作同义词使用，但现在大多数评论家认为，“跨界写作”指同时为儿童读者和成人读者而进行创作，但创作出不同作品的现象，如玛格丽特·阿特伍德（Margaret Artwood）、翁贝托·艾柯（Umberto Eco）、塞尔玛·拉格洛夫（Selma Lagerlöf）和弗吉尼亚·伍尔夫（Virginia Woolf）等的创作。自 20 世纪 90 年代以来，学界和出版界使用了各种其他术语来表示儿童和成人（adult）都可阅读的文学作品，包括“双重读者”（dual reader）“双重受众”（double audience）和“跨受众”（trans audience）等。术语“跨界”很快就流行起来，并在很大程度上取代了其他表达。而打破传统的文学藩篱，跨越儿童文学（children's literature）和成人文学之间界线的文学，即跨界文学，包含了那些跨越界限、为儿童接受和阅读的成人文学作品（adult-to-child crossover）和为成人读者接受和阅读的儿童文学作品（child-to-adult crossover）（Beckett，2009：58），尤其后者是近些年才出现的一个术语。跨界指南网站对“跨界”一词提供了较宽泛的定义，即“任何既吸引成人又吸引儿童的书籍（book）、电影或电视节目都可以称之为‘跨界’”（同上，2021：50）。彼得·亨特主编的《世界儿童文学百科全书》中，“跨界文学”被定义为“为儿童所阅读和观看的成人书籍和电影及为成人所阅读和观看的儿童书籍和电影”（Falconer，2004：556）。各种文类都存在跨界阅读的现象，如“跨界小说”指跨越文学藩篱，为儿童接受和阅读的成人小说（adult-to-child crossover fiction），而成人读者接受和阅读儿童小说（child-to-adult crossover fiction）则是较晚才出现的现象。

20 世纪 90 年代末，随着乔安妮·凯瑟琳·罗琳《哈利·波特与魔法石》（*Harry Potter and the Sorcerer's Stone*，1997）引发全球性阅读热潮，“跨界文学”“跨界小说”等术语才开始受到关注。“跨界”一词得以被创造并进入学界研究视野。“跨界小说”首次进入学术研究源自艾瑞卡·欧文（Erica Irving）1996 年发表在儿童文学杂志《喜鹊》（*Magpies*）的《青少年跨界小说概览》（“A Look at YA/Cross-Over Novels”）的论文。

最早提到“跨界现象”这个术语的作品之一是 1997 年的一篇题为《打破年龄障碍》[1] 的文章。尽管评论家、媒体和出版业在 20 世纪 90 年代末就已经开始使用这个术语，但它直到 21 世纪初才成为通用术语。最早在书名中采用这一术语的专著是桑德拉·贝克特（Sandra L. Beckett）的《跨界小说》（*Crossover Fiction*，2009）和瑞秋·福尔克纳（Rachel Falconer）的《跨界小说》（*Crossover Novel*，2009）。作为引领性学者，贝克特和福尔克纳对“跨界小说”的概念梳理和探讨为其后的研究奠定了基础。

尽管“跨界文学”“跨界小说”及“跨界写作”“跨界阅读”等术语近年来才出现，然而它们具体指向的文学现象实际已存在几个世纪之久。纵观文学史，儿童文学和成人文学之间一直都在彼此渗透，而非泾渭分明。世界各国的历史渊源和文化（culture）接受范式决定了儿童文学的产生和发展。由于儿童文学既是成人文学的镜子，也是成人文学的产物，因此，儿童文学通常与成人文学相向而行：既呈现特定民族的文化范式，又为文化范式所形塑和制约。在西方国家的文学体系中，“跨界”书籍并非鲜有之物，许多书籍并不刻意针对某些年龄段的读者群，而是既面向成人又面向儿童，如童话故事、中东传说故事、各国的寓言（fable）等。很多评论家都注意到，一些著名的童书，如美国作家马克·吐温的《哈克贝利·费恩历险记》、英国幻想小说家詹姆斯·巴里的《彼得·潘》、法国作家安托万·德·圣埃克苏佩里的《小王子》等均以儿童读者和成人读者这两个群体为目标受众，即具有“双重受众”（Gubar，2009：209）。许多早期儿童文学经典作品，如卡洛·科罗迪的《木偶奇遇记》、刘易斯·卡罗尔的《爱丽丝梦游奇境记》和汉斯·克里斯蒂安·安徒生的童话故事（fairy story），从一开始就同时面向两种类型的读者或被两类读者阅读。罗斯玛丽·萨特克利夫（Rosemary Sutcliff）为儿童和青少年（young adult）创作的历史小说（historical fiction）同样吸引了成年读者。

1 Rosen, Judith. 1997. Breaking the age barrier. *Publishers Weekly*. Retrieved May 3, 2021, from Publishers Weekly website.

☙ 跨界阅读

在儿童文学领域，“跨界”这一术语特指跨越年龄界限的文本，尤指跨越年龄界限的阅读，即成年人阅读儿童文学。通常情况下，跨界书籍最初是特为某一群体读者出版，后来被另一群体读者所阅读，而这一过程被称为跨界阅读（Falconer，2004：559）。大多数情况下，跨界阅读的走向是从儿童读者到成人读者或是从成人读者到儿童读者。部分文学作品跨越文化或语言的界限后会带来新的读者，比如乔斯坦·贾德（Jostein Gaarder）的《苏菲的世界》（*Sophie's World*，1991）。此外，部分文学作品开始时是为成人读者而创作，但它们的影视改编本却专门面向儿童，比如费利克斯·萨尔登（Felix Salten）的《小鹿斑比》（*Bambi*，1923），该书因 1942 年的迪士尼动画而家喻户晓。另外，在从一种语言翻译到另一种语言的过程中，书籍发行的受众（audience）也会发生变化。直到今天，儒勒·凡尔纳英文版小说几乎专为青少年读者而翻译，而安妮·范恩（Anne Fine）面向青少年读者的文学作品，如《窈窕奶爸》（*Madame Doubtfire*，1987），其德文译本的读者主要面向成年人。有些小说明确表示是为两类读者（儿童和成人）而创作出版，如英国作家马克·哈登的成名作《深夜小狗神秘事件》同时被儿童文学出版社和成人文学出版社接受，以两类读者为阅读受众（Weich，2006）。

跨界阅读的提出主要起因就是成年人阅读儿童文学的转向。但是事实上，儿童阅读成人文学的跨界由来已久。从约翰·班扬的《天路历程》到丹尼尔·笛福的《鲁滨孙漂流记》，再到亚历山大·大仲马（Alexandre Dumas）的《三个火枪手》（*Les Trois Mousquetaires*，1844），儿童阅读成人文学的历史已经持续了数个世纪。19 世纪为数众多的文学作品开始面向年轻读者（甚至专门为年轻读者改编），包括赫尔曼·梅尔维尔（Herman Melville）的《白鲸》、哈丽特·比彻·斯托（Harriet Beecher Stowe）的《汤姆叔叔的小屋》（*Uncle Tom's Cabin*，1852）及詹姆斯·费尼莫尔·库珀（James Fenimore Cooper）和查尔斯·狄更斯的小说。这一趋势一直持续到 20 世纪，如杰克·伦敦的《野性的呼唤》和露西·莫德·蒙哥马利（Lucy Maud Montgomery）的《绿山墙的安妮》（*Anne of Green Gables*，1908）。

尽管儿童阅读成人文学的历史久远，但是“跨界”概念的提出却是因成人阅读儿童文学现象的出现。对许多人来说，跨界阅读的兴趣主要集中在小说领域，有些读者甚至进一步将跨界文学限制在了奇幻小说的范围内，如“哈利·波特”系列丛书、菲利普·普尔曼的《黑暗物质》三部曲等。虽然奇幻小说在吸引公众和评论界对跨界文学的关注及销量中扮演了关键角色，但其实包括短篇小说、童话故事、诗歌、图画小说、绘本和漫画在内的几乎所有文类都存在跨年龄阅读现象。近年来，“跨界”这个术语被广泛应用于绘本阅读，因为绘本读者的年龄跨度一直很大（Beckett，2021）。莫里斯·桑达克、安东尼·布朗、汤米·温格尔（Tomi Ungerer）、布鲁诺·穆拿里（Bruno Munari）、穆勒（Jörg Müller）和无数其他绘本艺术家打破了“只有儿童才读绘本”的误解。

跨界阅读催生了学界对成年人阅读儿童文学背后的动机和根源的探索。许多评论家认为，成年人阅读儿童书籍是出于怀旧（nostalgia），正是这些书唤醒了他们的童年（childhood）记忆。当代的儿童书籍往往使成年人联想到喜爱的童年读物。有些学者甚至将这种广泛的怀旧归结于社会全球化现象。伦敦文学界专家、英国心理治疗师亚当·菲利普斯（Adam Phillips）认为，“许多成年人被儿童小说（children’s fiction）所吸引，是因为他们觉得自己失去了田园诗般的童年，渴望回到一种天真（innocence）和全知的状态。”（Pepper，2004）杰奎琳·罗斯（Jacqueline Rose）在 1984 年的研究《以彼得·潘为例或儿童小说的不可能性》（*The Case of Peter Pan or the Impossible of Children’s Fiction*）中指出，儿童文学并不真正是为儿童读者而创作，而是为怀旧的成年人而创作。同样当下跨界趋势也被一些人归因于某种“彼得·潘综合征”。托尔金强调了跨界小说故事中“共同的过去”把儿童、青少年和成年人等联系在一起。这些既吸引青少年读者也吸引着成年人的故事（story）聚焦于从儿童到青年的转变，讲述了关于生活变化和成长的生命历程，对青少年和成年读者都具有同等重要的价值和吸引力。跨界现象通常归因于这样一个事实：随着儿童和青少年变得越来越世故，儿童文学正变得越来越“成熟”。跨界文学所呈现的主题已超越了田园般的童年景象，代之以成长的疼痛。在此类文学中，青春期的到来和尝试理解错综复杂的成人世界成为常见主题。

☙ 跨界写作

广义上的跨界写作指作家既为儿童读者创作也为成年读者创作。这类作家的体量比较大，甚至包括部分诺贝尔文学奖获奖作家，如约瑟夫·吉卜林、托尼·莫里森、艾萨克·巴什维斯·辛格（Isaac Bashevis Singer）。以为成人读者创作为主的作家也热衷于创作儿童文学作品，如玛格丽特·阿特伍德、查尔斯·狄更斯、威廉·福克纳（William Faulkner）、泰德·休斯、詹姆斯·乔伊斯、埃尔文·布鲁克斯·怀特（Elwyn Brooks White）、弗吉尼亚·伍尔夫等。有证据表明，19 世纪英美法主要作家都曾为儿童和成年人同时创作文学作品（Beckett，2009）。跨界写作也指为成年读者和儿童读者创作不同的作品，如尼尔·盖曼（Neil Gaiman）的《乌有乡》（*Neverwhere*，1996）为成年读者描绘了一个想象的地下世界，而他的《鬼妈妈》（*Coraline*，2002）则为儿童创建了一个与现实世界相似的虚假世界。萨曼·拉什迪的《午夜之子》是为成年人创作的，而他的《哈乐与故事之海》（*Haroun and the Sea of Stories*，1990）则是为儿童创作的寓言故事（fable story）。伊莎贝尔·阿连德（Isabel Allende）的《幽灵之家》（*The House of the Spirits*，1982）是为成人读者创作的，而《怪兽之城》（*The City of Beasts*，2002）则是为儿童创作的。有些作家为成年人和儿童读者同时创作，但是最有影响力的作品却是儿童文学，如路易莎·梅·奥尔科特、克莱夫·斯特普尔斯·刘易斯、罗尔德·达尔和埃尔文·布鲁克斯·怀特等。

跨界写作的另一趋势就是青少年作家的创作被成人读者接受。青少年作家的创作并未预设隐含读者（implied reader），但一经出版，他们的小说既吸引了儿童 / 青少年读者，也吸引了成年读者，如辛顿认为，她所处时代的青少年文学并不能真正反映青少年生活，也不是青少年读者真正想要阅读的作品，因此她在 16 岁时创作了小说《局外人》。克里斯托弗·鲍里尼（Christopher Paolini）15 岁创作的《龙骑士》（*Eragon*，

2002）系列也吸引了成年读者的阅读兴趣。另一类跨界作家将同一部作品分别以儿童版和成人版两种形式发行，文本内容完全相同，但封皮和价格却不同，如米歇尔·图尼埃（Michel Tournier）就是此类跨界作家的代表。

近年学术界关注的最主要的跨界写作现象是成人作家的创作面向成年读者和儿童读者，但是其后以为儿童创作为主或从成人小说创作转向儿童/青少年小说创作，如洛伊斯·罗伊（Lois Lowry）、厄休拉·勒奎恩（Ursula Le Guin）和菲利普·普尔曼等的跨界写作。乔安妮·凯瑟琳·罗琳和普尔曼创作取得巨大成功后的转型，引发成人作家转向青少年文学创作的潮流。1998 年大卫·阿尔蒙德（David Almond）的首部青少年文学作品《当天使坠落人间》（*Skellig*）获得成功（在此之前，阿尔蒙德一直为成人读者创作），之后，他又创作了《吃火的人》（*The Fire Eaters*，2003）。作家雷蒙·斯尼奇（Lemony Snicket）在创作《雷蒙·斯尼奇的不幸历险》（*Lemony Snicket's A Series of Unfortunate Events*，1999—2006）系列之前，已经创作了两部成人文学。《雷蒙·斯尼奇的不幸历险》是为青少年读者创作的一系列黑色、滑稽的哥特式小说，叙事精巧，充满了嘲讽和幽默气息。自 20 世纪 90 年代末开始的跨界写作趋势呈现出繁荣之势，这在一定程度上是由于作家受到跨界小说带来的巨大经济效益。许多享誉盛名的作家都开始尝试创作跨界小说，引领新的文学创作趋势。

21 世纪以来，学界普遍形成共识的跨界写作现象指某位作家创作的同一部作品，能同时吸引不同年龄层的读者群体，如罗琳、普尔曼、勒奎恩等的创作。跨界写作涉及的题材范围很广，而且常常引起争议。部分作家将自己从固化的道德标准和社会禁忌中解放出来，为儿童/青少年创作准“成人”的主题，如菲利普·普尔曼《黑暗物质》系列中的宗教、科技、生态、成长等主题，厄休拉·勒奎恩《地海传奇》（*The Earthsea Cycle*，1968—2001）系列中的女权、宗教、生态等问题，两位作家都将青少年/儿童塑造为行动主义者，承担起拯救世界的重任，成为人类未来的希望。跨界文学作家在创作中融入“远离俗世的乐趣”和“严肃的价值内核”，传达他们认为重要的思想，如“人生的真谛”（Eccleshare，1996：15）。普尔曼阐释为儿童创作的动机为：“儿童文学应呈现重要主题如爱、忠诚、生活中的宗教和科学、为人的真谛等。”（Pepper，2004）

跨界作家都把故事性当作吸引青少年读者的法宝，因为读者或受众非常挑剔，也十分敏锐。大卫·阿尔蒙德认为，高水平的文学作品的“‘叙事力量’能够保证读者持续读下去”。茱莉亚·阿尔瓦蕾兹（Julia Alvarez）认为，跨界写作的核心就是要“触及故事的架构，能够让人持续阅读的架构”（Beckett，2009：266）。乔纳森·斯特劳德（Jonathan Stroud）认为，“许多成人小说并没有强烈的叙事动力。成功的儿童文学必须有强有力的叙事……孩子们不会被悲剧、荒谬和华丽的东西吸引，而成年人往往喜欢这些东西”（Rees，2003）。近年来，许多作家拒绝为儿童读者做出妥协，认为儿童应该也必须阅读某些内容，那些具有挑战性的文本和深度叙事促使孩子们思考，正如《哈利·波特》层叠的叙事模式和《地海传奇》复杂的价值体系所阐释的持久魅力。高水平的跨界写作能够在有令人满意的叙事的同时，激发读者深刻的心理和哲学思考。

☙ 作为文化现象的跨界文学

跨界阅读和跨界写作成为跨界文学研究的重要领域。跨界文学促进了跨文类和不同题材的融合，如《哈利·波特》系列将校园故事（school story）与奇幻文学相结合，《暮光之城》（*Twilight*，2005—2020）系列是吸血鬼故事与浪漫爱情小说的结合。此外，还有《饥饿游戏》（*The Hunger Games*，2008—2020）系列、《分歧者》（*Divergent*，2011—2013）系列等反乌托邦（Dystopia）小说的出现。作为文化现象的跨界文学，既属于文化内和文化间的问题，也是具有历史性和全球性的问题。对跨界文学的讨论主要聚焦于文化研究范畴，或者说将跨界文学视为一种文化现象进行探讨。在这一过程中，不同文化以跨界文学为平台发起交流与互动。跨界文学热潮的出现带来了不同文化之间的碰撞，如成人文化与儿童文化的冲突。有学者认为，青少年文化入侵了成人文化，剥夺了成人文化的权威地位，这也是许多研究者抵制跨界文学的重要原因。艾莉森·沃勒（Alison Waller）的《在奇幻现实主义文学中建构青春期》（*Constructing Adolescence in Fantastic Realism*，2009）和金伯利·雷诺兹（Kimberley Reynolds）的《激进儿童文学：青少年小说的未来愿景与审美转型》（*Radical Children's Literature: Future Visions and Aesthetic Transformations in Juvenile Fiction*，2007）两书通过分析战后西方经济复苏与经济模式的转化，认为20世纪50年代到来的青少年文化改变了成人文化和儿童文化的关系。大卫·路德（David Rudd）和瑞秋·福尔克纳（Rachel Faulkner）进而认为青少年文化的到来激发了人们接受新科技的愿望，也为成年人接近青少年文化提供了便捷。与此同时，青少年文化与成人文化边界的模糊给成人读者和研究者带来焦虑与恐慌，担忧成人阅读幼稚化倾向，如对《哈利·波特》系列的阅读。大卫·阿罗诺维奇（David Aaronovitch）就曾尖锐地批评："我不希望成人读者尚未阅读纳博科夫（Vladimir Nabokov），就开始阅读《哈利·波特》。"（Aaronovitch，2021）个别文化评论家……称其为西方文化衰退的标志。《哈利·波特》系列刚出版时，耶鲁大学教授哈罗德·布鲁姆写了一篇措辞严厉的文章，认为《哈利·波特》系列小说文字平庸，缺少知识价值。在他看来，这些小说的巨大成功，尤其是许多成年人也读得津津有味，表明美国社会正在培养一代不成熟的成年人。似乎鲜少有人赞同布鲁姆的观点，但他的看法仍具有一定权威性（Zhang & Marcus，2020）。这类文化内的跨界现象产生的根源或许在于成年人对其逐渐消解的权威性的担忧，而儿童和青少年却获得了表达自身观念的机会。

跨界现象存在于当代文化的许多领域。不仅纸质文学存在跨界现象，近年以电影为主的视觉媒体也进入跨界研究视域。文学作品经由不同媒介（media）形式改编为电影、电视、戏剧等其他艺术或文类形式，就具有了跨媒介（transmediation）的特质。换言之，跨媒介存在多种形式，除上述形式外，诗歌、舞蹈、绘画等形式之间也可相互转化。跨界/儿童文学作为一种艺术形式，以令人难忘的人物形象和构思巧妙的情节而闻名，长期以来一直是表演艺术和好莱坞的素材宝库。《秘密花园》和《绿野仙踪》最早的电影版本可追溯到无声电影时代。根据童话故事或儿童故事（children's story）来制作歌剧、芭蕾舞、戏剧和音乐剧的传统则更为古老。玩具、游戏、玩偶、服装和其他获得商业许可的衍生产品也有着同样漫长而曲折的历史，经典例证就是《鲁滨孙漂流记》的跨媒介艺术形式改编。《鲁滨孙漂流记》激发了来自不同阶层读者的阅读热情，也被改编成了诸多媒介形式。该书首次出版后不久欧美国家就印制了大量小册子（chapbook），这些小册子对笛福的原作进行了大量删改（expurgation），有的甚至只保留了与原作相似的框架而已。1781 年，由理查德·谢里丹（Richard Sheridan）导演的改编版童话剧（pantomime）在德鲁里巷剧场上演，随后十几年该剧被多次搬上舞台，并最终成为维多利亚时期直至 20 世纪英国圣诞节期间“童话剧巡演”的保留剧目。随着滑稽戏、浪漫闹剧等其他舞台改编剧应运而生，20 世纪下半叶甚至出现了《鲁滨孙漂流记》的冰上表演。1800 年，一首名为《鲁滨孙·克鲁索》的流行歌曲刊登在歌曲收藏报纸上。直到 20 世纪，鲁滨孙主题歌曲都倍受欢迎，如由阿尔·乔森（Al Josen）演唱的《周六晚上鲁滨孙·克鲁索和星期五去了哪里》（*Where Did Robinson Crusoe Go with Friday on Saturday Night?*）等。由鲁滨孙的故事改编的电影作品也是不计其数，从路易斯·布努埃尔（Luis Buñue）忠实于原作的严肃影片《鲁滨孙·克鲁索》、科幻电影《火星上的鲁滨孙·克鲁索》等不一而足。

以新的形式或媒介复现一部作品，近年来最常见的形式就是纸质书改编为电影或电视剧。早在《哈利·波特》在文学领域掀起热潮之前，视觉媒体就通过电视节目《星际迷航》（*Star Trek*，1966—1969）、《辛普森一家》（*The Simpsons*，1989），电子游戏《超级马里奥》（*Super Mario*，1985），电影《星球大战》（*Star Wars*，1977）、《E. T. 外星人》（*E. T. the Extra-Terrestrial*，1982）和《玩具总动员》（*Toy Story*，1995）等吸引了大量儿童、青少年和成人观众。《彼得·潘》的跨媒介改编（adaptation）呈现出多样化的特征，其中包括音乐剧、动画和真人电影及有声小说。其中最流行的改编作品当属迪士尼版本的《彼得·潘》，迪士尼版本的电影增添了音乐、舞蹈来丰富故事内容。由小说改编而成的电影、电视剧等，如《哈利·波特》《指环王》《暮光之城》和《饥饿游戏》吸引了大量不同年龄层次的观众。

以跨界文学为基础的好莱坞电影改编，体现出强大的文化生命力和生产力。《哈利·波特》影响了青少年的阅读并创造了一种文化景观。跨界/儿童文学成为好莱坞的灵感源泉，电影公司在儿童畅销书排行榜上寻找能够成为下一个《哈利·波特》的作品，于是有了《暮光之城》《饥饿游戏》《分歧者》等。在《哈利·波特》之前，由青少年文学改编而成的电影并未产生过如此大的影响。哈利·波特和他的朋友们改变了整个电影行业。如今《哈利·波特》已经与全方位的文化产品联系在一起，促使青少年文学的电影改编等成为流行文化（pop culture）中一股最强大的力量。这种成功不仅使奇幻文学风靡世界，同时还产生了全球性的粉丝文化（fandom），各国粉丝在互联网上分享他们的感受，增强了交流与互动。伴随着粉丝文化，改编现象不仅衍生出更多的文学创作模式，丰富了文学创作的品类，如在原有小说、漫画、动画或者影视作品中的人物角色、故事情节或背景设定等元素基础上进行二次创作的同人文（Fan Fiction），而且催生了以令人惊异的产品及电影、音乐和游戏引领潮流时尚的极客文化（Geek Culture）。

跨界现象的形成与年龄界限的消失、主流文学、文化影响力、作品的思想性等高度相关。“20世纪后期至21世纪早期，儿童文学和成人文学的差异更加模糊，导致文学边界更加模糊，变化也更为频繁。”（Beckett，2009：9）跨界文学往往被视为囊括了成人读者的儿童文学，这在某种程度上反映出跨界文学比单纯的儿童文学或成人文学拥有更多受众。换言之，跨界文学扩大了儿童文学和成人文学的边界。随着成人、儿童和青少年这三者概念之间界线变得越来越模糊，成人文学、儿童文学和青少年文学的界线也因此被打破，人们的阅读品位发生了变化，新的阅读群体由此产生。跨界文学的出现极大地提升了儿童文学的地位，获得了主流文学认可。菲利普·普尔曼的《黑暗物质》三部曲中的最后一部《琥珀望远镜》（*The Amber Spyglass*，2000）获得了布克奖长名单提名。此外，普尔曼的作品不仅得到儿童文学评论家关注，主流文学评论家也从生态批评、女性主义批评、跨文化研究等角度对其展开研究。我们应该看到，跨界文学拥有了自己的阅读群体，逐渐形成了特有的叙事风格、主题、体裁（genre）等，这意味着跨界文学成了儿童文学中一类独特的文学类型，而不应仅仅将其视为一种文化现象。

即使在跨界现象已经得到更高关注的文学领域，理论研究仍然几乎只局限于儿童文学领域，因为成人文学理论家和批评家往往不会跨界到儿童文学（Beckett，2018：209）。跨界文学是众多文化趋势的一部分，而其中许多文化形式都越来越跨越了年龄的界限。“跨界”这个术语有很大的潜力，它可以跨学科、跨媒介、跨文化地讨论具有巨大社会意义的现象。就像批评家安德里亚·布里特斯（Andreia Brites）在采访中所言，人们可能会“把跨界视为一座世界性的桥梁”（Beckett，2021：50）。

跨界文学并不局限于英语文学中，它是一种广泛的国际趋势，只有从全球和跨文化的角度来看待跨界文学，才能充分理解它的格局和对社会的重要性。在当今科技时代，印刷和电子媒体已经突破了传统的年龄界限。电影制片人和游戏设计者正致力于创作全年龄的娱乐方式，与此同时，作家和出版商都拒绝在童书和成人书籍，儿童读者和成人读者之间作比较。当今的文化中，有一种趋势是不再定义某些书籍适合或不适合某个年龄段，而是承认能够欣赏某一作品的受众来自不同年龄段，或者说年龄并不成为阅读的障碍。从书籍、电影、电视节目和电子游戏来看，同样的作品已被证明对儿童、青年和成年人具有同样的吸引力和意义。这似乎已回到了儿童文学成为独立门类之前的状态。

从成人经典文学作品占据童书榜到而近三十年儿童文学正走向成人读者，跨界文学继续在文学和出版界开辟新天地，它正在改变文学体系、标准、奖项、畅销书排行榜、读者概念、作者地位、出版业和图书销售过程。跨界阅读的实践表明，随着社会文化和文学的发展，人们面对童年、成年和青春期之间状态时的态度也在发生转变，变得更加灵活和多样。跨界现象为儿童文学领域注入了新的能量，极大地拓展了儿童和成人读者共同阅读的空间，又对“全年龄文学”产生反拨，使其迅速发展。

参考文献

Aaronovitch, D. 2021. What's so smart about being childish? *The Independent*. Retrieved May 30, 2021, from The Independent website.

Beckett, S. L. 2009. *Crossover Fiction: Global and Historical Perspectives*. New York: Routledge.

Beckett, S. L. 2013. *Crossover Picturesbooks: A Genre for All Ages*. New York: Routledge.

Beckett, S. L. 2018. Crossover picturebooks. In B. Kümmerling-Meibauer (Ed.), *The Routledge Companion to Picturebooks*. London: Routledge, 209–219.

Beckett, S. L. 2021. Crossover literature. In P. Nel, L. Paul & N. Christensen (Eds.), *Keywords for Children's Literature* (2nd ed.). New York: New York University Press, 47–50.

Eccleshare, J. 1996. Northern lights and christmas miracles. *Books for Keeps*, (100): 15.

Falconer, R. 2004. Crossover literature. In P. Hunt (Ed.), *International Companion Encyclopedia of Children's Literature* (2nd ed., Vol. 1). New York: Routledge, 556–575.

Gubar, M. 2009. *Artful Dodgers: Reconceiving the Golden Age of Children's Literature*. Oxford: Oxford University Press.

Müller, A. 2013. *Adapting Canonical Texts in Children's Literature*. London: Bloomsbury.

Pepper, T. 2004. Not just for children. *Newsweek* (2nd ed.). Retrieved Jun. 6, 2021, from Newsweek website.

Rees, J. 2003. We are all reading children's books. *Daily Telegraph*. Retrieved Dec. 17, 2021, from Daily Telegraph website.

Rosen, J. 1997. Breaking the age barrier. *Publishers Weekly*. Retrieved May 3, 2021, from Publishers Weekly website.

Weich, D. 2006. The curious irresistible literary debut of Mark Haddon. *Powells*. Retrieved Jun. 4, 2021, from Powells website.

Zhang, S. Z. & Marcus, L. 2020. The development and challenges of children's literature: An interview with Leonard Marcus. *Foreign Literature Studies, 42*(5): 1–15.

跨学科研究 INTERDISCIPLINARY RESEARCH

进入 21 世纪以来，跨学科成了儿童文学（children's literature）研究的重要发展方向，哪怕在广义文学研究中，跨学科也一直是重要的发展助力，心理学、社会学、人类学、历史、哲学等学科都曾对文学研究提供了重要的理论框架和重要概念，产生了心理分析、结构主义、存在主义等多种文学研究范式，极大地促进了文学研究的发展。而跨学科研究（interdisciplinary research）对儿童文学研究具有尤其重要的意义。由于儿童文学研究的学者来源非常广泛，不像广义的文学研究学者主要来自于文学院和外语学院，还有不少来自于艺术学院、教育学院甚至哲学系，因此儿童文学研究的学科属性从一开始就是跨学科的，其研究范式包括了文学研究、教育学、心理学、艺术学、哲学等。近些年在认知科学和大数据的强力支持下，儿童文学同样受到这些新的研究手段的影响。跨学科的属性既给儿童文学研究带来了格外丰富的研究手段和学科交流氛围，同时也导致了学科来源分散、学术交流困难等现实问题，因此有必要强调儿童文学跨学科的学术交流和学术整合，改变研究人员和研究方法分散的现状，注重从学科建设、平台建设方面整合凝练，这些将大大有利于儿童文学研究的进一步发展繁荣。2020 年 8 月，教育部公布了第十四个一级学科“交叉学科”的自主二级学科设置，在国内拥有多年深厚儿童文学研究积淀的浙江师范大学成功申报了儿童文学研究的二级学科，这也标志着儿童文学的跨学科属性得到了国家教育部门的认可和鼓励。

儿童文学研究的跨学科性主要体现在学科性、体制性和内涵性上。儿童文学的学科在中国的专业设置上曾经被归属到多个不同的一级学科之下，这既说明了其发展比较滞后、处境比较尴尬，也说明了正是因为它拥有着先天的跨学科性质，所以其学科归属和学科分野存在模糊性。目前，儿童文学研究在国内可见于文学院、外语学院、教育学院、哲学系等，这些不同学科出身的研究人员为儿童文学研究贡献了多种多样的研究方法。在国外，儿童文学主要存在于英语系和教育学院。例如，杰出的国际儿童文学研究专家玛丽亚·尼古拉耶娃（Maria Nikolajeva）曾多年在瑞典斯德哥尔摩任教，之后她来到英国，担任剑桥大学教育学院院长，这份教学和科研氛围的转换也促使她后来的研究重点更多地放在了儿童文学的教育意义上。

儿童文学学科的体制性则在儿童文学研究的产出上体现得较为明显。国际上一共有四本被“艺术与人文索引”（A & HCI）收录的专门性儿童文学研究期刊，包括英国《国际儿童文学研究》（*International Research in Children's Literature*）、美国《狮子与独角兽》（*The Lion and the Unicorn*）、美国《教育中的儿童文学研究》（*Children's Literature in Education*）和意大利《教育史与儿童文学》（*History of Education and Children's Literature*）。从这四本期刊的题目来看，有两本是与教育（education）挂钩的，足可见儿童文学先天与教育学之间的紧密跨学科联系。另外，《国际儿童文学研究》在 2019 年发布了由萨拉·法尔库斯（Sarah Falcus）和艾莉森·沃勒（Alison Waller）主持的“从出生到第四期的认知”专刊号，亦可见当前发展势头强劲的认知研究对儿童文学的影响。前任国际儿童文学主席约翰·斯蒂芬斯曾经说过，早在十几年前他就曾经有过在儿童文学研究期刊开辟认知研究专栏的想法，但因为当时这一方法论在儿童文学学界的接受程度还不成熟，便没有得以付诸实施。但是目前来看，儿童文学的认知研究可谓如火如荼，既有美国著名的认知叙事学家丽莎·尊希恩（Lisa Zunshine）这样来自儿童文学圈子之外的广义文学评论家，又有本身就是儿童文学权威专家的玛丽亚·尼古拉耶娃，她们都在儿童文学的认知研究领域发表了重磅著作，引起了学界的广泛关注和研究兴趣。尊希恩通过为学龄孩子改编的漫画版《傲慢与偏见》，指出漫威动画出版的《傲慢与偏见》（*Pride & Prejudice*，2009）的图画小说中有不少保留了原作的三层认知嵌套，但也有不少被“降级”成了两层。她认为，将小说改编成图画小说必然要简化情节和人物，但这并不等于认知嵌套也必须降级。而这种降级往往是改编者无意识的行为，与有意识的简化情节人物是不一样的。尼古拉耶娃引述和综合了认知批评领域多位学者的观点，指出认知批评是研究阅读（reading）、读写能力和文学的一个跨学科方法。她指出，认知批评的贡献是研究读者的介入问题。儿童文学是一种独特的文学方式，因为言者和听者处于不同的认知层面。儿童文学研究者接受了各种理论框架，但这些都无法替代认知批评，无法针对具有不同认知技能的儿童读者展开研究。因此儿童文学的认知批评不是要借用新理论（theory）去阐释一些文本，而是要推出一种全新的、以认知批评为本的针对儿童文学的理论（封宗信，2019：XVIII）。尼古拉耶娃从世界知识、可能世界理论、知他人之识、创造性心智读取、自知之识、当下的记忆、伦理等方面展开了儿童文学的认知批评，对学界的发展方向具有深远的指导意义。

除了教育和认知之外，儿童文学研究还与世界文学、女性主义（Feminism）、族裔研究、神话研究、社会学、电影研究、游戏研究、科幻文学、图书史、出版研究、图书馆情报学等学科领域交叉。西方学术界长期关注儿童文学与女性主义和少数族裔的研究，例如，加拿大温尼伯大学的《青年》(*Jeunesse*）期刊，其在这些方面发表的文章就比较突出，而且在 2020 年还推出了“儿童文学与笑声”专刊号，进一步拓宽了儿童文学研究的跨学科视野，收到了来自心理学、社会学和人类学的积极投稿。

儿童文学研究的内涵性也体现出鲜明的跨学科性。一般来讲，一门成熟的学科往往有着较为固定的基础课程和研究方向，透过国内外儿童文学方面的教材和导论，不难看出其关注的内容和领域各具特色。国内的儿童文学教材有不少与幼儿教育和小学教育相挂钩，侧重儿童文学的教育应用，或是侧重儿童文学的民俗学研究。国外的儿童文学研究导论则体现出更丰富的跨学科性质，代表作彼得·亨特的《世界儿童文学百科全书》可谓儿童文学研究成果乃至文学研究成果中的“巨无霸”。其目录编制分为理论与批评视角、形式与子文类、语境、应用、国别与国际研究五大类，下面再设具体章节，如理论与批评视角就包括了意识形态、文化唯物主义、语言学、文体学、读者反应、心理分析、女性主义、图画研究、叙事学、互文、比较文学等广义文学中的主流批评范式，语境部分则囊括了童书设计、出版、童书评论、出版审查、评奖、电视、电影、图书馆藏等儿童文学研究所特有的社会和文化（culture）语境研究。这些章节的设立反映了儿童文学研究的诸多分支，其中不少并非是纯文学批评，而是与文化研究乃至更远的学科相交叉。

近年来，数字人文作为人文学科的一股新研究范式潮流也开始进入儿童文学研究领域，并以其独有的科学数据工具视角和传统研究方法所

不具备的大历时 / 共时聚合手段引起了儿童文学研究学者的广泛兴趣，成为跨学科研究的新发展方向。例如，福格特・卡尔斯多普（Folgert Karsdorp）和安塔尔・万・德恩・博世（Antal van den Bosch）采用主题建模方法，将《小红帽》故事的不同荷兰语版作为网络节点，研究其故事（story）的演化，卡内基・梅隆大学的丽贝卡・菲茨西蒙斯（Rebekah Fitzsimmons）采用文本挖掘和文体计量学的方法研究儿童文学，这些都是充满潜力的崭新发展方向。当然，由于跨学科意味着可能完全不同的知识和技能领域，因此跨学科的成果往往是来自其他学科学者进入儿童文学研究领域的尝试，或是由不同学科的学者协同完成的，这恰恰体现了儿童文学跨学科研究的开放性和多元性。

参考文献

封宗信 . 2019. 导言 . 为学而读：儿童文学的认知进路，玛丽亚・尼古拉耶娃著 . 上海：上海外语教育出版社 .

Hunt, Peter. 1996. (Ed.). *International Companion Encyclopedia of Children's Literature*. London: Routledge.

Simpson, A. & Walsh, M. 2015. Children's literature in the digital world How does multimodality support affective, aesthetic and critical response to narrative? *English Teaching-Practice and Critique, 14*(1): 2.

浪漫主义 ROMANTICISM

浪漫主义（Romanticism）和儿童文学（children's literature）密不可分，但两者的联系也是复杂的、充满歧义的，其歧义性主要来自浪漫主义这一概念本身的多义性。浪漫主义的基本主张是以艺术和文学反抗对自然（nature）的人为理性化，是对 18 世纪理性主义弊端的反思。

在通俗用法中，人们倾向于把那些形式优美、充满感人力量、温情的、大欢喜结局的文学作品通称为带有浪漫主义色彩。

浪漫主义兴盛于 18 世纪末到 19 世纪 30 年代，是对漫长的 18 世纪的理性主义的反叛。它前有英国的感伤主义，后面开启了英国伟大的现实主义（Realism）小说传统。随着浪漫主义衰退，维多利亚女王上台，日不落帝国兴起，英国在 19 世纪下半叶进入了维多利亚时期，以强调保守、庄重、道德规范而著称。奇怪的是，尽管此时英国文学的整体风气是现实主义的，非常关心社会现实问题和对社会阴暗腐败面的批判，英国的儿童文学却进入了具有强烈浪漫主义色彩的黄金时期，这时的代表作《爱丽丝梦游奇境记》《水孩子》《彼得兔》《彼得・潘》和《柳林风声》等，无不充满浪漫主义色彩。

儿童文学批评领域对浪漫主义的研究往往聚焦于具有救赎力量的儿童形象。纯洁的、具有救赎力量的儿童观一般认为始于卢梭，在他之前，基督教倾向于认为儿童（children）天生具有人类的原罪，因此需要特别监督和改造。他们不被当作是有着特殊需要的群体，而是被视作“小大人”。但卢梭在他的巨著《爱弥儿：论教育》中提出，儿童天生是无邪的、纯洁的，与成人（adult）相比，儿童具有道德上的纯粹性。为了让爱弥儿远离成人社会的不良思想和无用知识的影响，他甚至提出只给爱弥儿读一本书，那就是《鲁滨孙漂流记》。华兹华斯也曾经在他的诗《我心雀跃》（*My Heart Leaps Up*，1802）中说过：“儿童是成人之父”（The Child is father of the Man）。按照浪漫主义的观点，特别是华兹华斯在《不朽的征兆》（*Intimation of Immortality*，1807）一诗中所提出的，儿童出生之时带有天堂的圣光，他们能看见路边一花一草中的不平凡，这是一种独特的眼界（vision）。但随着他们的逐渐长大，这种眼界渐渐被成人世界所消磨殆尽，于是他们成了普通人，只有诗人还保留了这种眼界。这其实和古希腊将诗人作为先知崇拜是一脉相承的。因此，浪漫主义文学（romantic literature）崇尚儿童的天真（innocence），认为他们无邪的状态能够治愈成人在尔虞我诈的俗世的精神之伤，这也类似于华兹华斯在《我心飘荡如浮云》（*I Wandered Lonely as a Cloud*，1807）末尾所描述的内在之眼（inward eye）。儿童所独具的慧眼、天真、无邪就由此戴上了理想化的光环，成为成人社会的一片世外桃源。此后的儿童文学对这类儿童人物的刻画都源于浪漫主义的儿童观，如维尼熊、小飞侠彼得·潘等经典形象。评论家杰奎琳·罗斯也指出，儿童文学致力于创造的理想化的儿童形象和儿童读者，以及那种没有性别概念、纯洁无辜、没有政治纷争的儿童形象实际上是不存在的，它完全是一种建构之物，因此所谓真正意义上的儿童文学的存在性也成了一个问题（Sarland，1996）。罗斯认为，儿童文学并非是人们想象的那样由成人作家为儿童读者创作的，恰恰相反，他认为，如果儿童小说（children's fiction）是为了建立儿童形象的话，那么也只是为了反映成人关于儿童的幻想和欲望，即成人关于儿童形象的设定，而不是为了反映儿童真实的样子。简言之，儿童文学带有说服性甚至是操纵性的目的，是为了让儿童认同成人价值观，而非纯粹的以儿童为本位的文学（Rose，1993）。澳大利亚学者约翰·史蒂芬斯也通过一系列的文本解读指出，这些儿童文学作品中的聚焦及叙事、切换和空白都表明，儿童文学叙事策略的背后往往是有着意识形态前提和运作的，其目的是推动儿童读者认同这些潜在的、隐含的意识形态假设（Sarland，1996）。因此，尽管浪漫主义的儿童观在儿童文学作品中一直延续，但当前学界达成的共识是这些天真无邪的、具备救赎力量的儿童人物或是主题，隐藏了儿童文学生产过程中某些特定阶层或群体的意识形态和修辞声音（voice），代表了其道德或教育（education）维度的宣传和社会化尝试，而不存在普世意义上的纯粹救赎式的儿童观。通过文本的叙事和修辞手段，具有浪漫主义色彩的儿童文学作品代表了特定的部分群体所认同的美好儿童想象，并被赋予普世化的道德价值意义。

儿童与成人的二元对立本身就带有浪漫主义色彩，因为在卢梭的现代儿童观出现之前，儿童被视作“小大人”，其实不存在这种对立。自浪漫主义之后，小说中天真无邪的儿童往往与腐败的成人世界对立。社会逐渐意识到对儿童的不公待遇，作家写了大量作品来解释这点，如狄更斯的《大卫·科波菲尔》和《艰难时事》（*Hard Times*，1859），其中尤其针对学校对孩子们的压迫及成人价值观对孩子们情感的损伤。也是自浪漫主义之后，儿童文学开始逐渐摒弃了 18 世纪常用的带有明显训诫主义的成人叙述声音和第三人称视角，而以儿童的视角和声音取而代之，这种叙事结构的改变影响了儿童文学中对话的性质，使得叙述者与受述者的关系更加亲密和谐，给了读者（特别是儿童读者）更加有选择权的认同立场（Cogan，2002）。在19世纪中叶的美国，由于浪漫主义的影响，加上美国被看成是新的伊甸园，这一时期文学经典（canon）中的成人小说和儿童小说的界限很模糊，使美国文学传统在早期有种“纯真”的气质。《哈克贝利·费恩历险记》《小妇人》《汤姆叔叔的小屋》都是跨越了读者群体的，这暗示着儿童可以成为美国人的理想代表（同上）。

浪漫主义带给儿童文学的遗产不仅仅是天真烂漫的救赎式儿童形象，它还以强烈的自信肯定了民间传说（folklore）的价值，从而使儿歌、童谣（nursery rhyme）及童话合法化。从文类来说，奇幻小说和童话（fairy tale）都是浪漫主义文类，对这两种文类可参阅本书相关词条。德国浪漫主义运动直接催生了西方童话史的经典——《格林童话》，并进而影响到整个西方儿童文学之后的发展。玛丽亚·尼古拉耶娃指出，许多西方当代儿童小说的成功之处在于它们尝试着将浪漫主义的儿童形象重新带回儿童文学，《哈利·波特》就是其中一个幸运的例子。哈利身上有着浪漫主义英雄所有必需的品质，还有神秘的出身、在陌生的环境中受到压迫、突然间获得神奇的力量、善良的内心、邪恶的敌人（成人）。他的额头上似乎带着上帝选民的标记，在自己的巫师（wizard）群体中被当成未来的救世主一样受到崇拜。但哈利同时也是不折不扣的21世纪的文化（culture）产物，代表了善恶的不可捉摸、性别跨越及其他后现代主义（Postmodernism）美学特征。浪漫主义的审美传统决定了哈利必定是一个在小说开头被低估的、受压迫的形象，他将逐渐获得力量并最终回到属于他的位置上去（Nikolajeva，2009）。

参考文献

Cogan, T. D. 2002. Victorianism, empire and the paternal voice. In D. C. Thacker & W. Jean (Eds.), *Introducing Children's Literature: From Romanticism to Postmodernism*. London: Routledge, 41–55.

Nikolajeva, M. 2009. Harry Potter and the secrets of children's literature. In E. E. Heilman (Ed.), *Critical Perspectives on Harry Potter* (2nd ed.). London: Routledge, 225–242.

Rose, J. 1993. *The Case of Peter Pan, or, the Impossibility of Children's Fiction*. Philadelphia: University of Pennsylvania Press.

Sarland, C. 1996. Ideology. In P. Hunt (Ed.), *International Companion Encyclopedia of Children's Literature*. London: Routledge, 39–55.

流行文化 POP CULTURE

"流行文化"（pop culture）一词最早出现于 19 世纪中期，指的是与"官方文化"（official culture）相对的、受大众喜爱的文化形式。"二战"后在大众传媒（mass media）和资本主义市场营销的共同运作下，流行文化被各阶层群体所接受，开始包含大众文化、消费文化等含义，同时也成为肤浅和庸俗的代名词。20世纪，许多理论家为流行文化正名，皮埃尔·布迪厄（Pierre Bourdieu）将流行文化视为文化场域中被压迫和被界定的一方。法兰克福学派的理论家们将流行文化视为积极的文化形式，使其从边缘走向中心。在现代西方，流行文化是指具有大众可及性、被大多数人消费的文化产品，主要与音乐、艺术、文学、时尚、舞蹈、电影、网络文化、电视、广播等方面相关。

在儿童文学（children's literature）研究领域，学者们关注处于流行文化之中的儿童（children）和青少年（young adult）的各种表征，重新定义后现代语境下的童年（childhood）和青春期概念。研究往往关涉性别、种族、阶级、经济、游戏、战争、宗教、流散儿童及全球化等问题。在此基础上，研究者们将研究焦点转向儿童文学与流行文化间的关系，如儿童文学应如何重构现实与想象间的关联，帮助儿童打破僵化认知的壁垒。另一些研究者将《鲁滨孙漂流记》《小妇人》等世界文学经典（canon）置于儿童文学批评话语之下，关注儿童文化与流行文化的联系，以及这些经典儿童文学在当今时代依旧经久不衰的原因。《鲁滨孙漂流记》成为融入儿童文化与大众文化的文学，原因在于其与童年的联系。"童年是现代化进程中最令人难忘的时光，也是最值得期待的时光。"（Gillis，2002：33）童年是现代社会关于起源和命运的神话（myth），能解释我们是谁和我们将成为何种人。18 世纪，《鲁滨孙漂流记》与给下层阶级看的廉价散装小册子（chapbook）比，销量多出三倍，这表明了普通读者渴望阅读这部关于生存和冒险的故事书。19 世纪早期广泛流传的大报和包含《鲁滨孙・克鲁索》歌曲的收藏同样证明了鲁滨孙故事的大众吸引力（O'Malley，2012）。事实上，儿童也经常读《鲁滨孙漂流记》的小册子或专门为儿童读者定制的版本。鲁滨孙的歌曲被改编成童谣（nursery rhyme），也充分表明普通大众和儿童都是该书的读者群体（跨界读者）。在儿童文化和大众文化的互补领域扮演了重要身份的《鲁滨孙漂流记》，揭示了人们对逝去童年的渴望。

꧁ 经典改编与流行文化

儿童文学凝聚了世界各民族文化的集体希望和梦想，揭示了各民族文化（culture）背景下人们对童年本质的理解。每个民族都希望将最好的一部分传递给下一代，而这种愿望总是体现在儿童文学中。迪士尼《花木兰》的改编（adaptation）、《小妇人》《哈利・波特》系列小说的电影改编引领的流行文化潮流等，直观地呈现出儿童文学对流行文化的影响及互动关系。经典小说《小妇人》的数次电影改编版本呈现了不同时代人们对该文本的独特阐释。《哈利・波特》代表着新生的儿童文学与文化，作品以强大的叙事展现了魔幻世界，影响甚至引领了流行文化潮流。

2019 年随着《花木兰》电影版的营销（marketing），迪士尼 1998 年版的《花木兰》再次进入人们的视野，这是一部把"木兰"形象国际化和经典化的典范之作。另一经典之作《小妇人》最新电影版于 2020 年 8 月 25 日在中国上映。两部电影的改编标志着中国古代民间故事进入当代国际视野，美国经典故事的当代电影改编进入当代中国。迪士尼会讲故事（story），善于把国际化与本土化结合起来，在原作基础上进一步创作改编。改编作品的人物形象饱满，情节有趣，有故事性和感染力。作为一种文化标志，迪士尼乐园让经典儿童文学国际化的原因引人深思。提到迪士尼乐园，我们通常会想到童话（fairy tale），但迪士尼也展现了其他类型的儿童文学，如冒险故事和拓荒故事。迪士尼乐园是典型的美国文化象征，但其中的游乐设施也融入了许多来自欧洲和其他地域的故事。去迪士尼乐园游玩是一种国际化体验，迪士尼乐园的魅力在于，我们能找到自己文化里的故事，同时也能欣赏世界其他地区的文化。众所周知，迪士尼改编的电影经常改变原著，例如，迪士尼的《花木兰》和《彼得·潘》与原著有很多不一致的地方。沃尔特·迪士尼（Walt Disney）的文学灵感促进了其引领的文学改编潮流。迪士尼将儿童文学改编为电影的能力令人叹为观止。毫无疑问，他在改编电影的过程中简化了故事，但却巧妙地凸显了故事的视觉维度，而且他设计的故事情节能够深深吸引普通观众。

1998 年版的《花木兰》中一个情节是“让每个人成为硬汉子”（make a man out of you）。16 岁的木兰从弱不禁风到独当一面，其中的艰辛和努力令人感叹。木兰能文能武，最主要的是有智慧。前线取得胜利，木兰和其他将领带领士兵返回家园（home），拜见皇帝的途中，木兰再次用智谋挫败尾随而至的侵略者，拯救了皇帝，并保全了国家。故事把木兰塑造得有血有肉，皇帝提出嘉奖木兰，而木兰的要求就是与家人团聚。木兰既勇敢有担当、突破束缚、保家卫国、坚守孝道，又能保持独立，备受一代又一代读者喜爱，所诠释的正是“成为真正的自己”这一理念，即成为自己想成为的人。迪士尼以其强大的叙事力量吸引各年龄段群体，既能吸引儿童和青少年，又能受到和成人观众的青睐。

路易莎·梅·奥尔科特的《小妇人》以美国南北战争为背景，讲述了新英格兰地区普通家庭马奇四姐妹从少女时代进入成年的过程。故事真实可信、语言平实、情节有趣，一经发表即引起读者的阅读兴趣和共鸣。女主角乔·马奇努力担当、成就自我的故事，也激励着不同时代读者去寻找真正的自我和梦想。《小妇人》已经 7 次被改编为电影，最新版由格蕾塔·葛韦格（Greta Gerwig）执导（2019 年 12 月上映），可见其经久不衰的魅力。2019 年版本的特别之处在于，其结尾提醒观众《小妇人》并不是关于乔最终和谁在一起的故事。这本书激励了一代又一代的女性成为作家，或者坦率地说，成为她们想成为的任何一类人，2019 年的改编版也承认这一点。因此葛韦格的电影选取了两全其美的方法：西尔莎·罗南（Saoirse Ronan）饰演的乔·马奇在电影结束时未婚无子，并且幸运地出版了自己的小说，而在她的书中，以自己为原型的女主角最终结婚生子，这本书因此得以成为大众畅销书。影片的最后一个镜头是罗南所饰的乔·马奇看着她的小说出版——这就是故事的真实结局。电影的结局是一种双赢，也是葛韦格改编这部受人喜爱的小说的又一成功之举。但事实证明，葛韦格的结局可能是作家奥尔科特一直想要的结局。路易莎·梅·奥尔科特没有像乔·马奇那样结婚生子，她从未结婚生子。但奥尔科特认为，为了让这本书畅销，她必须让乔结婚生子（然而她从未想过让她的女主人公那样做）。用她自己的话说，她想让乔继续做一个文学上的老姑娘，但是出版商和读者说服了作家，故事中的成年女性只有两种选择，要么死去，要么结婚生子。2019 年改编的电影让我们感受到作家奥尔科特的初衷和真实的意图。

经典儿童文学的电影版本往往是电影制作时期的产物。过去几十年对《小妇人》的电影改编也是为了迎合普通观众。葛韦格对《小妇人》的解读符合当代世界的女权主义价值观，而奥尔科特的小说则与 19 世纪中期的价值观相联系。奥尔科特具有强烈的女权主义意识，但她的思想仍受到她所生活的时代的束缚。而导演葛韦格重视人们如何书写自己的生活，如何讲述和重述我们是怎样成为现在的自己及如何成为真实的自己。

☙ 儿童文学引领流行文化

以《哈利·波特》为代表的儿童文学已经与全方位的文化产品联系在一起。《哈利·波特》使得青少年图书和青少年电影等成为流行文化中一股最强大的力量，也改变了儿童图书出版的商业模式。它让整整一代人认识到，人们可以与自己喜爱的流行文化互动，可以写与流行文化相关的内容，可以创作与流行文化相关的音乐和艺术，并以流行文化为基础开展研究、创作甚至创业。《哈利·波特》系列也促使儿童文学成为一股不可阻挡的力量，引领了长篇儿童文学出版，该系列的最后四卷每卷都超过 700 页。在此之前，儿童文学通常没有得到应有的重视，销售量也不稳定，甚至有专家伤感地认为孩子们不再读书了。在《哈利·波特》之后，儿童文学成为销量和增长率最高的文学门类。有数据表明，自 2004 年，整个儿童文学市场的销售额增长了 52%（每年增长 4%）。相比之下，整个图书市场自 2004 年以来只增长了 33%（Grady & Aja，2018）。《哈利·波特》不仅影响了青少年的阅读（reading），还创造了一种文化景观，儿童文学甚至逐渐成为好莱坞等电影公司的灵感源泉。电影公司在儿童畅销书排行榜上寻找能够与《哈利·波特》相媲美的作品，进而发现了《暮光之城》《饥饿游戏》《分歧者》等。在《哈利·波特》之前，由青少年文学改编而成的电影并没有产生较大的影响力，但是《哈利·波特》等儿童文学作品彻底改变了传统电影业。

《哈利·波特》有着巨大的文化影响，哈利·波特的粉丝圈也为粉丝文化（fandom）和极客文化（Greek Culture）的主流化铺平了道路。越来越多的《哈利·波特》极客们活跃在网络空间，尤其关注青少年小说、奇幻小说（fantasy）和科幻小说（science fiction）等。在 21 世纪初，极客文化仍然是一个相当大胆的概念，随着电影版《哈利·波特》与《指环王》的热播和网络上兴起的《哈利·波特》迷之后，人们开始重视作为文化驱动力的奇幻小说和科幻小说，也开始重视了解粉丝群体。2005 年，当《暮光之城》成为青少年的新宠后，关注科幻 / 奇幻系列的粉丝们已经得到了普遍认可和接受。而《哈利·波特》迷们的创造力仍然能在粉丝圈内外感受到。21 世纪初，互联网上的《哈利·波特》粉丝论坛、同人小说（fan fiction）和同人艺术档案，以及电子邮件讨论群激增。《哈利·波特》集会吸引了成千上万的粉丝，《哈利·波特》角色扮演也成了极客会议的重要景观。许多《哈利·波特》迷也为主流文化打上了显著的烙印。具有代表性的例子如卡桑德拉·克莱尔（Cassandra Clare），她最初在网上走红时使用的名字是卡桑德拉·克莱尔（Cassandra Claire），创作了极受欢迎的《哈利·波特》同人小说《德拉科三部曲》(*The Draco Trilogy*)[1]。就像《哈利·波特》能轻易地让粉丝们拥有自己的爱好一样,《哈利·波特》的粉丝圈更容易让粉丝们把这些爱好当作专业资产来推销。

书籍(book)本身及它们所创造的广阔而奇妙的世界使得文化转变成为可能。《哈利·波特》系列之所以成为一种现象，不仅是因为它有独到的宣传和营销，也不仅是因为它带来的好奇和争论吸引了媒体。《哈利·波特》系列之所以成为备受瞩目的文化现象是因为它讲述了一个数百万人喜爱的故事，把现实世界带入了一个庞大的魔法世界，千百万人都梦想着要逃进这个魔法世界。

ɞ 漫画小说热

美国漫画艺术丰富多彩,《超级英雄》《蝙蝠侠》《米老鼠和唐老鸭》等许多脍炙人口的漫画作品早已蜚声海内外，对世界漫画艺术产生了很大的影响。而日本漫画家笔下的人物、情节等都很容易找到生活原型，于点滴细节中让读者找到共鸣。以手冢治虫为例，他起步于儿童漫画，但他敢于打破禁忌，将传统漫画中未曾有的元素加入自己的作品，创造出一种新的漫画样式。凭借着革新，他带动形成了战后日本漫画的特征，即以青年读者为目标的漫画。

阅读漫画仍然备受青少年读者的推崇。漫画与插图小说、绘本等体裁(genre)相比，独具风格。漫画以相对独立的画格组成，阅读时需要独特的关联技巧，可以帮助青少年锻炼阅读能力，养成独立阅读习惯。这有助于解释图像小说的迅速崛起，这种以漫画为基础的插画艺术(illustration)主要面向儿童和青少年读者。就目前而言，图书插画在任何书籍中都有一定的作用，不论这本书面向哪个年龄段的读者。儿童文学还为流行文化贡献了令人难忘的流行语和意象，它们已经从儿童文学渗透进方言中。像梦游奇境的爱丽丝那样，在我们自己世界中无法解释的事情“越奇越怪”，而因《哈利·波特》系列，我们拥有一个完美的

1 Draco Trilogy. *Harry Potter Wiki*. Retrieved Nov. 7, 2021, from Harry Potter Wiki website.

词——“麻瓜”——用来称呼旅行时可能遇到的无趣之人或粗鲁的人。以儿童文学为基础的好莱坞电影改编，体现了儿童文学强大的文化生命力和生产力。《哈利·波特》等奇幻文学所引发的极客文化、同人书、漫画等也在不断地在影响并型塑流行文化，甚至在一定程度上引领了当代流行文化。

参考文献

Alcott, L. M. 2003. *Little Women*. New York: W. W. Norton & Company.

Draco Trilogy. *Harry Potter Wiki*. Retrieved Nov. 7, 2021, from Harry Potter Wiki website.

Geek Culture. Retrieved Nov. 10, 2021, from Geek Culture website.

Gillis, J. R. 2002. The birth of the virtual child: Origins of our contradictory images of children. In J. Dunne & J. Kelly (Eds.), *Childhood and Its Discontents: The First Seamus Heaney Lectures*. Dublin: Liffey Press, 31–50.

Grady, C. & Aja R. 2018. How Harry Potter Changed the World. *Vox*. Retrieved Jun. 10, 2021, from Vox website.

O'Malley, A. 2012. *Children's Literature, Popular Culture, and Robinson Crusoe*. New York: Palgrave Macmillan.

民族中心主义 ETHNOCENTRISM

“民族中心主义”（ethnocentrism）一词最早由威廉·格雷厄姆·萨默（William Graham Summer）创造使用，并从人类学角度进行解释：“民族中心主义认为，自己所在的群体是一切事物的中心，而对其他群体的衡量和评价都要以自己的群体作为参照。”（Sumner，1907：13）学术上，Ethnocentrism 通常被译作“民族中心主义”，但同时也可被称作“文化中心主义”或“种族中心主义”。作为一种赋予本民族或国家比其他民族、文化（culture）和国家更重要的意义，并把自己置于所有其他民族、文化和国家之上，相信种族差异会产生固有的优越感或自卑感的民族中心主义一直是19世纪以来西方儿童文学（children's literature）的特色。在殖民主义时代，像罗伯特·迈克尔·巴兰坦（Robert Michael Ballantyne）、乔治·阿尔弗雷德·亨迪（George Alfred Henty）、约瑟夫·吉卜林，和亨利·里德·哈格德都对帝国主义意识形态持认同态度，他们的英国白人主角往往代表了文明的顶峰。19世纪中叶的德国作家卡尔·梅（Karl May）的冒险小说（adventure novel）中的异国背景也是用来称赞欧洲文化的至高无上。在美国，白人至上主义的传统被轻率地延续下来，把黑人贬低为傻瓜或恶棍，将印第安人视作野蛮人，直到20世纪50年代末民权运动的兴起，人们才逐渐改变了看法。

1965年成立，旨在解决儿童文学中的种族主义、性别歧视和相关问题的跨种族儿童书籍理事会（Council on Interracial Books for Children，简称CIBC），以及1976年成立的英国国家儿童书籍种族歧视委员会（British National Committee on Racism in Children's Books），让人们越来越意识到儿童文学中同样存在各种形式的偏见——性别偏见、种族偏见和阶级偏见。20世纪70年代，鲍勃·迪克森（Bob Dixon）的《让他们年轻：儿童小说中的性别、种族和阶级》（*Catching Them Young: Sex, Race and Class in Children's Fiction*，1981）的研究引起了人们对儿童经典作品的批判性关注。例如，海伦·班纳曼（Helen Bannerman）的《小黑人桑宝》（*Little Black Sambo*，1899），休·洛夫汀（Hugh Lofting）的《杜立特医生的故事》（*The Story of Dolittle*，1920），以及伊妮德·布莱顿的儿童文学等，逐渐成为教师和图书馆员反对儿童书籍中的种族歧视运动的焦点。马克·吐温的《哈克贝利·费恩历险记》就是一部由于涉及种族偏见而备受争议的美国经典小说，这部小说因使用“黑鬼”一词而成为审查目标。

许多当代作家在他们的小说中探索了种族主义的不公，其中包括贝弗利·奈杜（Beverley Naidoo），他发表过有关儿童文学中种族主义问题的评论性作品，而米尔德里德·泰勒（Mildred Taylor）有关洛根家族传奇（Logan family saga）的著述则讲述了美国种族主义制度化的历史。这些作家探究了美国各民族如何在儿童文学中呈现，揭示了少数族裔形象在儿童文学中的刻板印象，批判了以本民族文化为核心的狭隘“民族中心主义”倾向。

“民族中心主义”表现出了一种文化的狭隘性，“民族中心主义者认为，他们自己的部落、国家或民族的原则与做法不仅有别于其他群体，而且在某种意义上，也许因为其自身更神圣、更合理，或更为实用而具有优越性。”（Moore，2008：440）根据诺里萨·阿丁杜（Norissa Atingdui）对“民族优越感”（ethnocentrism）的相关探讨，民族中心主义是极具破坏力的分裂力量，“民族奴役”（enslavement）及“帝国主义”（imperialism）（Atingdui，2011：608）是其最具影响力的两种表现形式。

儿童文学是文学整体中的重要组成部分，同样反映了某一时期的社会状况和文化特征，以及这一历史时期的意识形态、偏见和陈词滥调。儿童文学的作家大多是成人（adult），他们很容易将自己受意识形态影响所形成的价值观念渗透进儿童文学之中。而且，长久以来，儿童文学并未被视为严肃文学，因此一些儿童文学作品往往粗制滥造，书中的内容更易暴露成年作者通常没有充分意识到的某种心理状态和偏见。此外，儿童文学亦是资本主义消费链条中的一环，出版商为了迎合大众的价值观，往往并未细察儿童文学作品中隐藏的错误价值观，这在无形中扩大了偏见的传播。由此，民族中心主义的问题在儿童文学作品中也必然有所反映，一些儿童文学也正是因为直接记录或侧面反映了民族中心主义而成为世界级经典著作，产生了广泛而深刻的影响。在儿童文学领域中，有不少经典著作是民族中心主义的集中体现，如《鲁滨孙漂流记》《安妮日记》（*Anne Frank: The Diary of a Young Girl*，1947）、《美味甜点》（*A Fine Dessert*，2015）和《乔治·华盛顿的生日蛋糕》（*A Birthday Cake for George Washington*，2016）等。

☙ 建立于民族自豪感之上的民族中心主义

爱德华·达顿（Edward Dutton）将民族中心主义划分为“积极民族中心主义”和“消极民族中心主义”两类。“积极民族中心主义”是指“以民族或国家为荣，并准备为民族或国家的利益做出牺牲”。“消极民族中心主义”指的是“对其他民族成员抱有偏见和敌意”（Dutton，2019：1）。然而，积极与消极之间的界限十分模糊，两者之间往往相互渗透，构建了行动者对所在群体强烈认同的民族中心主义，进而“自然地导致了对所在群体之外的成员的负面感受和刻板印象”（Hooghe，2008：12）。在世界历史中，民族中心主义是导致许多民族奴役，甚至种族灭绝的主要原动力，纳粹文学及黑人文学可谓是最有力的证据。此外，帝国主义的推广实施也是种族中心主义的一个典型代表。当欧洲国家首次访问非洲大陆时，非洲国家遭到洗劫，人民遭受绑架并被贩卖为奴隶，当地人民被迫停止使用当地语言，禁止使用传统非洲名字，以及穿着传统非洲服装（Atingdui，2011）。从欧洲自身的文化框架和宗教信仰看，非洲民族与自身的巨大差异使民族中心主义给予了入侵者极大的民族优越感，让他们有自信将非洲人民视作未开化的“野蛮人”，这种殖民主义观念同样在儿童文学中得以体现。

《鲁滨孙漂流记》作为 18 世纪英国作家丹尼尔·笛福的代表作，是一部带有强烈殖民主义意识的文学作品。它不仅生动地讲述了小说主人公鲁滨孙开拓荒岛的详细过程，也描绘了他驯服改造原始部落人“星期五”的手段和策略。和其他殖民文学一样，在文中“一群公正善良”的西方白种人被描述成“优等种族”。而作为“他者”（other）的非洲黑人和美国的印第安人，则因其原始的生活方式被白人归化成“劣等种族”。在第二次航海冒险后，鲁滨孙成了种植园主，由于当时奴隶贸易并未合法化，购买黑奴十分昂贵，所以鲁滨孙决定亲自带领船队进行黑奴贸易，同时与非洲部落进行不等价的商品交换，用玻璃等商品换取非洲的黄金，谋求暴利。尽管买卖黑奴尚未得到法律支持，但鲁滨孙却将黑奴贸易视为合法交易，从未在道德层面对此产生怀疑。原因在于，在相当长的时间里，欧洲白人都将非洲黑人等同于动物。非洲人被非人化的过程也由此成为欧洲奴隶贸易、殖民主义、帝国主义的道德借口，“非洲黑人被赋予了所有非人特征，而这些特征实际上与殖民时期的白人公务员、传教士、农民和工人对待非洲黑人的行为相吻合”（Becker，1973：296）。在小说中，鲁滨孙还将分布在西班牙和巴西之间的白人混血，加勒比海沿海岸线一带的印第安人，以及非洲黑人称为“野人”，而此种带有明显种族歧视的称谓正是西方人的民族中心主义驱动所致。

《安妮日记》以一个小女孩的视角记录了阿道夫·希特勒（Adolf Hitler，1889—1945）领导下的纳粹德国人是如何压迫犹太民族，对其人民进行惨无人道的屠杀。希特勒认为，犹太人及其他一些种族群体皆低人一等，明显逊色于他的种族，因此这些种族就应该被剥夺继续生存下去的权利。成千上万的无辜者在集中营惨遭毒手，就是因为他们的出身不符合希特勒口中的“纯”种族。即使民族中心主义本身并非如此极端，但因此产生的观念与偏见，以及变本加厉产生的可怕后果却不容小觑。

☙ 多元文化下的民族中心主义

“多元文化主义”提倡建立一个多元文化的社会，在这里所有文化都是平等的，所有成员都拥有平等的地位。然而有些作家却在多元文化之下，有意无意地宣扬了一种隐秘的民族中心主义，美化了奴隶制和殖民主义，只是实现了表面上的“多元文化”。

《美味甜点》和《乔治·华盛顿的生日蛋糕》是凭借“刷新”儿童文学中的奴隶制而获奖的两本图画书（picturebook），属于典型的美国黑人文学。这两本书出版不久便遭到许多儿童文学家的抵制并成为禁书，原因在于作者从侧面称赞了奴隶制，并将其视作一段美好的时光。《乔治·华盛顿的生日蛋糕》一书的作者拉明·甘内斯兰（Ramin Ganeshram）否认儿童文学评论家们的指责，并在《赫芬顿邮报》（*Huffington Post*）上做出了回应：

> 作为一名厨师和有色人种，我敬畏和钦佩赫拉克勒斯（Hercules）。我创作了《乔治·华盛顿的生日蛋糕》，通过一个虚构的场景来赞美他，在这个场景中，他凭借卓越的才能战

胜了一场烹饪灾难。……这不仅关乎一个作家或一本图画书的未来。最紧迫的问题是，种族问题能否在我们的社会中占有一席之地，在那里种族问题能够被公开、客观地讨论，尤其是能够与我们的孩子一起讨论。[1]

这两本故事书中真正存在的问题是它们描写了永远不可能出现的场景，即被奴役的人热爱他们的工作，并享受奴役。奴隶制的存在本就是种族歧视的具体表现，而形成这种种族歧视的思想根源就是民族中心主义。这两本图画书都试图以积极的眼光看待奴隶制，忽略大部分的奴役问题，而描绘了黑人在奴隶制下生活的美好画面，并在中间段落删除了“奴隶”一词，以使其更容易理解，换句话说，作者企图建立一个以种族主义为基础的世界，这显然是不应该的。虽然民族中心主义通常会在幼年时期被无意识的内化，所有文化及成员在一定程度上不可避免地带有民族中心主义倾向，但任何事实都不应该被歪曲，甚至带来负面影响。我们应正视历史，吸取教训，尤其要对儿童（children）发展有着巨大影响的儿童文学作品进行反思。

☙ 奇幻文学中的民族中心主义

在其他儿童文学中，在虚拟的时空下，民族中心主义的影响依旧存在，如乔安妮·凯瑟琳·罗琳的《哈利·波特》系列。尽管没有以确切的术语表述，但该系列以非常规的方式多次提到了民族中心主义的思想。该系列记录了一个年轻的巫师（wizard）哈利·波特的生平及他如何与邪恶做斗争，而伏地魔作为邪恶势力的领导者，他的思想集中体现了“民族中心主义”一词。伏地魔认为，那些“纯血统”出身的巫师（父母都是巫师）要比那些出身“麻瓜家庭”非“纯血统”的巫师更高贵，他甚至认为，血统不纯正的巫师都应该死。许多跟随他的黑巫师同样遵循这一原则，鄙视“非纯血统”的巫师。在《哈利·波特与魔法石》中德拉科·马尔福就发表过这样的论调：“我真的认为他们不应该让另一

---

1 拉明·甘内斯兰的观点参见 2016 年 2 月 16 日 Westport 上的文章 *George Washington, Smiling Slaves and Ramin Ganeshram*。

种人（非纯血统巫师）进来，你说呢？他们只是另类，他们从小就不懂我们的生活方式。……我认为他们应该把信件只寄给古老的巫师家庭。”（Rowling，1998：61）马尔福只是一个 11 岁的孩子，他的这番论调来自他的家庭（family），他的父母对“非纯血统”巫师持有相同看法。小说之后发展出来的嘲弄、欺凌甚至谋杀等行为都源于种族中心主义。罗琳并不是要宣传民族中心主义，她借助小说向读者传达了民族中心主义的危害，哈利·波特和他的朋友们最终战胜伏地魔，也意味着民族中心主义思想必然被人们所摒弃。

探究儿童文学中的民族中心主义可以帮助儿童树立正确的价值观，认识到这一思想的危害。9·11 事件发生后，亨廷顿（Samuel P. Huntington）的“文明的冲突”理论再一次得到人们的重视。亨廷顿在《文明的冲突》（“The Clash of Civilizations”，1996）中指出，西方世界与其他世界之间不再是经济和意识形态的冲突，而只是文明的冲突。他甚至暗示，当前世界的紧张局势源于伊斯兰，而非西方的侵略和扩张。然而，事实并非如此，从表面看来，9·11 事件是由两种文明的冲突造成的，然而冲突的背后仍然是西方国家对伊斯兰国家的扩张侵略和政治干预，意识形态冲突和经济冲突依然存在。如果儿童文学作家接受了“文明的冲突”理论，那么西方帝国主义的意识形态就会以隐秘的形式影响到儿童文学。《美味甜点》和《乔治·华盛顿的生日蛋糕》想将奴隶制问题简化为儿童可以理解的程度，显然无法详尽阐释奴隶制的历史，更无法描绘出人物心理的细微差别，但这样的简化则带来了对奴隶制的美化。儿童依赖书籍（book）实现初步的社会化，低龄儿童还不完全具备判断书籍内容正确与否的能力，往往会接受书籍中的价值观。因此，儿童文学家们对儿童文学中错误价值观念的批判便显得尤为重要，以帮助儿童形成正确的多元文化价值观，尊重不同于自己文化的所有文化。

参考文献

Atingdui, N. 2011. Ethnocentrism. In S. Goldstein & J. Naglieri (Eds.), *Encyclopedia of Child Behavior and Development*. Boston: Springer.

Becker, J. 1973. Racism in children's and young people's literature in the western world. *Journal of Peace Research, 10*(3): 295–303.

Dutton, E. 2019. *Race Differences in Ethnocentrism*. London: Arktos.

Hooghe, M. 2008. Ethnocentrism. In W. A. Darity (Ed.), *International Encyclopedia of the Social Sciences* (Vol. 2). Farmington Hills: Gale.

Moore, J. H. 2008. Ethnocentrism. In H. Moore (Ed.), *Encyclopedia of Race and Racism* (Vol 1). Farmington Hills: Thompson/Gale.

Sumner, W. G. 1907. *Folkways: A Study of the Sociological Importance of Usages, Manners, Customs, Mores, and Morals*. Boston: Ginn and Company.

Rowling, J. 1998. *Harry Potter and the Sorcerer's Stone*. New York: A. A. Levine Books.

男孩时期 BOYHOOD

所有形态的人类社会都根据年龄、性别等类别为个人分配地位和角色，赋予儿童（children）的权利和责任与成人（adult）不尽相同。随着儿童年龄的增长，社会对他们的期待也会逐渐改变，同样，社会对男孩的期待也不同于对女孩的期待。

男孩时期的社会建构

男孩时期（boyhood）指的是男孩从出生到成年之间的阶段。男孩时期的结束可与承担成年的相关法律权利与责任等同起来，例如，从事性活动的权利、结婚的权利、投票的权利等。因此，可以将男孩时期理解为一个可变期，在这一时期内，男孩们了解社会对男性的态度，并对男性的行为规范形成自己的个人立场。从成人的角度来看，男孩时期也可以被视为一段怀旧（nostalgia）岁月—— 一个人摆脱成人责任和焦虑的时光。

从男孩到男人的过渡通常以成人仪式或其他仪式作为区分的标志。在一些宗教团体中，此类仪式可能包括洗礼、割礼、第一次圣餐礼和成人礼。在世俗的城市世界，成人礼因地域的不同而呈现差异，仪式包括中学毕业、成人礼舞会等。阿诺德·范·亨尼普（Arnold van Gennep）认为，成人仪式包括三个阶段：分离（separation）、过渡（liminality）及接纳（incorporation）。第一个阶段，男孩象征性地脱离他所在的社区和他在其中的位置；第二个阶段是一个过渡阶段，男孩在新旧经历之间进行协调；最后一个阶段，男孩在仪式上接受一个新的社会地位，并重新进入社会（Gennep，1960）。

有关男孩时期的文学作品可以被理解为社会化进程的一部分，构成了一个社会对于男性气质有关的预期规范与态度。文学可以展示某个特定社会对正常和不正常行为的看法，以及男性气质的好坏模式。关于男孩的文学作品也可以遵循一种成年仪式的模式，将男孩从其正常环境中抽离，带其去冒险，最后使其以一种新的角色重新融入社会。

☙ 传统文学和民间文学中的男孩

传统文学（traditional literature）中的男孩常常肯定某一特定时间和地点的主流文化价值观，例如，《杰克与豆茎》（*Jack and the Beanstalk*，1807）和《巨人杀手杰克》（*Jack the Giant Killer*，1711）等民间故事中，“杰克”这一角色的演变，反映了不同时期社会对男孩时期的态度（Grenby，2006：10–11）。该故事（story）基于口头叙述，最初很可能来自远古时代。《杰克与豆茎》现存最早的书面英语版本出现在 18 世纪。主人公是一个贫穷的、没有父亲的乡村男孩。他不顾母亲的反对，用家里的奶牛换了一些魔豆。当豆子长到很高时，他爬上了豆茎，发现了一个巨人的房子。他设法进入该房子，偷走了一只会下金蛋的鹅。巨人感受到了杰克的存在，并在杰克逃跑时追赶他。当他们从豆茎上掉下来时，巨人摔死了，杰克和他的家人因为这些金蛋而变得富有。

像许多口头故事一样，“杰克”的故事可以被解读为虚构的有关成人仪式的叙述。男孩和他的母亲分开了，在巨人的房子里度过了其过渡期。在那里，他学会了欺骗巨人，他的逃跑让他重新融入了家庭（family），从贫穷变得富有。传统故事重视勇气和机敏等品质，《杰克与豆茎》展示了小英雄在准备成为家庭支柱时获得了这些品质。然而，当社会价值观在 19 世纪发生变化时，这些明显的不道德行为引起了一些基督教教育者的焦虑。因此，杰克的欺骗和盗窃行为在后来的故事版本中被合理化。

☙ 学校男孩的故事

黛安娜·吉汀斯（Diana Gittins）在她对西欧童年（childhood）历史构建的概述中指出，男孩在 16 世纪开始受到与女孩不同的对待，这种差异性的一个明显例子就是服装。从 16 世纪开始，男孩和女孩在七岁之前都穿连衣裙，之后，男孩的衣服发生变化，以表明他们的性别。吉汀斯指出："他们不仅仅是男孩，而且是中产阶级男孩。因此，从历史上看，童年的构建不仅与年龄群体之间的分化有关，而且与性别和阶级有关"（Gittins，2009：44）。

19 世纪，上寄宿学校是中产阶级男孩的成长经历之一。寄宿学校的故事成为维多利亚时代儿童文学（children's literature）中的一种流行类型，其受欢迎程度从未减弱。《汤姆·布朗的公学岁月》是 19 世纪大获成功的一部小说，其部分内容是根据作者托马斯·休斯在英国鲁格比公立学校的经历而改编的。这部小说也可以被解读为一种仪式。男主人公在 11 岁时被送进学校，与家人分离。学校是一个过渡性的空间，在这里，汤姆必须做出道德上的选择，例如，即使在校霸折磨他时，依然要诚实。最后，在一位善良的、具有改革精神的校长的引导下，汤姆结交了益友，离开了学校，以一位模范绅士的身份，重新融入社会。

对于那些注定要在大英帝国中占有一席之地的英国中产阶级男孩来说，学校故事也起到了教育作用。《男孩自己的报纸》（*Boy's Own Paper*，1879—1967）上所刊登的理查德·伯德、肯特·卡尔和塔尔伯特·班尼斯·里德等人的学校故事，曾经大受欢迎。里德在 1879 年至 1893 年期间所撰写的一些学校小说，对那些可能被成人世界的邪恶所诱惑的男孩们起到了警示作用，“他笔下的人物若放任自流，往往会误入歧途，与那些心术不正的酒吧老板、骗子和赌徒为伍。不久，这些天真的年轻人便负债累累，还被勒索。在被曝光的威胁下，他们经常通过偷窃或欺骗来偿还债务。不用说，他们被逮住了”（Warner，1976：12）。

基于 19 世纪的学校故事的叙事模式一直沿用至今，寄宿学校故事的读者数量远远超过了那些真正上过寄宿学校的人们。《汤姆·布朗的公学岁月》，以及安东尼·巴克里奇（Anthony Buckeridge）以詹宁斯为主角的一系列喜剧小说的影响，都可以在乔安妮·凯瑟琳·罗琳的《哈利·波特》中看到。和汤姆一样，哈利与家人分离，进入了一个过渡空间，即霍格沃茨寄宿学校，并得到了一位善良校长的引导。哈利在冒险中展示了自己的勇气，学会了作出适当的选择，以成年人的身份，重新融入社会。

☙ 冒险男孩

学校并非男孩学习生活经验的唯一场所，专门为儿童创作的冒险小说在 19 世纪得到发展（Butts，1996）。一个有影响的、早期的例子是约翰·大卫·怀斯（Johann David Wyss）的《瑞士鲁滨孙一家》，该书于 1816 年由威廉·葛德文首次翻译成英文。故事讲述的是一个六口之家——父母和四个儿子——在一个热带岛屿上遭遇海难后的故事。怀斯用冒险故事教给四个男孩关于自然界的知识，以及在返回文明世界之前，如何在自然界中生存。后来的冒险故事也将男孩们带离日常环境，面对他们必须克服的挑战。1857 年，苏格兰作家罗伯特·迈克尔·巴兰坦出版了《珊瑚岛》（*The Coral Island*）。故事中，三个男孩在一个岛上遭遇海难，这次他们没有父母在身边。返航之前，面对食人族和海盗的威胁，男孩们学会了在岛上生存。罗伯特·路易斯·史蒂文森的《金银岛》中也有海盗的身影，男主人公吉姆·霍金斯发现了一张埋有宝藏的岛屿地图。吉姆加入了一支寻找宝藏的探险队，途中遇到了海盗。经历了一系列的冒险之后，吉姆回到了家中，变得更有智慧，更加成熟。

随着大英帝国的衰落，一些作家开始对这些故事的道德确定性提出质疑。在20世纪，帝国主义的“成长仪式”叙事被颠覆。例如，威廉·戈尔丁（William Golding）在《蝇王》（*The Lord of the Flies*，1954）中，重新审视《珊瑚岛》，暗示了对文明价值观的威胁来自于内部，而非外部。后来的冒险故事中，男孩们与异类之间的关系更加复杂。例如，在彼得·狄更斯的获奖小说《图库》（*Tulku*，1979）中，主人公西奥多是一位英国传教士的儿子，在中国义和团运动中成为孤儿（orphan）。男孩在一个英国女人的保护下，逃到了西藏的一个佛教寺院。这部小说对宗教和政治进行了复杂的探讨，并获得了卡内基儿童文学奖。

虽然社会价值观随着时间的推移而变化，但冒险故事仍然经常遵循分离、过渡和接纳的既定模式。这种模式与男孩成长历程相对应。在过渡阶段，男孩与他们所遇到的人物打交道的方式，以及他们必须面对的挑战，要么是肯定，要么是质疑当时的主流社会价值观。

☙ 坏男孩、淘气男孩及迷失的男孩

儿童文学的主角并非所有的都是完完全全的好孩子，也不是所有的孩子都在朝着更为优秀的方向发展。在过去的150年里，“坏男孩”在很多故事中占据了重要地位。彼得·亨特将“坏孩子”故事的起源追溯到托马斯·贝利·奥尔德里奇（Thomas Bailey Aldrich）的《一个坏男孩的故事》（*The Story of a Bad Boy*，1869），并认为最著名的例子是马克·吐温的《汤姆·索亚历险记》。在亨特看来，这些男孩对文明价值观的挑战是“在许可范围内的”颠覆（“licensed” subversion），因为那些看起来不道德的行为，通常在故事的结尾得到修正（Hunt，2009: 51）。“坏男孩”故事为儿童和成人读者提供了一种逃离社会期望的途径，男孩们可以随心所欲，至少有一段时间可以如此。对于成年读者来说，这种逃避可以是一种怀旧的方式，怀念无须承担责任，怀念更多自由的童年时代。

淘气男孩常常是儿童文学中幽默的源泉。他们经常出现在系列丛书中，如瑞奇摩尔·克朗普顿（Richmal Crompton）的小说《淘气小威廉》(*Just William*，1922)。在该小说中，威廉是一个 11 岁的男孩，是一个名为“亡命之徒”的团伙的头目。该团伙的恶作剧总是让他陷入麻烦，最终又总是会被原谅。同样，在弗兰克·理查兹(Frank Richards)的《比利·邦特》(*Billy Bunter*，1947)故事中，不良行为也是喜剧的一个来源。这些故事最早出现在 1908 年至 1940 年的《磁铁漫画》(*Magnet Comic*)中，许多故事后来再版。主人公是一个贪婪、肥胖、自负、狡诈的公学男孩，同时他的开朗乐观弥补了其性格上的缺陷。《比利·邦特》的故事以喜剧的方式颠覆了学校作为道德改善场所的概念。

坏男孩的另一种变体是“迷失的男孩”(lost boys)，以巴里的彼得·潘——永远长不大的男孩——为代表。彼得·潘出现在巴里 1902 年至 1911 年间的小说和戏剧(opera)中。被困于梦幻岛的过渡空间中，彼得与危险为伍，他自吹自擂，与海盗搏斗，躲避危险的鳄鱼。其悲剧色彩在于他永远无法超越这个生命循环，所以无法重新融入社会。

☙ 男孩时期研究现状与未来

19 世纪和 20 世纪早期，有关男孩时期的儿童文学作品主要关注的是英国中产阶级白人男性，工人、黑人等阶层中的男孩鲜有呈现。在过去的五十年里，关于男孩时期的表现和研究呈现出更大的多样性。越来越多的人意识到这种多样性，对“男性”和“女性”等既定性别类别及其相关角色和行为进行了解构(Reynolds，2013：100)。一些研究者呼吁民族志研究应该关注男孩对自己身份的理解，而不是成年人强加给他们的身份。在未来的男孩及男孩时期研究中，希望能超越白人、中产阶级等标准来看待男孩们的童年，在更多的层面上展开研究，比如男孩时期与种族、男孩时期与暴力的男子气概、工人阶级男孩的上学经历，以及男孩在社会化过程中形成各种性别取向的行为方式等。如今，男孩时期仍然是儿童文学、社会学等研究领域的热门话题。

参考文献

Butts, D. 1996. Shaping boyhood: Empire builders and adventurers. In P. Hunt (Ed.), *International Companion Encyclopedia of Children's Literature*. London: Routledge, 323–334.

Gennep, A. 1960. *The Rites of Passage*. (Monika B. Vizedon & Gabrielle L. Caffee, Trans.). Boston: Routledge & Kegan Paul.

Gittins, D. 2009. The historical construction of childhood. In M. J. Kehily (Ed.), *An Introduction to Childhood Studies* (2nd ed.). Maidenhead: Open University Press, 35–49.

Grenby, M. O. 2006. Tame fairies make good teachers: The popularity of early British fairy tales. *The Lion and the Unicorn, 30*(1): 1–24.

Hunt, P. 2009. Children's literature and childhood. In M. J. Kehily (Ed.), *An Introduction to Childhood Studies* (2nd ed.). Maidenhead: Open University Press, 50–69.

Reynolds, K. 2013. Come lads and ladettes: Gendering bodies and gendering behaviors. In J. Stephens (Ed.), 2013. *Ways of Being Male: Representing Masculinities in Children's Literature*. London: Routledge, 96–115.

Warner, P. (Ed.). 1976. *The Best of British Pluck: The Boy's Own Paper*. London: MacDonald & Jane's Publisher.

女孩时期　GIRLHOOD

☙ 女孩时期的定义、发展及特点

女孩时期（girlhood），从时间层面上看，指的是女性从出生到成年之间的时期，即女孩的童年期。联合国 1989 年《儿童权利公约》（*Convention on the Rights of the Child*）将“儿童”界定为“18 岁以下的人”。按照这一年龄划分，女孩时期的年龄从出生延续到 18 岁。但“年龄只是衡量女孩身份的一个标准，女孩身份与性别和种族一样，是一种社会建构（social construction）”（Helgren & Vasconcellos，2010：3），受到了历史发展的影响，如殖民主义、政治压迫、战争、现代化、劳动力市场的变化、移民和消费文化的兴起等。一部获奖的美国情景喜剧《黄金女郎》（*The Golden Girls*，1985），讲述的是四位单身女性——三位寡妇和一位离婚者——在迈阿密合租一套房子的故事（story）。这部情景剧的名字暗示了“女孩时代”的某些方面可能会贯穿女性一生，比如女性友谊和女性关切。

对于女孩的定义及女孩的角色，在不同的时代和国家有不同的呈现方式。例如，米内克·埃森（Mineke Essen）的研究指出，19 至 20 世纪的荷兰中上层阶级和中产阶级女孩的学校生活与女孩身份息息相关，并特别关注了女孩何时及如何进入成人世界的问题（Essen，1993）。19 世纪上半叶，离开童年（childhood）就意味着进入女人世界。1860 年以后，由于女孩教育新观念的出现，女孩时期成为人生中介于童年和成年之间的一个独特时期。关于女孩的故事都侧重于女孩的成长经历，如路易莎·梅·奥尔科特的《小妇人》和露西·莫德·蒙哥马利的《绿山墙的安妮》。《小妇人》关注姐妹情谊，以及家庭生活、工作和爱情。《绿山墙的安妮》的灵感则来自于“孤儿小说”的传统，讲述了一个来自小社区之外的非传统女孩如何慢慢融入并被接纳的故事。

20 世纪 60 年代，女孩的身份呈现为两种类型，一种是比较“传统”的身份，另一种是相对较“新”的身份。两类身份逐渐形成了两种相互冲突的模式。第一种模式的特点是描绘按性别划分的学校生活，坚持女孩身份与女性成熟之间的相互联系。这种“传统的”身份在许多学校故事中十分明显，如女性主义（Feminism）先驱者伊丽莎白·托马西娜·米德·史密斯（Elizabeth Thomasina Meade Smith）所创作的儿童故事（children’s story）、埃利诺·布伦特·戴尔（Elinor M. Brent Dyer）出版于 1925—1970 年期间的《木屋学校》（*Chalet School*）系列、伊妮德·布莱顿的《刁蛮女》（*Naughtiest Girl*，1940—2001）系列等。这些故事涉及女孩之间的友谊与竞争、在功课和体育等方面所面临的挑战与失望等。学校故事也影响了女孩们对势利、嫉妒、自私、野心、偏见和占有欲等一些社会现象的看法。单性别学校在很多方面把中上阶层的女孩培养成能满足她们所在阶层对女性的多种要求，让她们为成为妻子和母亲做好准备，与此同时让她们有机会从事适合女性的职业，比如教师或作家。第二种模式的特点则由男女同校决定。这种学校生活促成了女孩时期和女性成年时期的真正分离（Essen，1993）。男女同校不再以女性特征为标准，为女孩提供了与男孩同等的教育（education）。或许是因为男女同校没有性别角色的界定，所以没有像单性别寄宿学校那样，提供丰富的有关女孩的文学作品。

不同地区的女孩生活经历也不尽相同。例如，对非洲女孩的刻画与奴隶制有着千丝万缕的联系。科琳·瓦斯康切洛斯（Colleen Vasconcellos）的研究展示了1750—1838年间牙买加种植园主如何强行塑造奴隶制度下女孩的社会身份。随着奴隶贸易的废除迫在眉睫，买来的非洲女孩被当成“繁殖的女仆”（breeding wenches），大大缩短了这些女孩的童年和青春期（Vasconcellos，2010：332）。

进入20世纪90年代，“暴女运动”（Riot Grrrl）和“女孩力量运动”（Girl Power）刷新了人们对女孩的认知。“暴女运动”起源于美国华盛顿州，因不满朋克文化中对女性的性别歧视而产生，鼓励女性抛开男性主导的主流消费，组建女孩自己的乐队，创办女孩自己的杂志。该运动的倡导者们宣称女孩需要互相接受、互相支持，需要承认生活存在多种不同的方式，接受它们中的每一种方式都是有效的。因为我们每天都在自己的生活中创造革命，勾画和创造对于现状的替代方案。这一运动融合了女性主义、朋克风格及政治因素。一些代表乐队如比基尼杀戮乐队（Bikini Kill）、以贝齐天（Heavens to Betsy）等，通过音乐来自由地表达意见。她们的歌词关注强暴、乱伦、性别歧视、种族歧视、家庭暴力、父权、饮食失调及女性赋权等方面的问题。“女孩力量”是20世纪90年代这十年间对女孩和女孩事物迷恋的一种体现，强调女孩可以拥有力量，做出自己的决定，发出自己的声音，可以成为她们想成为的任何人。随着英国女子乐队“辣妹组合”（Spice Girls）风靡一时，女孩力量为更多的人所熟悉。该乐队成员包括爱玛·伯顿（Emma Bunton）、杰瑞·哈利维尔（Geri Halliwell）、梅兰妮·布朗（Melanie Brown）、梅兰妮·切斯霍姆（Melanie Chisholm）和维多利亚·贝克汉姆（Victoria Beckham）。她们常常身着低胸上衣、超短裙和彩色中筒靴，浑身散发着朝气与力量。她们的名曲《我就要》（*Wannabe*）中的这句歌词“我会告诉你我想要什么，我真的，真的想要什么”（I'll tell you what I want, what I really, really want），反映的正是她们的心声。

女孩时期有其美好、纯洁的一面，亦有其脆弱性。正如马贝尔·黑尔（Mabel Hale）在其著作《美丽的女孩时期》（*Beautiful Girlhood*, 1999）中将女孩时期比作“含苞待放的玫瑰”（Hale，2009：9），充满了趣味与吸引力，但并非没有危险。

☙ 女孩时期及女孩研究

女孩时期及女孩研究（Girlhood Studies）在20世纪90年代成为一个专门的研究领域，尤其是伴随着儿童文学（children's literature）领域和女性研究的崛起。其开创性的工作则要归功于安吉拉·麦克罗比（Angela McRobbie）、梅达·切斯尼·林德（Meda Chesney Lind）和克里斯蒂娜·格里芬（Christine Griffin）等学者在20世纪70年代及80年代的一些研究。他们批判了当时对女孩和女孩研究忽视的现状，并开始对此展开了一些研究。例如，麦克罗比和加伯在发表于1976年的文章中探讨了女孩与男孩休闲活动的不同之处，她们指出女孩形成了一种“卧室文化，包括尝试化妆、听唱片、看杂志、打量男友、聊天、[和]乱舞”（McRobbie & Garber，1976：213）。此后，卧室便在以女孩为中心的媒体和文化（culture）研究中占据了特殊的地位（Harris，2001），甚至可以说，女孩文化始于卧室，亦终于卧室。

2003年，第一次关注女孩时期的国际会议“转换空间：女孩时期、代理与权力”（Transforming Spaces：Girlhood，Agency and Power）在加拿大蒙特利尔的康考迪亚大学（Concordia University）举办。2008年，第一份专注女孩研究的跨学科学术刊物《女孩时期研究》（*Girlhood Studies: An Interdisciplinary Journal*）由“国际女孩研究协会”（International Girls Studies Association，简称IGSA）创办，为女孩研究学者提供

了一个重要的学术交流平台。该协会于 2016 在英国东英吉利大学（University of East Anglia）举办了首次女孩研究国际会议，协会第二次会议于 2019 年在美国圣母大学（University of Notre Dame）举办。

女孩研究作为一个跨学科的学术领域，以女孩为研究对象，涉及教育、历史、文学、儿童文学、心理学、社会学、大众传媒（mass media）等诸多学科，所涵盖的内容也丰富多样，比如以女孩为表现对象的女孩文学及影视作品、有关女孩的历史文献资料（如文字记录、口述历史、实体物品、机构组织）、女孩群体的真实经验（如身体形象、饮食偏好、社会处境）等。另外，跨学科的专题性女孩研究所涉及的议题也多种多样：女孩和新自由主义、黑人女孩研究、媒介性女孩研究、跨国 / 全球性女孩研究、女孩与行动障碍、女孩与女权政治等。

女孩研究与女性研究（Women Studies）有重叠之处，但其最明显的差异在于年龄，而这也构成了女孩研究相对于女性研究而言所面临的“他者”（other）地位，即女孩研究中的成人中心视角（adult-centered perspective）。这一现象同样引起诸多研究者的注意，并更为注重女孩自身的叙述，如萨拉 · 托雷斯（Sara Torres）在 1999 年出版的书籍《身体形象那点事：年轻女性说出来！》（*That Body Image Thing: Young Women Speak Out!*）中，包含了 13—19 岁的年轻女性所撰写的真实叙述，内容涉及饮食失调、抑郁症、通过舞蹈和运动改变身体等问题。这些研究以女孩自身作为研究视角，无疑为女孩研究增添了更多的可能性。

在反映女孩的电影研究方面，弗朗西斯 · 加特沃德（Frances Gateward）和默里 · 波美兰斯（Murray Pomerance）的著作《糖果、香料与一切美好的事物：女孩时期的电影》（*Sugar, Spice, and Everything Nice: Cinemas of Girlhood*，2002）呼吁，“把银幕女孩看作是全球电影构造中不可回避的核心部分，它正在塑造、包装、容纳和挑衅我们的文化生活”（Gateward & Pomerance，2002：21）。由莉兹 · 加布斯（Liz Garbus）所导演的纪录片《女孩时期》（*Girlhood*，*2003*）讲述的是两个成年女性莎妮和梅根对自己充满问题的女孩时期的回忆。

女孩的年龄、角色及定义随着时代的变化而变化，不断被赋予新的内容，女孩研究也从成人中心的视角逐步转向女孩自身的视角。

参考文献

Essen, M. 1993. "New" girls and traditional womanhood. Girlhood and education in the Netherlands in the nineteenth and twentieth century. *Paedagogica Historica, 29*(1): 125–149.

Gateward, F. K. & Pomerance, M. 2002. *Sugar, Spice, and Everything Nice: Cinemas of Girlhood*. Detroit: Wayne State University Press.

Hale, M. 2009. *Beautiful Girlhood*. Cabin John: Wildside.

Harris, A. 2001. Revisiting bedroom culture: New spaces for young women's politics. *Hecate, 27*(1): 128–138.

Helgren, J. & Vasconcellos, C. 2010. *Girlhood: A Global History*. New Brunswick: Rutgers University Press.

McRobbie, A. & Garber, J. 1976. Girls and subcultures. In S. Hall & T. Jefferson (Eds.), *Resistance Through Rituals: Youth Subcultures in Post-war Britain*. London: Harper Collins Academic, 209–222.

Vasconcellos, C. 2010. From Chattel to "Breeding Wenches": Abolitionism, girlhood, and Jamaican slavery. In J. Helgren & C. Vasconcellos (Eds.), *Girlhood: A Global History*. New Brunswick: Rutgers University Press, 325–343.

审查制度 CENSORSHIP

审查制度的由来

“审查制度”（censorship）一词来自于拉丁语 censor，指古罗马政府官员登记公民户口、评估公民财产数额、考核公众道德与管理公款，其后渐成为“检查”之意。在文学文化出版等领域，道德审查为最主要的审查动机，通过检查来消除被认为有道德问题的内容，从学校或者图书馆的书架上移除某类书籍（book）。文学领域的审查主要关注意识形态领域，如宗教、性、种族等敏感问题，或者引起不安、可能造成不良影响的话题和语言等。在美国图书馆协会（American Library Association，简称ALA）官网2019年禁书榜单排名前十的书目中，八部作品被认为有性少数群体描写或暗示，排在第九名的是《哈利·波特与魔法石》，第十名是《使女的故事》（*The Handmaid's Tale*，1985）。

美国为数不少的审查者试图阻止儿童阅读特定书籍，他们常以儿童守护者的身份自居。这些人强调，某些有意识形态问题的书籍会误导儿童/青少年（young adult），因此至少应当远离儿童的视线或者接受审查。早期诸多对儿童文学（children's literature）的审查都建立在"童年纯真"观点的基础之上。让·雅克·卢梭是这一观点最早的支持者之一，他在出版于1762年的《爱弥儿：论教育》一书中阐述了自己的观点。他写道："让我们确立一条无可争议的规则，即本性最初的冲动总是正确的；人的心中并没有无来由的罪恶，每一种罪恶的出现都能够追溯到根源。"（Rousseau，1979a：92）卢梭认为书籍能助长儿童的堕落，这也解释了他认为不宜教育不满十岁的儿童阅读的原因。他还认为，应严格限制儿童的阅读（reading）范围，并在《爱弥儿：论教育》中阐述了自己的观点："我讨厌书，因为它们只教我们谈论我们一无所知的事情……既然我们必须要有书，在我看来，有一本书绝佳地论证了自然教育的真谛。这将是爱弥儿的第一本书，并且在很长一段时间里，这将成为他图书馆里唯一的书……这本精彩的书是什么呢？亚里士多德的著作吗？……不是，是《鲁滨孙漂流记》"（同上，1979b：184）。

直到19世纪初，在英国和美国有相当多的人赞同卢梭关于"童年纯真"以及孩子们应该远离书籍的观点。在他们看来，书籍会污染儿童。例如，19世纪美国审查制度倡导者安东尼·康斯托克（Anthony Comstock）认为，应当禁止廉价小说（多为言情或探险故事），因为儿童阅读了这类书以后会变成罪犯。20世纪50年代的弗雷德里克·魏特汉（Frederick Witham）也针对漫画书提出了相似的观点。

在"童年纯真"理念的指导下，儿童文学作家形成了自我审查的传统。自 19 世纪早期到 20 世纪，大多数儿童文学作家都努力确保他们的作品中不包含任何可以视作腐化堕落的东西。这些作者自然而然地认为，他们不能提及性问题或某些身体部位，不能形象地描述暴力行为，不能从负面的角度描述成人（adult），不能使用脏话，不能批评权威人物或提及有争议的社会问题。直至 20 世纪 60 年代，儿童文学领域风平浪静，人们对儿童教育与儿童文学的关系达成广泛共识。反过来，这种共识的形成离不开儿童书籍出版和消费领域内人们思想意识的普遍一致性。但是自 20 世纪 60 年代中期这种和谐被打破，此前对儿童文学漠不关心的各类组织开始意识到图书的社会和政治影响力（张生珍，2021）。

随着社会的发展和人们儿童观的变化，儿童文学与成人文学的边界变得模糊，之前只在成人文学中出现的内容已经进入了儿童 / 青少年文学。进入审查名单的儿童文学被认为使用了攻击性语言或呈现了暴力主题、性问题和同性恋主题、撒旦主义暗示、提倡某种特定宗教等不一而足。人们熟知的大量经典儿童 / 青少年文学作品曾经或者正在遭受审查，如《雾都孤儿》（因对教会的批判）、《局外人》（因呈现了美国普遍存在的校园暴力）、《哈利 · 波特》系列（因魔幻和巫术）、《爱丽丝梦游奇境记》和《哈克贝利 · 费恩历险记》（因为塑造了反叛、能独立思考的青少年）。《杀死一只知更鸟》（*To Kill a Mockingbird*，1960）自出版以来，由于作品中屡屡出现粗鄙、冒犯性的语言且具有种族主义倾向而频繁进入禁书榜。自麦卡锡主义盛行时期迄今，《麦田里的守望者》（*The Catcher in the Rye*，1951）也经常进入美国学校和图书馆的审查名单，因为该书涉及的性内容及粗鄙的语言会对青少年读者产生负面影响。2020 年国际安徒生奖（Hans Christian Andersen Award）作家奖得主杰奎琳 · 伍德森（Jacqueline Woodson）的作品曾因呈现种族问题和同性恋问题等而受到争议。伍德森抓住儿童生活的现实，对这些人物的刻画既现实又可信。但是审查者认为，这些话题不应当出现在儿童 / 青少年文学中，他们尤其对伍德森笔下的同性恋人物感到不满。

☙ 以“政治正确”为先导

当代儿童文学审查案例主要由美国“宗教正确”倡导者发起，另有部分审查由“政治左派”发起。左派人士发起的审查主要涉及种族主义、性别主义或其他令人反感的言论及刻板印象。对儿童文学提出批评与倡导审查或者禁止书籍流通具有本质性的差异。若是仅仅因为令人反感的内容而发动对图书的审查，这类审查将永无休止。

当下的审查已经超越之前经常关注的语言和性问题，而出现更多的主义，如撒旦主义、新年龄主义等各类意识形态问题。经常进入审查榜单的美国著名作家朱迪·布卢姆（Judy Bloom）的作品《上帝你在吗？是我，玛格丽特》（*Are You There God? It's Me, Margaret*，1970）竟被指责作者在传播共产主义思想。作品中的 12 岁女孩玛格丽特只关心两件事，那就是“月经初潮”和“宗教信仰”。《1984》（1949）也经常被移出美国中学生阅读书单，审查者认为，这部作品出现支持共产主义的言论，讽刺的是《1984》也被认为具有强烈的“反政府”倾向。无论是支持政府还是反对政府的言论，都足以把该书列为“禁书”。《哈利·波特与魔法石》与其他《哈利·波特》系列小说一样，自出版以来，在美国和其他地区都曾遭受到限制、禁读甚至焚烧。《哈利·波特》改变了美国学校和公共图书馆审查重点。在 1998 年之前，审查重点是性描写或者不体面的语言等方面的问题。而随着《哈利·波特》系列小说的热销，审查重点发生了转移。审查者认为，“魔法”和“超能力”容易误导孩子，引发孩子们模仿的冲动。此外，审查者也关注暴力行为及后续作品对“黑暗”的揭露。但是审查者对《哈利·波特》系列小说最多的指责仍然聚焦于“宗教”问题，作品被认为隐含“撒旦主义”，与基督教教义不符，同时也冒犯了其他宗教。《华氏 451 度》（*Fahrenheit 451*，1953）书写了未来的禁书和焚书，并且提到《圣经》成为被禁、被焚烧的书之一，于是该书被审查者贴上“粗俗”“不道德”“反宗教”等标签。“尽管人们意识形态各异，却一直试图控制儿童的阅读，因为他们都相信书籍影响儿童价值观的形成，因此，成人必须掌控儿童阅读，以防止书籍带来的危害。”（West，1996：506–507）那些试图审查儿童书籍的人都坚称，他们想“保护”儿童免受“毒害”。这些所谓的“毒害”各不相同。

跨越了各种政治分歧的审查者对儿童图书的处理策略高度一致，即限制孩子接触某类书籍，尤其是反映特定政治或宗教观点的书籍。审查者以保护儿童为幌子，发起对儿童文学的审查，但是其背后的主要动机却是出于宗教或者政治目的。在激进人士看来，把白人塑造为正面形象、信奉基督教、维护现行体制的文学作品才能被奉为经典（canon），任何越轨都会引发争议、批评，甚至审查。

不过美国的自由主义者和激进分子并不是个例，在英国也曾有类似的限制。例如，一些英国女权主义者发起了一场运动，禁止罗尔德·达尔的《女巫》进入学校图书馆，因为他书中的女巫（witch）被描绘得过于负面。在讨论这个案件的过程中，达尔富有洞见地观察到了儿童文学的审查这一现象："在我看来，在英国，来自左翼的审查压力比来自右翼的要大。我们有一些城市是由左翼组织管理的，这些人经常试图从学校移除某些书。当然，右翼人士也同样不宽容。通常都是两方极端人士想要禁止书籍。"（West，1997：73）

达尔发现审查者往往是极端分子，这一观点既适用于美国，也适用于英国。纵观儿童文学的历史，那些试图审查儿童书籍的人，尽管他们的意识形态存在差异，但他们都对书籍抱有相当浪漫的看法。他们相信，或至少声称相信，书籍对孩子价值观和态度的形成起着至关重要的作用，因此成年人需要密切关注孩子们读到的几乎每一个字。由于审查制度的支持者赋予书籍如此大的权力，他们反对孩子接触各种各样的书籍，怀疑孩子们自主选择书籍的能力。那些试图审查儿童书籍的人可能并不宽容，但在他们自己看来，他们是在保护无辜的儿童，是在造福社会。

美国儿童文学领域的审查制度一再成为备受争议的话题。当下的审查制度以政治正确为前提，背离了其保护儿童的初衷，成为另一种意识形态控制，儿童文学甚至成为不同意识形态和党派交锋的战场。纵观外国儿童文学史，引起审查者警觉的书籍已经被青少年广泛阅读和喜爱，但这些让孩子开心的书却常常受到审查者的怀疑。此外，培养孩子们独立思考能力、质疑权威的书籍也屡屡被审查。"不同的观念"被审查者视为洪水猛兽，他们不希望孩子们接触到与自己相左的观念，认为他们才是正确的。

许多学者和作家反对无休止、以政治导向为准则的过度审查。他们认为，21 世纪的儿童 / 青少年见多识广，他们跟成人一样受到文化（culture）和图书市场的影响。儿童和青少年同样会被书籍吸引也能通过阅读形成自己的价值判断。一个十岁的孩子可能津津有味地阅读《指环王》并且理解其中的含义。年轻读者并不在意一本书的读者定位，他们只会去读那些有趣并能吸引他们的作品（极有可能在审查名单中）。没人告诉我们歌德的《少年维特的烦恼》（*The Sorrows of Young Werther*，1774）或詹姆斯·乔伊斯的《一个青年艺术家的肖像》只适合成人阅读，而保尔·托马斯·曼的《魂断威尼斯》（*Death in Venice*，1912）或马塞尔·普鲁斯特（Marcel Proust）的《追忆似水年华》（*In Search of Lost Time*，1913）仅供迟暮的老人阅读。长久以来，成人和儿童经常阅读同样的故事（story）。

参考文献

张生珍 . 2021. 美国儿童文学的“审查制度”. 博览群书，(3)：27–28.

Rousseau, J. 1979a. Book II. In A. Bloom (Trans.), *Emile, or on Education*. New York: Basic Books, 77–164.

Rousseau, J. 1979b. Book III. In A. Bloom (Trans.), *Emile, or on Education*. New York: Basic Books, 165–210.

West, M. I. 1996. Censorship. In P. Hunt (Ed.), *International Encyclopedia of Children's Literature*. London & New York: Routledge, 498–507.

West, M. I. 1997. *Trust Your Children: Voices Against Censorship in Children's Literature* (2nd ed.). New York: Neal-Schuman.

Woodson, J. 2020. *Jacquelinewoodson*. Retrieved Jun. 10, 2020, from Jacqueline Woodson website.

审美批评 AESTHETIC CRITICISM

审美是文学的根本属性之一，尽管先锋派、后现代主义（Postmodernism）等激进潮流不断地尝试挑战常规或是传递审美之外的信息，但审美仍然是文学的主流属性，这点在儿童文学（children’s literature）中体现得尤为明显。出于对儿童（children）的心灵教育和社会化的需要，儿童文学往往同时具备娱乐和教育（education）的属性，并带有鲜明的美学特色，且由于其丰富的副文本性和多模态性，儿童文学的美学具有更为丰富的物质承载渠道。

著名的儿童文学专家，前任国际儿童文学研究会（International Research Society for Children’s Literature，简称 IRSCL）主席玛丽亚·尼古拉耶娃指出，儿童文学与成人文学的一大区别就是它具有自身的审美（Nikolajeva，2005）。一般来说，儿童文学的审美体现在以下几大维度：图画、语言、主题，以及书本的物质载体。图画是儿童文学的一大特征，越是低幼童书其比例越高。由于识字和认知能力的局限，年龄较小的读者对于通过文字完成故事（story）的阅读（reading）比较吃力，但他们对于图像（image）的理解能力却是半天生的，能够很快读懂单幅图画，对于多幅图画构成的叙事他们也能够很快下意识地掌握其逻辑连接和阅读技巧。实际上，对儿童文学作品中的图画的教学和研究主要在艺术学院，而文字创作和评论部分则属儿童文学评论的范畴。童书的图画或可爱、萌呆，如《小熊维尼》；或夸张、变形，如苏斯博士的作品；或故作惊悚，如以恐龙、僵尸等为主题的作品。正是因为童书的图画对儿童有着直接的吸引力，这在很大程度上决定了童书的美学价值，因此儿童文学的奖项有不少是专为插图而设，例如，儿童文学的最高奖项国际安徒生奖（Hans Christian Anderson Award）就既授予儿童图书作家，也授予插图画家，美国图书馆协会（American Library Association，简称 ALA）在设立著名的纽伯瑞奖（Newbery Medal）的同时也专门设立了图画书（picturebook）奖项，即凯迪克图画书奖。

儿童文学的语言是其与成人文学区分的另一显著形式特征。谈凤霞在研究“五四”时期中国儿童文学翻译（translation）的语言变革时指出，“小儿化”和“美”是儿童文学语言的高妙境界，前者是立足基点，后者是追求亮点。两相结合，启露了儿童文学特有的儿童性（children-orientedness）和文学性兼备的审美特色（谈凤霞，2007：144）。按照杨实诚的观点，儿童文学的语言需要具备两大特点，一是词汇要与标示的具体形象紧密相连，能唤起读者对具体形象的联想，二是词语的选择须为儿童所理解，使其乐于接受，易于激励儿童去联想有关的具体形象（杨实诚，1999：3–5）。苏斯博士的语言非常典型地体现了儿童文学的语言特点，他的作品文字大量使用了重复、押头韵、似是而非、顶针、字体大小变化和图形排列等方式，可以说文字的形态和声音有着自己的故事系统，构成了文字表意轨道之外的另一条叙事轨道，形式本身就成为内容的有机部分。读者跟着书中单词的声音游戏，忽上忽下，随着文字排列的方向忽而转圈，忽而误入幽径。单词还会随着人物说话声音的大小而随之变化、实体化并成为图画内容的一部分。可以说，儿童文学的语言是典型的多模态系统，其语言的印刷排版形式和语言的表意，再加上插图，三者复杂的关系绝非“相辅相成”四个字可以简单概括。

从儿童文学的人物描写和主题呈现来说，审美也可能有着比广义文学更丰富的内涵。尼古拉耶娃在她 2005 年的专著《儿童文学的审美方法：导论》（*Aesthetic Approaches to Children's Literature: An Introduction*）中就采用了叙事学的框架对儿童文学的诸多要素进行了分析，包括作家、读者身份代入、作品的符号学解读、文类传统、模仿功能、心理功能、故事语法分析、叙事分析、场景的时空美学、儿童形象的心理和叙事分析、叙述者的声音（voice）和视角分析、文体学分析、儿童文学中的图画、儿童读者的反应和接受等。显而易见，这些并非传统美学的划分范畴，而是在结构主义和叙事理论（narrative theory）指导下对儿童文学诸要素的拆分，其蕴意是深远的：儿童文学的审美贯穿于各个要素，而非局限于某处。对儿童文学的审美离不开对整部作品内部的运作方式的洞察，正如罗德里克·麦吉利（Roderick McGillis）对尼古拉耶娃 1996 年的专著《儿童文学走向成熟：一种新的审美》（*Children' s Literature Comes of Age: Toward a New Aesthetic*）的书评中所指出的：“一个贯穿全书的暗喻是‘机制’（mechanism），暗指文学系统就像机器一样运行。文学是一个系统性的过程，文学系统犹如机器一样运行，时代变迁，后来的作家在前人的基础上不断尝试创新，使得文学的复杂性不断增加。”（McGillis，1998：111）儿童文学的审美不是一块独立的疆域，它有着完全不同于文学整体系统的自身美学体系。它首先是整体性的文学体系，其审美体现在文学作品的各个维度，包括了尼古拉耶娃所涉及的诸多方面，审美正是在这些文学要素中体现出来。在此基础之上，儿童文学还有着自身独特的审美特点，即语言形式，人物形象和主题，物质载体，以及独特的成人（adult）/ 儿童的叙述者 / 受述者体系。

儿童人物是儿童文学的本质属性，缺乏儿童人物的儿童文学作品几乎是不可想象的。虽然儿童形象也经常出现在成人文学中，但是两者有着本质的区别。后者的儿童形象是文学作品模仿功能的一部分，文学作品在建构虚构世界时不可避免地会出现儿童形象，否则虚构世界的完整性会受到影响，但是这一建构是整体性的，不需要对儿童人物做特别处理。换言之，儿童人物在成人文学中的主体性是从属于整个虚构世界的。但在儿童文学中，儿童人物是第一位的，虚构世界的建构以儿童人物为中心，其表层的视角、感知和声音都是从儿童人物的角度出发的，儿童文学的传统主题和使命是讲述对儿童有趣、有益的故事，儿童视角的出现标志了儿童文学的真正出现。但儿童文学归根到底仍然是成人作者为儿童读者而创作的文学作品，其生产过程隐含了成人 / 儿童的二元对立，这一对立体现在包括世界观、价值观、认知水平、权力在内的诸多维度，意味着儿童文学不可能完完全全成为纯粹以儿童为中心和迎合儿童的文学。因此，尽管其表层的人物以儿童为主，叙述声音采用了儿童天真烂漫的声音，甚至其聚焦也体现了儿童有限的认知水平和审美品位，但其内在的主题和虚构世界的运行逻辑仍然是成人的，这构成了儿童文学在深层结构的二元对立，决定了儿童文学不可能纯粹是为了讨好儿童读者，而是必然承载儿童文学寓教于乐的使命。这也是著名学者佩里·诺德曼（Perry Nodelman）所提出的“具有控制欲望的成人”（the controlling adult）的概念，并在某种意义上导致了杰克·齐普斯所探讨的儿童文学的颠覆性力量。因此，虽然《纳尼亚传奇》中的儿童人物具有超自然的本领和拯救世界的能力，但这一切都被限制在一个传奇世界，而当他们的使命结束、故事走向结局时，他们仍然会回到现实世界（文本虚构的第一层世界），按照现实世界（成人世界）的规则生活。值得注意的是，此时的儿童人物也并非完全地处于纯粹的被动地位，成人／儿童的二元对立只是儿童文学中的主体位置的一种可能性，正如大卫·路德所指出的："儿童的确可以被建构为成人话语的无权对象，但他们也可以有其他的主体地位可供选择，以抗拒这种情况……例如，性别话语，男孩可以通过性别话语来反抗成人女性的权力地位。"（Rudd，2004：31）

读者审美的品位不可避免地会随时代和社会的变迁而发生变化，因此审美既有时代性，又具有一定的普适性。能够经历时代变迁仍然经得起读者的审美考验的作品就成了经典。这个伴随着市场宣传、评论界和媒体的评论、文学奖项、教育应用及政治因素介入等多方面的过程就是经典化的过程。经典化的过程尽管并非完全透明、公正和纯美学，而且是充满了机构性、社会性、政治性的外部力量的影响，但总体上仍然是以作品的审美价值为基础。儿童文学历经几个世纪的发展，沉淀了一大批经典之作，如《鲁滨孙漂流记》《格列佛游记》《雾都孤儿》《爱丽丝梦游奇境记》《彼得·潘》《小熊维尼》《绿山墙的安妮》等作品。在某种意义上说，每一部作品之所以成为经典，都是因为其具备了突出的、独特的审美维度，例如，《鲁滨孙漂流记》中鲁滨孙能够在荒岛中独自一人求生，经过艰难尝试制作了各种生活和生存工具，并且在岛上进行了各种探险。这些既是情节上的审美，也是对读者心灵审美需求的一种满足。著名小说评论家依安·瓦特（Ian Watt）就洞见性地指出，这部小说在当时的成功，某种程度上是因为它满足了已经脱离手工劳作的中产阶级读者的好奇心，具有一种心灵的治愈力量（Watt，1951）。

参考文献

谈凤霞 . 2007. 论中国现代儿童文学发生期的语言变革 . 南京师大学报（社会科学版），（6）：141–145.

杨实诚 . 1999. 论儿童文学语言 . 中国文学研究，（2）：3–5.

McGillis, R. 1998. Review of children's literature comes of age: Toward a new aesthetic. *The Lion and the Unicorn, 22*(1): 111–117.

Nikolajeva, M. 2005. *Aesthetic Approaches to Children's Literature: An Introduction*. Lanham: Scarecrow.

Rudd, D. 2004. Theorising and theories: The conditions of possibility of children's literature. In P. Hunt (Ed.), *International Companion Encyclopedia of Children's Literature* (2nd ed.). London: Routledge, 29–43.

Watt, I. 1951. Robinson Crusoe as a myth. *Essays in Criticism, 1*(2): 95–119.

声音 VOICE

在现代社会中，"声音"（voice）的概念被广泛运用于哲学、社会学、文学、历史等多个领域。而作为叙事学领域中一个重要概念，它"特指各种类型的叙述者讲述故事（story）的声音"，"具有特定性、符号性和技术性等特征"，是"一种重要的形式结构"（申丹、王丽亚，2010：200）。杰拉德·普林斯（Gerald Prince）在《叙述学词典》（*A Dictionary of Narratology*，1987）中对 voice 这一概念阐释为："表征叙述者的一组叙事符号，通常来说是叙述事例，它主导着叙述与叙述文本及叙述与被叙述之间的关系。"（Prince，1987：106）在文本中，叙述声音的发出者是讲述者，叙述声音可以传达叙述动作中的语气与情感态度。同时其"声音"的表情隐喻使传达更具准确、生动的效果。通常认为叙述者是叙述文本的讲述者，同时是"表达出构成文本的语言符号的行为者"（米克·巴尔，2003：19），用以区分叙事声音的发出者与文本写作主体及非叙事人物的不同。

对于叙事学领域常一并提起的叙述视角与叙述声音，法国叙事学家热拉尔·热奈特首先对这一对概念提出区分。热奈特认为，"视角研究谁看的问题，即谁在观察故事，声音研究谁说的问题，指叙述者传达给读者的语言，视角不是传达，只是传达的依据”（里蒙·凯南，1989：20）。热奈特同样指出了韦恩·布思（Wayne Clayson Booth）在《论距离与视点》（“Distance and Point of View”，1961）中将视角与声音混淆的问题，即区分隐含作者与“出现或不出现的、值得或不值得信赖的叙述者的问题”（热拉尔·热奈特，1990：126–128）。更进一步说，“视角是人物的，声音则是叙述者的，叙述者只是转述和解释人物（包括过去的自己）看到和想到的东西”（里蒙·凯南，1989：21）。依据热奈特的观点，视角作为人物或叙述者的观察与感知，需要通过声音进行传递。西摩·查特曼（Symour Chatman）对于视角与声音也进行过明确的定义，他认为，视角与叙述文本中的事件相关，而声音则在于将事件或存在物传达与受众（audience），即观察对象与对观察对象进行观察的表述之间的区别。叙述视角更多关注叙述结构层面，而叙述声音则关注的是叙述修辞层面的问题（王敏，2005）。

在经典叙事学中，“声音”中叙述行为的原因或意识形态并非是关注的重点。其局限性在于“对叙事作品进行意义阐释时，仍然将作品与包括性别、种族、阶级等因素在内的社会历史语境隔离开来”（申丹、王丽亚，2010：207）。在新兴叙事学中，“声音”这一术语的概念大大超越了以往的研究维度。美国叙事学理论家詹姆斯·费伦（James Phelan）在其《作为修辞的叙事》（*Narrative as Rhetoric*，1996）中认为，“声音”是“文体、语气与价值观的融合”（詹姆斯·费伦，2002：20）；而在女性主义批评中，“声音”往往指代传达出包含强烈意识形态意味的内容。如苏珊·兰瑟（Susan Sniader Lanser）等女性主义叙事学理论家将叙述形式与社会身份相关联，在女性主义（Feminism）中借用了叙事学中“声音”的概念，阐述女性群体在社会、历史、政治含义中地位与权威的体现。

正如苏珊·兰瑟在其专著《虚构的权威——女性作家与叙述声音》（*Fictions of Authority: Women Writers and Narrative Voice*，1992）第一章中所言：“由于我把叙事实践与文学产生过程和社会意识形态串联为一体，就需要研究这样的问题：在特定的时期，女性能够采用什么形式的声音向什么样的女性叙述心声？我的目的在于通过研究具体的文本形式来探讨社会身份地位与文本形式之间的交叉作用，把叙述声音的一些问题作为意识形态关键的表达形式来加以解读。”（苏珊·兰瑟，2002：17）兰瑟探讨了以女性为叙述主体的声音，通过划分作者型声音、个人型声音与集体型声音，考察不同文化（culture）背景下的女性小说研究如何体现出叙述者通过声音表明态度、立场与价值观。女性主义叙事学对传统叙事学的修正在于：批判传统叙事学对于性别及社会历史语境的忽视。由于经典叙事学对意义的探讨习惯于割裂对阶级、性别等社会历史语境因素的联系，这样便失去了其意义探讨的价值。而女性主义叙事学对于叙述声音的讨论真正的价值在于“结合性别和语境来阐释具体作品中结构技巧的社会政治意义”（申丹、王丽亚，2010：207）。兰瑟提出的三种声音模式代表三种不同的女性主体权威，且每一种权威都形成了本身的权威虚构话语，而让“其他意义保持沉默”。在她看来，这三类声音分别形成了“建构另外的‘生活空间’并制定出她们能借以活跃其间的‘定律’的权威”“建构并公开表述女性主体性和重新定义‘女子气质’的权威”，以及“形成某种以女性身体为形式的女性主体的权威”（同上：24）。

西摩·查特曼依据布斯的提法，将叙述交际参与者划分为“真实作者”与“隐含作者”，“叙述者”与“被叙述者”，“隐含读者”（implied reader）与“真实读者”，同时将“真实作者”与“真实读者”排除在叙述交际范围之外，并认为“隐含作者”与“隐含读者”是叙述交际中不发声的参与者，而将“叙述者”与“被叙述者”定义为可取舍的成分。里蒙·凯南（Rimon Kennan）后来对此提出不同看法，认为如果将“真实作者”“隐含作者”“叙述者”彻底分隔开来，即不考虑布斯提出的当“隐含作者”与“叙述者”重合为可靠叙事者的情况，那么“隐含作者”不发声的特性决定了其并非讲话人或信息传递者，而可以看作一个虚构物，与“隐含读者”一同被排除在交际场合外。而“叙述者”与“被叙述者”作为讲话者与讲话对象，是叙述交流过程必需的构成要素，即“文本中总有一个讲故事的人”，并且“‘被叙述者’至少是文本中隐含叙述者的叙述对象”。他反对对于“叙述者”存在或不存在的分类，主张通过在文本中的感知程度与形式区分叙述者的类别（里蒙·凯南，1989：160）。由于文本作品中叙述者是文本声音的发出者，而叙述者在文本中实际存在，所以叙述文本中表明叙述者存在的就是叙述声音。叙述声音强弱的不同，可以体现出叙述者介入故事的程度。一般来说，叙述声音越强，叙述者介入程度越深；反之则介入程度越弱。因此，声音的强弱界定了文本中叙述者的分类："公开叙述者""隐含叙述者"与"缺席的叙述者"。"公开叙述者"的声音往往直接出现于叙述文本之中，这一类声音的叙述者通常为第一人称，读者可以感受到叙述者强烈的意图或态度；"隐含叙述者"以一种隐蔽的状态存在于叙事文本之中，其声音只能通过间接方式传达给读者，其声音背后的态度并不明显，但可以通过语气传达给读者；"缺席的叙述者"则指在文本中难以搜寻其声音的叙述者。

佩里·诺德曼与梅维丝·雷默（Mavis Reimer）所著《儿童文学的乐趣》（*The Pleasures of Children's Literature*，1992）对隐含读者做了解读，将其解释为"文本会以主题和风格来暗示何种特征的读者最能理解和回应它们"，并指出这种"暗示"的三种主要方式分别为"设定阅读者的口味与兴趣"，假定文本读者拥有一套与文本内容相关的"知识集"，以及与这种"知识集"关联的、读者从文本中获取经验的策略。隐含读者正是文本邀请读者参与的角色，正因隐含读者的存在，文本的解读才有所限制，而读者在成为隐含读者的过程中也吸收着文学经验。这部论著也涉及对隐含叙述者声音的讨论，其中第一人称叙述者可以是事件中讲述其亲身经历的一个人物，或是讲述所见所闻故事的人物；第三人称叙述者则脱离事件本身，以旁观者或全知视角讲述事件，采用类似叙事声音的儿童文学（children's literature）作品，如《格林童话》（佩里·诺德曼、梅维丝·雷默，2008：108–109）。

在儿童文学中，"声音"作为一种叙事隐喻概念，决定着儿童文学及青少年文学的内在特质。早在17世纪，西方儿童文学作家就构建了可感知的外部叙述者，这一特点在18世纪和19世纪更加突出，他们在儿童书籍中借用对儿童（children）来说较为"亲切"的声音——诸如"阿姨或伯伯"的视角——向隐含的儿童读者讲述故事，但这样的叙述声音在当代儿童文学与青少年文学中已不流行。一些文学评论家认为，第一人称叙述者或人物叙述者相比事件外叙述者更具操作性，也更容易获取儿童读者的信任，另一些评论家则担忧前者会引导儿童读者强迫接受叙述者的态度与意识形态。对于叙事声音伦理含义的讨论成了声音研究的新热点，加深了儿童文学作家们对于伦理与美学的抉择。批评家们认为，儿童文学作品中叙事声音最大的问题在于成人作者对其作品隐含读者的建构与实际儿童之间的差距太大，儿童文学在作者、隐含读者和真实读者之间存在着巨大断层。玛丽亚·尼古拉耶娃对此的总结是“生活经验和语言技能的巨大差异造成了（成人）叙事声音与聚焦儿童特征及年轻读者理解水平之间不可避免的失衡”（Cadden，2011：226）。这也引起了批评家们对叙事权威与年龄差异的权力问题探讨，认为成人作者在建构隐含读者主体地位方面具有决定性的权力。基于儿童文学叙述声音的批评也引发了对跨界小说的讨论研究，这一研究在 20 世纪 90 年代开始增多，探讨叙述者对于同时满足面向成年人与儿童文学作品的关键作用。

儿童文学与青少年文学由其受众决定，因此，叙述者通过被叙述者对隐含读者传达的声音是界定儿童和青少年文学的重要考虑因素。对于声音这一影响叙述者与被叙述者关系的讨论研究对于诠释儿童文学作品对隐含读者主体地位的建构具有积极意义。

参考文献

詹姆斯·费伦 . 2002. 作为修辞的叙事 . 程勇国，译 . 北京：北京大学出版社 .

里蒙·凯南 .1989. 叙事虚构作品 . 姚锦清，等译 . 北京：生活·读书·新知三联书店 .

米克·巴尔 . 2003. 叙述学：叙事理论导论（第二版）. 谭君强，译 . 北京：中国社会科学出版社 .

佩里·诺德曼，梅维丝·雷默 . 2008. 儿童文学的乐趣 . 陈中美，译 . 上海：少年儿童出版社 .

热拉尔·热奈特 . 1990. 叙事话语新叙事话语 . 王文融，译 . 北京：中国社会科学出版社 .

申丹，王丽亚 . 2010. 西方叙事学经典与后经典 . 北京：北京大学出版社 .

苏珊·兰瑟 . 2002. 虚构的权威——女性作家与叙述声音 . 黄必康，译 . 北京：北京大学出版社 .

王敏 . 2005. 叙述的声音、眼光和视角 . 喀什师范学院学报，(4): 74–77.

Cadden, M. 2011. Voice. In P. Nel & L. Paul (Eds.), *Keywords for Children's Literature*. New York: New York University Press, 225–228.

Prince, G. 1987. *A Dictionary of Narratology*. Lincoln: University of Nebraska Press.

书籍疗法 BIBLIOTHERAPY

“书籍疗法”(bibliotherapy) 一词来源于希腊语 biblion (book) 和 therapeia (healing) (McCulliss，2012：23)。据资料显示，bibliotherapy 一词最先由美国散文家塞缪尔·克罗瑟斯 (Samuel Crothers) 在 1916 年使用 (Afolayan，1992：138)。书籍疗法是利用有指导性的书籍 (book) 来处理情感和行为问题的一种治疗过程，是一种促进健康成长和克服问题的有效策略。这一术语还有许多其他的中文名称，如读书治疗、阅读治疗、图书治疗法、文献治疗、资讯治疗等，及英文名称，如 bibliocounseling、bibliopsychology、book therapy、book matching、guided reading、library therapeutics、literatherapy、literature therapy，以及 reading therapy 等。为方便起见，本词条采用“书籍疗法”这一说法。

书籍疗法是“借助于书籍，通过读者与故事 (story) 之间的互动，帮助读者应对一些人生的变化、情感问题及行为上的挑战”(De Vries et al.，2017：49)。书籍疗法的主要目的在于分享信息，提供见解，促进有关感情的讨论，展示新的态度与价值观，表明他人亦存在类似问题，并展示解决问题的方法。

书籍疗法最早可以追溯到 19 世纪早期的美国，主要应用于对精神病人的治疗中。在这方面，不得不提到两位著名的医生。一位是本杰明·拉什（Benjamin Rush）；另一位则是约翰·高尔特二世（John Minson Galt II）。拉什被称为“美国精神病学之父”。他是第一个在精神病院中使用书籍疗法的医生，他认为，精神病患者应该阅读一些小说、历史、旅行的书籍，因为阅读（reading）可以让他们转移对于自身问题的注意力；对于不识字的精神病患者，可以给他们朗读书籍（Rush，1962：1068）。高尔特二世是首位撰写了有关书籍疗法在美国精神病医院中使用情况的美国人，他支持在精神病医院中建立图书馆，认为阅读可以帮助精神病患改善情绪、应对无聊。

☙ 从事书籍疗法所需资质与特质

书籍疗法从广义上可分为临床书籍疗法（clinical bibliotherapy）和发展性书籍疗法（developmental bibliotherapy）。前者主要由受过训练的专业人员使用，旨在处理重大的情绪或行为问题；后者则主要由教师、图书馆员、家长使用，旨在帮助儿童（children）成长和发展。

尽管书籍疗法在学校、咨询机构、医院等许多领域得到应用，但关于书籍疗法提供者具有的资格证书或所需的训练并不多见。目前，国际书籍/诗歌疗法联合会（International Federation for Biblio/Poetry Therapy）对诗歌治疗师有专门的培训和认证。国际书籍/诗歌疗法联合会的前身是1980年创立于美国的非牟利性组织“全国诗歌疗法协会”（National Association for Poetry Therapy），于2014年由“全国书籍/诗歌疗法联合会”（National Federation for Biblio/Poetry Therapy）更名而来。据该组织的官方网页信息显示，它是目前全球唯一的独立的书籍/诗歌治疗专业认证组织。目前，该协会提供相关培训，并颁发三种类型的资格证书，即认证应用诗歌协调师（Certified Applied Poetry Facilitator，简称CAPF）、认证诗歌治疗师（Certified Poetry Therapist，简称CPT）和注册诗歌治疗师（Registered Poetry Therapist，简称PTR）。CAPF所针对的是健康人群，但持证者须能识别健康与病理之间的区别，并且知晓何时将有问题的人士转介给有资质的心理健康专家。他们可在学校、图书馆、以成长和发展为导向的组织等机构中工作，也可以在合格的心理健康专业人员的监督下，在涉及心理健康的环境中工作。CPT 和 PTR 是接受过广泛心理培训的专业人士，可以独立地为情绪受困的人群工作。要获得上述三种证书，在接受培训之间，须修读或已经修读有关心理学和文学的课程，并在接受培训的最初六个月内完成“职业操守与记录管理”（Ethics and Records Management）课程。此外，该协会还列举了在诗歌疗法领域工作的人士应具备的八大基本个人特质：良好的自我认知（self-understanding）、稳定的情绪（emotional stability）、富有耐心（patience）、机智（tact）、灵活性（flexibility）、良好的判断力（good judgment）、尊重边界（respect for boundaries）及终身学习的承诺（commitment to life-long learning）。

书籍疗法的实施者除了上述提到的持证治疗师之外，还包括“由对图书资料及儿童心理有深入了解之图书馆员，针对儿童情绪困扰或遭遇问题的个别情况，提供适当的阅读素材，使儿童在透过个人与阅读素材情节的互动后，历经认同、投射、净化及领悟等阶段，以纾缓其情绪压力、找出较佳的解决困扰之道，从而培养正向积极的态度”（陈书梅、卢宜辰，2005：76）。

☙ 书籍疗法过程中书籍的选择与利用

书籍疗法过程中应该选择什么样的书籍，并没有一致的意见。在早期对精神病人的治疗中，拉什医生认为，应该让病人阅读“小说”（Rush，1962：210）。美国另一位精神科医生艾萨克·雷（Isaac Ray）则认为，廉价小说与低俗报纸不仅不能起到治疗作用，反而可能导致精神失常；在治疗过程中，应避免那些可能会让病人兴奋的书籍；他推荐的是旅行书籍、历史及传记。在书籍选择方面的另外一个争论是《圣经》是否可以被应用于书籍疗法之中。高尔特发现《圣经》是他的病人们最喜爱的书籍之一，但也有人认为精神病人可能会不当地使用《圣经》，因而并不建议使用。

随着人们对书籍疗法认识的深入，现在普遍认为小说类与非小说类的材料均可用于书籍疗法之中，且并非仅限于书籍，亦包括音乐剧等多元素材，比如小说类书籍及文本；想象力文学和故事［如诗歌、短篇小说、戏剧（opera）、民间故事］；其他想象力丰富的体裁（genre），如流行歌曲歌词、合适的主题电影、治疗性故事等；非小说类，如励志书籍、自传、在线励志资源、纪录片（Mazza，2003）。书籍疗法中所使用的材料是否合适，还取决于许多其他因素，如年龄、认知能力、情感挑战等，但从整体上看，要能够“激发对某一话题的思索与探讨，引导青少年（young adult）更深入地了解自己，培养认识自我、社交和情感等方面的能力，加深对多样性的理解，培养敏感性”（McCulliss & Chamberlain，2013：13）。此外，理论框架、治疗背景、客户需求情况、费用、客户的发展水平和治疗的发展阶段等也是书籍疗法中书籍选择方面应该考虑的因素（Pehrsson & McMillen，2005）。

在书籍疗法中，如果书籍选择不当，可能会对读者、咨询师都产生不良的后果。佩尔森（Pehrsson）和麦克米伦（McMillen）在对不同的人群，如学龄儿童、受心理创伤（trauma）影响的儿童、有心理障碍的成年人、抑郁症患者、老年住院患者、残疾儿童、临床医生和大学生等，进行书籍疗法的实践基础上，提出了“书籍疗法评价工具”（Bibliotherapy Evaluation Tool，简称 BET）。该工具将书籍疗法中所使用的书籍分为以下一些范畴：总体格式/结构、主题、阅读水平/适宜性、文字和图片、发展水平、在什么语境/环境/情况下使用及治疗的用途（同上）。

在书籍的选择方面，英国的做法值得借鉴。书籍疗法在英国始于卡迪夫市（Cardiff）。这一疗法将该城市的图书馆和医疗实践联系起来，现在该计划被称为“威尔士图书处方”（Book Prescription Wales），在威尔士的整个医疗服务中得到应用，旨在帮助有轻度至中度情绪问题的人士，使用的书籍由在威尔士工作的心理学家和辅导员特别挑选，用以应对诸如抑郁、压力、饮食失调、强迫症、惊慌、愤怒，以及较低的自尊等心理和情绪问题。相关的书目均可以在网页上方便地查找[1]。此外，也有一些大学和机构的网页推荐了一些书籍疗法的书籍，有需要的读者

1　有关该计划的详情，可参阅：Health in Wales website.

或是专业人士可以按照某些具体问题，如抑郁 / 情绪不佳、自我接受、自我照顾、焦虑、心碎、勇气、睡眠问题等提供推荐书目。

书籍疗法中对于书籍的使用方式也多种多样，比如阅读、讲述故事、书写故事、由治疗师口述读物、默读、分享阅读、指定阅读、信息收集、反应式写作等。

☙ 书籍疗法的效果

书籍疗法的主要目标是对某些问题提供相关信息、提供思考、激发对这些问题的讨论、传达新的价值观和态度、使人们认识到其他人已经处理过类似的问题，以及提供解决这些问题的办法（Baruth & Burggraf，1984）。

长久以来，人们认为阅读书籍可以陶冶性情，治愈创伤。书籍疗法可应用于改善和处理多方面的情感及行为问题与挑战，如单亲家庭问题、儿童调适障碍、霸凌、人生变化、攻击性、收养 / 寄养、多样性意识 / 评价、死亡与濒临死亡、化学品依赖（毒品、药物等）、离婚、强迫症、天赋、冲突解决、儿童虐待 / 忽视、噩梦、民族认同、抑郁症、分离与失去、家庭暴力、无家可归、自毁行为等。有关书籍疗法的实证性研究，尤其研究对象为儿童的，并不多见。书籍疗法侧重探索儿童的情感、经历及一些被压抑的想法，通过书中人物的故事，让他们与自己的情感与经历联系在一起。目前，有关书籍疗法对经历过创伤的儿童，会产生积极影响的研究大都在心理学、社工、医学等领域。

书籍疗法可能在诸多方面产生效果，包括认知、行为和情感等领域。认知效果侧重于应对技能、冲突解决、问题解决、态度变化和对他人的认识。情感效果包括同理心、积极的态度和自我形象、识别和表达感情、减少自责和增强自我意识。社会效果包括新的兴趣、个人和社会调整、识别和利用支持性的成年人，以及尊重和接受他人（De Vries et al.，2017）。但在不同方面所产生的效果，也可能不完全相同，如贝札勒尔（Betzalel）和谢赫特曼（Shechtman）通过对以色列 79 位儿童和成人（adult）在情感性书籍疗法和认知性书籍疗法的对比，得出了“情感性书籍疗法优于认知性书籍疗法”的结论（Betzalel & Shechtman，2010：426）。已经有学者报告书籍疗法可以产生许多效果，比如增强自我意识，认识新的价值观，种族及文化身份认同，产生同理心，提升对不同文化（culture）、观点和经历的欣赏，提高应对问题的技能压力，减少压力、焦虑和孤独等负面情绪，提升自尊，人际交往能力和情感成熟度得到提高等（Pehrsson & McMillen，2005）。

有学者认为，书籍疗法的治疗过程是一种有效的干预，因为它可以促进健康发展、预防心理诊断，为自我成长、理解和治愈创造了可能。书籍疗法可以作为一种治疗的手段，通常运用于其他的治疗方法中，比如娱乐疗法（recreational therapy）、诗歌疗法等。亦有学者认为，书籍疗法只应作为应对儿童创伤经历的一种补充疗法。

值得注意的是，灾难小说在书籍疗法中发挥着重要作用，能够激发读者的共情及对创伤的再思考。尤其是对于儿童来说，它能够帮助年轻读者认知、理解所经历的创伤，在情感和行为上得到共鸣，比如记录“二战”时期犹太女孩日常生活的小说《安妮日记》，可以使读者更加深刻地理解战争及种族屠杀的残酷性，并且吸引具有相似经历的读者，唤起他们的情感共鸣，一定程度上缓解创伤所带来的负面影响。

参考文献

陈书梅，卢宜辰 . 2005. 我国公共图书馆施行儿童书目疗法服务之研究 . 图书与资讯学刊，（54）：58–83.

Afolayan, J. 1992. Documentary perspective of bibliotherapy in education. *Reading Horizons: Journal of Literacy and Language Arts, 33*(2): 137–148.

Baruth, L. G. & Burggraf, M. Z. 1984. The counselor and single-parent families. *Elementary School Guidance & Counseling, 19*(1), 30–37.

Betzalel, N. & Shechtman, Z. 2010. Bibliotherapy treatment for children with adjustment difficulties: A comparison of affective and cognitive bibliotherapy. *Journal of Creativity in Mental Health, 5*(4): 426–439.

De Vries, D., Brennan, Z., Lankin, M., Morse, R., Rix, B. & Becl, T. 2017. Healing with books: A literature review of bibliotherapy used with children and youth who have experienced trauma. *Therapeutic Recreation Journal, 51*(1): 48–74.

Fitzsimmons, S. & Buettner, L. 2002. Therapeutic recreation interventions for need-driven dementia-compromised behaviors in community-dwelling elders. *American Journal of Alzheimer's Disease and other Dementias, 17*(6): 367–381.

Mazza, N. 2003. *Poetry Therapy: Theory and Practice*. New York: Brunner-Routledge.

McCulliss, D. 2012. Bibliotherapy: Historical and research perspectives. *Journal of Poetry Therapy, 25*(1): 23–38.

McCulliss, D. & Chamberlain, D. 2013. Bibliotherapy for youth and adolescents: School-based application and research. *Journal of Poetry Therapy, 26*(1) 13–40.

Pehrsson, D. E. & McMillen, P. 2005. A bibliotherapy evaluation tool: Grounding counselors in the therapeutic use of literature. *The Arts in Psychotherapy, 32*(1): 47–59.

Rush, B. 1962. *Medical Inquiries and Observations upon the Diseases of the Mind*. New York: Hafner.

童话心理学批评

PSYCHOANALYTICAL CRITICISM OF FAIRY TALE

童话心理学批评（psychoanalytical critism of fairy tale）是20世纪精神分析学（psychoanalysis）对童话文学进行跨学科考察而形成的一种童话（fairy tale）和儿童文学（children's literature）批评模式。弗洛伊德（Sigmund Freud）对潜意识和无意识的研究开拓了当代心理学研究的新疆界，被福柯（Michel Foucault）称为精神分析学“话语性的创始人”（fondateurs de discursivité）。弗洛伊德的精神分析学说在20世纪的人文和社会科学各领域都引发了极大争议，同时也催生了许多不同的心理学流派，如新弗洛伊德主义、人本主义、特质主义等，客观上推动了新的探讨和进一步研究。20世纪60年代，随着结构主义理论的兴起，尤其是雅克·拉康（Jacques Lacan）借助语言学、人类学、哲学和数学等学科的知识和认知话语来重新阐释弗洛伊德的精神分析“文本”，以赋予其科学的地位，使精神分析学发展出新的批评范式。弗洛伊德之后，众多职业精神分析学家及从事临床精神医学实践的专家，诸如荣格（Carl Jung）、拉康、埃里克森（Erik Erikson）、弗洛姆（Erich Fromm）、贝特尔海姆（Bruno Bettelheim）、阿恩海姆（Rudolf Arnheim）、玛丽–露易丝·冯·弗朗兹（Marie-Louise Von Franz）、河合隼雄（Hayao Kawai）、艾伦·知念（Allan B. Chinen）等，不约而同地在自己的相关研究中将目光转向神话（myth）、童话，及经典文学艺术形象，以寻求发现灵感和资源。他们带有跨界和跨学科研究（interdisciplinary research）性质的研究成果前所未有地贯通了心理学与文学两个学科。

☙ 童话心理学：弗洛伊德学派和荣格学派

弗洛伊德精神分析学开创性话语的原点是对隐秘的精神世界和潜意识的关注和洞察，这为当代儿童观提供了新的认知视野。弗洛伊德的人格理论特别关注童年（childhood）的经验，认为它在潜意识里形成强大的力量，以后会无意识地影响一个人成年后的精神活动与生活方式。以精神分析学为基础的童话心理学所关注的核心问题是童话故事（fairy story）本身从产生到流传的漫长岁月里揭示出的心理信息，以及这些无意识的心理意义可能对现在的儿童（children）产生的意义。以贝特尔海姆为代表的弗洛伊德学派本质上是一种人格心理学，致力于探讨童话故事背后的心理意义，其个人无意识的内容大多与各种心理情结有关。以弗朗兹为代表的荣格分析心理学派的理论基础是荣格的集体无意识学说，其内容主要是超越来自个人经验的原型，涉及最隐蔽、最根本的精神层次，致力于探讨童话中的原始意象及其中可能存在的神话和原型。

尽管关注的重点不同，但从整体上看，它们都属于童话的深层心理学研究，都致力于揭开那些被日常话语遮蔽起来的，恰恰能在童话故事中得到最充分体现的无意识信息和心理意义。两者都认为，童话以象征的语言传达出人类千百年来积累起来的经验和智慧，揭示了许多有关人生和人心的基本真理。探讨童话的精神分析学家往往都具有长期与心理障碍患者打交道的经历。正是这些经历使他们深知心理健康的重要性，深知心理疾病比之身体疾病之害更大，也更能体会到童话文学对于儿童心理和人格教育的重要性。

如果说荣格学派的集体无意识学说注重考察宏观的文化意义，关注的是童话中的原始意象及其中可能存在的神话和原型等内容，那么弗洛伊德学派更偏重人格心理学的观照，即以小观大，见微知著，侧重于探讨童话背后的深层心理意义，以及这些意义是如何产生的。《牛津英国文学词典》（*The Oxford Company to English Literature*，2005）[1] 在论及贝特尔海姆的童话心理学时提出："20 世纪见证了由弗洛伊德、荣格、弗雷泽及其他人对传说（legend）、神话和童话所进行的精神分析和人类学研究的兴起，而且产生了布鲁诺·贝特尔海姆的经典著作《童话的魅力：童话的心理意义与价值》（*The Uses of Enchantment: The Meaning and Importance of Fairy Tales*，1976），提出童话故事为孩子们的心理成长和心理调节提供了一种有价值的工具。"

贝特尔海姆用以阐释问题的童话资源基本上为民间童话文学，包括斯特拉帕罗拉的故事集《欢乐之夜》、巴塞勒的故事集《五日谈》、以夏尔·贝洛（Charles Perrault）童话为代表的法国童话、以格林童话为代表的德国童话，以及以《一千零一夜》为代表的东方童话等。贝特尔海姆的童话心理学主要由童话艺术论和童话教育诗学组成，主要探寻的就是这些经过岁月沉淀形成的经典童话的心理意义和价值，为人们提供一种认识上的参照系。

童话故事中的人物和动物角色被阐释为人们内心经历的外化和投射，即内心的冲动或者欲望外化为某种心理意象，直观地显现出来。在

1　参见《牛津英国文学词典》第 6 版（*The Oxford Company to English Literature*）. 北京：外语教学与研究出版社，2005：347。

《蜜蜂皇后》(*The Queen Bee*，1812)中，蜜蜂的形象可以看作是外化了人类最复杂的内心倾向，包括正面倾向和负面倾向。蜜蜂既能勤奋劳动，任劳任怨，酿出甜甜的蜂蜜，又能蜇人伤人，使人疼痛难忍。两种对立的倾向通过蜜蜂而外化出来。从更广泛的视角看，人们熟悉的童话《小红帽》的故事(story)发展进程也被看作一个处于发身期小女孩内心经历的外化表现。为了理解男性世界包含的矛盾性质，小红帽必须经历几个阶段去感受男人本性的正反两个方面。于是大灰狼在故事中象征着男人自私的、离群的、暴烈的和反社会的破坏性倾向，而猎人则代表正直的、合群的、有理性的、救人脱难的建设性倾向。当然，大灰狼及其吞噬行为也外化了孩子自己内心的冲动或欲望。童话意象外化和投射各种各样的情感，包括童年期常有的，或交替出现的焦虑、渴望、恐惧、欲望、爱与恨、好奇与迷惑、窥探与内疚，这些情感大多是他们自己不太理解的、难以澄清的、对立的人格趋向或矛盾心理的各方面。

在童话中，按照一定因果关系发生的事，以及主人公必须去经历和学习的事往往隐喻着人类需要认识的人格本质特点。因此，人们要真正认识自己，就必须先要熟悉自己内心深处的无意识活动，从而整合那些固有的不和谐的矛盾倾向。贝特尔海姆认为，有些童话故事就表现了这种整合的意愿和必要性。在故事《三种语言》(*The Three Languages*，1812)中，这种母题通过主人公在不同时期经历各种矛盾倾向的过程得以表现。在不理解内心无意识活动的父亲眼中，儿子简直是愚顽不化，什么也学不会。最后小男孩还是违背父亲的意愿接受并学会了青蛙、狗和鸟的语言，这三种语言包含着丰富的心理信息，且提供了人类需要认识的人格本质特点的隐喻象征。

在精神分析学家的眼中，童话故事中的投射与外化可以看作映照人类内心经历的神奇的镜子。而童话故事最重要的价值就是把儿童无法理解的内心活动所引起的各种压力以外化的形式投射出来，然后再寻求解决问题的方法。贝特尔海姆同其他精神分析学家一样，认为无意识的心理内容是影响人们行为的最强大又最隐秘的因素。它们产生最严重的焦虑，也产生最大的希望。由于儿童很难进行抽象的思维，又缺乏控制力，他们常常为自己的无意识活动感到困惑和震惊，被各种各样的焦虑、愿望、恐惧、欲望、爱与恨等情感所压倒。对此，童话故事与大多数现代的现实主义（Realism）故事大不一样，它们可以向儿童提供绝妙的外化对象，让他们以可以控制的方式把内心的活动外化出来。由于这种外化作用，童话故事的形象可以直接与儿童的无意识心理对话。

童话故事的特点决定了它的艺术接受特点。贝特尔海姆认为，童话的魅力不仅来自它丰富的心理意义，而且来自它的文学特性。作为一种独特的艺术形式，童话像所有伟大的艺术一样，其模糊叙事特征能够揭示复杂的意义，巧妙地传达人类的内心感受，而且不要求读者或听众对号入座。因此，童话既能满足稚拙而富有想象智能的儿童心理需求，又能触动饱尝人生、老于世故的成人心境，其最深刻的意义同样可以实现因人而异、因时而异的接受。即使对于同一个人，童话故事的意义和信息在他生活的不同时期也是不一样的。童话故事及吸收它富含的母题和意象，就好比往地里播撒种子。人们不能指望让所有的种粒都马上生根发芽、开花结果。只有那些此时此地与听故事者的兴趣和心理需求合拍的种子会扎下根来，有些种子会立即在他的内心意识中萌动，有些将刺激他的无意识活动进程，还有的种子需要休眠，直到有一天儿童的心理进程达到适合于它们破土发芽的状态，还有些种子可能永不发芽，但那些落在适当土壤里的种子一定会绽放出美丽的花朵，长出茁壮的果树。同样，童话故事也具有这样的包容性和喻义性，可以表现具有更多普遍意义的事物，也预留了更多的不确定性，从而给读者留下更大的想象空间和创造余地，任凭每个人根据自己的生活体验去接受和创造意义。

荣格提出的集体无意识观念把人类的无意识或潜意识划分为两个层面，即主要来自个体心理体验的个体无意识内容，和包含着人类作为种系发展所具有的集体无意识的心理内容。"原型"就是集体无意识的主要组成部分，它们是人类原始经验的集结，并且赋予某些心理内容以独特的形式，在我们的心灵深处发挥着重要的影响力。荣格学派的批评家认为，童话和寓言故事（fable story）就是人们在经历原型体验时，力图以更直接、更形象的方式将这种体验传达出来的产物。由于这种原型体验引发了人们内心普遍的心理共鸣，因此为很多受众（audience）所接受，又以口耳相传的方式跨越时代流传下来。玛丽·路易丝·冯·弗朗兹是荣格学派童话心理批评的代表学者。弗朗兹在瑞士苏黎世的荣格研究院度过了大半生，一生致力于用荣格分析心理学理论研究神话和童话等，著述颇丰。弗朗兹在《童话的解读》（*Interpretation of Fairy Tales*, 1987）和《童话故事的原型模式》（*Archetypal Patterns in Fairy Tales*, 1997）等专著中，描述了用荣格分析心理学理论研究童话的方法和步骤。在她看来，童话是集体无意识的最简洁最纯真的表达形式，提供了对人类心灵基本模式的最清晰的了解。通过对童话的研究可以获得大量对人类原型经历的洞见。弗朗兹认为，民间故事和童话故事代表着具有原型意义的心理现象，是集体的无意识精神活动的表达。她意识到将童话故事转换成心理学语言可以看作是用一种神话替换另一种神话，是一种阐释的循环（McCallum，2000：19）。1970 年，弗朗兹用英文发表的《童话的解读》是根据她在苏黎世荣格研究院的讲稿整理的，1996 年再次作为专著出版，并以一系列诸如《美女与野兽》（*Beauty and the Beast*, 1740）和《强盗新郎》（*The Robber Bridegroom*，1812）这样的欧洲经典童话为例，描述了童话研究的方法和步骤，并对格林童话《三根羽毛》（*The Three Feathers*，1812）进行了详尽的分析。该书还专门用一章篇幅讨论了与荣格提出的“阴影”“阿尼玛”和“阿尼姆斯”等人格原型有关的母题。她认为，童话是集体无意识的最简洁最纯真的表达形式，从而提供了对人类心灵基本模式的最清晰的了解。在她看来，每一个民族都有自己独特的体验这种精神现象的方式，而通过对童话的研究可以获得大量对人类原型经历的洞见。《童话故事的原型模式》也是根据作者在苏黎世荣格研究院所做的一系列童话研究的讲稿整理出版的。书中选择了丹麦、西班牙、中国、法国、非洲及格林童话集的六个童话故事进行了深入的探讨，涉及跨文化的母题研究。作者关注的不是具体的主题，而是把视野拓展到不同的国家去探寻童话的类型。作者有意地挑选一些不同寻常的故事，希望以此揭示在它们的多样性后面潜藏着的相似性，即所有的文明和所有的人类都具有相同的东西，并以此表明荣格分析原型幻想材料的方法能够用于分析这些形形色色的故事。与具有普遍的人类文化性质的弗朗兹童话心理学研究相比，贝特尔海姆的童话心理学特别强调童话对于作为个体的儿童的心理和人格教育的重要性，而童话的价值就在于童话绝妙的心理意义和艺术特质。

☙ 从河合隼雄到艾伦·知念：童话人生心理学

日本心理学家河合隼雄的《童话心理学》也是运用荣格理论研究童话的专著，他提出的观念更加明确，认为童话的结构就是心灵的结构。早年经人推荐，河合隼雄获得瑞士苏黎世荣格研究所的奖学金，在那里进行了三年相关科目的研习，顺利拿到荣格派心理分析师资格，返回日本后从事相关研究和教育（education）工作。河合隼雄认为，人们在经历原型体验时，总要力图将这种体验更直接地传递给他人，于是便产生了故事，这也是童话和寓言故事的起源。根据荣格的分析心理学观念，人的生命过程中同时面临成长和限制这两个矛盾主题。人的前半生主要发展人格面具，使自我强大，后半生致力于整合自身的阴暗面，实现自性化。在《童话心理学》中，河合隼雄选用了格林童话的十个故事来阐述荣格观念中的这一人格心理发展过程。该书第一章“童话与心灵的构造”运用荣格学说阐释童话与心灵结构的同构对应关系；第二章通过《特露德太太》（*Frau Trude*，1812）这一故事阐述了“大母神”概念；第三章通过故事《亨塞尔与格莱特》（*Hansel and Gretel*，1812）来阐释如何实现远离母亲的心理独立；第四章通过故事《三个懒虫》（*The Three Sluggards*，1812）阐述惰性与创造力的关系；第五章通过故事《两兄弟》（*The Two Brothers*，1812）阐述荣格心理学视野中“影子”的觉醒；第六章通过故事《玫瑰公主》（*Little Brier-Rose*，1812）阐述青春期问题；第七章通过故事《忠诚的约翰》（*Faithful John*，1812）阐述谋术师的作用；第八章通过故事《金鸟》（*The Golden Bird*，1812）阐述父性原理；第九章通过故事《谜语》（*The Riddle*，1812）阐述男性心中的女性；第十章通过故事《画眉嘴国王》（*King Thrushbeard*，1812）阐述女性心中的男性；最后一章通过故事《三片羽毛》阐述实现自性的过程。

艾伦·知念是美国加州大学旧金山分校精神病学临床教授。知念在长期的心理医学实践中洞察到，历史悠久的童话资源对于人们在不同人生阶段的心理健康和精神状态具有独特的认知作用。如果说贝特尔海姆的童话心理学聚焦于童话和童年人生，那么艾伦·知念的童话心理学研究则继往开来，将探索视野拓展到童话与整个人生历程的关系，尤其是中年阶段和老年阶段的心理问题，以及女性生命历程中的心理成长问题，从而开辟了新的童话心理学研究空间。多年来，艾伦·知念广泛涉猎了大量世界各地的民间童话，然后运用心理学专业知识进行阐释，撰写出有关成人心理状态和老年心理状态，以及女性生命历程之心理状态的童话心理学研究著作。这些著述先是呈现给读者那些经过精心挑选、分类的童话故事原文，然后按照心理成长主题 / 母题等分别对其进行心理分析阐释。其代表作就是被称为“童话与心理学四部曲”的四本专著，包括《从此以后：童话故事与人的后半生》（*In the Ever After: Fairy Tales and the Second Half of Life*，1989）、《童话中的男性进化史：寻求灵魂的男人》（*Beyond the Hero: Classic Stories of Men in Search of Soul*，1993）、《拯救王子的公主：唤醒世界的女性童话故事》（*Waking the World: Classic Tales of Women and the Heroic Feminine*，1996）和《人到中年：经典童话和神话故事对中年人生的启迪》（*Once Upon a Midlife: Classic Stories and Mythic Tales to Illuminate the Middle Years*，1992）。《从此以后：童话故事与人的后半生》聚焦于世界各地民间童话中的“老人”和“老年”故事，然后借助人类发展心理学学说，尤其是卡尔·荣格和埃里克·埃里克森的发展心理学对这些故事进行阐释，探讨了人生的中年阶段和老年阶段所面临的心理任务。通过解读这些故事的心理意义和精神意义，发掘出这些故事所揭示的深邃的民间智慧，从而使人们能够对于这一人生阶段的发展特征获得新的洞察。《童话中的男性进化史：寻求灵魂的男人》聚焦于世界各地有关人到中年的主人公的童话故事。通过对精灵、巫师（wizard）、国王等男性主人公形象的精妙解析，挖掘出了尘封于时间与心灵深处的古老男性原型，带领读者去重新认识男性行为背后的深层缘由。作者还运用了人类学和古生物学等理论（theory）去探寻故事中那些有关男性秘密社团的记述、狩猎部落的传说，以及史前人类的艺术。他发现，有关男人内心成长的童话所蕴含的人生经验超过了任何一个男人一生中能够获得的经验。作者通过童话心理学把世界各地的有关成年男性的童话故事连接起来，揭示了一部富有启示意义的男性的心理进化史。《拯救王子的公主：唤醒世界的女性童话故事》是艾伦·知念有关女性童话心理学的重要研究成果。书中揭示了在漫长的时光中，女性如何通过童话将她们的生活编织起来，创造出一幅幅描绘了女性生活和成长的织锦。

而女性童话故事不仅具有重要的普遍心理意义，而且蕴含着关于女性个体发展的洞察。此外，这些故事涉及广泛的社会和文化（culture）问题，正如此书标题“唤醒世界”所表明的那样，女性的解放就是人类的解放。

童话心理学研究表明，童话并非如许多人所想当然认为的那样，是讲给孩童听的具有浓厚幻想色彩的神奇故事，它们蕴含许许多多人类学、民俗学和心理学等诸多学科的信息。尽管童话故事最丰富最深刻的意义因人而异、因时而异，但它们总是通过象征语言与意象在不同层面上呈现永恒的心理意义，以多种方式丰富着我们的内心生活和人生历程。就成长叙事而言，童话故事体现的生活观是一种使人在遭遇生活的艰难困苦时更为勇敢无畏的生活观。童话故事所蕴含的巨大潜力在于，“与儿童所能理解的任何其他类型的故事相比，从童话故事中我们能了解到更多的关于人类内心问题的信息，更多的正确解决他们在任何社会中的困境的办法”（Bettelheim，1976：5）。

参考文献

玛格丽特·德拉布尔 . 2005. 牛津英国文学词典（第 6 版）. 北京：外语教学与研究出版社 .

舒伟 . 2011. 走进童话奇境：中西童话文学新论 . 北京：外语教学与研究出版社 .

舒伟 . 2019，4 月 1 日 . 在童话里品读人生 . 中国教育报 .

Bettelheim, B. 1976. *The Uses of Enchantment: The Meaning and Importance of Fairy Tales*. New York: Random House.

McCallum, R. 2000. Approaches to the Literary Fairy Tale. In J. Zipes (Ed.), *The Oxford Companion to Fairy Tales*. Oxford: Oxford University Press.

童话与童话叙事文学

FAIRY TALE AND FAIRY TALE LITERATURE

童话（fairy tale）是人类最古老，也最具生命力的文学类型之一。相关学界的考察发现，人类创作的某些原型童话可以追溯到几千年前或史前时代，甚至青铜器时代，比经典神话故事的历史还要悠久。例如，童话故事《杰克与豆茎》可溯源至“偷走巨人宝藏的男孩”这一类型的故事（story），出现在5000年前印欧语系向东西方裂变的时期；《铁匠和恶魔》（*The Smith and the Devil*，1634）的主题是普通人如何运用计谋战胜恶魔，甚至可以追溯到6000年前的青铜器时代。学者研究表明，最早的文字记述童话当属公元前1300年的古埃及故事《命有劫难的王子》（*The Doomed Prince*）。故事讲述的是一个王子降生之际，爱神哈索尔发出预言：王子命中注定将死于某种动物之侵害（鳄鱼、毒蛇或狗）。为阻止厄运的发生，王子被隐藏在王宫深处。该故事出现了重要的民间童话母题，包括有关命运的预言、为免除致命的危险而让主人公与世隔绝但却无济于事、遭受继母迫害、攀上高塔、解救被禁锢的公主等。不仅如此，这个故事还呈现了主人公的成长历程（Clute & Grant，1997）。中国唐代段成式的笔记故事集《酉阳杂俎》中的《叶限》，被公认为世界上最早的“灰姑娘”类型童话的完整记录，比法国贝洛的《灰姑娘》早出现近八百年。而“灰姑娘”的原型在中国甚至可追溯到《列女传》中有关舜服鸟工龙裳以救井廪之难的记述。通过《列女传 · 有虞二妃》和《楚辞 · 天问》洪兴祖补注引古本《列女传》，人们可以归纳出中国古籍中的“灰姑娘”母题和基本情节主线，包括连续三次的谋害与逃脱过程。而故事中最具童话意味的元素就是关于奇异的“鸟工”“龙工”和“神药”的记述。舜的两个妻子就恰似“灰姑娘”故事中帮助灰姑娘的那个具有神奇魔力的仙女。舜换上五彩缤纷的鸟纹羽衣就可以变成一只大鸟展翅飞走，穿上龙纹甲衣就可以变作一条鳞光闪闪的游龙从地下穿洞潜遁而出，在倒有神药的浴缸里洗浴之后，就可以获得无穷的酒量。这些具有丰富想象的神奇因素，展现出鲜明的童话色彩。

☙ 童话名称的由来

fairy tale 这一短语源自 17 世纪末出现的法语 contes des fees，追溯这个词语的由来就是追溯民间童话向文学童话转变的历史过程。《牛津儿童文学指南》对 fairy tale 是这样描述的："讲述发生在遥远过去的，在现实世界里不可能出现的故事。尽管它们时常包含魔法神奇之事，有仙女（fairies）的出现，但超自然因素并非总是它们的特点，而且故事的男主人公和女主人公通常都是有血有肉的人类。除了能说话的动物，那些诸如巨人、小矮人、女巫（witch）和魔怪这样的角色通常也起着相当重要的作用。在 17 世纪末的法国，contes des fees 这个词语被用来描述这样的故事，而对于这一时期的法语的 contes des fees 的英译文使 fairy tale 和 fairy story 进入了英语。"（Carpenter & Prichard, 1991：177）contes des fees 的出现要追溯到 17 世纪后期一群法国女作家进行的文学童话创作运动。在 17 世纪后半叶的法国巴黎，一群卓有才智的贵族女性在自己的家中举办沙龙，一方面尽情尽兴地探讨她们感兴趣的话题，另一方面为了相互娱乐，打发时光而讲述故事，而她们的故事大多取材于淳朴、奇异的民间童话。讲述者们注重讲述效果，对故事素材进行了加工，客观上形成了一个文学童话的创作运动。这些法国童话女作家主要包括多尔诺瓦夫人（Madame d'Aulnoy）、米拉夫人（Mme. De Murat）、埃里蒂耶小姐（Mlle. L'Heritier）、贝尔纳小姐（Mlle. Bernard）、福尔夫人（Mme. de la Force）等。其中影响最大的是多尔诺瓦夫人，她从 1690 年开始发表自己的故事，此后在十几年间共发表了十几部作品，包括历史小说（historical fiction）、回忆录性质的书、历险故事集，以及两部影响深远的童话故事集：《童话故事》（*Les Contes de Fées*，1697）和《新童话故事集》（*Contes Nouveaux ou Les Fees a la Mode*，1698）。这两部故事集收有 24 个童话故事（fairy story）和三个历险故事，其中包括《青鸟》《黄矮怪》《金发美人》《白猫》《白蛇》《林中牝鹿》《灰姑娘菲涅塔》等著名故事。多尔诺瓦夫人的《童话故事》第二年被译成英文出版，名为 *Tales of the Fairys*，随后出现了多种重印版本。在 1752 年的一本童话集的封面上首次出现了 fairy tale 这一英语名称 —— 从此以后它就成为固定的用法而流传开来。随着时间的流逝，尽管人们一直对 fairy tale 的词义是否准确还存有争议，但事实证明它具有强大的生命力，而且是难以替代的，因为它标志着以口耳相传为特征的民间童话向文人个人创作的文学童话的转变。关于为什么用“仙女故事”（fairy tale）来称呼这一类故事，杰克·齐普斯从社会历史视野进行了解读：“童话故事是在一个特别的历史关头出现在人类的语言当中，而在 17 世纪末和 18 世纪初由女作家创作的故事中出现了明确的迹象，表明仙女被看作是一种与法国国王路易十五和他的贵族们相对立，与教会相对立的女性力量的象征性代表。的确，这些女作家故事中的一切力量——也包括这一时期许多男性作家故事中的一切力量——都归属于那些随意浪漫，甚至是有些古怪的仙女们。因此，‘仙女’故事用于称呼她们的文学创作故事是再恰当不过的了……”。（Zipes，2002：28）

与此同时，作为法兰西学士院重要成员的夏尔·贝洛发表了他的八篇散文童话和三篇韵文童话，它们随即成为欧洲最流行的经典童话之一。一般认为，贝洛的贡献是确立了童话故事的艺术品位和文体价值。贝洛的童话故事虽然是对欧洲民间童话的改编（adaption），但呈现了真正意义上的童话故事形态，并在欧洲和世界产生重要影响。正如民俗学和民间文学研究学者艾奥娜·奥佩（Iona Opie）和彼得·奥佩（Peter Opie）所论述的，贝洛创造的奇迹在于，那些故事变得如此生动，以至于人们再也无法对它们进行任何改进了。这些故事的流传不再取决于乡村讲述者们的记忆，它们已经成为文学了（Opie, I. & Opie, P.，1974）。由此可见，法国童话女作家通过她们的创作活动为那些作为一种文学类型的童话故事提供了一个富有意义的名称，表明文学童话即将作为一种具有旺盛生命力的幻想文学（fantasy）类型登上人类文化历史的大舞台；而贝洛的《鹅妈妈故事集》（*Tales of Mother Goose*，1697）进一步推动了民间故事向童话故事的演进。

☙ 童话的两类重要形态

德语的 Märchen 揭示了童话的两类重要形态：民间童话和艺术童话。对于作为童话的 Märchen，《牛津文学术语词典》（*The Oxford*

Dictionary of Literary Terms，1990）是这样描述的：Märchen 是“关于讲述魔法和奇迹故事的德语词语，通常翻译为 fairy tale，尽管在大多数情况下故事里都没有真正出现仙女。人们将 Märchen 分为两种类型：“民间童话”是那种由雅各·格林和威廉·格林收集在《儿童与家庭故事集》（*Children's and Household Tales*，1812）中的民间故事；“艺术童话”乃“艺术故事”，即文学创作故事，诸如 E. T. A. 霍夫曼的怪异故事”（Baldick，2000：129）。以格林童话为代表的民间童话和以恩斯特·西奥多·阿玛迪斯·霍夫曼（Ernst Theodor Amadeus Hoffmann）作品为代表的艺术童话或创作童话彰显了德国文化语境中的两种童话类型，实际上表明了世界童话文学的两种普遍形态。民间童话长期以来口耳相传，其特征为丰富的幻想因素，包括超现实的内容（主要有魔法、宝物、仙女、女巫、精灵、魔怪、小矮人，以及会说话的禽鸟兽类和其他动植物等）、奇异怪诞的情节和通常为短小故事的讲述形式。而艺术童话或文人创作童话往往汲取民间童话的母题、精神和手法，加以拓展运用，多通过中长篇小说的形式（当然也包括短篇小说）来影射和表达作者对当下社会状况和社会问题的探索与批判。新马克思主义批评家杰克·齐普斯在论及德国浪漫派童话小说创作的特征时指出：“沙米索（Adelbert von Chamisso）和霍夫曼向人们表明，童话故事那已经大众化的形式能够在何种程度上用于对社会进行卓绝的批判。”（Zipes，2002：80）从格林童话的流行到霍夫曼作品这样的浪漫派童话小说的兴起，童话文学的艺术形式已成为德国文学创作中的一个极其重要的传统因素。

如果说民间童话的集体创作产物受到集体无意识意义上的素材、母题及群体的关注和爱好的影响，而早期的文学童话是集体创作与个人才能和气质相结合的产物由文人收集整理并加以文字记述，那么艺术童话就是作为个体的文人通过童话艺术独自创作的产物。从短篇小说到中长篇小说，当代文学童话的艺术表现形式能够最大限度地满足不同作者的创作需求，使个人的才智与才情得到最佳的发挥，使其能够将个人的想象与童话的本体精神最大限度地结合起来，通过童话艺术提炼作者的个人生活经历及其对人生的感悟，更加自如地抒发和表达作者对现实生活的感受和理解。作为世界文学童话创作的先驱者，安徒生童话虽然都采用短篇小说的表达形式，但已经具有鲜明的现代意识和灵活自如的叙述手段，使作者能够得心应手地抒发哲理、思想和情感，表露个人的观察和看法。此外，安徒生童话在文体风格上也是独具魅力的，既洋溢着乐观精神，也渗透着忧郁伤感；既有浪漫主义（Romanticism）的情调，也有现实主义（Realism）的写照，这种种因素的结合，使文学童话进入了一个全新的境界。在安徒生之后，人们竞相采用中长篇小说乃至长篇系列的形式进行创作，使童话小说的艺术表达呈现丰富多样、精彩纷呈的格局。

欧洲文学童话的演进过程揭示了文学童话的形成和发展所经历的三个重要阶段。第一，童话的原发阶段。童话在神话（myth）和民间故事的沃土中生长发育，在漫长的岁月里逐渐向文学童话发展，其基本轨迹从古希腊神话延伸到意大利的斯特拉帕罗拉的故事集《欢乐之夜》和巴塞勒的故事集《五日谈》的发表，以基本成型的《睡美人》《白雪公主》《灰姑娘》《穿靴子的猫》《小红帽》《美女和野兽》等原型童话故事的文字记述作为标志。第二，童话的继发阶段。17 世纪以来，在人们开始关注和重视民间文学的大背景下，一些具有卓越创造才能的学者、作家等相继对民间流传的童话进行收集整理或者在此基础上进行某种意义上的独立创作，从而催生了现代形态的文学童话。法国贝洛童话、德国格林童话和丹麦安徒生童话这三座童话里程碑的出现标志着童话的继发阶段的完成。第三，童话的升华阶段。18 世纪德国浪漫派童话小说与 19 世纪中后期异军突起的英国童话小说共同构成了世界童话文学地图上的两座奇峰，标志着世界文学童话进入了一个全新的继往开来的升华阶段。19 世纪维多利亚时代的英国童话小说成就引领了儿童文学（children’s literature）的第一个黄金时代，童话小说的表现手法日臻完美，文学童话确立了自己的文学艺术品位。其历史意义在于，童话从此与儿童文学紧密联系起来，成为儿童文学创作领域最重要，也最具影响的文类之一。从 19 世纪后期的两部“爱丽丝”小说到 20 世纪末的《哈利·波特》系列小说，英国童话小说创作形成了英国儿童文学领域具有世界影响的幻想文学主潮。

☙ 童话的文学叙事特征

童话进入儿童文学语境的一个重要因素或重要特征是幻想奇迹的童趣化和这一特征与儿童成长的关联，以及对于满足童年期特殊求知和审美需求的童年叙事。事实上，文学童话发生的必要条件就是幻想的神奇性因素被赋予童趣化的特性。伊迪丝·内斯比特的《五个孩子与沙精》借用了民间童话中"有限定条件的魔法"这一传统因素。孩子们在沙坑里玩耍时无意中发现了一只千年沙地精，它能够实现向它提出要求的人的愿望，但这魔力只能持续一天，当太阳落山时便会消失，一切又恢复常态。这种有限制的魔法力量自有它的奥妙，一方面让孩子们相信魔力会使平凡的生活变得丰富多彩，另一方面又能够让他们在无意识层面感到魔力也有局限而不过分依赖幻想的魔力。发生在灰姑娘身上的魔力虽然有时间限制，但正是这有限的魔法使她获得了改变命运的转机。在内斯比特的故事中，孩子们通过沙地精的魔法而经历了奇异或惊险的人生境遇，体会到了各种改变带来的复杂情感，如欣喜、震惊、惶恐、懊悔等，从而改变了对生活的理解，获得了心灵的成长。

与神话叙事相比，童话故事里发生的事情虽然异乎寻常，但却被叙述成普普通通的事情，人们觉得，这些事情就可能发生在任何普通人身上。故而，童话叙事的重要特征就是用自然随意的方式讲述最异乎寻常的遭遇（Bettelheim，1977）。换言之，童话文学最善于用贴近生活、不容置疑的语气讲述最异乎寻常的遭遇，或最不可能在现实中发生的神奇怪异之事，从而形成了一种独特的以实说幻、以真写幻、幻极而真的叙事模式。在格林童话《青蛙王子》里，小公主在王宫附近的大森林里玩耍，这是寻常的事情，任何小女孩都可能出现在那里，都可能做同样的游戏。那里有一棵古老苍翠的菩提树，树下有一口水井，公主时常在井边抛耍金球。这一次她却失手将球抛进了黑洞洞的水井之中。就在公主万般无奈之下哭起来时，一只青蛙出现了，问她为何如此伤心——于是这能说会道的青蛙就把故事的主人公和读者一起自然而然地带入了传统童话世界的奇境之中。托尔金在《论童话故事》（"On Fairy-Stories"，1947）一文中以自己小时候听故事的切身体会为例，说明童话讲述方式的重要性："对于故事的信任取决于大人们或者那些故事的作者向我

讲述的方式，或者就取决于故事本身具有的语气和特性。”（Tolkien，1966：63）

维多利亚时期出现的刘易斯·卡罗尔的两部“爱丽丝”小说无疑是儿童本位（child based）的，是直接讲述给儿童（children）听的，但它们同时又能够满足更高的审美需求和心智需求。卡罗尔正是通过童话卓越的幻想艺术书写童年（childhood）的记忆，拓展了现代童话文学的新疆界。爱丽丝进入兔子洞和镜中世界后遭遇了难以理喻的荒诞事件和滑稽可笑的人物，领略了各种逻辑颠倒的奥妙和玄机。“爱丽丝”小说采用了具有深邃心理意义的梦幻叙事，既是整体构架上的梦游“奇境”，也是具有现代主义（Modernism）和后现代主义（Postmodernism）意涵的梦境叙事。这无疑是对传统童话文学的“隐喻性和多义性”的叙事手段的丰富和拓展。作者通过小女孩爱丽丝在荒谬怪诞的地下世界和镜中世界进行的寻觅与抗争行为，通过她的意识和无意识活动，通过她的反思和愤慨来颠覆说教文学，将传统童话的深层结构（乌托邦精神和对理想世界的追求）及其隐性的或象征的表达转变为直接的现代甚至后现代思想理念的自由表达。这些理念包括精神分析因素与意识流话语的显现，以及将传统童话主人公面临的“生存的困境”转化为“存在的悖论”。正是这些开放性的现代性与后现代性文学因素造就了两部“爱丽丝”小说的阐释性，使之成为一种跨越儿童文学领域的言说不尽的经典文本，一个能把 21 世纪的人们带进一个文学阐释的奇境和获取灵感而创作的童话奇境。

参考文献

舒伟 . 2010. 关于西方文学童话研究的几个基本问题 . 外语研究，（4）：86–91.

舒伟 . 2011. 走进童话奇境：中西童话文学新论 . 北京：外语教学与研究出版社 .

舒伟 . 2015. 从工业革命到儿童文学革命：现当代英国童话小说研究 . 北京：中国社会科学出版社 .

Baldick, C. 2000. *Oxford Concise Dictionary of Literary Terms*. Shanghai: Shanghai Foreign Language Education Press.

Bettelheim, B. 1977. *The Uses of Enchantment*. New York: Random House.

Carpenter, H. & Prichard, M. 1991. *The Oxford Company to Children's Literature*. Oxford: Oxford University Press.

Clute, J. & Grant, J. 1997. *The Encyclopedia of Fantasy*. New York: St. Martin's Press.

Opie, I. & Opie, P. 1974. *The Classic Fairy Tales*. Oxford: Oxford University Press.

Tolkien, J. R. R. 1966. *The Tolkien Reader*. New York: Ballantine Books.

Zipes, J. 2002. *Breaking the Magic Spell: Radical Theories of Folk and Fairy Tales* (Revised and expanded ed.). Lexington: University Press of Kentucky.

童年 CHILDHOOD

“童年”的界定

童年（childhood）通常是指人生的一个特定阶段，“具有与成人完全不同的特殊性，尤其体现在生理发育程度及心智与精神活动的差异等方面”（舒伟，2015：5），在日常生活中，常常以生理年龄来界定。单从生物学意义上讲，“童年”指从婴儿期（infancy/babyhood）到少儿期（early childhood）、幼年期（juvenile period），再到前青春期（preadolescence）、青春期（adolescence）和后青春期（late adolescence），也就是美国精神分析理论家沙利文（Sullivan Herry Stack）所列出的“人的发展阶段”中 18 岁成年期（adulthood）之前的所有阶段（Sullivan，1953）。因此，一般意义上的“童年”指从初生延续到青春期的整个年龄段，与“儿童”（children）的一般意义不同，后者通常指 0—18 岁的人类群体。但是从社会科学研究的视角来看，“童年”与“儿童”是两个孪生术语，童年的含义总是与人们对儿童的认识密切相连。

☙ 童年概念的演变

“儿童”一词并非人类社会与生俱来，而是随着社会发展和人类认知水平的进步而出现和发展的，“童年”也是如此。“童年”的英文 childhood 的古英语形式 cildhad 最早出现在 10 世纪（Sánchez-Eppler，2011），而词汇的出现通常与人类社会和认识水平的发展相关联，“童年”的出现必然是因为人类社会对这一概念的认知达到一定水平才得以词汇化，换言之，“童年”的概念在 10 世纪左右初步形成。再如，中世纪法语中的“童年”（enfance）含义非常复杂，既可以被用来代指婴儿、青少年（young adult）、儿子，又可以指称男仆、侍从、女婿等，这种对童年概念的含混也说明了当时人们对儿童与成人（adult）差异的模糊认知。由此看来，法国史学家菲力普·阿利埃斯在其著作《儿童的世纪：旧制度下的家庭生活》中提出的“中世纪之前的西方社会不存在童年观念”这一断言不无道理（Ariès，1962：125）。当然，阿利埃斯是以现代视角评判中世纪儿童的境况而得出的结论，尤其是“童年概念是现代社会的产物”的言论不够严谨，应该说中世纪之前不存在现代儿童观或童年观（views on children）（Archard，2004：22）。也就是说，中世纪之前的西方社会对待儿童的态度与现代社会完全不同，在当时控制—屈从式父权制社会中，核心家庭（nuclear family）成员之间关系松散、感情淡漠，属“企业型家庭”模式，儿童在很多父母眼中只是弱小的劳动力，童年是一个稍纵即逝的过渡期，通常分为两个阶段：0—6、7 岁阶段及 7—14 岁阶段。第一阶段的儿童是好玩的“小东西”，依赖于家庭（family）的照料，但父母会对儿童的死亡表现得较为漠然。第二个阶段为“小大人”阶段，儿童的衣着举止等都与成人相同，通常被看作“成人”，以学徒或仆人的身份在社会生活中磨炼和成长（张伟，2017：35）。

“童年”到 17、18 世纪因“儿童的发现”而受到重视。英国教育思想家约翰·洛克和法国教育家让·雅克·卢梭推动了童年概念的延伸和发展，居功至伟。洛克提出“白板理论”（Theory of Tabula Rasa），认为儿童是“有缺陷、不完整的成人自我”，需在成人的督导下经“绅士教育”（Gentleman Education）获得知识、积累道德规范，让童年带上了温和却被动的意味。卢梭则认为，儿童“生来纯洁”，应以“自然教育”“保存童年的特质”，使得童年成为自由和天性纯良的代名词（Sánchez-Eppler，2011：39）。两位教育家的观点促使人们抛弃传统的“学徒式教育”，儿童的独特性得以承认，极大地推动了儿童教育的世俗化、专门化及理性化。除此之外，社会发展也带来了亲子关系的变化，17 世纪晚期开始，“企业型家庭”模式及父权制日渐式微，家人之间的情感联系加强（张伟，2017：37）。在各因素的综合作用下，到 18 世纪中期，“‘童年’有了积极正面的色彩，代表自由和纯真”（Reynolds，2014），现代童年概念开始萌芽。

19 世纪，尤其是 20 世纪以来，以孩子为中心的现代“情感型家庭”成为社会主流，亲子之间建立起融洽友爱的平等伙伴关系，儿童受到精神和情感呵护（张伟，2017：37），儿童独特性、儿童权益、儿童问题成为诸多领域的研究课题。专门为儿童而创作、迎合儿童心理需求和发展特点的童书更是层出不穷，儿童文学（children's literature）在东西方都得到很大的发展。20 世纪甚至被称为“儿童的世纪”（Key，1909：1），儿童的独特性得到充分研究和理解，儿童权益逐渐制度化，儿童的身心都得到社会呵护，童年变成了“天真烂漫”“无忧无虑”的代名词。

☙ 童年研究的跨学科性

“童年”也是一个跨学科（interdisciplinary）术语，不仅仅局限于发展心理学或者家庭社会学范畴（James & Prout，1997：xi）。日常生活中所指的童年，通常是指生理年龄，但从现代社会科学这一大范畴来看，“童年”这一概念的含义，比某个特定的生理阶段或者认知水平要丰富得多。换言之，通常所说的“童年”以生理意义为主，指从出生到具有成人的各种能力并能够承担起成人社会责任的这一人生阶段，但是其概念可以延展到数个领域，具有多义性，其具体含义不仅随社会历史时期的不同而历时变化，在不同的文化（culture）中也会有不同的理解，还因学术领域或社会群体，甚至家庭状况或个体认识而不尽相同，呈现共时性差异。以学术领域为例，“‘童年研究’开始突破单一学科研究的局限，在多个学科领域掀起研究热潮”（林兰，2014：83）；社会学意义的童年是一种“社会建构（social construction）因素”，或者“社会建构的产物”（Archard，2004：25）；政治学、法学意义上的童年意味着依赖性（dependency）及无民事能力（exclusion from civil rights）（Sánchez-Eppler，2011：36）；教育学意义上的童年意味着“身心发展不成熟的个体，需要成人的照顾、保护、训练和教育（education）”（林兰，2016：35）；心理学认为，童年是成人自我的映射，是“成人生活的准备期”（James & Prout，1997：10）；哲学意义上的童年是生理的，更是心理的，是个体的，更是普遍的，是流逝的，也是可以追溯和重现的（舒伟，2015：5），是“如此丰饶的童年”（刘晓东，2017：70–79）；文化学认为童年的定义因所属社会的观念，因时间、地点和文化的不同而变化（James & Prout，1997：43），代表“天真”（innocence）、“希望”“幼稚”“无能”“恶魔”或者“怀旧”（nostalgia）等（Cunningham，1998：1195）。

可以说，继儿童的独特性在历史上获得承认之后，尤其是 19 世纪开始，“童年”成为史学、人类学、社会学、教育学、心理学、哲学、法学、文化学、文学等诸多领域的研究课题，各个领域的学者都力图解析“童年”的内涵和要素，研究这些要素与本领域研究课题之间的互动关系，且各领域相关研究成果相互融通借鉴（有时也相互矛盾），因而，时至今日，“童年”已是一个具有跨学科性质的术语。近年来，学界更加关注“童年”的多义性内涵和“跨学科本质”（James & Prout，1997：ix），从而削弱了诸如“生理年龄”等概念的普适性（Huijsmans et al.，2014：164）。

☙ 童年（观）、童年经验、社会与儿童文学

儿童文学的创作和出版通常仍在成人社会的监督之下，因此后者的意识形态会或多或少渗透进儿童文学作品的产生过程，从语言形式到价值观念都会有成人社会的痕迹。人们对童年所持的态度、童年的含义及其演变等，都是童书创作的重要影响因素，同时关于童书的各种观点也

与童年的文化构建因素密不可分（Immel，2009：19）。许多跟童年密切相关的话题，比如儿童的社会地位、成长历程、儿童教育的形式、教育与娱乐的关系、少男少女的差异及教育方式等，无不在儿童文学中得以体现。专门为儿童而创作的童书的出现这一现象本身，从本质上讲，是社会承认儿童的独特性、童年观发生变化的标志之一（Sánchez-Eppler，2011：35）。很多作家将自身的童年经历带入儿童文学创作，如在英国狄更斯的代表作——半自传体小说《大卫·科波菲尔》中，作者本人悲惨的童工经历也映射在科波菲尔身上；美国马克·吐温的《汤姆·索亚历险记》被认为是他自传性最强的一部小说，其中描绘的孩童、童年经历，以及那些他们所处的小镇生活，几乎是作者自身童年经历的再现。

反过来讲，儿童文学也同其他文学作品一起参与社会构建，以潜移默化的形式参与社会观念的塑造，“是特定社会童年观各种尺度（size）的主要来源之一”（同上），作家们在儿童文学作品中对“童年”的描画又以各种形式影响着社会对儿童和童年的认知。如卢梭的《爱弥儿：论教育》推动了西方社会儿童观的现代化；美国作家路易莎·梅·奥尔科特的《小妇人》和托马斯·奥尔德里奇的《一个坏男孩的故事》分别向世人展示了少男少女应遵循的社会规范，影响了很多读者，两位作家的写实主义手法也为史学家、社会学家展示了19世纪中期美国社会中少男少女的真实生活（同上，2011）。

但是，如果将书里的故事（story）完全视为现实生活，仿佛读了《汤姆·索亚历险记》就能熟知真实的19世纪的美国社会（同上），那么读者构建起来的只能是虚拟的童年镜像，这显然是将童年、社会和文学之间的关系简单化了。实际上，文学作品中的童年并非完全写实。有些儿童文学作家笔下的童年却与自身经历大相径庭，如爱尔兰作家罗伯特·路易斯·史蒂文森自幼备受宠爱，而他故事里的童年却黑暗晦涩，如《诱拐》（*Kidnapped*，1886）刻画的少年，大卫·鲍尔佛，不断被他叔叔算计，凶险连连，还有不到13岁的兰瑟姆在船上当侍者，常常被大副尚先生打了个半死，饱受虐待；还有些作家将童年理想化（idealized childhood），甚至浸透着童年崇拜（cult of childhood）思想。

文学，尤其是儿童文学中的童年既可能是作者自身经历的真实写照，也有可能是作者想象力的结晶，还有可能是作者意图通过作品构建“儿童”“童年”等相关概念的方式，在整个社会历史中童年观念、文学、社会之间的互动时隐时现。同时，文学通常是社会现实最直接、最敏锐的折射，文学或儿童文学中的儿童形象和童年境遇大多是作家们在表达自己对儿童、童年的想法，试图推广这些想法影响社会认知。反过来，他们自己的相关思想观点也是受到特定社会历史及文学语境的影响而形成的。总之，童年、童年观、社会和儿童文学之间总是亲密互动、共同发展。

参考文献

林兰 . 2014. 论“童年研究”的视角转向 . 全球教育展望，(11): 83–91.

林兰 . 2016. 论现代童年概念的内涵、源起与局限 . 华东师范大学学报：教育科学版，(4): 30–35.

刘晓东 . 2017. 童年何以如此丰饶：思想史视角 . 南京师大学报 (社会科学版)，(5): 70–79.

舒伟 . 2015. 英国儿童文学简史 . 长沙：湖南少年儿童出版社 .

张伟 . 2017. 儿童 · 家庭 · 学校：西方近代教育观念的兴起与演进 . 北京社会科学，(9): 34–41.

Archard, D. 2004. *Children: Rights and Childhood* (2nd ed.). London: Routledge.

Ariès, P. 1962. *Centuries of Childhood: A Social History of Family Life*. (Robert Baldrick, Trans.). New York: Vintage Books.

Cunningham, H. 1998. Histories of childhood. *The American Historical Review, 103*(4): 1195–1208.

Huijsmans, R., George, S., Gigengack, R. & Evers, S. 2014. Theorising age and generation in development: A relational approach. *The European Journal of Development Research, 26*(2): 163–174.

Immel, A. 2009. Children's books and constructions of childhood. In M. O. Grenby & A. Immel (Eds.). *The Cambridge Companion to Children's Literature*. Cambridge: Cambridge University Press, 19–34.

James, A. & Prout, A. 1997. *Constructing and Reconstructing Childhood: Contemporary Issues in the Sociological Study of Childhood*. London: Routledge.

Key, E. 1909. *The Century of the Child*. New York: G. P. Putnam's Sons.

Reynolds, K. 2014. Perceptions of childhood. *The British Library*. Retrieved Jul. 26, 2020, from The British Library website.

Sánchez-Eppler, K. 2011. Childhood. In P. Nel & L. Paul (Eds.), *Keywords for Children's Literature* (2nd ed.). New York: New York University Press, 35–41.

Sullivan, H. S. 1953. *The Interpersonal Theory of Psychiatry*. New York: W. W. Norton & Company.

性别批评 GENDER CRITICISM

儿童文学（children's literature）中的性别问题主要包括两个方面：一是儿童文学创作中的性别问题；二是儿童文学批评中的性别主题。性别问题与身份问题和伦理问题联系紧密。不同文化背景和历史时期中的社会往往对性别角色有不同的定位与道德规范，这些具体的规范最终投射于儿童文学作品中，或表现为对主流性别伦理、形象，以及性别间权力关系的巩固，或表现为对上述事项的挑战和质疑。此外，儿童文学批评对于性别问题的关注也源于社会发展所带来的性别伦理观的变化。传统观念视之为当然的性别特质和权力关系在新的社会语境中遭到挑战，评论家们通过解读儿童文学作品中的性别形象和性别视角将以往被忽视的性别问题推向前台，成为儿童文学研究中的热点问题之一。同时，儿童文学批评对于性别问题的讨论常常也会影响儿童文学作品的创作、出版和市场需求。

在以小农经济为主导的封建制度下，男性的生理优势往往决定了其在生产和政治生活中的主导地位，女性的社会生活空间局限于家庭（family）。在这一时期，社会往往要求男性身体强健、果敢无畏、具有领导力和开拓力，而对女性的期待则是富有母性、以家庭为中心、顺从配合。这样的伦理观念和性别权力关系不可避免地反映在儿童文学作品中，有时是作家性别观的潜意识投射，有时则是主动帮助儿童（children）为未来的社会生活做好准备，而更多时候是兼而有之。因此，工业革命之前及工业革命初期的西方儿童文学作品往往反映出相似的性别意识和伦理观念。传统的儿童文学作品往往并不关注性别问题，作家们只是依照传统的性别观塑造男性和女性形象，并视其为当然。在这些作品中，女性角色的形象单一、趋同，与现实社会中一样处于从属和跟随的地位。温柔、顺从、愿意牺牲是她们共有的性格特征。而男性往往有更重要的地位，被刻画为睿智、勇敢的领导者。

19 世纪中后叶，当工业革命将西方国家逐渐带入资本主义社会之后，机器的运用和基础教育的普及使得越来越多的女性参与到家庭以外的社会生活之中，社会伦理和性别权力关系开始发生变化，一些儿童文学作品开始质疑甚至挑战传统性别观念。一些作品，如奥尔科特的《小妇人》等，开始以女性为主角，关注不同女性的性格差异和女性独特的成长历程，针对女童的“女生文学”开始出现，与以男孩为主角、类型多为历险故事的“男生文学”有所区别。这两种亚文类的出现反映出社会性别观念的发展，说明当时人们虽然已经普遍认识到女孩与男孩具有不同的性别特质，在成长过程中需要不同的引导，但是此类作品中的女性角色往往经历被驯服和教化的过程，最终成长为符合男权社会伦理道德规范的女性。

20 世纪早期，随着工业化的发展和社会分工的进一步改变，女性开始在社会生活中发挥越来越积极的作用。技术的革新使得男性的生理优势变得不那么显著，女性得以从事与男性相同的职业。工业社会的经济形态使得男女的社会分工开始发生变化，并且促使男女权力关系和身份认同（identity）也发生改变，女性要求平权的呼声越来越高。反映在儿童文学作品中，表现为一些女性角色也开始从事传统上由男性从事的职业。例如，在这一时期的英国儿童文学作品中，就出现了以女性角色为主角的冒险小说。贝西·马钱特（Bessie Marchant）于 19 世纪末到 20 世纪初创作的一系列作品就是其中的代表。在《菲莉丝的冒险》

(*The Adventures of Phyllis: A Story of the Argentine*, 1910)等小说中，女性角色勇敢果决、意志坚定，能独立战胜各种困难。马钱特的小说改变了维多利亚探险小说以男孩或男性为主角的传统，也改变了女性柔弱的刻板形象。然而，女性角色在这些作品中仍然具有鲜明的工具性，性别为她们的成长和生活带来的问题与困惑并未受到关注。

20 世纪 60 至 70 年代，女性要求平等权利的呼声达到高潮，出现了各类女权思想，要求重新思考女性身份问题和伦理问题。这些思考和讨论也反映在儿童文学作品的创作中。1977 年，吉因 · 肯普(Gene Kemp)发表《泰克 · 泰勒乱糟糟的一学期》(*The Turbulent Term of Tyke Tiler*)，将女主角泰克塑造为一个敏捷、大胆、聪颖，同时又莽撞、不整洁，甚至有些粗鲁的女孩儿。这些特质颠覆了传统的女学童形象，让读者意识到女童群体存在多样性，性别刻板形象无法定义所有女孩的性格。

21 世纪后半叶出现了越来越多的以讨论性别建构和女性成长为主题的儿童文学作品，以《她怒吼》(*When She Hollers*, 1994)为代表的一批作品不仅以女性为主角，而且还引导女性读者关注自己面对的成长困境，鼓励她们勇敢的战胜困难，因此性别问题在这些作品中被关注、被揭示、被讨论。此外，跨性别、同性恋、性别认同等传统上属于儿童文学禁忌的话题也开始出现于儿童文学作品中。例如，艾伦 · 威特林格(Ellen Wittlinger)创作的《鹦嘴鱼》(*Parrotfish*, 2007)中，故事(story)描述了主人公格雷迪在成长过程中遇到的性别认同上的困惑。格雷迪在故事的开头有一个更加女性化的名字"安吉拉"，这个名字是他出生时父母根据他的生理性别取的。然而，在成长的过程中，他逐渐意识到他的心理性别居于男与女"中间"，且更偏向于男性，于是他坚持为自己改了一个中性的名字"格雷迪"。此类背离儿童文学创作传统的作品通常强调性别的社会建构性，认为性别是后天建构而不是先天形成的，生理上的性别不能决定一个人的性别身份。

儿童文学研究中对于性别问题的关注也发轫于 20 世纪 70 年代。在西方国家方兴未艾的女权主义运动为儿童文学领域的性别研究提供了理论依据和思想武器。威兹曼(Lenore Weitzman)等学者在发表于 1971

年的文章《学前儿童绘本中性别角色的社会化》(“Sex-role Socialization in Picture Books for Preschool Children”)指出，儿童绘本中女性榜样角色数量极少，即便有也总是被刻画为被动、居家、总是需要男性的帮助才能战胜困难的刻板形象。威兹曼等人的文章持自由女性主义(Liberal Feminism)思想，强调儿童文学中所塑造的女性刻板形象会并通过儿童的阅读(reading)进一步流传和固化，最终加强父权社会对于女性的矮化和弱化。儿童文学作品中的两性形象开始成为研究的热点。受威兹曼研究视角的启发，一些儿童文学研究学者从女性主义(Feminism)的角度重新阅读传统儿童文学作品，揭示其中包含的性别伦理和规范。福斯特(Shirley Foster)的研究就是其中的代表之一。在《凯蒂读了什么：女权主义者为女孩重新解读“经典”故事》(*What Katy Read: Feminist Re-Readings of “Classic” Stories for Girls*，1995)一书中，福斯特与西蒙斯用女性主义视角分析了包括《绿山墙的安妮》《秘密花园》在内的八部为女孩创作的儿童文学作品，从语言、人物性格、角色安排等方面分析了这些作品所反映出的在性别伦理、身份认知、家庭关系方面的社会历史变化。

从女性主义视角来解读、批评儿童文学作品所表达出的性别观点，尤其是父权思想主导的性别观念，是70—90年代西方儿童文学批评中性别研究的主流。这些研究与其他文艺领域的女性主义批评一道，将女性从失语与隐身的境况中解放出来，在帮助更多女性认识到自己的力量的同时，也使人们认识到女性的权利和需求，为女性赋权。然而，过于集中的研究视角和路径也导致儿童文学的性别研究缺少对男性视角及男性身份建构的关注，同样会造成研究上的性别失衡，这样的失衡也很容易背离要求性别平权的批评初衷，并阻碍性别问题研究在儿童文学领域中的进一步深入。儿童文学性别问题研究面临的这一问题反映了同时期女性主义运动和理论(theory)所面临的困境，即女性主义如果一味强调、抬高女性地位，甚至以贬低、忽视男性为途径，可能就会造成新的性别不平等，从而失去广泛的同情和支持。反思之下，一些新的观点开始浮出水面。这些观点强调女性主义思想的核心是平权，包括性别平权、亲子平权、人种平权、信仰平权等，常被归为“后女性主义”。一些女性主义批评家认为，儿童文学作品更需要传递性别平等观念，罗伯塔·塞林格·特瑞兹（Roberta Seelinger Trites）就是其中的代表。其专著《唤醒睡美人：儿童小说中的女性主义声音》（*Waking Sleeping Beauty: Feminist Voices in Children's Novels*，1997）明确提出她秉持的女性主义思想是人人平等且有自主选择生活方式的自由。平权和选择自由的观点为女性主义获得了更广泛的社会基础，也为儿童文学的性别研究扩宽了思路。

进入21世纪，随着性别理论的进一步发展，特别是酷儿理论（Queer Theory）等新理论工具的出现，儿童文学的性别研究开始关注男性形象的建构、两性关系的描述、儿童性别意识及跨性别意识的发展等问题。马兰（Kerry Mallan）在其专著《儿童小说中的性别困境》（*Gender Dilemmas in Children's Fiction*，2009）中就以平权视角和酷儿视角讨论了儿童小说（children's fiction）中展现的性别困境和问题。与传统的女性主义儿童文学批评不同，为女性赋权不再是此类儿童文学批评的主要目标，其研究范围也超出了传统的两性关系，不同性别和性取向的人群所面对的生理、心理与社会问题成为此类研究的主题，其最终目标是打破与女性、男性、两性关系相关的所有刻板印象，讨论如何建构健康的性别关系和性别伦理。

参考文献

Bessie, M. 1910. *The Adventures of Phyllis: A Story of the Argentine*. London: Cassell and Company.

Foster, S. & Simons, J. 1995. *What Katy Read: Feminist Re-Readings of "Classic" Stories for Girls*. London: Palgrave Macmillan.

Kemp, G. 1977. *The Turbulent Term of Tyke Tiler*. London: Faber & Faber.

Mallan, K. 2009. *Gender Dilemmas in Children's Fiction*. London: Palgrave Macmillan UK.

Orenstein, C. 2002. *Little Red Riding Hood Uncloaked: Sex, Morality and the Evolution of a Fairy Tale*. New York: Basic Books.

Trites, R. S. 1997. *Waking Sleeping Beauty: Feminist Voices in Children's Novels*. Iowa City: University of Iowa Press.

Weitzman, L. J., Eifler, D., Hokada, E. & Ross, C. 1971. Sex-role socialization in picture books for preschool children. *American Journal of Sociology*, 77: 1125–1149.

Wittlinger, E. 2007. *Parrotfish*. New York: Simon & Schuster.

叙事学批评 NARRATOLOGY CRITICISM

儿童文学研究对叙事的重视与广义文学研究中叙事学的蓬勃发展，乃至“叙事”一词的流行分不开，这些也是其产生的理论场域。

叙事，其实指的就是讲故事（story），英文是 narrative，但 narrative 翻译成中文却有两个选择：一为“叙事”，二为“叙述”。“叙事”一词为动宾结构，同时指涉讲述行为（叙）和所述对象（事）；而“叙述”一词为联合或并列结构，重复指涉讲述行为（叙 + 述）。这样严格区分是具有理论意义的，实质上是对“叙述话语”和“所述故事”这两个层次的区分（申丹，2009：220）。对叙事的系统研究就是叙事学。叙事学于 20 世纪脱胎于结构主义，提出了“故事 / 话语两分法”“叙述者”“聚焦”“隐含作者”“不可靠叙述”等重要概念，在整个文学研究领域产生了重要影响。随着叙事学逐渐发展，研究者更加关注叙事文本的语境，由此产生了包括女性主义叙事学、修辞叙事学、认知叙事学、非自然叙事学等流派在内的后经典叙事学，叙事学进入更加繁荣的发展阶段。叙事学主要关注的不是“讲什么”的传统问题，而是聚焦于“怎么讲”的过程和机制。叙事往往掩盖自身走向成功的痕迹和过程，而叙事学则致力于剥丝抽茧地还原这一过程。不过，近些年来随着叙事学成为文学研究的“显学”，“叙事”一词往往被等同于“故事”来使用，而不具有叙事学的方法论和理论内涵。

后经典叙事学并非是对经典叙事学的完全摒弃，而是在保留其重要分析概念的基础之上与女性主义（Feminism）、认知科学等其他语境、领域甚至跨学科研究（interdisciplinary research）结合起来产生的，它与经典叙事学同时并存，而并非是摒弃和取而代之的关系。由于叙事学特别关注不同类型叙述者的不同叙事策略和修辞效果，以及叙述者/受述者的叙事交流，这些理论模型对儿童文学（children's literature）中一直以来提倡的成人（adult）/儿童（children）的二元对立具有深刻的阐释力，因此早在20世纪90年代，一些著名的儿童文学学者就大力呼吁要将叙事研究引入儿童文学研究，包括彼得·亨特、玛丽亚·尼古拉耶娃及约翰·斯蒂芬斯等人。尤其是玛丽亚·尼古拉耶娃，她是儿童文学研究领域最早，也是最持续采用叙事理论（narrative theory）从事儿童文学的专家，近年著有《为学而读：儿童文学的认知进路》（*Reading for Learning: Cognitive Approaches to Children's Literature*，2014）。

在国内，叙事研究在儿童文学研究领域还比较少见，大致可以分为两个时期。起步期主要有梅子涵的《儿童小说叙事式论》和杨鹏的《卡通叙事学》等著作。前者第一次系统地梳理了中国儿童小说（children's fiction）的叙事模式，后者讨论了美国和日本卡通故事创作的艺术规律，以及中国原创卡通的出路问题。这两部专著将经典叙事学研究首创性地引入儿童文学研究，具有奠基性的开创意义。深入期研究则聚焦于儿童文学的细分文类，在严格的叙事理论指导下开展深入研究。谢芳群的《文字和图画中的叙事者》对儿童文学的叙述者类别和叙事功能进行了探讨；常立等的《让我们把故事说得更好》梳理了中国原创图画书（picturebook）的叙事话语特点；聂爱萍的《儿童幻想小说叙事研究》研究了儿童幻想小说的叙事模式、视角、时间叙事和空间叙事特点；惠海峰的《英国经典文学作品的儿童文学改编历时研究》系统地采用了叙事学的理论框架对儿童文学改编（adaptation）进行了深入研究，剖析了儿童文学改编对叙述者类型、深层叙事结构、聚焦、叙述声音与叙述权威等重要叙事策略所做的调整，是儿童文学领域叙事研究的重要著作，也是国内首次采用认知叙事学对儿童文学的创新研究。具体而言，叙事对儿童文学研究的特别价值来源于以下几个方面：

首先，小说的叙事模式一般可分为讲述（telling）和展示（showing），这是广义文学研究的划分。18世纪的小说讲述性更强一些，从亨利·詹姆斯（Henry James，1843—1916）和福楼拜（Gustave Flaubert，1821—1880）等作家推崇作者从小说中的隐退开始，在文学意识更强的小说作品中，展示性越来越受到推崇，甚至有主张要尽可能消除讲述的痕迹。但是儿童文学不一样，儿童文学自诞生起就强调教育性、娱乐性和儿童读者的易接受性，因此儿童文学一直以来讲述性特别突出，叙事的痕迹也更为明显，这往往体现在作者与读者之间的直接交流对话（特别是语气词的使用），以及故事嵌套结构的使用（如《一千零一夜》）。儿童文学的教导意义和道德功能通过直接的叙事交流能更方便地传达给儿童读者。

其次，儿童文学研究的一个前提是成人作者为儿童读者创作，这两者不是等位的，存在明显的差异和二元对立。成人作者站在权威地位，是创作者、道德规范制定者、故事叙述者（因此也是信息的发出者和揭示者）；而儿童读者站在被动的、弱势的地位，是阅读者、道德信息的接受者、受述者。成人作者与儿童读者的权力不平等地位和二元对立是根深蒂固的，因此尽管在冒险小说中儿童主人公往往被暂时赋予特别的权力和能力，但这一情况往往只能发生在某个远离（虚构世界的）真实世界的奇异世界（如《纳尼亚传奇》），而且最终在故事的结尾儿童主人公仍然会回归普通。儿童文学中的成人/儿童的二元对立来源于儿童文学的叙事，它是成人讲述给儿童的故事，植根于儿童文学寓教于乐的使命，最终也体现并实现在儿童文学的叙事文本中。

再次，儿童文学往往包含了丰富的插图和副文本（paratext），这是叙事的重要组成部分，也是儿童文学和成人文学的主要差异之一。插图是儿童文学的独特魅力之一，著名的国际安徒生奖（Hans Christian Andersen Award）就将儿童文学作家和插画家分开奖励，而在美国的儿童文学大奖中，兰道夫·凯迪克奖（Randolph Caldecott Medal）是专为绘本设立的，由此可见插图在儿童文学中的重要地位。插图不仅是儿童文学作品的重要组成部分，而且是文类的界定性要素。因此，既有几乎是纯文字的章节小说（chapter book），又有图文并茂、相辅相成的图画书，以图画为主的图画小说，甚至还有只有图画、没有文字的无字书（wordless picturebook）。可见，随着图画在整部作品中的比例和重要性越来越高，文类也在不断发生变化。图画书研究是儿童文学的重要领域，代表学者有德国的贝蒂娜·库默林·梅鲍尔（Bettina Kümmerling-Meibauer）。图画与文字的关系，有时相互对照印证，但更多的时候处于不对称甚至冲突的地位。由于图画和文字在根本上属于两种不同的媒介（media），前者是共时的、抽象的，后者为历时的、精确的，因此，图画可以言说文字所没有讲述的内容和细节，而文字可以点明图画这种视觉艺术所无法直接传递给读者的概述、思想和信息。除了媒介属性不同之外，两者的信息也可能是不对称的，既可以是图画表述的信息更多，文字仅仅是点缀和提示，也可能是文字为主，图画更多作为具象性和直观性的补充出现。两者甚至可以是在主题思想上具有冲突或颠覆意图的，这往往是先锋派作品探索的方向，或是处于社会审查、道德规范的压力下不得已而采取的叙事策略。总之，图画和文字的关系是微妙、丰富、个体化的。

副文本则是儿童文学的另一显著叙事特征。按照热奈特的定义，副文本是“使文本成为一本书的要素，从而将其推向读者和大众”（Genette & Maclean，1991：1）。副文本包括了各式各样的元素，如序、跋、封面、封底，甚至是文本之外的或者非文本性的元素，如对作者的采访、花絮、DVD 包装盒等。儿童文学的副文本格外丰富，这体现在其丰富的背页推荐[1]、封面元素（包括各种获奖、书单推荐、插图等）、篇首语、引言、导言、导读、文末的阅读理解提要、习题，甚至是参考答案等。这些副文本的共同之处在于它们都属于作为商品的书籍（book）的一部分，但不属于故事的本文，甚至有时候也并非由作品作者创作。这些副文本元素是儿童文学图书有别于成人图书的重要形式特征，如果缺少会让这些作品的特色大打折扣。因此，对副文本的研究，尤其是从叙事学角度出发，能够帮助我们更深刻地理解儿童文学作品的功能和属性。例如，从《格列佛游记》新课标版所添加的叙事分析的习题中，在将《格列佛游记》改编成新课标版时，改编者必须考虑如何使之符合语文课程的要求。斯威夫特的这部小说对人类的价值观和道德观进行怀疑和批评

1　这已经成为儿童文学作品的传统。国外作品的背页往往是各种杂志上刊登的对该作品的评论，国内则通常印有著名儿童文学评论家或高级语文教师的推荐词。

而并非表示某种嘉许，这种微妙的立场很容易被天真的儿童读者误解，因此对该书的改编十分必要，必须考虑其在道德教育方面可能产生的影响。从小说正文到每章的评论，叙述者发生了变化。添加的这个评论部分并非来自斯威夫特的原作，而是构成了一个元话语层，位于正文的叙事层之上，对位于其下的叙事层发生的事情可以方便地发表评论，将格列佛作为描述、凝视、概括和评论的对象，契合儿童读者阅读的场景，与原作形成了某种带有张力的关系，塑造了一个更加正面的格列佛形象。

参考文献

申丹 . 2009. 也谈“叙事”还是“叙述”. 外国文学评论，(3): 219–229.

Genette, G. & Maclean, M. 1991. Introduction to the paratext. *New Literary History, 22*(2): 261–272.

Nikolajeva, M. 2003. Beyond the grammar of story, or how can children’s literature criticism benefit from narrative theory?. *Children’s Literature Association Quarterly, 28*(1): 5–16.

Nikolajeva, M. 2004. Toward a genuine narrative voice. *Bookbird: A Journal of International Children’s Literature, 42*(1): 13–19.

Zunshine, L. 2019. What Mary Poppins knew: Theory of mind, children’s literature, history. *Narrative, 27*(1): 1–29.

关键术语篇

阿斯特丽德·林格伦纪念奖

ASTRID LINDGREN MEMORIAL AWARD

阿斯特丽德·林格伦纪念奖（Astrid Lindgren Memorial Award）是阿斯特丽德·林格伦去世后，瑞典政府为了纪念她在儿童文学（children's literature）方面作出的巨大贡献，于 2002 年设立，旨在激励儿童阅读精彩故事[1]的儿童文学奖。该奖项自 2003 年起每年颁发一次，授予在儿童（children）和青少年文学方面作出杰出贡献的个人或组织。该奖项由瑞典国家文化事务委员会（Swedish National Council for Cultural Affairs）管理，授予儿童文学作家、插画家、口头故事讲述者，以及从事儿童和青少年（young adult）阅读（reading）推广工作的个人或组织。该奖项的奖金总额为 500 万瑞典克朗，居于同类奖项之首。评奖公告通常会在春天发布，在评审团的决策会议之后，评审团主席告知获奖者喜讯，随后获奖者将正式接受该奖项。出席颁奖仪式的成员包括瑞典王储维多利亚公主及瑞典文化和民主部长等重要人员。迄今为止，该奖项共颁发给 21 位获奖者，包括 11 位作者、7 位插画家（10 名女性和 8 名男性）和 3 个组织。

1958 年 4 月，阿斯特丽德·林格伦在国际安徒生奖（Hans Christian Andersen Award）的颁奖典礼上发表演讲时说，“世界上发生的一切伟大的事情，最初只在想象中发生。孩子们的阅读能创造奇迹”。很少有人能像阿斯特丽德·林格伦那样，为儿童享有丰富内心生活的权利作出如此大的贡献。她的故事（story）深受全世界的喜爱。她是儿童文学的复兴者，亦是一位坚定的人道主义者。她在公共辩论中发出了自己的声音（voice），以道德信念和幽默的口吻发表讲话，并始终关注孩子和他们的未来。2002 年，她的声音最终归于沉寂，瑞典政府决定为她的贡献设立奖项。阿斯特丽德·林格伦纪念奖授予那些延续着她的精神的人，那些有着想象力、勇气、尊重和同理心，并永葆艺术精神的人。

1 O'Sullivan, E. 2010. *Historical Dictionary of Children's Literature*. Plymouth: Scarecrow Press, 33.

安徒生文学奖

HANS CHRISTIAN ANDERSON LITERATURE AWARD

安徒生文学奖（Hans Christian Anderson Literature Award）创立于丹麦，以表彰同安徒生一样具有世界性影响力的儿童文学（children's literature）作家，特别是在体裁（genre）或叙事技巧方面带有明显安徒生痕迹的作家。安徒生文学奖最初由民间倡导，后获得了丹麦王室的支持，也被誉为“丹麦最高文学奖”。相比于其他儿童文学奖项，安徒生文学奖更为关注具有广泛世界影响力的畅销儿童文学作品。自 2010 年起，每两年评选一次，颁奖地点设在安徒生的出生地欧登赛。以创作《哈利·波特》系列作品而闻名于世的英国儿童文学作家乔安妮·凯瑟琳·罗琳成为该奖项的第一位获奖者。随后，智利作家伊莎贝尔·阿连德（Isabel Allende）、印度作家萨尔曼·鲁西迪（Sir Salman Rushdie）、日本作家村上春树（Haruki Murakami）、英国作家安东尼娅·苏珊·拜厄特（Antonia Susan Byatt）和挪威作家卡尔·奥韦·克瑙斯高（Karl Ove Knausgård）分别获此殊荣。

值得一提的是，被誉为“第二个安徒生”的巴西作家保罗·科埃略（Paulo Coelho）凭借《牧羊少年奇幻之旅》（*The Alchemist*，1988）曾于 2007 年获得奥登赛荣誉奖，他的名字也被列入安徒生文学奖的名单中。

布拉迪斯拉发插图双年展

BIENNIAL OF ILLUSTRATIONS BRATISLAVA

布拉迪斯拉发插图双年展（Biennial of Illustrations Bratislava，简称 BIB），发源自 1965 年捷克斯洛伐克举办的一个名为“布拉迪斯拉发儿童插图”的全国性展览。

1967 年，布拉迪斯拉发插图双年展由朱德·杜桑罗尔（JUDr. Dušan Roll）、米洛斯拉夫·赫鲁伯（Miroslav Holub）、阿尔宾·布洛诺夫斯基（Albín Brunovský）等儿童图书插画爱好者和艺术家首次组织举办，来自 25 个国家的 320 名插画家参与其中。BIB 举办目的是为儿童（children）介绍优秀的插画作品，并吸引儿童。BIB 举办的 25 次展览，展出了来自 110 个国家的 7580 名插画家的 59860 幅原画和 9500 多本图书。

BIB 由国际儿童艺术之家 BIBIANA 组织，由联合国教科文组织和国际青少年图书委员会（International Board on Books for Young People，简称 IBBY）主办，也受到斯洛伐克共和国文化部的支持。每奇数年的秋季（九月和十月），在斯洛伐克首都布拉迪斯拉发举办的书展及“最佳插画”会议，现已成为世界上最重要的儿童插画艺术（illustration）活动。BIB 组织颁发的奖项包括大奖赛（Grand Prix，Golden Apple，Zlatéjablko）、牌匾（plaque）和荣誉提名（honorable mention）[1]。BIB 与世界各地的国际组织、机构、斯洛伐克文化机构和大使馆合作，展示各国及斯洛伐克多个城市的儿童和青少年插图艺术，并通过举办书展等向世界各地积极推广高质量的儿童插画作品。

成人 ADULT

“成人”（adult）一词起源于拉丁语，指的是“发育完全、成熟稳定的生命状态”。成为一个成年人的标志是实现在身体、行为和社会层面的成熟。在儿童文学（children’s literature）中，成人与儿童（children）

1 O’Sullivan, E. 2010. *Historical Dictionary of Children’s Literature*. Plymouth: The Scarecrow Press, 44.

通常以二元对立的关系存在。儿童一直以来代表的是幼稚和弱小，而成人则是全知和权力。成人作为优势方能够压制和控制儿童，而儿童想要奋起反抗、挣脱束缚，这种元素体现在多部儿童文学代表作品中。在《爱丽丝梦游奇境记》结尾的庭审场景中，爱丽丝作为儿童的代表勇于陈述自己的观点，表达对红心国王和王后以及整个地下王国枉顾正义的不满，并最终由于自己的反抗而回到了现实世界。

儿童文学界一直存在的观点认为儿童文学是成人以儿童读者为目标的实践[1]。大多数儿童文学是成人创作的，在出版、发行、购买的过程中也都是成人占据主导地位。有学者认为，成人是借儿童文学来传播自己的观点，以便从源头影响下一代。一些研究认为成人与儿童的关系就是作者与读者、老师与学生、父母与儿童之间的关系。

在后现代语境下，成人与儿童之间是否有明确的界限成了许多研究者探寻的课题。儿童文学将成人进行细分，对青少年（young adult）和新兴成人（emerging adult）进行了较为深入的研究。同时，《哈利·波特》系列小说的全球性成功引起了学界对跨界小说（crossover fiction）的研究。当下，有许多学者立足于从儿童本位（child based）出发，探究儿童自身在儿童文学和童年（childhood）中的作用，以及他们怎样反抗成人话语。马拉·古巴尔（Marah Gubar）提出了儿童能动性（agency）的"亲缘模型"（kinship model），她指出，尽管在发展的过程中所遭遇的经历不同，但成人和儿童在本质上是相似的，二者在发展上看是接续的[2]。她认为，儿童并不是被动地接受成人文化，而是具有能动性的，因此我们应当重新思考成人和儿童的定义与界限区分。

---

1 Nodelman, P. 2008. *The Hidden Adult: Defining Children's Literature*. Baltimore: Johns Hopkins University Press, 4.

2 Gubar, M. 2013. Risky business: Talking about children in children's literature criticism. *Children's Literature Association Quarterly, 38*(4): 453.

尺度 SIZE

在讨论尺度（size）的时候，我们讨论的大多是“大”和“小”两种形态，这不仅指实际的形状区别，如角色的体型和物体的体积，而且也指虚拟的大小，如角色的主次。

在儿童文学（children's literature）中，人物体型的变化早已被用来增强作品的趣味性。例如，在《爱丽丝梦游奇境记》中，爱丽丝从兔子洞中掉落后喝下药水变小，从而进入了地下王国；《格列佛游记》中，格列佛游历了“小人国”利立浦特和“大人国”布罗卜丁奈格。在作品中，体型小的角色一般给人智慧、弱小、次要的印象；而体型大的角色一般给人粗鲁、嗜血和暴力的印象。例如，温顺可爱的拇指姑娘和约翰·罗纳德·瑞尔·托尔金笔下聪慧好客、性格坚韧的霍比特人，体型大的角色如王尔德笔下一开始自私的巨人。但体型大的角色有时也会以守护者的形象出现，如泰德·休斯的《铁巨人》（*The Iron Man*，1968）和《女铁人》（*The Iron Woman*，1993）中，巨人通过自己巨大的体型让世人警惕、警醒。

儿童文学中不同体型的角色旨在发挥教育作用，让儿童（children）在阅读时意识到“他者”（other）的存在，从不同的角度看待世界。此外，许多作品表达出儿童也可以拥有巨大能量，如《哈利·波特》系列中的孩子甚至比大多数成年人的价值观还要成熟，能力还要强大，最终孩子们团结起来取得了魔法世界的胜利。在《爱丽丝梦游奇境记》的结尾，爱丽丝的身体越长越大也代表了爱丽丝逐步获得的自信以及在心理层面的成长。除此之外，正如人们对儿童的期待，体型小的角色蕴含着成长的可能性。

除了体现在文学文本中，书籍（book）出版也区分了尺寸大小。为了让书籍更适合儿童捧读，1744 年，约翰·纽伯瑞公司就出版了《美丽的小书》。大多数儿童书籍在出版时都会考量儿童的阅读习惯，出版商通常会将某一类童书设计成大开本，如地图册或者科普图册等，以方便读者阅读。

初级读本 PRIMER

初级读本（primer）是教导儿童（children）阅读、识字的读物，又被称作“入门书”（horn book），它包括字母、音标书、识字书、图画书（picturebook）、科普小册子（chapbook）等。在中世纪初期，初级读本带有一定的宗教宣传性质，学习和阅读宗教读物高度相关，比如在儿童识字领域，字母通常会被打上神圣的宗教寓意。18、19 世纪以来，初级读本的宗教性逐渐减弱，其主要目的变为识字识物和其他知识的教学。为了提高趣味性，读本会配有图画或有韵律的句子、童谣（nursery rhyme）。早在 1658 年，科美纽斯在他的《世界图绘》中以这种形式来教授拉丁文。1690 年《新英格兰初级读本》（*The New England Primer*，1687—1690）出版，该书对儿童识字教育（education）具有重大意义，它采用押韵诗歌的形式来吸引儿童的兴趣，内容与宗教相结合，在 17—18 世纪该读本被教育界广泛采用，这“意味着带有插图的押韵诗歌字母表成为标准的教学实践”[1]。1744 年，约翰·纽伯瑞出版了《美丽的小书》，它被视为第一本儿童文学（children's literature）作品，在各方面具有重大意义。其内容由按照字母顺序的童谣、宗教谚语与小故事组成，娱乐的同时方便儿童识字与获取知识，因此也可以归属于儿童初级读本的行列。1783 年，诺亚·韦伯斯特（Noah Webster）的《蓝书拼写者》（*The Original Blue Back Speller*，1783）问世，之后成为最热门的儿童学习拼写与单词的入门读物。[2]

值得注意的是，“第一批商业性的儿童初级读物是由妇女编写的”，其中最著名的是安娜·巴博尔德的《儿童课程》（*Lessons for Children*，1778—1779），自此之后它成为“出版教学书籍的范式”[3]。初级读本在 19 世纪很受欢迎，开始不只局限于字母书、识字书的范围，还囊括一

1 Paul, L. 2009. Learning to be literate. In M. O. Grenby & A. Immel (Eds.), *The Cambridge Companion to Children's Literature*. Cambridge: Cambridge University Press, 129.

2 同上，138。

3 同上，133。

些较为复杂的词汇书、科普书与教科书。20 世纪以来，初级读本还在不断发展，如配有彩色图画的字母书：苏斯博士的《苏斯博士——ABC 奇妙字母》（*Dr. Seuss's ABC: An Amazing Alphabet Book!*，1963）和 2008 年玛丽恩·巴塔伊（Marion Bataille）的 3D 式立体字母书等[1]。不同国家会有相对应的初级读本或者识字读本，它们各具特色，但最终目的都是寓教于乐，帮助儿童学习基础知识。

创伤 TRAUMA

“创伤”（trauma）一词原多用于医学领域，自 19 世纪伊始才与心理的伤害联系在一起，现如今已逐渐发挥重要作用[2]。在儿童文学（children's literature）领域中，表层的病理创伤有时起到推动故事情节发展的作用，但精神痛苦所引发的心理创伤才是构成深层叙事的主要对象。创伤主要分为两大类型：个体创伤（individual trauma）和民族创伤（national trauma）。

虽然个体创伤本身具有多样性，但个体创伤的发生往往与童年（childhood）的结束有关。在《从神话到线性》（*From Mythic to Linear*，1991）一书中，玛丽亚·尼古拉耶娃将以线性时间为主导、由主要人物驱动的青少年（young adult）小说中的从童年到成年的过程形容为一次破裂，即界限的破裂。

与个体创伤文学相比，有关民族创伤的儿童文学同等重要，甚至更有意义。在面向年轻读者的书籍（book）中，屠杀是最常见的民族创

1 O'sullivan, E. 2010. *Historical Dictionary of Children's Literature*. Plymouth: Scarecrow Press, 16–17.

2 Macareavey, N. 2016. Reading conversion narratives as literature of trauma: Radical religion, the wars of the three kingdoms and the Cromwellian reconquest of Ireland. In D. Coleman (Ed.), *Region, Religion and English Renaissance Literature*. London: Routledge, 154.

伤之一。事实上，大部分面向儿童（children）的绘本和小说会通过规避相对残酷的事实来保护儿童读者，以此来缓和历史矛盾及相关知识的传授，但近年来，相关书籍或画册的历史还原度逐步提升，即使面对儿童也不再美化历史或羞于描述真实历史场景。例如，尹德权（Yoon Duk Kwon）的《花奶奶》（*The Flower Granny*，2010）中的受害者描述了士兵们的残暴行为，并回忆起看到“一个 13 岁女孩的屁股沾满了鲜血”[1]。民族创伤小说与其他创伤文学的不同之处不仅在于其接触年轻读者的方式，还在于其在维护国家统一的政治运动中所扮演的极为重要的角色[2]。

帝国 EMPIRE

根据《牛津英语词典》（*The Oxford English Dictionary*，简称 OED），帝国（empire）指多个国家或州的主权受控于一位领导者或一个政府。其他与帝国相关的词语有：帝国主义、殖民主义、新殖民主义等，但是在英国历史中，这些词语都不及“帝国”所包含的意义丰富。“帝国”这个词在词源上就与军国主义有着密切的联系。而在罗马集权化、公民权和霸权主义形成的影响下，“帝王”这个词大约在 1225 年进入英语，比“帝国”这个词早了将近一个世纪。

从 19 世纪 50 年代开始，“帝国”主题在英国儿童文学（children's literature）中占据着重要的地位，英国的帝国意识形态渗透在维多利亚晚期的儿童文学中。值得注意的是，男孩比女孩更喜欢阅读与“帝国”

1 Sung, Y. K. 2012. Hearing the voices of comfort women: Confronting historical trauma in Korean children's literature. *Bookbird: A Journal of International Children's Literature, 50*(1): 27.

2 Spencer, M. M. 2011. Reading. In P. Nel & L. Paul (Eds.), *Keywords for Children's Literature*. New York: New York University Press, 193.

相关的儿童故事（children’s story）。维多利亚时代的英国人喜爱冒险，想要远赴海外扩张大英帝国。在罗伯特·迈克尔·巴兰坦的《珊瑚岛》中，传教士在南太平洋的传教活动意味着一种文明教化，表现出对帝国主义思想的宣扬。在史蒂文森的《金银岛》中，男孩们的反叛带有英雄主义色彩，充斥着征服世界的热情。

两次世界大战之后，英属殖民地纷纷独立，战争损耗使英国失去了海上霸主地位，“日不落帝国”开始衰落。英国人民难以割舍曾经的辉煌，对帝国繁荣的想象就映射在儿童文学之中。伊妮德·布莱顿的“五个小侦探”系列，将儿童（children）的冒险设置在一座孤岛之中，孩子们在这里开启了成人世界的殖民扩张运动。托尔金的《指环王》系列和刘易斯的《纳尼亚传奇》系列，在想象的“第二世界”中构建出一个服从绝对权威的帝国，成为想象的英帝国缩影。

21 世纪以来，英国开始直面其衰落问题，全球化进程促使其思考在世界中所应承担的责任与义务。但英国的反思仍建立在对帝国的怀念之上，将帝国复兴的希望寄托在青少年（young adult）身上。菲利普·普尔曼的《黑暗物质》三部曲否定了基督教权威构建的“天国”，倡导青少年应承担责任，建立起“天堂共和国”。这一“天堂共和国”只是更为符合当今世界形势的英帝国镜像。

儿童跨种族书籍委员会

THE COUNCIL ON INTERRACIAL BOOKS FOR CHILDREN

儿童跨种族书籍委员（The Council on Interracial Books for Children，简称 CIBC），成立于 1965 年，是美国民权运动的产物，其成立目的是促使儿童文学（children’s literature）更好地反映多元文化社会现实，解决儿童文学中的种族主义、性别歧视和缺乏少数民族作家的问题，同时表达对受歧视群体（如残疾人和同性恋人群）的关切。虽然儿童跨种族书籍委员会在 1990 年停止了大部分业务，但它的目录册《分析儿童书籍中的种族主义和性别歧视的十种快速方法》（*Ten Quick Ways to Analyze Children's Books for Racism and Sexism*）仍在为广大学者所使用。

随着儿童跨种族书籍委员会的成立，人们对儿童文学中各种形式的偏见（性别偏见、种族偏见和阶级偏见）的认识有所提高。美国经典小说中因种族偏见而受到质疑的最有争议的例子是马克·吐温的《哈克贝利·费恩历险记》，该书因使用“黑鬼”（Nigger）一词而接受审查。儿童跨种族书籍委员会通过研究美国各族裔群体如何在儿童文学中得到体现，从而揭示出儿童文学作品中对亚裔美国人、墨西哥裔美国人，以及其他族裔的成见。这些调查强调文学创作中出现对不同文化（culture）和种族多样性的描写是十分必要的，这进一步促进了美国多元文化文学的发展。另外，儿童跨种族书籍委员会还为教育工作者建立了种族主义和性别主义资源中心。该中心开发并出版了“资源使用指南和视听材料，旨在提供支持并审视进而纠正种族主义和性别歧视问题，最终促进文化多元主义建设”[1]。

儿童跨种族书籍委员会在 1969 年举办了年度作家比赛，给予非裔美国人、亚裔美国人和美国原住民社区少数群体作家更多鼓励和支持。“这些较高的文学作品体现出真实可信的文化自觉，远离种族歧视和性别偏见的藩篱。”[2] 截止到比赛开办的第五年末，已出版了 21 部由儿童跨种族书籍委员会选择的获奖作品。

1 Banfield, B. 1998. Commitment to change: The council on interracial books for children and the world of children's books. *African American Review, 32*(1): 18.

2 同上，19。

儿童图书委员会

THE CHILDREN'S BOOK COUNCIL

儿童图书委员会（The Children's Book Council，简称 CBC），是一个由美国儿童（children）和青少年（young adult）书籍（book）出版商和包装商组成的非营利性贸易协会，其目标是强调阅读和享受儿童书籍的重要性，并提高公众对这种重要性的认识。

儿童图书委员会最初成立于 1944 年，当时被称为儿童图书编辑协会（Association of Children's Book Editors）。1945 年，该协会的联合创始人弗雷德里克·梅尔彻（Frederic G. Melcher）赋予该协会管理儿童图书周（Children's Book Week）的责任。在儿童图书周期间，儿童图书委员会在学校、图书馆和书店举办讲故事比赛或者参观插画书展等活动，以此来激发儿童的阅读兴趣。1972 年，儿童图书委员会与国家科学教师协会（National Science Teachers Association）合作，其目标是"编制一份当年出版的优秀科学书籍清单，并在 1973 年的国家科学教师协会的全国大会上设立特别论坛，阐释如何在科学课堂上使用这些书籍"[1]。这一合作活动富有成效，既完成了两个组织的使命，同时又帮助教育工作者挑选最适合他们学生的书籍。1977 年底，儿童图书委员会邀请图书馆、教育工作者、书商等建言献策，推动家庭（family）对儿童图书的重视。2007 年之前，儿童图书委员会每年都会组织一次图书周活动。之后该行业的慈善机构"儿童皆读者"（Every Child a Reader）继任，并成为图书周活动的赞助商。

1 Crowther, D. T., Venable, C. & Berman, C. 2005. The making of "The List": Understanding the selection process for the outstanding science trade books list. *The Science Teacher*, 72(3): 61.

儿童文学协会

CHILDREN'S LITERATURE ASSOCIATION

儿童文学协会（Children's Literature Association，简称 ChLA），成立于 1973 年，旨在鼓励儿童文学（children's literature）的学术研究和学术成果，并为儿童文学研究者提供交流思想的平台。虽然总部设立在北美，但是儿童文学协会总体而言依然是一个国际组织，由世界各地的学者、教师、图书馆员等组成，出版年刊《儿童文学》（*Children's Literature*）和季刊《儿童文学协会季刊》（*Children's Literature Association Quarterly*）。举办年度会议期间，协会通常会评出优秀理论文章、著作、优秀本科生和研究生论文各一篇（部）。同时学会也公布凤凰奖（Phoenix Award）获奖作品（该奖用于奖励出版于 20 年前，但当时没有获得主要奖项的儿童书籍），以表彰其高度的文学价值。

1969 年，创办《儿童文学》年刊的弗朗西莉亚·巴特勒（Francelia Butler）在为杂志撰写卷首语时提到 20 世纪 70 年代初儿童文学的艰难处境，“虽然图书馆管理学和教育系经常教授儿童文学这一科目，但是却将重点放在使用上，而我们需要的是人文基础，重点应当放在文学艺术领域。作为人文主义者，我们需要关注年轻人的教育（education）和文学品质”[1]。随后学会召开年度会议并借助文学期刊平台，协调各领域的学者合力改善儿童文学学术研究气候。

协会高效有力的工作提高了儿童文学的地位，协会的负责人和重要学者也经常应邀参加教育活动和儿童文学的重大活动。该协会还出版了一系列论文集《试金石：反思最佳儿童文学》，并试图建立起儿童文学的典范。《试金石》刊发的论文着力探讨特定作品成为经典（canon）的原因，采用包括女权主义批评（feminist criticism）、读者反应批评（reader-response criticism）、原型研究（archetypal study）和修辞批评（rhetorical criticism）等在内的研究方法，拓宽了儿童文学的研究视野和边界。儿童文学协会及其所属杂志迄今仍发挥着重要的引领作用。

---

1 Lundin, A. H. 2004. *Constructing the Canon of Children's Literature: Beyond Library Walls and Ivory Towers*. London: Routledge, 65.

翻译 TRANSLATION

翻译（translation）指的是把一种语言文字用另一种语言文字表达出来。英语中的“翻译”一词起源于拉丁语词汇“转化”（to transfer），意思是“人、地点和状态之间的转移和表达”。随着翻译研究的发展，人们逐渐开始看重翻译的过程，而不仅仅关注最终译文。

翻译在儿童文学（children's literature）研究中的地位是不言而喻的。童书译本让儿童读者能够接触到不同国家的文化（culture），可以培养儿童（children）对这个世界的整体理解和认知。对一些重要儿童作品的译介也促进了其在目标语言国家的经典化，一些欧洲国家的经典童书被译介到中国，如《埃米尔和侦探们》（*Emil and the Detectives*，1929）、《大象巴巴》（*Babar the Elephant*，1931）和《长袜子皮皮》等。一些重要儿童作品的译介也促进了其在目标语言国家的经典化，如《安徒生童话》和《伊索寓言》等已在中国成为儿童文学经典（canon），促进了中国儿童文学研究的发展，影响了一代又一代的儿童。

翻译体现不同国家文化的交流和沟通，童书译本则是不同地区的儿童体验他国文化的渠道和手段。儿童文学的概念在西方国家得到很大发展，也对比出非西方国家在儿童文化上的弱势。当前用英语语言创作的儿童文学作品占到较大比重，即使如此，一些非英语国家的作家也在努力创作并扩大自己的国际影响力，如中国优秀的儿童文学作家曹文轩的《草房子》就被译成外文在国外出版。

儿童文学的翻译对译者提出了极高的要求。译者要重视的不仅是常规翻译中的事项，还需要充分理解儿童读者受众（audience）。儿童文学的语言看起来比较简单，但是也需要译者充分理解文本并代入目标读者后才能生产出吸引儿童的文字，这一点极富挑战性。从某些角度来说，儿童文学翻译要求译者具备很高的文学素养和表达能力，译者面对的往往不只是儿童，还有他们挑剔的父母。

孤儿　ORPHAN

失去双亲或被双亲遗弃的孩子被称为孤儿（orphan）。孤儿的形象经常出现在儿童文学（children's literature）中，此类故事（story）主要讲述孤儿的成长历程。他们往往面临自我身份的困惑、失去亲情的孤独和贫穷的成长环境，但是能够在一系列苦难与艰辛后，最终成长为独立、成功的个体。关于孤儿主题的文学可追溯到中世纪的民间故事与田园歌谣，如亚瑟王传说。1765 年儿童文学之父约翰·纽伯瑞在其作品《一双秀鞋》中塑造了一对孤儿姐弟。19 世纪早期，《安徒生童话》与《格林童话》的多个故事中出现了一些孤儿身份的主人公，如《卖火柴的小女孩》（*The Little Match Girl*，1846）、《红鞋》（*The Red Shoes*，1845）、《穷人和富人》（*The Poor Man and the Rich Man*，1812）和《鸟弃儿》（*Foundling-Bird*，1812）等。从维多利亚时期开始，这一题材的文学作品大量涌现，并且很多成为儿童文学史上的经典（canon）之作，比如查尔斯·狄更斯的《雾都孤儿》《远大前程》《大卫·科波菲尔》、夏洛蒂·勃朗特的《简·爱》、约瑟夫·吉卜林的《丛林之书》，以及瑞士作家乔安娜·西普里（Johanna Sypri）的作品《海蒂》（*Heidi*，1881）。同时期在美国有马克·吐温的作品《汤姆·索亚历险记》、《哈克贝利·费恩历险记》等。19 世纪孤儿形象的频繁出现与当时的社会环境相关，福利制度的不健全与社会问题导致孤儿的数量增多，此时"身无分文的儿童"却成为社会之需，因为资本家随时可以将儿童（children）变为"挣得面包的奴隶"[1]。在文学中，孤儿是一种充满不确定性的存在，他们没有父母作为引路人，穿梭于道德与腐化、贫穷与富有、纯真与成熟之间，成长经历充满挑战与未知，具有颠覆性的特征。

20 世纪该题材仍然很受儿童文学作家欢迎，这一时期文学作品中的孤儿又多了一个"治愈成人世界"的情感功能。[2] 巴里的《彼

1 Nelson, C. 2001. Drying the orphan's tear: Changing representation of the dependent child in America, 1870—1930. *Children's Literature, 29*: 54.

2 同上。

得·潘》中彼得和永无岛的孩子们都是孤儿，代表着永不消逝的童年（childhood）；在露西·莫德·蒙格马利的《绿山墙的安妮》、弗朗西斯·霍奇森·伯内特创作的《小公主》（*A Little Princess*，1905）与《秘密花园》、阿斯特丽德·林格伦的《长袜子皮皮》中，主人公们都在幼年失去双亲，她们在成长中展现自身力量，为自己创造出更加美好的世界。《哈利·波特》系列的主人公哈利也以此类孤儿的形象出现在读者面前。在儿童文学中，孤儿通常增强了“童年阶段存在的戏剧性的危险与可能性”，但故事的最后他们会找到属于自己的归宿，因此又失去了“可能性与自由”[1]，两种转换之间给读者带来多重的阅读（reading）体验。

故事 STORY

“故事”（story）一词由盎格鲁—诺曼形式的 estorie 演变而来，起源于拉丁语 historia 一词，同时也是由希腊词语 history 演化而成，意为“学习的人，权威的人”，因此故事自然地与经验知识联系在一起。在汉语中，故事指的是“有连贯性的、比较完整的事情，比较适合于口头讲述”，又指“旧事、成例”。休·克拉格（Hugh Crago）认为，我们总是能分辨出故事的存在，但却很难说清到底什么是故事，他认为故事本质上虽离不开口头讲述，却与历史和传说（legend）是分不开的[2]。亚里士多德（Aristotle）将故事定义为在逻辑上相连的一连串事件，在结构上包含开头、中间和结尾，读者能够清晰辨认主要角色，还有封闭或开放的结局。故事在一开始通过口口相传进行传播，其内容也涵盖了多种类型，如民间故事、神话传说、家族传统等。随着现代科技的发展，故事

1 Mills, C. 1987. Children in search of a family: Orphan novels through the century. *Children's Literature in Education, 18*(4): 227–228.

2 Crago, H. 2021. Story. In P. Nel, L. Paul & N. Christensen (Eds.), *Keywords for Children's Literature* (2nd ed.). New York: New York University Press, 174.

文本已经不仅仅拘泥于纸面和文字，图片和游戏所呈现的信息也都可以被称为故事。虚拟现实技术的应用使人对故事有了更加不同的体验。

儿童（children）在人生的早期阶段依靠故事获得对这个世界的有限认知。大多数儿童在一开始对于故事的真实性深信不疑，对此学者指出，故事即使是真实的，也不是永远的绝对真实和绝对唯一[1]。故事可以被改编、修订，也可以被赋予不同的时代意义。从前的故事不断被批判，英雄和恶棍之间的界限不过在一线之间。故事精巧的剧情设置和引人入胜的叙事常常使读者深陷故事中所描绘的世界，从而对人的行为和思想产生影响。

故事的主体不仅仅是创作者，读者反应理论的发展也越来越体现出读者在故事中的重要作用。通常情况下，写给成人（adult）的故事主题往往很沉重，给儿童的书却总是轻松愉悦。从现实来看，儿童也具有成人的情感，如爱和嫉妒等。他们需要在故事中寻找情感的共鸣[2]。故事可以用来对儿童进行说教、教育（education），甚至可以用于治愈。

国际安徒生奖

HANS CHRISTIAN ANDERSON AWARD

国际安徒生奖（Hans Christian Anderson Award）以童话大师安徒生的名字命名，有“儿童文学诺贝尔奖”的美誉。该奖项由国际儿童读物联盟（International Board on Books for Young People，简称 IBBY）设立，创始人是杰拉·莱普曼（Jella Lepman）女士，用以表彰世界范围内对儿童文学（children’s literature）具有持久贡献的优秀儿童作家和

1 Scheub, H. 1998. Introduction. *Story*. The University of Wisconsin Press, 3–20.

2 Babbitt, N. 2018. Happy endings? Of course, and also joy. *Barking with the Big Dogs on Writing and Reading Books for Children*. Farrar Straus Giroux Books for Young Readers, 8–9.

插画家。1956 年国际安徒生奖首次颁发给在世的儿童文学作家，1966 年该奖项也授予在世的优秀儿童文学插画家。由于作家一生只能获得一次，该奖项就成为一种“终生成就奖”，以表彰获奖者杰出的文学造诣。国际安徒生奖更为看重作品的审美力、文学品质、新颖性和创新性，考察作品是否具有吸引儿童（children）阅读及是否延展读者好奇心和想象力的能力，并重视作品审美表达的多样性以及作品与青少年读者的相关度。

截至目前，共有 33 位作家和 27 位插画家获得该奖项，虽然获奖者多为英语世界的儿童文学作家和插画家，但是近二十年来，亚洲作家奋起直追，已取得了颇多成就。日本作家安野光雅（于 1984 年）和窗满雄（于 1994 年）较早获得了这一奖项，桥菜惠子（于 2014 年）荣获了插图奖。2016 年，中国作家曹文轩教授获此世界儿童文学最高奖——“国际安徒生奖”，实现了华人在该奖上零的突破。孙幼军、裘兆明、金波、杨永青、秦文君、吴带生、王晓明、张之路、陶文杰、刘先平、熊亮、朱成梁等都曾被提名过该奖项。2020 年国际安徒生奖作家奖和插画奖的获奖者分别为非裔美国女作家杰奎琳·伍德森及瑞士女插画家艾伯丁（Albertine）。

国际儿童读物联盟

INTERNATIONAL BOARD ON BOOKS FOR YOUNG PEOPLE

1953 年，国际儿童读物联盟（International Board on Books for Young People，简称 IBBY）在瑞士苏黎世成立，总部设在巴塞尔，是一个非营利性组织。该组织在全世界 81 个国家设有分会，旨在让世界各地的儿童（children）接触到优质儿童文学（children's literature），普及发展中国家儿童文学知识，促进世界儿童文学交流。

IBBY 国家分会的会员包括“作家、画家、图书馆员、大学教授、出版人、编辑、书商、媒体记者等致力于推动儿童阅读和教育（education）发展的专业人士。下设 IBBY 朝日阅读促进奖、国际安徒生奖（Hans Christian Andersen Award）、IBBY 荣誉榜单、IBBY 优秀残障青少年图书奖等奖项”[1]。IBBY 遵照联合国于 1990 年批准的《儿童权利国际公约》（*Convention on the Rights of the Child*），捍卫儿童接受普及教育和获取信息的权利，还呼吁所有国家重视儿童书籍的生产和发行。自 IBBY 成立以来，其所支持的奖项数量不断增长，用以鼓励优质儿童文学产出，维护儿童读者的权益。此外，自 1966 年，IBBY 还于每年 4 月 2 日童话作家安徒生诞辰之日举办“国际儿童图书日”（International Children's Book Day，简称 ICBD）这一活动，并设立主办国，选择本国顶尖画家为活动设计主题海报。

“IBBY 危机中的儿童基金”（IBBY Children in Crisis Fund）成立于 2005 年，为受自然灾害和战争影响的儿童提供治愈性书籍（book）。IBBY 在多伦多公共图书馆设置了“残障青少年书库”（IBBY Collection of Books for Young People with Disabilities）。IBBY 还支持创建了两个虚拟儿童书库，一个是欧洲儿童读物，另一个是欧洲语言和非洲图书。

2018 年，张明舟成为首位 IBBY 中国主席，为世界儿童文学一体化进程贡献中国智慧。IBBY 通过儿童文学，让儿童读者既感受到生活的富足和美好，也能了解世界各国曾经和现在依旧存在的贫困、病弱和差异，从而增强同理心和包容性，为建设更美好的世界作出贡献和努力。

1 梁杰 . 国际儿童读物联盟（IBBY）迎来首位中国掌门人 . 来自中国教育新闻网 .

国际儿童文学研究会

INTERNATIONAL RESEARCH SOCIETY FOR CHILDREN'S LITERATURE

国际儿童文学研究会（International Research Society for Children's Literature，简称 IRSCL），于 1970 年成立于德国法兰克福，是历史最为悠久且享誉盛名的国际学者协会之一。IRSCL 的工作语言为英语，但其研究的文献不限于英语；成员来自全球 40 多个国家，会员是遍及世界各国从事儿童文学（children's literature）研究的专家和学者。学会致力于推动儿童文学和青少年文学作品、读物及相关领域的学术研究，既包括现当代作品，也包括历史经典（canon）之作，以促进来自不同国家、不同学术机构的研究者之间的交流合作，为各国研究者提供自由交流、信息共享的平台，推动理论探讨和国际合作。

IRSCL 的核心活动是每两年一次的国际学术会议，在世界各地的大学城和校园里举行，最近一次会议于 2021 年 10 月在智利首都圣地亚哥天主教大学召开，主题是"审美与教学关联"。国际儿童文学研究会会刊为《国际儿童文学研究》，由爱丁堡大学出版社出版，是儿童文学研究的重要杂志，主要刊登文化批评、文学批评、比较文学，以及世界文学领域的研究成果。此外，为推动儿童文学研究，学会设立的奖项授予青年研究者和资深杰出学者。IRSCL 在推进国际学术合作、增强国际理解和包容、传播各国儿童文学等方面，持续发挥着重要的引领作用。

国际格林奖

THE INTERNATIONAL BROTHERS GRIMM AWARD

1986 年，国际格林奖（The International Brothers Grimm Award）由大阪国际儿童文学馆创办，与国际安徒生奖（Hans Christian Andersen Award）一同享誉世界。由于 1986 年也是著名童话收集和编纂者格林兄弟的生辰，为纪念其对儿童文学（children's literature）的卓越贡献，该奖项被命名为"国际格林奖"。该奖项每两年评选一次，与国际安徒生奖错开年份举行。

不同于国际安徒生奖，国际格林奖并不局限于儿童文学创作，而重点对儿童文学前沿问题展开理论探索，推动儿童文学批评话语体系的构建。该奖项主要面向国际儿童文学及绘本的优秀理论研究者，以及在研究、介绍和推动儿童文学及绘本发展的事业中作出突出贡献的学者。评委共由十名儿童文学领域专家组成（五名非日籍、五名日籍）。

截至 2021 年，共有 18 位儿童文学理论家获得了这一奖项，其中有三名日本人和两名中国人，其余均为欧美儿童文学研究界理论家。中国学者蒋风和朱自强分别于 2011 年和 2021 年获得这一奖项，评委会对蒋风教授在儿童文学研究领域的贡献给予了充分肯定，赞誉"蒋风教授是中国儿童文学界的先行者和集大成者，也是一名具有开创性的活动家，他的许多创新性举措及所取得的成就不仅填补了中国在这一学科上的空白，使得中国的儿童文学理论研究跻身世界一流水平，并且推动了中国儿童文学整个群体的进步"[1]。十年之后，中国学者朱自强教授也获得该奖项，成为中国儿童文学研究的领军人物。评委会首肯"朱自强是具有国际视野的学者，在切实推动中国的儿童文学研究和教育（education）的发展的同时，也向国外推介中国的儿童文学创作和研究"[2]。两位学者为构建中国儿童文学批评话语体系作出了卓越贡献，推动了中国儿童文学不断前进。

1　华人作家首度获得国际儿童文学"格林奖"，来自新华网。

2　朱自强荣获"国际格林奖"，《文艺报》，2021 年 7 月 19 日，第 3 版。

国际青少年图书馆

THE INTERNATIONAL YOUTH LIBRARY

国际青少年图书馆（The Inbernational Youth Library，简称 IYL），1949 年成立于德国慕尼黑，是目前世界范围内最大的国际儿童文学图书馆，成立 20 余年后迁至慕尼黑所在的巴伐利亚州具有标志性的文物建筑布伦敦堡之内。该馆历史悠久、资源丰富，在世界童书领域享有盛誉，其创始人和首任馆长是杰拉·莱普曼女士，她同时也是国际儿童读物联盟（International Board on Books for Youny People，简称 IBBY）的创立者。

IYL 是一座建在古堡里、兼具公共服务和学术研究的青少年图书馆，既是爱书人的“天堂”，也是研究者的“圣地”。与大多数公共图书馆不同，馆中的图书馆配完全沿袭了莱普曼女士当年的募捐模式，从世界各地出版社募集图书而非采购。图书馆不仅对外开放，而且，还有专门的区域供世界各地的研究员前来学习。如今，IYL 已经成为迄今为止世界范围内藏书量最大的国际青少年图书馆，目前拥有馆藏图书近 60 万册，涵盖 130 余个语种，同时拥有 250 种相关期刊，被各国的众多童书创作家和研究者视为世界儿童图书“第一馆”。其中面向大众的借阅室拥有 130 多个语种的儿童读物和期刊，分别按国别摆放，如同一个童书联合国。

长期以来，国际青少年图书馆开展了一系列具有特色的艺术活动项目，馆内开辟了多个大小不一的展览区，定期举办各类与童书相关的主题展览，吸引来自世界各地的童书作家、插画家及众多的童书爱好者，而慕尼黑各地中小学的老师和学生更是这里参观的常客。多年来，国际青少年图书馆在国际童书领域一直非常活跃，为推动世界儿童文学（children’s literature）交流、出版和创作等作出了重要贡献。每年，国际青少年图书馆都将从 50 多个国家、30 多种语言中选出 200 本优质的儿童文学作品组成白乌鸦目录，并于每届意大利普洛尼亚书展上介绍给大众。白乌鸦奖（White Ravens）是国际上一年一度最重要的童书奖项之一，该奖项已经获得国际上的认可，获奖图书呈现了当代儿童（children）与青少年文学的发展趋势。

后人类 POSTHUMAN

通常情况下，前缀“post”的存在预示着拒绝与超越，后人类（posthuman）也不例外，意味着人类之后的存在，是进化生物学不愿看到的前景。“后人类”概念首次出现于 20 世纪 70 年代，由文化评论家伊哈布·哈桑（Ihab Hassan）提出，他认为“持续了五百年的人文主义（humanism）……即将结束”[1]，后人文（人类）主义的时代即将开启。

后人类概念在儿童文学（children’s literature）的学术领域引发众多关注，机械生命 / 机器人在儿童小说（children’s fiction）中的频繁出现是对后人类时代未来设想的真实写照。人类在机械化的冲击下将会日渐衰落还是会被拯救，不同儿童文学作品给出了不同答案。菲利普·里夫（Philip Reeve）的《凡人引擎》（*Mortal Engines*，2001）中的“跟踪者”（stalkers）或苏珊娜·柯林斯（Suzanne Collins）的《饥饿游戏》中的“杂种”（Mutts），即将死去的人体与机器或动物器官相结合，描绘了“非自然”技术精进强行带来的人类末日，是反乌托邦式机械生命观的真实写照。但同时，像《喂养》（*Feed*，2002）、《丑人》（*Uglies*，2005—2007）系列文本中对电子生化人（cyborg）的重新思考反映了它失去了在后人类思想中发现的解放潜力，终归成了同质化的人类主体的影子，无法对人类主体构成威胁。维多利亚·弗拉纳根（Victoria Flanagan）认为，“作家们开始以更加积极的方式和肯定的态度看待科学技术”[2]，但她也强调变化是缓慢的，自 21 世纪中期以来，只有少数文本在朝这个方向发展。

强大而独特的童年（childhood）尚未被人文主义所彻底禁锢，因此更容易接受后人文主义“边界模糊所带来的快乐”[3]。儿童文学也常常想

1 Hassan, I. 1977. Prometheus as performer: Toward a posthumanist culture? *Georgia Review, 31*(4), 843.

2 Flanagan, V. 2014. *Technology and Identity in Young Adult Fiction: The Posthuman Subject*. New York: Macmillan, 2.

3 Haraway, D. 1985. A manifesto for cyborgs: Science, technology, and socialist feminism in the 1980s. *Socialist Review, 15*(2): 66.

象并考虑非人类的主体性，并展示后人类思维提供的重要的场域，从而帮助年轻读者了解主流人文主义意识形态之外的其他思想。

后现代主义 POSTMODERNISM

后现代主义（Postmodernism）通常指的是20世纪后半叶所形成的一种理论思潮，表现为社会生活诸多方面的转变。后现代主义中的“后”不仅指的是其出现时间晚于现代主义（Modernism），更强调的是其对现代主义意识形态合理性的否定。后现代主义主要呈现出否定元叙事和不确定性两个特征，质疑一切被话语建构的权威存在。后现代主义思潮亦对儿童文学（children’s literature）创作和研究产生了重要影响。

20世纪五六十年代，儿童文学出现了一股后现代主义思潮。儿童小说（children’s fiction）开始涉猎如性和暴力等禁忌话题，童话改编（adaptation）甚至颠覆了传统童话中受害者与施暴者间的关系。图画书（picturebook）则是受到后现代主义思潮影响最为显著的儿童文学样式，绘本中的文字符码和图像符码所代表的“能指”和“所指”，不再是一一对应关系，形成了更大的阐释空间，从而培养儿童读者的批判性思维。苏斯博士是美国最为畅销的图画书作家，《戴高帽的猫》和《绿鸡蛋和火腿》（*Green Eggs and Ham*，1960）等借助荒诞、滑稽的图文叙事，构建了一个神奇的世界。这些图画故事既有对“冷战”偏执状态的嘲讽，亦有对保护动物和热爱生活的提倡。像《蝌蚪的诺言》（*Tadpole’s Promise*，2003）、《维罗妮卡的悲伤故事》（*The Sad Story of Veronica Who Played the Violin*，2002）等图画书则颠覆了传统儿童故事（children’s story）中的温馨叙事，向儿童读者展现了一个冷酷真实的现实世界。

在全球化到来的当下，各种媒介（media）技术的应用与传播使得儿童读者成为优于成人（adult）的图像（image）解码者，儿童读者能够更好地理解后现代图画书所传达的深刻主题和思想内涵，从而培养儿童（children）成为积极思考、有思想的读者。

怀旧 NOSTALGIA

“怀旧”（nostalgia）一词是由希腊语中的两个词融合而成，分别是nostos和algos，分别意为“回家”和“痛苦”，从语源学上它们都起源于拉丁语。约翰内斯·霍费尔（Johannes Hofer）在研究海外服役的瑞士士兵所患的精神问题时首先使用了这个词，最先被应用于心理学范畴。当霍费尔询问病人最痛苦的时刻，他们的回答却是怀念以前早餐喝的汤，怀念家乡山谷里香浓的牛奶和在祖国所享受的自由。简·斯塔罗宾斯基（Jean Starobinski）在《怀旧随想》（*The Idea of Nostalgia*，1966）中指出，这种丧失之感其实是一种失去童年（childhood）的感觉，即失去了一种话语上的抚慰，失去了母亲般的哄劝。

安德鲁·欧玛丽（Andrew O'Malley）认为，“怀旧一开始就是与童年联系在一起的一种迷惘的状态或情感”[1]。斯维特兰娜·博伊姆（Svetlana Boym）在《怀旧的未来》（*The Future of Nostalgia*，2001）中将怀旧分为修复型（restorative）和反思型（reflective）两种类型，分别对应的是nostos和algos。[2]她还指出修复型怀旧主要是唤起民族的过去和未来，而反思型怀旧则是关于个体和文化（culture）的记忆。她认为，触发集体和个体怀旧的记忆和象征可能相似，但是所讲述的故事（story）是不同的；集体记忆能够对个体产生影响，但并不是绝对。因此同一时代的个体过去的回忆总带有时代印记，但每个人对童年的怀恋都是绝无仅有的独家记忆。

1 O'Malley, A. 2012. Introduction: Robinson Crusoe, child, and the people. *Children's Literature, Popular Culture, and Robinson Crusoe*, New York: Palgrave Macmillan, 12–13.

2 Boym, S. 2001. *The Future of Nostalgia*. New York: Basic Books, XVIII.

儿童（children）所代表的纯真、乡野等意象激发了成年人对逝去的单纯生活的渴望，那种纯粹的、对世事知之甚少的东西，我们称之为童年的时光。民间诗歌也能引发这种情绪。与这段时光联结在一起的意象与怀念过去的浪漫主义（Romanticism）想象是属于过去的，与现代世界格格不入，与占据主导地位的成人（adult）相去甚远，代表了“失去”和“回归”。《彼得和温蒂》（*Peter and Wendy*，1911）中的怀旧以想象中的家园（home）呈现出来，温蒂在成年后再也无法回到永无乡，似乎是作为对这种遗憾的抚慰，故事的结局是彼得·潘不断地将她的子孙带回到那个梦幻家园，去体验那种天真和无忧无虑的时光。艾伦·米尔恩笔下的百亩森林也是一种对于自然（nature）生活和友谊的怀旧。

苏珊·斯图瓦特（Susan Stewart）认为，怀旧是一种过去—未来式（future-past）。克里斯蒂·约翰森（Kristine Johanson）认为怀旧是立足于现在，审视过去和未来。此外，在探究成年人阅读儿童文学（children's literature）的现象时，“怀旧”被认为是重要的动机之一。

家庭 FAMILY

《牛津英语词典》（*The Oxford English Dictionary*，简称 OED）最新释义，“家庭”（family）指“由父母和他们的子女所构成的团体”。家庭概念不断地发生变化并被持续建构。伊丽莎白·韦塞林（Elisabeth Wesseling）指出“家庭仍是一个有争议的话题，从过去的大家庭（extended family）到现代核心家庭（nuclear family）的转变是一个较新的语境”[1]。大家庭指的是“数代同堂的家庭”，而核心家庭则是“一对夫

1 Wesseling, E. 2021. Family. In P. Nel, L. Paul & N. Christensen (Eds.), *Keywords for Children's Literature* (2nd ed.). New York: New York Univeristy Press, 74.

妻及其子女组成的家庭”。在核心家庭中，父亲是家庭的经济支柱，母亲主要负责家务及子女教育。

家庭对于儿童（children）而言十分重要，是大部分儿童赖以生存的场所，因此，众多儿童文学（children's literature）作品的主题都与家庭相关，如斯托夫人的《汤姆叔叔的小屋》、凯瑟琳·辛克莱的《度假小屋》（*Holiday House*，1839）、路易莎·梅·奥尔科特的《小妇人》、贝蒂·史密斯（Betty Smith）的《布鲁克林有棵树》（*A Tree Grows in Brooklyn*，1943）、罗尔德·达尔的《玛蒂尔达》（*Matilda*，1988）杰奎琳·威尔逊（Jacqueline Wilson）的《翠西贝克》（*The Story of Tracy Beaker*，1991）。蒂姆·波顿（Tim Burton）于2005年导演的电影版《查理和巧克力工厂》的故事结局查理·毕奇赢得了巧克力工厂，而威利·旺卡赢得了更好的礼物——家。对威利而言，生活从未如此幸福过。这部小说表明人们始终致力于把家庭放在儿童文学的核心位置。电影版与小说原作《查理的巧克力工厂》重复了几个世纪以来“家庭至上”的理念。家庭不仅是儿童文学的重要背景和话题，而且对儿童成长发挥着不可替代的作用。

儿童文学中的家庭范式和呈现方式也在不断地发生变革。17世纪文学作品中的家庭还集中于展现中产家庭模式及家庭教育的重要性，如约翰·洛克的《教育漫话》、让·雅克·卢梭的《爱弥儿：论教育》。18、19世纪的儿童文学则观照到核心家庭的改变，这一时期的儿童文学作家认识到必须关注那些没有生活在理想家庭中的儿童，如孤儿（orphan）和被收养的儿童[1]。经典作品，如《雾都孤儿》《远大前程》《哈克贝利·费恩历险记》《绿山墙的安妮》《少女波丽安娜》（*Pollyanna*，1913）等，通常会出现在替代性家庭，以孤儿找到新家为结局[2]，新的家庭模式应时而生。虽然人们对核心家庭抱有种种质疑，但它仍旧是儿童文学中理想家庭的标准。部分学者如埃德蒙·利奇（Edmund Leach）对这种

1 Wesseling, E. 2021. Family. In P. Nel, L. Paul & N. Christensen (Eds.), Keywords for Children's Literature (2nd ed.). New York: New York University Press, 75.

2 Mills, C. 1987. Children in search of a family: Orphan novels through the century. *Children's Literature in Education*, 18(4): 228.

稳固的家庭观提出质疑，认为诸多社会弊病应归咎于单一的家庭模式[1]过度单一化会产生负面影响，如杰罗姆・大卫・塞林格（Jerome David Salinger）的《麦田里的守望者》中所刻画的问题家庭中的叛逆少年霍尔顿。但纵观历史，儿童文学对中产阶级核心家庭的坚守与颂扬却是其永恒的主旋律。

近五十年来人类社会经历了诸多变革，经济、文化（culture）和社会变化如父权制/家长制逐渐消失，女权主义的兴起等波及儿童文学中的家庭表现形式，儿童文学间或成为挑战政治话语的场域，但儿童文学并未随着社会变革而再现人们所预料的剧烈变化。儿童文学中虚构的家庭或许有所改变，但由两个异性组成双亲的观念仍旧是21世纪儿童文学的思想基础。坚守传统、主流的中产阶级家庭价值观的儿童文学本身展示着世界，也在形塑着世界。儿童文学面临着双重风险：一方面沉湎于怀念过往的理想型核心家庭；另一方面却想象一种与真实生活不符的家庭生活及价值观。实际上，21世纪的儿童文学作家应认识并呈现当今世界家庭的多样性现实，不应该拘泥于和谐保守的中产阶级家庭范式，而应接受现实社会中家庭模式的改变。总而言之，儿童文学中的家庭处于不断被构建的过程之中，在当代语境下，它也将以更加多元化的形式而存在。

家园 HOME

家园（home）对于一个主体而言是居住或成长的地方，由一个或多个家庭成员组成，主体自然地依附于家的条件、环境和感情。在英语中，“家”是通过北欧的日耳曼语传入英语的，它具有“世界、村庄、家园、住所和安全住所”等多重含义，并能指示方向，如短语“回家”。

1 Leach, E. 1967. A Runaway World? The Reith Lectures. London: BBC Books, 1–112.

承载关爱和安全感的家园是许多儿童文学（children's literature）的主要背景，而住宅里的厨房和卧室经常成为传达理想家庭及其核心情感的场所。例如，莫里斯·桑达克创作的绘本《野兽出没的地方》(*Where the Wild Things Are*，1963）巧妙地体现了卧室带给儿童（children）的安全感，当主人公马克斯从他的幻想旅行中回到卧室后，发现了热腾腾的晚餐正在等他享用，那是他的母亲为他准备的晚餐，这表明了儿童文本中母亲和家庭（family）之间普遍的情感联系。而露西·莫德·蒙哥马利于 1908 年创作的《绿山墙的安妮》中，安妮只有唤醒玛丽拉·卡斯伯特潜在的母性本能之后，才能把绿山墙的房子作为家。而弗朗西斯·霍奇森·伯内特的《秘密花园》则是一个例外，因为玛丽·伦诺克斯懂得欣赏她已故姑妈的花园里的花并使它们绽放，之后米瑟斯韦特庄园成了属于她的地方。正如伯内特的叙述所表明，在儿童文学中，房子在字面和比喻意义层面均被视为年轻人的家园。

根据威托德·黎辛斯基（Witold Rybczynski）的说法，在西方文化中，房子与自我和家庭心理的联系有着悠久的历史。他观察到，家庭的演变与“个人、自我和家庭的内部世界所呈现的”[1]是一致的。因此，儿童文学通常以家庭作为主要背景，可以理解为文本主要目的是促进青少年读者自我意识的发展。“家园”无论是作为一个地点还是情感感受，都将继续在儿童文学中发挥着重要作用。除了作为故事（story）开始的地点，家园也通常是主人公离开的地方，比如《哈利·波特》系列小说中，赫敏为了保证家人不会被食死徒追踪，不得不抹去父母脑海里有关自己的记忆并离家，踏上对抗伏地魔的旅程。赫敏离开家庭意味着个人的成长，更意味着主动担负起保护麻瓜世界与魔法世界的责任。事实上，这种以“家”为中心或“离家”的故事都可以被理解为儿童文学讲述故事的模式[2]。

1 Rybczynski, W. 1986. *Home: A Short History of an Idea*. New York: Viking, 35.

2 Nodelman, P. & Reimer, M. 2003. *The Pleasures of Children's Literature* (3rd ed.). Boston: Allyn and Bacon, 173.

假小子 TOMBOY

《牛津英语词典》(*The Oxford English Dictionary*，简称 OED）中“假小子”(tomboy）的原释义为“傲慢自负的年轻人”，该释义目前已被废除，现在该词多指“男孩子气的女孩”。在汉语语境中该词一般被译为“假小子”。这一词语语义的改变可以追溯到 16 世纪，到了 19 世纪后期，“假小子”被大众广泛接受，在一些记录中可以找到类似的表达[1]。很多儿童文学（children's literature）作品刻画了假小子式的女孩形象，如《小妇人》中的乔，《小木屋》(*Little House on the Prairie*，1932—1943，1971）系列的主角劳拉、《杀死一只知更鸟》中的简·芬奇等角色。

假小子通常与性别议题尤其是女性形象相联系。19 世纪，假小子经常被当作离经叛道、不成熟的女孩，与社会对传统女性的要求相悖，如在《假小子凯蒂》中凯蒂最终不再是个假小子，而是成长为一名温柔的女性[2]。到了 20 世纪，假小子除了意指缺乏女性气质，还被赋予一种健康的女性形象，人们认为，假小子与过去的“文学作品中所表现的孱弱女性”形象不同[3]，活泼好动的假小子有更好的体力，可以胜任未来的工作，无论是在家庭（family）还是在社会中，拥有此类气质的女性更值得依赖与信任；而这一特点也可以视作为女性自主意识的觉醒。假小子形象的不断出现挑战了社会上传统的性别认知，“许多描写假小子的作品并没有给读者留下古怪、悲惨，甚至混淆性别的印象”[4]；相反，读者对追求自由与平等、具有冒险气质并且打破性别刻板的这一类女性角色颇为喜爱。米歇尔·安·阿贝特（Michelle Ann Abate）认为，人们将逐

1 Abate, M. A. 2011. Tomboy. In P. Nel and L. Paul (Eds.), *Keywords for Children's Literature*, New York: New York Univeristy Press, 220.

2 同上，223。

3 Levstik, L. S. 1983. "I am no lady!": The Tomboy in children's fiction. *Children's Literature in Education, 14*(1): 16.

4 Simons, J. Gender roles in children's fiction. In M. O. Grenby & A. Immel (Eds.), *The Cambridge Companion to Children's Literature*. Cambridge: Cambridge University Press, 2009, 148.

渐改变对女性的刻板印象，即“假小子”这一概念是“将越来越过时的理念”[1]。

儿童文学作品通常从两个类型来刻画假小子的形象，第一类是着重描写假小子所面临的性别困境与自我认知矛盾，如伊妮德·布莱顿的“五个小侦探”系列中的乔治娜，这类假小子们在自我天性与社会对女性的严格要求之间挣扎；第二类则重点展现女性勇敢自强的品质，以及其对社会刻板印象的反抗，以此来塑造一个独立自主的假小子形象，如《杀死一只知更鸟》中的小女孩简·芬奇。

简易读物 EASY READERS

简易读物（easy readers）也被称为初级读物，包括相对较短的虚构和非虚构书籍（book），“为初级读者（通常为 5—7 岁）能够独立阅读而写。简易读物篇幅通常在 32 到 64 页之间，字数在 200 到 2000 字之间”[2]，是简化到适当语言水平的现代或古典文本，在外语学习中占有重要地位。

在选词上，简易读物的作者必须考虑到儿童（children）的认知和理解能力。他们必须深思熟虑地考虑纳入多少“视觉词”（sight words，指在儿童读本中会常出现的字），还要考虑引入多少新词、重复这些新词多少次。同时也要考虑纳入辅音混合词（bl、ch、gr）和元音双字母（oa、ee、oi）。这些书会有意限制词汇量，所以经常重复使用某些单词和句式，如大卫·米尔格林（David Milgrim）的“奥托和拉链”（*Otto*

1 Abate, M. A. 2011. Tomboy. In P. Nel & L. Paul (Eds.), *Keywords for Children's Literature*. New York: New York University Press, 224.

2 O'Sullivan, E. 2010. *Historical Dictionary of Children's Literature*. Plymouth: Scarecrow Press, 90.

and Zip，2016—2020）系列及扬·托马斯（Jan Thomas）的“傻笑帮”（*Giggle Gang*，2008—2018）系列。保罗·梅塞尔（Paul Meisel）的《我看到了一只猫》（*I See a Cat*，2017），只用了十个不同的词，并配以清晰的水彩和铅笔插图讲述引人入胜的故事（story）。

插图在简易读物中的作用与在图画书（picturebook）中的作用相同，用来填补叙述中的空白，增加或消解紧张关系，间或充当视觉上的重头戏等。“插图是为了增加趣味性、营造氛围、将段落分解，并为文字提供呼吸空间，从而为页面上的空白创造理由。”[1]

最早的简易读物来自于 20 世纪 40 年代英国的瓢虫丛书（Ladybird Books）。20 世纪 50 年代中期，美国推出第一批简易读物。苏斯博士的《戴高帽子的猫》改变了初级读物的面貌，证明了词汇量少的读物依然可以很有趣。为了纪念他，美国图书馆协会（American Library Association，简称 ALA）每年设置西奥多·苏斯·盖泽尔奖（Theodor Seuss Geisel Award），颁发给上一年在美国出版的简易读物中最杰出作品，以“表彰那些简易读物的作者和插图作者在吸引儿童阅读的文学和艺术成就方面所表现出的巨大创造力和想象力”[2]。

教育 EDUCATION

教育（education），即教授和学习的过程，从柏拉图的学园、孔子的杏坛到现代的大学，人们始终在思考和追寻教育的意义和方法。剑桥词典将教育定义为：给出或接受系统性的指导、教育理念和实践、受教

1 Shaffer, S. 2019. New for new readers: What (Exactly) is an easy reader? *The Horn Book Magazine*. Retrieved Jul. 28 2021, from The Horn Book Magazine website.

2 O'Sullivan, E. *Historical Dictionary of Children's Literature*. Plymouth: Scarecrow Press, 2010, 91.

育时学到的知识等。教育是一个复杂的概念，我们难以对教育下定义是因为与其相关的词汇具有互换性[1]，比如上学（schooling）、受教育、学习（learning）、教授（teaching）、训练（training）等，这些词汇都跟教育的定义有重合。因此，凯拉·苏厄尔（Keira Sewell）和史蒂芬·纽曼（Stephen Newman）认为，我们不应当给教育提供固定定义，而应期待这个词的含义能够更加多元且不断变化。

儿童文学（children's literature）的主要功能是教育和娱乐，最早的儿童文学尤其重视教育功能。约翰·洛克的《教育漫话》和卢梭的《爱弥儿：论教育》奠定了儿童文学的教育理念。儿童文学一向在儿童教育中扮演重要角色。18 世纪后期的英国，众多中产阶级知识分子开始运用新方法去教育和训练孩子，以使他们在成年后能够承担相应的职责、扮演好自己的角色。19 世纪的教育改革使阅读（reading）在儿童教育中发挥了重要作用。丹尼尔·笛福的《鲁滨孙漂流记》曾以廉价小书的形式成为早期儿童（children）的文学读本，其所衍生出的童话剧（pantomime）也是经典的儿童剧目。儿童文学的故事（story）中有大量描述儿童受教育的场景，如儿童文学的一种类型——校园故事（school story），就是描述儿童在校园环境中发生的故事。除去科普类的儿童书籍，大多数的儿童书籍并不仅仅是传授知识，而是注重对儿童心智、思想及生活理念和方式的培养。如朱迪·布卢姆的《上帝你在吗？是我，玛格丽特》就描述了女性初潮和女孩成长时的心理状态。

一直以来，在儿童的教育中，成人（adult）占据着主导和权威的地位，但随着儿童文学和教育观念的发展，这种格局开始渐渐发生变化，儿童文学对成人的影响逐渐加深。卢梭认为应该根据儿童的天性对儿童进行培养，进行自然教育。19 世纪，英国著名诗人威廉·华兹华斯在《我心雀跃》一诗中写道："儿童是成人之父。"维多利亚时期的儿童文学重视说教，并以专门为儿童创作文学以实现教育儿童 / 青少年（young adult）遵守社会规则和道德秩序为目的。刘易斯·卡罗尔在"爱丽丝"系列作品中开始探索儿童怎样反抗成人权威和说教的议题，这部作品不

1 Sewell, K. & Newman, S. 2006. What is education?. In W. Curtis et al. (Eds.), *Education Studies: An Issue Based Approach* (3rd ed.). Exeter: Learning Matters Press, 3–11.

仅受到了儿童的欢迎，而且也对成人产生了深刻的影响。时至今日，这部作品每年仍出现不同的改编版本，爱丽丝所代表的儿童/青少年在冒险中寻找自我的精神内核激励了不同时代的读者。经历几个世纪的不断发展，儿童文学从一开始单纯追求教诲功能，发展到注重文学品质和深度关切社会问题，但是儿童文学依旧承载着重要的教育功能和价值导向指引功能。

卡内基奖 CARNEGIE MEDAL

卡内基奖（Carnegie Medal）设立于 1936 年，以纪念出生于苏格兰的企业家卡内基（Andrew Carnegie），每年颁发给上一年度在英国出版的最佳儿童文学（children's literature）作品。该奖项由英国特许图书馆和信息专业人员协会（British Chartered Institute of Library and Information Professionals，简称 CILIP）颁发，只有英国出版社出版的书籍（book）才有资格获得提名。卡内基奖被普遍认为是英国的纽伯瑞奖（Newbery Medal）。

获得卡内基奖的作品必须能产生持久的影响力，即使内容可能具有挑战性，但作品必须重视其自身的完整性，并赋予读者阅读的愉悦感。简而言之，获奖作品必须具备为成年读者创作的高水平文学的品质。如果评审团认为所提交的作品都不能获得被认可的品质，奖项就空缺。因此 1943 年、1945 年和 1966 年均没有颁发卡内基奖。

卡内基奖的第一位获奖者是《鸽子的过去》（*Pigeon Past*，1936）的作者亚瑟·兰瑟姆（Arthur Ransome），这是口碑载道的《燕子号和亚马孙号》（*Swallows and Amazons*，1930）系列的第六部。作家不可以多次获得卡内基奖，但一些作家在获得该奖项的同时也荣获了其他重要的儿童文学奖。值得注意的是，尼尔·盖曼凭借作品《坟场之书》（*The*

Graveyard Book，2008）于 2010 年同时获得了卡内基奖和纽伯瑞奖。为庆祝卡内基奖设立 70 周年，CILIP 决定从卡内基奖历届获得者中选择一人颁发“卡内基中的卡内基奖”，最终，作家菲利普 · 普尔曼凭借《北极光》（*Northern Lights*，1995）一书获得了这一杰出奖项，这本书是他在 1995 年初获得卡内基奖的著名小说。

凯特 · 格林纳威奖

KATE GREENAWAY MEDAL

凯特 · 格林纳威奖（Kate Greenaway Meldal）于 1955 年由英国图书馆协会（Library Association, UK）创设，以纪念 19 世纪伟大的童书插画家凯特 · 格林纳威女士，选拔优秀的插画艺术家，并提升绘本的水准。除获奖外，获奖者还有资格为图书馆挑选总价 500 英镑的图画书（picturebook）。2000 年起，获奖者还可额外收获 5000 英镑的现金奖励。柯林 · 米尔斯（Colin Mears）原是英国一名普通的会计师，他去世之后，依照他的遗言，他收藏的大量童书和全部遗产被毫无保留地捐赠给英国图书馆协会，作为凯特 · 格林纳威奖的奖金。

凯特 · 格林纳威奖的遴选标准严苛，不仅讲究作品本身的艺术品质，还追求读者愉悦的阅读体验。在审核的标准中，插画是最重要的元素，其所呈现的主题必须让儿童（children）产生共鸣。图文间的彼此呼应、相辅相成，将作者想表达的精神想法传达给读者是首要核心，其他诸如艺术风格（媒材、画风的创意独特性）、格式（字体、字形、尺寸、封面）、图文整合（排版、插图清晰），以及视觉印象（新的体验、吸引力、视觉艺术品质、整体印象）等细节也是考量的因素。

凯特 · 格林纳威奖具有历史性权威，同时也因其格局开阔富有国际性特征。此奖项虽是英国儿童图画书的最高荣誉，但得奖者却不仅限于英国国籍，产生全球性影响的创作者都有可能成为获奖者。部分获奖作品被翻译成中本，图文并茂，扣人心弦的内容深受中国儿童的喜爱，占据儿童绘本排行榜前列。获奖作品如安东尼·布朗的《大猩猩》(*Gorilla*, 1983)、《动物园的一天》(*Zoo*, 1992)，海伦·奥森贝里（Helen Oxenbury）的《爱丽丝梦游奇境记》等都是赋予儿童丰富的想象力的优秀作品。

科普图书 INFORMATION BOOK

科普图书（information book）是非虚构性的作品，以提供科学信息为主要目的，其中包括运动、烹饪、手工制作、动物、历史等不同领域的知识。因此，该类图书很少有起承转合的情节，更多的是信息的陈列。儿童文学（children's literature）领域有很多提供儿童（children）数理知识或生活常识的科普图书，经常与教育学相结合，也常被当作工具书。科普图书有多种形式，包括小册子（chapbook）、图画书（picturebook）、活动手册、期刊等。

学者们认为，第一本科普图书是约翰·阿莫斯·科美纽斯的《世界图绘》。科普图书有两种类型[1]，一类以百科全书的形式出现，如阿瑟·米尔（Arthur Mee）的《儿童百科全书》(*The Children's Encyclopædia*, 1908)、中国作家叶永烈的《十万个为什么》和纪江红的《中国青少年百科全书》等；另一类聚焦于某一具体知识，如历史、动植物、地理知识的科普书籍，如塞缪尔·古德里奇的“彼得·帕利”(*Peter Parley*, 1827—1859）系列图书、玛丽·玛莎·舍伍德（Mary Martha Sherwood）的《小亨利和继承者的历史故事》(*The History of Little Henry and His Bearer*, 1814)、罗素·弗里德曼（Russell Freedman）的《林肯：自画像》(*Lincoln: A Photobiography*, 1987）都属于历史科普读物；拉尔

1 O'Sullivan, E. 2010. *Historical Dictionary of Children's Literature*. Plymouth: Scarecrow Press, 137.

夫·惠特洛克（Ralph Whitlock）的《水獭》（*Otters*，1974）、《蜘蛛》（*Spiders*，1975）、《野猫》（*Wild Cats*，1979）等诸多儿童图书是动物科普；霍林·克兰西·霍林（Holling Clancy Holling）的《划桨出海》（*Paddle-to-the-Sea*，1941）讲述海洋知识、航行技巧；威廉·亨利·吉尔斯·金斯顿的历险系列（*Adventu Series*，1881—1886）展现冒险故事和各地风情；塞尔玛·拉格洛夫的《尼尔斯骑鹅旅行记》（*The Wonderful Adventures of Nils*，1906）也可以看作是介绍地理知识的科普图书[1]。

科普图书最初并非为儿童读者所创作。当人们认识到科普图书能够提供信息、引导儿童读者了解世界并支持学校教育的功用后[2]，开始为不同年龄段的儿童创作此类图书。对于父母和教师来说，科普图书被视作教科书的组成部分，承担着传递知识的使命。近年来，儿童科普图书更加多样化，涵盖各个领域，叙述方式也变得生动有趣。科普图书已成为儿童文学的重要组成部分，并被纳入儿童文学评奖的范畴之中，作品《恰当的词：罗杰特和他的辞典》（*The Right Word: Roget and His Thesaurus*，2014）于2015年获得兰道夫·凯迪克奖（Randolph Caldecott Medal）与希伯特奖（Sibert Medal Winner）。

恐怖故事 HORROR STORY

恐怖故事（horror story）是旨在激起人们恐惧感的一种文学形式。它历史悠久，是文学的重要组成部分。超自然因素是恐恢故事的一个重要元素，如鬼魂、巫术和吸血鬼，它还能处理更现实的心理恐惧问题。在西方文学世界里，18世纪前浪漫主义（Romanticism）时代，文

1 O'Sullivan, E. 2010. *Historical Dictionary of Children's Literature*. Plymouth: Scarecrow Press, 137.

2 Heeks, P. 1997. Information books. In P. Hunt (Ed.), *International Companion Encyclopedia of Children's Literature*. London: Routledge, 432.

学开始关注激发人们的恐惧和好奇情绪，与哥特式小说并列而行。霍勒斯·沃波尔[1]（Horace Walpole）是这一题材的鼻祖，其代表作《奥特兰多城堡》（*The Castle of Otranto*，1764）为恐怖故事成为正式的文学形式奠定了基础。玛丽·雪莱的代表作《弗兰肯斯坦——现代普罗米修斯的故事》将伪科学元素引入，讲述了一个科学家创造怪物，最终被怪物反噬的故事（story）。浪漫主义时代，德国作家恩斯特·西奥多·阿玛迪斯·霍夫曼和美国作家爱伦·坡将恐怖故事提升至一个新高度。恐怖故事不再只是通过对推理、疯癫、怪异氛围和日常生活的巧妙混合来娱乐读者的读物，他们赋予幽灵、影子和鬼屋一种心理上的象征，让恐怖故事显得更真实。

恐怖故事也出现在儿童作品中，如尼尔·盖曼的小说《墙壁里的狼》（*Wolves in the Walls*，2003）、《卡罗兰》（*Coraline*，2002）、《坟场之书》，帕特里夏·麦基萨克（Patricia Mckissack）的《黑暗三十：神奇的南部故事》（*The Dark Thirty: Southern Tales of the Supernatural*，1992），以及特蕾西·巴蒂斯特（Tracey Baptiste）的《僵尸》（*The Jumbies*，2015）。恐怖故事的情节大多曲折离奇，想象大胆奇特，能满足儿童（children）和青少年读者的好奇心。故事通常设计了险象环生的情节、个性鲜明的人物、目不暇接的惊悚，还有神秘莫测的故事，能全方位带给儿童和青少年精神上的满足和审美上的愉悦。儿童文学（children's literature）中的恐怖故事多与万圣节、哥特元素、超自然现象联系在一起，有些故事依托的背景并不是想象中的奇幻世界，而是一个和读者日常生活差不多的世界，然后再在此基础上增加怪诞、神秘或恐怖的元素，这样的模式也使得这些恐怖故事更加贴近生活，令孩子们更有代入感[2]。有人认为，恐怖故事不适合儿童阅读，因为儿童心智尚未发育成熟、辨别能力较差，往往难以区分真实与虚幻。另外，儿童大量阅读恐怖故事有可能产生很多消极影响，如恐惧、多疑、做噩梦等，这些影响甚至可以持续到成年以后。因此，很多儿童文学中的恐怖元素会被删除或者修改，例如，一

1 第四任奥福德伯爵，英国作家。他的《奥特兰多城堡》（1764 年）首创了集神秘、恐怖和超自然元素于一体的哥特式小说风尚，形成英国浪漫主义诗歌运动的重要阶段。沃波尔写了大约 4000 封信，其中一些被认为是英语语言中最杰出的文字。

2 曾镇南. 2002. 在危险、紧张中生长生命的力——读“鸡皮疙瘩”系列丛书. 中国图书评论，6：36–37.

些早期的童话故事（fairy story）包含着恐怖、猎奇等元素，经过后世的改良后恐怖内容被删除，形成了我们现在看到的适于儿童阅读的童话（fairy tale）。另外，也有不少学者认为，恐怖故事适合儿童阅读，虽然恐怖故事会引起孩子的恐惧，但也能激发孩子们的勇气，赋予儿童和青少年读者信心和认识复杂世界的能力。

兰道夫·凯迪克奖

RANDOLPH CALDECOTT MEDAL

兰道夫·凯迪克奖（Randolph Caldecott Medal），以 19 世纪英国著名插画家兰道夫·凯迪克（Randolph Caldecott）的名字命名，简称凯迪克奖。凯迪克奖的正面图像采用了兰道夫·凯迪克的作品《约翰·吉尔平趣事》（*The Diverting History of John Gilpin*，1782）中的一幅插图，以此来纪念他为美国图画书（picturebook）所作出的巨大贡献。凯迪克奖是儿童图书馆服务协会（Association for Library Service to Children，简称 ALSC）于 1938 年所设立的奖项，颁发给美国儿童图画书（picturebook）领域杰出的插画家。之后，凯迪克奖、纽伯瑞奖（Newbery Medal）与米尔德丽特·L. 巴彻尔德奖（Mildred L. Batchelder Award）成为美国儿童文学界的三大奖项。与纽伯瑞奖相同，除获奖作家外，凯迪克奖为其他值得关注的优秀书籍（book）设立了另一项“亚军”奖项（runners-up），从 1971 年开始，获得该奖项的书籍被称作“荣誉书籍”（Honor Book）。在每年一月或二月份，美国图书馆协会的仲冬会议（Midwinter Meeting of ALA）会宣布获得该奖的作品。值得注意的是，获奖书籍的潜在受众（audience）是 14 岁及以下年龄的儿童（children），奖项将从书籍的插图风格、艺术技巧、图画、情节、主题、作者情感内容的恰当阐释等角度进行评定[1]。凯迪克奖在儿童图画书

1 Randolph Caldecott Medal. Retrieved Aug. 22, 2021, from ALSC website.

界影响巨大，获奖图书的销量也会因这一荣誉而迅速增长。

诸多学者对凯迪克奖获奖作品进行研究，尤其是探讨作品中所展现的女性形象、少数族裔形象，认为从该奖项设立至20世纪60年代末70年代初，无论是凯迪克奖的女性获奖者还是图画书中女性角色的数量都处于劣势地位，而这一情况随着70年代的女权运动而有所改变。但相比于纽伯瑞奖，凯迪克奖在多元化这方面仍然较为保守[1]。不过近年来，凯迪克奖变得更具包容性，2021年的荣誉书籍中出现了多位少数族裔及女性作家，并且2021年获奖的是本土裔女性作家迈克尔·戈德（Michaela Goade）的《我们是水的保护者》（*We Are Water Protectors*，2020）。

理论 THEORY

雷蒙·威廉斯（Reymond Williams）在《关键词：文化与社会的词汇》（*Keywords: A Vocabulary of Culture and Society*，1976）一书中追溯了“理论”（theory）一词的起源和演变。威廉斯在溯源的过程中，指出理论本与实践有密切关系，但如今理论却与实践相去甚远，成为“对实践提出解释的一种思想体系”[2]。但儿童文学（children's literature）理论与实践之间并未完全割裂，理论探索与文学创作和儿童教育等方面仍紧密相关。

受惠于后现代主义（Postmodernism）思潮的影响，儿童（children）被给予平等话语权，儿童文学也受到研究者们的普遍重视，并将许多成人文学研究理论应用于儿童文学的研究中。研究主要聚焦于儿童文学文

1 Clark, R. 2007. From margin to margin? Females and minorities in Newbery and Caldecott Medal-Winning and Honor Books for Children. *International Journal of Sociology of the Family*, 33(2): 280.

2 雷蒙·威廉斯. 2016. 关键词：文化与社会的词汇. 刘建基，译. 北京：生活·读书·新知三联书店，533.

本、儿童文学创作和儿童文学读者接受三个相互影响的方面。细读儿童文学作品，研究者们借助后殖民理论和女性主义（Feminism）批评首先关注到儿童文学中表现出的种族压迫和性别不平等等问题。与此同时，书籍（book）审查制度（censorship）的变化也影响了读者对于种族和性别问题的重新认识。马克·吐温的《哈克贝利·费恩历险记》和劳拉·英格斯·怀尔德（Laura Ingalls Wilder）的《小木屋》故事因涉及不当用词和对印第安土著群体的负面描写而受到重新审查，“可能会削弱部分儿童文学的经典地位”[1]。

近年来，儿童文学与成人文学间界线的模糊，促使研究者们对儿童文学叙事特征极为关注，探索儿童文学中复杂的叙事声音。在佩里·诺德曼、芭芭拉·沃尔（Barbara Wall）和佐哈尔·沙维特（Zohar Shavit）等研究者看来，成人读者才是儿童文学的真正受众（audience），成人叙事声音隐藏于儿童文学之后，传递成人（adult）价值观念。由此，形成了成人作者对儿童读者的压迫关系。从巴赫金狂欢化理论视角出发，研究者们探究儿童叙事声音的出现对成人权威的颠覆。基于叙述者与受述者关系的争论，研究者们的研究开始关涉儿童文学接受问题，如《哈利·波特》系列、《黑暗物质》三部曲、《饥饿游戏》三部曲等现代儿童文学作品同时也受到成人读者的青睐。从读者反应批评（reader-response criticism）视角出发，研究者们发现儿童读者和成人读者相异的人生经历填补出不同的文本空白。

除了上述研究外，生态问题和儿童能动性研究亦是研究者们关注的焦点。在后现代语境中，“上帝之死”与“人之死”否定了人的所有信仰，人的主体性遭到解构。儿童文学为人类看待自身提供了最本源的方法，《地海传奇》系列和《黑暗物质》三部曲都借助道家思想，否定人类中心地位，将人还原为宇宙万物的组成部分。

成人文学研究理论应用于儿童文学研究，不仅证明儿童文学地位的提升，也促使儿童文学研究者运用相关理论挖掘儿童文学自身独特的审美价值。我国学者的理论亦适用于儿童文学批评，如聂珍钊的文学伦理

1 张生珍 . 2020. 儿童文学批评方法、审查制度、发展与挑战：马克·韦斯特访谈 . 当代外国文学 . 3：157.

学批评和申丹的双重叙事动力研究为儿童文学研究提供新思路，推动我国儿童文学批评话语的构建。

历史小说 HISTORICAL FICTION

历史小说（historical fiction）是主要以过去的历史为背景进行文学创作的一种文学形式。爱玛·奥沙列文（Emer O'Sullivan）给出的定义是："历史小说通常指的是一种现实主义（Realism）叙事，故事（story）发生的背景有可能比创作的时间要早 50 年。"[1] 珍妮特·费希尔（Janet Fisher）认为，这类小说有两种类型，第一类"以真实的历史人物作为主角"；另一类则是从"虚构人物的视角"来看待历史事件[2]。学界一致认同历史小说是虚构与现实的混合。19 世纪早期作家沃尔特·司各特是此类题材的开创者。

历史小说的一个分支是儿童历史小说，包含部分以成人（adult）为目标读者的历史小说，如查尔斯·金斯利的《西行记》（*Westward Ho!*，1885）、查尔斯·狄更斯的《双城记》（*A Tale of Two Citie*，1859）、马克·吐温的《王子与贫儿》等作品。该领域也逐渐开始出现特定为儿童（children）创作的历史小说，如弗雷德里克·马里亚特的《加拿大的定居者》（*The Settlers in Canada*，1844）、《新森林的孩子们》（*The Children of the New Forest*，1847），乔治·阿尔弗雷德·亨迪于 1868 年创作的儿童历史冒险故事《潘帕斯草原》（*Out on the Pampas*），威廉·亨利·吉尔斯·金斯顿的《年轻的王公》（*The Young Rajah*，1876），伊迪斯·内斯比特（Edith Nesbit）的《寻宝者的故事》（*The Stary of the*

1 O'Sullivan, E. 2010. *Historical Dictionary of Children's Literature*. Plymouth: Scarecrow Press, 124.

2 Fisher, J. 1996. Historical fiction. In P. Hunt (Ed.), *International Companion Encyclopedia of Children's Literature*. London: Routledge, 365.

Treasure Seekers，1899）等。儿童历史小说不仅会叙述过去的历史，还能从当代的角度剖析历史中的社会弊病，如杰弗里·特雷斯[1]（Geoffrey Trease）的《叛乱的线索》（*Cue for Treason*，1940），其中主人公对伊丽莎白时代的社会不公进行批判，充满讽刺意味；罗纳德·韦尔奇（Ronald Welch）的《十字军骑士》（*Knight Crusader*，1954）讲述了战争的残酷与宗教的腐朽。另外，劳拉·英格斯·怀尔德的《小木屋》系列故事更集中于描写 19 世纪的美国西部历史，同样被视为一部经典的历史小说。

20世纪下半叶，"儿童历史小说进入了黄金时代"[2]，故事的主题和叙事角度更加多样化，奥沙列文也指出这一阶段的变化：奴隶制、少数族裔的形象，以及灾难叙事都在作品中有所体现[3]。灾难叙事集中于展现第二次世界大战的影响，如汉斯·彼得·里希特（Hans Peter Richter）的《弗里德里希》（*Friedrich*，1961）、伊恩·塞雷利耶（Ian Serraillier）的《银剑》（*The Silver Sword*，1956）和吉尔·帕顿·沃尔什（Jill Paton Walsh）的《柳兰》（*Fireweed*，1969）。直至今日，儿童历史小说仍不断呈现出全新的主题和富有深度的思考。

鲁滨孙式传统 ROBINSONADE

丹尼尔·笛福的《鲁滨孙漂流记》作为英国现实主义（Realism）小说的开端，一经出版便大获推崇，并成功在欧洲引起了创作模仿潮流，

1 O'Sullivan, E. 2010. *Historical Dictionary of Children's Literature*. Plymouth: Scarecrow Press, 125.

2 Fisher, J. 1996. Historical fiction. In P. Hunt (Ed.), *International Companion Encyclopedia of Children's Literature*. London: Routledge, 366.

3 O'Sullivan, E. 2010. *Historical Dictionary of Children's Literature*. Plymouth: Scarecrow Press, 125.

这种类似的情节设定叫作鲁滨孙式传统（Robinsonade）。

经典的鲁滨孙式传统是指主角由于突发事件流落到人迹罕至、与世隔绝之地。故事（story）通常以船只失事、流落荒岛开篇，主角须立即领悟如何用手边稀少的资源践行生存之道，最终的结局通常是主角回归文明社会。《鲁滨孙漂流记》所隐喻的是孤独、自力更生、海难求生、陌生环境和陌生个体，建立文明及回归文明社会的历程[1]。其中荒岛所代表的原型隐喻是孤寂，即主角如何处理孤独、恐惧和消沉等情绪。

鲁滨孙式传统在儿童文学（children's literature）中体现在三个方面。一是对《鲁滨孙漂流记》为儿童（children）再改编和再创作。作为较早被改编为儿童经典的成人作品，《鲁滨孙漂流记》成为许多作家创作的灵感源泉。教育家约阿希姆·海因里希·坎普创作的《少年鲁滨孙》是第一本改编自《鲁滨孙漂流记》的儿童读物，这本书在国际上获得巨大的反响并且成为德国最成功的儿童读物之一。瑞士牧师约翰·大卫·怀斯创作的《瑞士鲁滨孙一家》也是著名的鲁滨孙式作品。二是在儿童文学中的鲁滨孙式传统一般展现了儿童的自治，即儿童如何在没有成人（adult）的监护和照料下，历经海难而生存下来并建立起自己的家园（home），此类作品彰显儿童独立的叙事挑战了成人和儿童之间的等级制度[2]。在《蝇王》中，威廉·戈尔丁展示了一个与传统鲁滨孙叙事截然不同的海难求生故事，儿童的自治带来了灾难性的后果。三是许多19世纪创作的鲁滨孙式传统小说，较为明显的有鼓吹殖民和帝国主义之嫌，如弗雷德里克·马里亚特的《绝岛奇谭录》（*Masterman Read*，1841）、罗伯特·迈克尔·巴兰坦的《珊瑚岛》、罗伯特·路易斯·史蒂文森创作的《金银岛》和儒勒·凡尔纳创作的《神秘岛》（*The Mysterious Island*，1875）。

进入20世纪，科幻小说（science fiction）的繁荣使得一种新的鲁滨孙式传统渐渐兴起，流落荒岛变成了前往外星球或新世界，海难变成

1 Sundmark, B. 2016. The child Robinsonade. In C. Kelen & B. Sundmark (Eds.), *Child Autonomy and Child Governance in Children's Literature*. London: Routledge, 84.

2 同上。

了飞船失事。故事背景通常设定在月球、金星和火星，如约翰·坎贝尔的《月球即地狱》（*The Moon is Hell!*，1950）、菲利普·莱瑟姆（Philip Latham）的《金星上的五人》（*Five Against Venus*，1952）和雷克斯·戈登（Rex Gordon）的《火星生存》（*First on Mars*，1957）。

罗宾汉 ROBIN HOOD

罗宾汉（Robin Hood）是英国传奇故事中的侠盗，他劫富济贫，伸张正义，是19世纪文学作品中的经典形象。在传奇故事中，罗宾汉有着不畏强权、敢于反抗社会不公的侠义精神。罗宾汉这一词最早可追溯到中世纪时期，出现于民间歌谣中，之后他的传奇故事成为民间传说（folklore）的一部分，受到儿童（children）的欢迎。

威廉·朗格兰（William Langland）在叙事诗《耕者皮尔斯》（*The Vision of Piers Plowman*，1370—1386）中提到罗宾汉，此时他只是伯爵身边的一个小角色，1420年安德鲁·温顿（Andrew Wyntoun）在《苏格兰纪事》（*Original Chronicle of Scotland*，1903—1914）中将罗宾汉出现的时间定位到1283年至1285年间，罗宾汉变成一位勇于反抗王权的斗士[1]。之后，在不同的文学作品中，罗宾汉的形象被赋予了更多的时代意义。1979年，约瑟夫·里森（Joseph Ritson）出版了第一本罗宾汉故事集《罗宾汉：古代诗歌和民谣集，那位著名的侠盗》（*A Collection of All the Ancient Poems, Songs and Ballads, Now Extant, Relative to That Celebrated Outlaw*），这本书因其出色的编辑与严密的逻辑，对侠盗传奇文学的发展产生了重要影响[2]。里森认为，罗宾汉于1160年出生于诺丁汉郡的洛

---

1 Cawthrone, N. 2010. *A Brief History of Robin Hood: The True History Behind the Legend*. London: Constable & Robinson Ltd, 31–33.

2 Crook, D. 2020. *Robin Hood: Legend and Reality*. Suffolk: The Boydell Press, 73.

克斯利，之后突逢变故，罗宾来到森林避难，他和小约翰共同组建了一个上百人的队伍，还有一位叫作玛丽安的女伴，他们经常打击当地权贵势力，帮助贫苦百姓[1]。罗宾汉这一传奇人物深受文人墨客的喜爱，诗人约翰·济慈、詹姆斯·利·亨特（James Leigh Hunt）、威廉姆·詹姆斯·林顿（William James Linton），小说家沃尔特·司各特、托马斯·拉夫·皮科克（Thomas Love Peacock）、罗杰·吉尔伯特·兰斯林·格林（Roger Gilbert Lancelyn Green）等都在作品中提及罗宾汉。

关于儿童文学（children's literature）中的罗宾汉形象要从皮尔斯·伊根（Pierce Egan）的创作说起[2]，他所写的罗宾汉传奇故事大受欢迎，尤其是 1840 年的《罗宾汉与小约翰》（*Robin Hood and Little John*）。大仲马就曾以皮尔斯·伊根罗宾汉小说为基础创作了两部罗宾汉小说。1841 年约瑟夫·坎德尔（Joseph Cundall）创作了儿童插画书《罗宾汉与他的伙伴们》（*Robin Hood and His Merry Foresters*，1841），这些读物被儿童接受与阅读。对儿童影响最大的还是美国作家霍华德·派尔的《罗宾汉的快乐冒险故事》（*The Merry Adventure of Robin Hood*，1883），非常适于儿童和青少年（young adult）阅读，自此，罗宾汉传奇走进儿童文学的行列[3]。20—21 世纪，罗宾汉的形象逐渐走向荧幕，如 1922 年阿伦·德万（Allan Dwan）执导的《罗宾汉》（*Robin Hood*）默片、1950 年英国电视连续剧《罗宾汉的冒险故事》（*The Adventure of Robin Hood*，1950）、1973 年迪士尼动画版《罗宾汉》（*Robin Hood*）与 1991 年以罗宾汉为主角的电影《盗贼王子》（*Prince of Thieves*，1991）等。很多文学批评家与历史学家也对罗宾汉的形象或人物进行探讨。罗宾汉已成为文学作品中的经典形象，并且受到儿童文学作家的青睐，成为重要的创作素材。

1 Crook, D. 2020. *Robin Hood: Legend and Reality*. Suffolk: The Boydell Press, 75.

2 同上，79–80.

3 同上，77–80.

马驹故事 HORSE AND PONY STORY

儿童文学（children's literature）中常见以动物为主角或者叙述者的小说，而马匹又是动物小说中最常出现的形象。人类对马有一种特殊的感情，这与骑士文化和马匹在生活中所扮演的重要角色是分不开的。在西方，很多绅士家庭的孩子在少年时期便能够拥有自己的小马驹，学习骑术。因此，马驹成为其童年（childhood）或少年时期的重要伙伴。马驹故事（horse and pony story）的经典文本是安娜·休厄尔（Anna Sewell）的《黑骏马》，并且它是第一本被儿童（children）阅读和接受的有关马驹的故事（story）[1]。直至20世纪，这类题材才逐渐受到大众的欢迎。例如，1926年，威尔·詹姆斯（Will James）的小说《牧牛小马斯摩奇》（*Smoky, the Cowhorse*）与1929年穆里尔·瓦斯（Muriel Wace）的《荒野摩西》（*Moorland Mousie*），两者都是马驹的自传体小说。1935年，伊妮德·巴格诺德（Enid Bagnold）的《玉女神驹》（*National Velvet*）首次出版，之后乔安娜·卡南（Joanna Cannan）创作了她的第一本马驹系列小说《给琼的小马》（*A Pony for Jean*，1937）。这类马驹故事注重刻画人与马之间的共同成长与友谊。在之后的几十年中，马驹故事一直很受欢迎，如1937年普利茅斯·卡明（Primrose Cumming）出版的《银丝带》（*Silver Snaffles*）、1946年玛格丽特·亨利（Marguerit Henry）出版的《贾斯汀·摩根有一匹小马》（*Justin Morgan Has a Horse*）、1941年玛丽·特雷德戈尔德（Mary Treadgold）出版的《我们不能离开黛娜》（*We Couldn't Leave Dinah*）、1981年茹玛·高登（Rumer Godden）出版的《黑马》（*Dark Horse*），以及1994年澳大利亚作家艾琳·米切尔（Elyne Mitchell）出版的《银驹》（*Silver Brumby*）系列小说等。

直至21世纪，该题材仍然活跃在儿童文学领域，如安吉拉·多尔西（Angela Dorsey）的马驹小说等。"这一题材最早出现于20世纪

1 O'Sullivan, E. 2010. *Historical Dictionary of Children's Literature*. Plymouth: Scarecrow Press, 128.

二三十年代，在战后马术繁荣期达到创作的高峰期。”[1] 她总结马驹故事的四种类型：以马驹为主角的自传体小说、驯马故事，讲述主人公驯服马驹的经历，与马驹相关的历险及纪实性的马驹故事[2]。一些作家会采用隐喻的手法，以马驹代指社会上被压迫的女性，如《黑骏马》中名为“生姜”的马驹，因此，评论家有时会将书中的马驹形象与女性研究（woman study）相联系。

漫画小说 GRAPHIC NOVEL

《牛津英语词典》（*The Oxford English Dictionary*，简称 OED）将“漫画”定义为“绘画或绘画的或与绘画相关”，将“小说”定义为“长篇虚构叙事”，但漫画小说（graphic novel）的含义远不止这两个部分的总和。漫画小说有许多不同的类别，如漫画、个人叙事、非小说和漫画医学，它们使用漫画小说的形式来讲述一个故事（story）。漫画小说将插图和文本混合在一起，讲述各种各样的故事，从而创造了一种独特的阅读（reading）体验。从经典名著的改编（adaption）到现代最受欢迎的作品，再到适合所有年龄段的小说和非小说类新作品，漫画小说为读者提供了一种不同的阅读方式。阅读漫画小说可以在不同方面给读者带来益处，如培养同理心、提高独立阅读能力、培养理解能力并提升批判性思维水平。

一些家长、教育工作者和图书管理员可能会认为漫画小说过于娱乐，不适宜儿童（children）阅读。事实上，如今漫画小说的种类繁多，尽管并非所有漫画小说都是为儿童设计的，但每年都有大量专为儿童创

1 Haymonds, A. 1996. Pony books. In P. Hunt (Ed.), *International Companion Encyclopedia of Children's Literature*. London: Routledge, 357.

2 同上。

作的漫画小说问世。而且，很多漫画小说与经典文学有着相同的文学主题。例如，杰夫·史密斯（Jeff Smith）的史诗冒险作品《骨头》（*Bone*，1996）与《伊利亚特》和《奥德赛》有许多相似之处。再如，故事中包含的经典人物形象与情节：冒险英雄与未知命运的抗争，智者的引导及巫师（wizard）等。漫画小说还经常使用与神话（myth）相同的主题，从而与神话形成互文性（intertextuality），有利于儿童理解神话故事的书写模式，提高儿童读者对经典文学的兴趣。

除此之外，漫画小说在国际上越来越得到更多文学协会的认可。美国图书馆协会（American Library Association，简称 ALA）每年推出青少年优秀漫画小说年度榜单。针对学前班到八年级阶段的读者，协会在 2011 年又增加了每年更新的优秀漫画小说集。2014 年，协会向图书馆提供了威尔·艾斯纳漫画小说奖助金（Will Eisner Graphic Novel Grants for Libraries），以证明他们长久以来对这种文学类型的支持。该奖助金每年颁发两次，以支持图书馆和图书馆员对漫画小说在不同社区的推广。2015 年，茜茜·贝尔（Cece Bell）的漫画小说《爱尔迪》（*El Deafo*，2014）获得了艾斯纳奖（Eisner Award）。这本回忆录还因其对儿童文学（children's literature）的贡献被授予纽伯瑞奖（Newbery Medal）。2016 年，维多利亚·贾米森（Victoria Jamieson）的畅销漫画小说《滚轴女孩》（*Roller Girl*，2015）获纽伯瑞奖。

媒介 MEDIA

媒介（media）的研究具有很大的争议性，因为探讨媒介在书籍（book）发展中的作用本质上是研究文化的传播。在儿童文学（children's literature）中，媒介更多指的是除了印刷之外的形式。媒介研究更侧重新媒体的发展对传统传播方式的影响，如信息的传播从传统的报纸、杂志等纸媒，到广播、电视等数字媒体，甚至是同步进行。读者可以通过在不同媒体上所获得的故事内容，对原本的故事（story）进行补充，形成一个更为完整多元的故事体系。例如，约翰·罗纳德·瑞尔·托尔金所描绘的中土世界（Middle-earth），其中的细节就散落在不同的媒体平台上，这些细节相互串联又相互质疑，构成了更为完整的世界观。

媒介的发展促进了儿童文学的发展，这一点从《哈利·波特》系列的爆炸性影响中就可以一窥。该系列的最后一部作品《哈利·波特与死亡圣器》（*Harry Potter and the Deathly Hallows*，2007）在发售当天仅在美国就售出了 830 万册，而第一部《哈利·波特与魔法石》仅起印了 5000 册。随着媒介的发展，《哈利·波特》系列已经遍布在各种平台，拥有自己独立的网站及庞大的粉丝群体，通过媒体的不断宣传和粉丝在各个平台的二次创作，成为儿童文学经典（canon），不断地吸引新读者。同时，翻译（translation）也属于一种传播媒介，儿童文学通过不同语种的译本获得非本国语的读者。对于双语读者来说，读原文和译文就像是体验跨媒介叙事一样，翻译为他们提供了一个替代和补充原文的版本[1]。

媒介的发展使得儿童（children）能够有渠道发表自己的看法，如在博客或社交媒体上发表自己的感想，或是在某些事件后留下自己的评论。这也为儿童文学作家提供了最真实、最鲜活的思想。同时，儿童 / 青少年（young adult）也试图转变在以往文学中的被动位置，通过在网络上进行创作，努力扩大未成年群体的影响力。虽然传播形式发生了变化，但是儿童文学的文字构成并没有发生变化。成功的儿童文学作品必定是以耐人寻味的文字和经久不衰的立意，给世界不同国家不同地区的儿童带来持续的感动和影响。媒介的发展对有关儿童故事（children's story）的传播贡献了力量，但同时儿童文学的品质也应是媒介传播应考量的重要维度。

1 Kérchy, A. & Sundmark, B. 2020. Introduction. *Translating and Transmediating Children's Literature*. New York: Palgrave Macmillan, 4–5.

美国图书馆协会

AMERICAN LIBRARY ASSOCIATION

美国图书馆协会（American Library Association，简称 ALA），成立于 1876 年 10 月 6 日，是世界上历史最悠久、规模最大的图书馆协会，旨在改进图书馆的信息服务，满足公众的信息、资源需求。ALA 共设立 8 个分部，其中包括儿童图书馆服务协会（Association for Library Service to Children，简称 ALSC）和青少年图书馆服务协会（Young Adult Library Services Association，简称 YALSA），同时 ALSC 颁发儿童文学的（children's literature）相关奖项，如纽伯瑞奖（Newbery Medal）、兰道夫·凯迪克奖（Randolph Caldecott Medal），以及米尔德丽特·L. 巴彻尔德奖（Mildred L. Batchelder Award）等[1]。

ALSC 致力于支持和加强儿童图书馆服务。从创造性的规划和最佳实践到继续教育和职业素养，ALSC 引领着儿童图书馆服务领域的创新。ALSC 组织成员包括 4000 多名儿童（children）和青少年图书管理员、儿童文学专家、出版商、教育（education）和图书馆学校的教员，以及其他致力于参与协会活动并为所有儿童提供健康、成功未来的成年人等。YALSA 汇集了图书馆、教育、研究、青少年发展等领域的主要利益方，为图书馆的开发提供资源，从而提升其服务能力，支持青少年（young adult）学习和进步。YALSA 致力于在整个组织内嵌入公平、多样和包容的原则，并协助图书馆达成此目标。青少年不仅仅是"年龄稍大的孩子"，他们已经达到了一个发展阶段，需要一个具有不同的策略的协会来有效地理解他们、与他们联系并为他们服务。此外，13—15 岁的青少年的需求和能力的发展需求与 16—18 岁的青少年的不同。YALSA 帮助图书馆扩大对青少年的服务范围，更有针对性地为这一群体提供支持、指导和帮助。[2]

1 O'Sullivan, E. 2010. *Historical Dictionary of Children's Literature*. Plymouth: Scarecrow Press, 26.

2 American Library Association. Retrieved Aug. 13, 2021, from ALA website.

米尔德丽特 · L. 巴彻尔德奖

MILDRED L. BATCHELDER AWARD

米尔德丽特 · L. 巴彻尔德奖（Mildred L. Batchelder Award）于1966年由美国图书馆儿童服务协会设立，1968年首次颁发给在美国出版的国外优秀儿童文学（children's literature）的英译本作品。值得注意的是，该奖项同样授予获奖翻译图书的出版商。奖项有金奖与荣誉奖，金奖又称获胜奖，由每年评选出的年度最佳图书及其出版社获得，而荣誉奖相当于亚军奖。米尔德丽特 · L. 巴彻尔德奖以美国图书馆儿童服务协会前任执行理事米尔德丽特 · L. 巴彻尔德（Mildred L. Batchelder）的名字命名。1936年，巴彻尔德加入美国图书馆协会（American Library Association，简称 ALA），并终身致力于促进世界儿童文学翻译作品的创作与传播，进而消除具有不同文化（culture）、种族、国家与语言背景的人们之间的理解屏障。她强调儿童图书翻译（translation）的重要性，认为了解一个国家的经典故事能让人更好地理解不同民族的文化，而童书的翻译是一个国家的儿童（children）了解其他国家文学并进行国际交流的开端。来自不同国家的孩子通过阅读相同的故事（story），可以增进彼此之间的联系和亲近感。如果翻译的书籍（book）很有价值，那么不同国家之间的交流也会更深入、更持久、更具感染力[1]。因此，该奖项设立的目的是鼓励国际优秀儿童书籍的交换与交流，并且肯定美国出版商在儿童翻译作品领域所作出的贡献。[2]该奖项的获奖信息将在每年一月份美国图书协会的仲冬会议（Midwinter Meeting of ALA）上宣布。

米尔德丽特 · L. 巴彻尔德奖为在美国出版的国际儿童图书的翻译与文学质量设立了标杆，同时影响着国际儿童图书的翻译与出版。对于美国出版商来说，被翻译为英语的国际图书逐渐在出版领域获得一席之地，出版量也随之增加。这些书籍为儿童提供一个了解世界的机会，有效地促进了儿童文学界的国际交流与文化传播。

1 Batchelder, M. 1972. Translations of children's books. *Minnesota Libraries*, Autumn, 307–315.

2 Mildred L. Batchelder Award. Retrieved Jul. 22, 2021, from ALSC website.

能动性 AGENCY

"能动性"(agency)一词来源于拉丁语动词agere，意为"行动"。《牛津英语词典》(*The Oxford English Dictionary*，简称OED)将其定义为"能力或行使权力的能力"。社会学家将能动性描述为"行动者独立于社会结构的决定性约束而行动的权力"及"人类活动的意志性、目的性，而不是其被约束性和被决定性"[1]。20世纪90年代，新儿童社会学的学者将儿童(children)创作为协商、塑造和创造身份的积极参与者。作为"个人独立行动的能力"，"能动性"这个术语强调了儿童和青少年(young adult)选择自己要做的事和表达自己想法的能力[2]。这种方法促使研究儿童的历史学家去调查研究儿童是如何"积极地决定他们自己和他们周围人的生活的"[3]。

能动性作为儿童文学(children's literature)和童年研究中的热点问题，最早出现于哲学和社会学概念中。与之相关的代理人/行动者(agent)指的是能够采取行动的人，而能动性指的是采取行动之人具有作出选择的能力。前者从意图性来分析行为，后者则根据代理人/行动者的心理状况和所处境地，从因果关系角度考察其行动的意图性[4]。20世纪90年代，英国社会学家认为应该从儿童和青少年自身的角度探讨儿童文化及儿童与文化(culture)的关系，将儿童视为代理人和社会行动者，强调儿童有能力做出决定并且表达自己的想法。

对儿童能动性的研究对儿童/成人(adult)的二元对立提出了挑战。理查德·弗林(Richard Flynn)曾质疑"能动性"一词是否能够被列为童年(childhood)和儿童文学研究中不可或缺的关键词，他认为，儿童

1 Jary, D. & Jary, J. 1995. *Collins Dictionary of Sociology* (2nd ed.). New York: HarperCollins, 10.

2 James, A. & James, A. L. 2008. *Key Concepts in Childhood Studies*. Thousand Oaks: Sage, 9.

3 Heywood, C. 2001. *A History of Childhood: Children and Childhood in the West from Medieval to Modern Times*. Cambridge: Polity, 4.

4 Schlosser, M. 2021. Agency. *Stanford Encyclopedia of Philosophy*. Retrieved Nov. 17, 2020, from Stanford Encyclopedia of Philosophy website.

的形象是无助弱小的，通常并不具有能动性，也无法创造自己的文化[1]。克里斯汀·亚历山大（Kristine Alexander）认为，在儿童和青少年研究中使用“能动性”这个词时需要更加谨慎，因为时常有人将能动性等同于反抗（resistance）[2]。针对能动性的讨论通常无法摆脱对成人和儿童关系的讨论。借助能动性视角，审视儿童/青少年在故事（story）中和现实生活中应扮演的身份，能促进对儿童文学功能和价值的考量。对能动性的关注提供了另一种看待儿童的视角，使儿童不再被视为依赖于成人的力量和保护的脆弱群体。一方面，这个词让人想起浪漫的孩子，他们自由、独立、神圣。另一方面，儿童被限制、被定义也被结构性权力体系所否认。这两者之间存在着一系列的变化。青少年的文学及与此相关的讨论，都围绕着这样的矛盾心理展开。

一个多世纪以来的儿童文学，从《秘密花园》到《地海传奇》《女铁人》、《碳日记 2015》（*The Carbon Diaries 2015*，2008）和《碳日记 2017》（*The Carbon Diaries 2017*，2010），再到《偷骨髓的人》（*The Marrow Thieves*，2017）都呈现了作为行动主义者的儿童/青少年如何能够利用其弱势地位，改变并重构权力关系，引领人们走出困境，探索解决环境问题的答案。无论是在文学领域还是现实生活中，儿童似乎总是能理解环境危机的紧迫性，并能采取应对措施，为挽救自然（nature）、重建世界和谐而行动起来。在这些故事中，拯救人类的重任落在了孩子们肩上。正如华兹华斯所说，“儿童是人类之父”，这些故事中的儿童/青少年（young adult）行动主义者可能是改变人类行径的最大希望。

---

1 Flynn, R. 2016. Introduction: Disputing the role of agency in children’s literature and culture. *Jeunesse: Young People, Texts, Cultures, 8*(1): 252.

2 Alexander, K. 2015. Agency and emotion work. *Jeunesse: Young People, Texts, Cultures, 7*(2): 120–121.

拟人化 ANTHROPOMORPHISM

拟人化（anthropomorphism）指将人类特征与思想赋予非人之物，是文学中一种常见的写作技巧。儿童文学（children's literature）作品中拟人化的运用非常普遍，多见于动物小说和幻想小说中。书中的非人生物或物体具有人类的特征和习惯，能自由对话，有的动物或玩偶甚至具备不亚于人类的思考能力。我们所熟知的很多经典儿童文学作品都使用了这一修辞手法，如《爱丽丝梦游奇境记》《柳林风声》和《夏洛的网》（*Charlotte's Web*，1952）等。

动物小说中的拟人化主要体现在两个方面，动物使用人类语言；动物可以进行思考或具备能动性（agency）。正如埃尔文·布鲁克斯·怀特的动物故事《精灵鼠小弟》（*Little Stuart*，1945）中的鼠小弟斯图尔特从穿着与语言上与人类并无二致，《吹小号的天鹅》（*The Trumpet of the Swan*，1970）中天鹅路易斯能听懂人类语言并使用文字。除了描写人与动物之间的交流，动物群体之间的互动也常常展现拟人化的修辞手法，如罗伯特·罗素（Robert Lawson）的《兔子坡》（*Rabbit Hill*，1944），毕翠克丝·波特的《彼得兔》和理查德·亚当斯（Richard Adams）的《兔子共和国》（*Watership Down*，1972）等。拟人化的动物时常也会保留动物的本质，奥沙列文认为，《柳林风声》中的动物们虽然高度拟人化，但仍"受动物本能的控制"[1]。

幻想与童话作品中也经常出现拟人化的物体，如《木偶奇遇记》中的木偶匹诺曹，1995 年皮克斯出品的儿童动画电影《玩具总动员》的玩具们等。幻想作品中，魔法是赋予动植物以人类能力的媒介（media），在《纳尼亚传奇》的魔法世界中，动物们可以自由言语，《绿野仙踪》中铁皮人、稻草人在魔法的作用下行动自如。动物与奇幻小说中的拟人

1 O'Sullivan, E. 2010. *Historical Dictionary of Children's Literature*. Plymouth: Scarecrow Press, 30.

化一定程度上是对人类中心主义的批判[1]。拟人化的手法备受儿童读者的青睐，无论是会说话的动物还是能思考的玩具本质上是为了通过娱乐化、拟人的修辞方法传递情感与教诲，同时一定程度上也展现了万物有灵的哲学理念。

纽伯瑞奖 NEWBERY MEDAL

纽伯瑞奖（Newbery Medal）是由美国图书馆协会（American Library Association，简称 ALA）下设的图书馆儿童服务协会在 1921 年所设立的儿童文学奖项，每年评选一次，又称作纽伯瑞儿童文学奖。它以“儿童文学之父”约翰·纽伯瑞命名，以此纪念他对儿童文学（children's literature）出版所作出的巨大贡献。该奖项设立的提出者弗雷德里克·梅尔彻指出，纽伯瑞奖的宗旨是鼓励原创儿童文学作品，向公众强调儿童文学与诗歌、戏剧（opera）或者小说有着同等的贡献，鼓励为儿童阅读权益作出终身贡献的图书创作者。纽伯瑞奖将授予那些杰出的美国儿童文学作品，同时委员会也会选出其他值得关注的作家和书籍（book），这部分书籍被认为获得“亚军奖”，1971 年改为“荣誉书籍”（Honor Books）。获奖作品将在每年一月份美国图书馆协会的仲冬会议（Midwinter Meeting of ALA）上宣布。图书馆儿童服务协会的官方网站给出了纽伯瑞奖授予的具体标准[2]：以儿童（children）为潜在阅读对象、对美国儿童文学作出贡献的书籍作品。这些书体现了对儿童（此处儿童被定义为 14 岁及以下）理解力和鉴赏力的尊重。这意味着委员会会考虑所有形式的创作——小说、非小说与诗歌，但再版、汇编和删节本除外。纽伯瑞奖外表以铜色为主，一面是一本打开的书籍，上面

1 Elick, C. L. 2015. *Talking Animals in Children's Fiction: A Critical Study*. Jefferson: McFarland & Company, 6.

2 John Newbery Medal. Retrieved Jul. 22, 2021, from ALSC website.

写有：“对美国儿童文学的杰出贡献”，另一面是约翰·纽伯瑞与孩子们读书的画面。1922 年第一本获得纽伯瑞奖金奖的书籍为亨德里克·威廉·房龙（Hendrik Willem van Loon）的作品《人类的故事》（*The Story of Mankind*，1921），2021 年纽伯瑞奖金奖获奖书籍为泰·凯勒（Tae Keller）的《当你诱捕老虎时》（*When You Trap a Tiger*，2020）。纽伯瑞奖是第一个专为儿童书籍设立的奖项，与 1937 年设立的凯迪克图画书奖一同影响着世界儿童图书的发展，获奖图书在促进阅读教育、文化（culture）多样性、儿童心理健康发展方面起着不可忽视的作用，成为儿童文学领域的风向标。

女巫 WITCH

女巫（witch）起源于盎格鲁—撒克逊单词 wicce，意思是巫师（wizard）或魔法师。跟巫师这个词相比，含有女巫元素的文本通常是推崇与基督教相悖的超自然力[1]。在中世纪以前，女巫会被天主教堂谴责和审判，如 1692 年至 1693 年在美国马萨诸塞州臭名昭著的塞勒姆女巫案（the Salem witch trials）。在大多数国家的民间故事中，女巫一般是会巫术的老妇人，她们用邪恶的咒语伤害儿童（children）。在真实历史中也记载了关于儿童因牵扯巫术而被审判的事件[2]。从 19 世纪起，女巫的形象就经常出现在儿童文学（children's literature）中。

许多文学作品都将女巫描写成屈服于自己欲望的邪恶之人。从 20 世纪 70 年代的女权运动以来，儿童文学中的女巫变成了在父权社会中的受害者，之所以受到迫害，是因为她们所拥有的力量、能力和独立精神，

1 O'Sullivan, E. 2010. *Historical Dictionary of Children's Literature*. Plymouth: Scarecrow Press, 268–269.

2 Bettlé, N. J. 2019. Child-Witches. In J. Dillinger (Ed.), *The Routledge History of Witchcraft*. London: Routledge, 233–234.

例如，《狮子·女巫·魔衣橱》（*The Lion, the Witch and the Wardrobe*，1950）中的白女巫渴求权力，但不为父权社会所容，因为女性追求权力不符合传统社会的价值体系，属于挑战权威秩序的行为。同样，四兄妹中的苏珊和露西可以成为女王，但前提是彼得和艾德蒙得成为王。

当今世界文化（culture）的转变正在型塑着儿童文学中女巫的形象。在乔安妮·凯瑟琳·罗琳的《哈利·波特》系列中，既有善良的女巫也有邪恶的女巫，赫敏·格兰杰作为系列中的主角之一，她的聪慧和能力将主角团队紧紧地团结在了一起并最终战胜了邪恶的一方。尼尔·盖曼在《坟场之书》中描写了人类男主角鲍德与女巫丽扎的友谊。

青少年 YOUNG ADULT

《牛津英语词典》（*The Oxford English Dictionary*，简称 OED）把青少年（young adult）定义为“十几岁或二十出头的人”，世界卫生组织将青少年的年龄界定为 15—24 岁，美国图书馆协会（American Library Association，简称 ALA）下设的青少年图书馆服务协会（Young Adult Library Services Association，简称 YALSA）所服务的青少年年龄范围为 12—18 岁。在儿童文学（children’s literature）领域，20 世纪 60 年代青少年文学逐渐成为一个独立的分支，它继承了儿童文学教诲与娱乐的传统，在此基础上又囊括了更广泛的内容与主题。第一个提出将儿童文学与青少年文学进行区分的学者是萨拉·特里默（Sarah Trimmer），她指出为 14—21 岁的读者群体创作的作品应该属于青少年读物的范畴[1]。

青少年是社会中相对活跃的群体，他们拥有强烈的自我意识，并且期待逃离父母的束缚，与之相对的是，他们渴望将自己的身份与他

1 Talley, L. A. 2011. Young adult. In P. Nel & L. Paul (Eds.), *Keywords for Children’s Literature*. New York: New York University Press, 230.

人融合，进而建立亲密关系或者伙伴关系[1]，因此，青少年文学的主题趋于多元化，尤其是20世纪以来的青少年文学，它更加注重对现实的刻画，“成为时代精神不可分割的一部分”[2]。青少年文学所探讨的话题包括种族、战争、死亡、性、个人主义、环境破坏及同性关系等，其主题也随着时代发展而不断更新。学者们经常提到的经典青少年文学作品有苏珊·依·辛顿的《局外人》、塞林格的《麦田里的守望者》、厄休拉·勒奎恩的《地海巫师》(*A Wizard of Earthsea*，1968)、罗伯特·科米尔创作的《巧克力战争》、洛伊斯·罗伊的《赐予者》(*The Giver*，1993)和苏珊娜·柯林斯的《饥饿游戏》等。

作者们通过文学的方式来传达自己对青春期与青少年的理解，一些青少年文学作者尝试在其中描写一些通常被认为是成人(adult)阅读的内容，以此使即将面对成人社会的青少年能够做出必要的准备。佩里·诺德曼指出：“青少年文学似乎既有儿童文学的特质，又与青少年和各种成人小说的观念相交叉，这使其成为一种相似但和低龄儿童文学截然不同的文学变体”[3]，正因为这种在儿童(children)与成人之间的交叉性特质，青少年文学展现出更多的活力，其中所涉及的一些话题大胆新奇，挑战了人们对青少年文学的传统认知。

身份认同 IDENTITY

“认同”这个词起源于拉丁语，意思是“相同”。在经历了诸多改变后，当代理论家认为“认同”是一种独有的、变化的、个人与社会和

1 Erikson, E. H. 1977. *Childhood and Society*. Boulder: Paladin Books, 237.

2 Suico, T. 2018. Michael Cart's young adult literature: From Romance to Realism (3rd ed.). *Study and Scrutiny Research on Young Adult Literature*, *3*(1): 67.

3 Nodelman, P. 2008. *The Hidden Adult: Defining Children's Literature*. Baltimore: Johns Hopkins Univeristy Press, 97.

文化（culture）交互后所产生的妥协。儿童文学（children's literature）领域对认同的研究大多与社会、宗教、文化、国家、哲学、意识形态等相结合。

儿童（children）的认同感是可以被塑造的。通过与社会和世界接触，以及阅读不同国家地区的文学作品，儿童能够逐渐建立起自己对周围事物的认知。维多利亚时期的许多文学作品以战争和帝国（empire）的发展为题材来塑造英国儿童的国家身份认同和帝国身份认同，亨迪的一系列作品都是以男孩为主角，通过描述其连续的成长经历来鼓励男孩要有男子气概和勇气，从而为以后继续帝国的繁荣而打下基础。有许多儿童文学作品企图以说教的方式达到对儿童的教育目的，刘易斯·卡罗尔则拒绝说教捆绑儿童的认知，鼓励儿童要勇于打破规则，表达自己的想法。在卡罗尔"爱丽丝"系列的两部作品中，爱丽丝勇于反抗权威，勇于展示自己的思想，面对大毛虫的质疑时她一开始确实产生了犹豫，但后来她选择相信自己，将自己变成了自己满意的样子。另一方面，研究者也应认识到，无论是故事（story）中的儿童还是现实世界的儿童，他们的个性复杂立体，并不是单一片面的，如《哈利·波特》系列中的哈利利用隐身衣帮助了许多人，但同时也用隐身衣做出违反规则的事。

卫斯理·莫里斯（Wesley Morris）在《纽约时报》（*The New York Times*）的一篇文章中指出，儿童文学让大众看到了存在于我们自身的多元文化，如转性、双性等[1]。对儿童群体中"他者"（other）的关注使研究者认识到文化多样性的重要性。许多学者从最初就呼吁我们不需要全是白人的、千篇一律的儿童文学作品，而需要关于有色人种、原住民、神经疾病、残疾、不符合浪漫主义（Romanticism）儿童文学特征、多宗教、性转等元素的儿童文学作品。对儿童认知的研究，可以增进对儿童个性和特性的多元认识。同时，通过研究儿童的认知，我们或许能够解答为什么儿童在成年后对社会的认知会发生如此大的变化。

1 Morris, W. 2015. The year we obsessed over identity. *The New York Times*. Retrieved Nov. 8, 2021, from The New York Times website.

神话与传奇 MYTH AND LEGEND

神话与传奇（myth and legend）属于民间传说（folklore）的类别，不同民族有各自的传说，它们都是文化（culture）的重要组成部分。神话（myth）大多涉及人类的起源、创世、发展等，以此来安慰、劝导人类向善。它通常以上古时期为时间背景，具体描写居住在人类世界之外的神明，或者是神与人的冲突、宗教信仰等。神话故事本身作为一种对“人类永恒欲望和命运”的超越具有特殊的价值[1]。爱玛·奥沙利文提出，神话“与一个集体的精神生活或者文化紧密相连，并且构成一个完整的体系”[2]。最广为人知的神话故事莫过于古希腊罗马神话，又被称作古典神话体系（Classical Mythology）。罗马神话是在希腊神话的基础上进行的改编（adaption），人物的名称不同，但有很多共同点，如崇拜具体的神，并且热衷于描述怪物。这两者对西方文学影响深远，诸多文学佳作如《变形记》《奥德赛》《尤利西斯》（*Ulysses*，1920）都与古典神话相关。另一个西方文学经常提及的神话体系属于北欧神话（Norse Myth）。该神话的故事背景建立在辽阔、冰冷的北欧大陆，有全新的诸神体系，如创世神奥丁、雷神托尔、死亡女神海拉。中国也有自己的东方神话体系，以《山海经》为蓝本，书中提到的女娲补天、夸父逐日等故事（story）代代传承，是中华儿女的精神粮仓。在儿童文学（children's literature）中，诸多作品取材于神话，或者说是“复述神话”，如一些童话故事会改编自“后羿射日”“普罗米修斯取火”“诺亚方舟”“西西弗斯”等神话。[3]克莱夫·斯特普尔斯·刘易斯的《纳尼亚传奇》中出现的白女巫和狮王阿斯兰便是古典神话人物的变形，《哈利·波特》的三头犬借用了古希腊神话中的刻耳柏洛斯（Cerberus）的形象。我国的神话故事同样是儿

1 Stephens, J. & McCallum, R. 1998. *Retelling Stories, Framing Culture: Traditional Story and Metanarratives in Children's Literature*. New York: Garland Publishing, 62.

2 O'Sullivan, E. 2010. *Historical Dictionary of Children's Literature*. Plymouth: Scarecrow Press, 178.

3 同上，179。

童读物的来源，“女娲补天”“精卫填海”“夸父逐日”等，均成为儿童（children）必读的故事。“神话提供给儿童一种思考、信仰和行为的特殊方式，解释或者暗示了自我与外部环境的关系”[1]，它作为一种特殊的文类被儿童所接受。

相比之下，传奇偏向于历史故事，而非神与宗教的创造性阐释。其故事情节基于现实又充分发挥了想象力，并继承了特定时期的文学传统。传奇的情节具有相似性，大多是讲述某一人物的成长历程，传递“善恶有报”“正义战胜邪恶”的道德教诲，内容比较适合儿童阅读，因此被纳入儿童文学的范围内。大众熟知的国外传奇故事有“亚瑟王传奇”“血腥玛丽”“德古拉传说”等。中国的传奇故事如“花木兰”“哪吒闹海”“大禹治水”“神笔马良”等会在儿童教学中出现。同样，儿童文学作家会依据传奇拓展并重写一些故事[2]。不管是神话还是传奇，这些故事都起到联系不同代际的作用。新的儿童文学作品不断从神话和传奇中汲取养分，并根据时代需求改写故事，赋予其崭新的时代意义和深厚价值。

受众 AUDIENCE

儿童文学（children's literature）的受众（audience）指的是儿童文学文本的接收者。芭芭拉·沃尔在其 1991 年出版的著作中将儿童文学的受众分为三种类型：单一受众、双重受众（double audience）和兼顾受众（dual audience）。需要注意的是，在我们将受众进行分类时，首先要做的是要对“儿童”“成人”“隐含读者”（implied reader）和“实

1 Stephens, J. & McCallum, R. 1998. *Retelling Stories, Framing Culture: Traditional Story and Metanarratives in Children's Literature*. New York: Garland Publishing, 62.

2 Zipes, J. 1984. The Grimm German Legends in English. *Children's Literature*, *12*: 166.

际读者”（real reader）等在儿童文学理论发展中起到极为重要作用的术语进行明确定义[1]。单一受众指的是仅以儿童（children）为读者，双重受众是指同时将儿童和成人（adult）作为读者，而兼顾受众指的是可在儿童读者和成人读者之间来回切换。

随着时代的发展，研究者认为，儿童也是不断发展的，并明确指出当今的儿童能够理解讽刺和稍微复杂的文字，此前儿童不能立即理解的概念现在可能已经成了普遍的东西。因此当作者以“隐含读者”为目标进行创作时，必须意识到“实际受众”（the real reader）是在不断发展的。作者必须明确儿童可以理解文学，也可以对文本进行质询和反思，同时也可以进行深度思考。

儿童文学的读者不仅限于儿童，优秀的儿童文学作品也能吸引成年人的关注。乔安妮·凯瑟琳·罗琳的《哈利·波特》系列作为引起童书“跨界”讨论的重要作品，在世界范围内掀起了一股史无前例的阅读潮。《哈利·波特》可以被认为是双重或兼顾的文本，但是它的儿童读者具有一个特点，即他们随着每本新书的出版逐渐长大，读者也不难发现后续出版的作品所探讨的话题也逐渐趋于成熟和沉重。因此，在对儿童文学的受众进行分类定义时，需要对受众的范围、受众的延续性、受众的年龄上下限和受众的变化性等进行深度思考和评判。

书籍 BOOK

书籍（book）作为古已有之的文字载体，在文字创作和传播中发挥了重要作用。书籍也是儿童文学（children’s literature）作品或儿童文学评论的重要载体，承载着独特的社会和文化（culture）意义。在维

1 Cheetham, D. 2013. Audience in children’s literature. *English Literature and Language*, *49*: 19–30.

多利亚时期就制成纸版书《简·爱》，为了方便儿童（children）阅读，使用了更耐用的材质，《鲁滨孙漂流记》也曾被制作成删减版的小册子（chapbook），以利于传播。现在的儿童文学书籍倾向于添加生动形象的插画以激发儿童的阅读兴趣，在形式上也不拘泥于单纯的印刷页，而是添加了多种互动形式，如立体翻页书、有声书、触感书等。除此之外，一些儿童书籍已经不拘泥于实物，在网络和各种电子应用中，儿童都可以与文本进行不同形式的互动。

书籍的价值不仅通过阅读（reading）实现，在制作、传播、销售的过程中，书籍还能带来商业价值。书籍出版业的发展也体现了一个国家的社会、经济和地位的发展，儿童书籍的大量出版还体现了一个国家对儿童教育的关注和重视。与此同时，还有许多专为儿童图书设立的奖项来肯定一本图书的价值，如美国图书馆儿童服务协会（Association for Library Service to Childre，简称 ALSC）创设的纽伯瑞奖（Newbery Medal）就旨在褒奖为美国儿童文学作出贡献的人士。这些奖项的设立不仅是对出版企业的肯定，而且更是对儿童文学创作者的肯定。

儿童文学的创作者并不仅仅是成年人，许多儿童也参与到儿童文学的创作中。例如，安妮从 13 岁开始就记录自己避难生活的《安妮日记》，丹麦男孩帕尔·霍尔德（Palle Huld）15 岁时创作《环游世界的少年侦探》（*A Boy Scout Around the World*，1928），黛西·艾什富德（Daisy Ashford）9 岁创作《年轻的来访者》（*The Young Visiter*，1919）。

书籍不仅能帮助儿童 / 青少年（young adult）读者获得成长所需的知识体系，也能带给他们丰厚的阅读体验和审美认识。从长远来看，书籍能帮助读者与不同时代、不同国家的人们建立起联系，为促进世界的多样性和包容性、为构建人类命运共同体提供了绝佳的视野和资源。

体裁 GENRE

体裁（genre）并不是文学作品分类的唯一表达，kind、form、type 等表达相同意思的单词也经常被批评家们使用，这也反映出有关“体裁”概念的争议。彼得·亨特认为，儿童文学（children's literature）不会被轻易地归为某一文化（culture）或学术目录之下，它并不具有某一类文学体裁的纯粹特征，但可以被归入其他不同的体裁中[1]。也有学者认为，体裁代表了社会规范，在每种文化中都不尽相同，因此将体裁看作是一种基于文化的约定俗成。

对儿童文学进行文类界定就要考虑其形式、内容和受众（audience）。起初儿童文学是图书管理员、教师和出版商按照儿童（children）的年龄和阅读理解能力进行的区分，但是儿童文学的受众并不仅仅是儿童，有大量的成人（adult）也会阅读儿童作品。这种受众的复杂性使得儿童文学更加依赖于将体裁作为切入点，通过对不同类型的儿童书籍进行分析，进而追踪儿童文学的发展史和美学价值。许多学术书籍在探讨儿童文学的发展时，更多的是根据不同的儿童文学创作类型进行分析，而并非仅按照时间来排序。

儿童文学所涵盖的创作类型非常丰富。诺顿出版社推出的《诺顿儿童文学选集》是以体裁来探索儿童文学，涵盖了多种儿童文学创作形式——童谣（nursery rhyme）、童话（fairy tale）、动物寓言、奇幻、戏剧（opera）、诗歌、漫画、科幻等。随着儿童文学的发展，儿童文学渐渐开始了将不同主题进行融合的创作之路，如在乔安妮·凯瑟琳·罗琳的《哈利·波特》系列中就融合了校园故事（school story）、哥特、魔法、冒险、家庭（family）、现实主义（Realism）等元素。更早的作品如莱曼·弗兰克·鲍姆的《绿野仙踪》就已经包含了奇幻、冒险、友情、阶级等元素。随着儿童文学不断发展，对于儿童文学体裁的探索也渐渐进

1 Hunt, P. 2011. Children's literature. In P. Nel & L. Paul (Eds.), *Keywords for Children's Literature*. New York: New York University Press, I.

入了更深刻的领域。尼尔·菲利普认为，体裁甚至可以起到某种政治意味的分隔作用，如将非白人儿童局限于特定类型中的黑人儿童文学、拉丁裔儿童文学等。

天真 INNOCENCE

《牛津英语词典》(*The Oxford English Dictionary*，简称 OED)将“天真”(innocence)描述为“免于罪孽、罪恶感或道德错误……没有任何狡诈或诡计”。天真可以指缺失内疚感、狡诈、知识、经验，或指应该避免罪恶等。在词源学上，innocens 的意思是“无攻击性的”(不能伤害任何人)。詹姆斯·琴凯德(James Kincaid)认为，“无知的状态”造成“天真”。当人们坚持认为，儿童(children)天真时就意味着“通过净化儿童身上的任何污点来掏空孩子，也会让他们变得截然不同。无知状态下的儿童就会被视为欲望客体。因此，无明显性别区分的孩子往往更能象征着爱欲”[1]。换句话说，把儿童描述成与成年人完全不同的种类，诸如以外星人、外来生物等赋予儿童以神秘气质。许多研究儿童历史和儿童文学(children's literature)的学者和琴凯德一样，对将天真无邪视为儿童特有的品质持批判态度，反对那些强有力且经常被强调的传统观念，即儿童的纯洁性是与生俱来的。相反，这促使我们认识到，对儿童固有的印象是具有历史偶然性的，是文化建构的结果，而且在现实中可能会损害儿童的健康。

19 世纪，许多人信奉原罪学说，认为人类生来就已经被从亚当那里继承来的堕落所玷污。相信原罪的成年人并不赞美孩子与成年人的不同，而是急于让孩子获得寻求救赎的能力，努力让年轻人更快地走向成

1 Kincaid, J. 1992. *Child-Loving: The Erotic Child and Victorian Culture*. London: Routledge, 175.

熟和受启发的虔诚。研究童年（childhood）的历史学家指出，在18世纪，西方文化开始转变了对儿童的看法，人们不再认为儿童是正在成长中的不完美的成年人，而因为他们天真无邪和真实的品格，儿童是值得被爱护的模范[1]。哲学家让–雅克·卢梭和浪漫主义（Romanticism）诗人威廉·布莱克和威廉·华兹华斯在激发这种情感革命中发挥了关键作用。

19世纪的浪漫主义诗人华兹华斯率先对儿童做出了超前的评价，即“儿童乃成人之父”。他认为，儿童拥有最为纯真的心灵，并且他们对自然（nature）的感受敏锐，想象力丰富。相反，成人（adult）早已在成长过程中受到社会的侵害，被物欲横流、纷繁杂乱的世界污染了心灵，早已失去了童年时期的纯真和自然。而这个世界最为需要的恰是儿童般的纯真和自然，因此诗人才发出“儿童乃成人之父”的感慨，意在指出儿童对于成人的启示较之于成人对儿童的说教要更有意义、更为重要。在此之前，儿童一直都被社会看作为被言说的客体。17世纪末，英国哲学家约翰·洛克提出了“白板说”，即人类在儿童阶段的心灵像白纸或白板一样，只是通过经验的途径，心灵中才有了观念。而18世纪法国思想家卢梭在其著作《爱弥儿：论教育》中阐释了“自然教育”观，要求人们改变对儿童的看法。既不要把儿童置于禁锢的地位，把他们看成待管教的奴仆，也不能把孩子当作缩小的成人，应当把成人看作成人，把孩子看作孩子。他强调通过发挥教育（education）的作用塑造儿童的精神与灵魂。尽管对儿童教育定义有差异，但是他们的出发点基本一致，即儿童作为弱势群体缺乏自我保护，以及做出独立判断的能力，而需要成人的引导或干预。但是“这种干预并非针对个体或单一事件，而是一种将儿童作为一类群体而施予的普遍性行为”[2]。

1 Cunningham, H. 1995. *Children & Childhood in Western Society Since 1500*. New York: Longman Press, 67.

2 张军平. 2017. 谁是《彼得·潘》的读者：儿童小说之成人书写. 外国文学评论，*4*（04）：182.

童谣 NURSERY RHYME

童谣（nursery rhyme）是一种哼唱或者吟诵给儿童（children）的诗歌，它继承了口头文学的传统，并且独具韵律美，包括押韵儿歌、婴儿的摇篮曲等，其目的主要是安抚与逗乐儿童，因此，童谣的内容既有无意义的哼唱，也包括一些指导与教育（education）的歌曲。1824 年，“童谣”（nursery rhyme）一词首先出现在《布莱克伍德的爱丁堡杂志》（*Blackwood's Edinburgh Magazine*）上，在此之前它没有专门的名称，被称作歌谣或民谣[1]。中世纪时期，押韵歌谣常见于一些涉及宗教的戏剧表演中，17 世纪人们将此类歌谣、民谣、酒馆小曲改编为摇篮曲或童谣，以此安抚孩童，成为一种家庭娱乐方式。如“一闪一闪亮晶晶”就源自 18 世纪法国的田园民谣经过删改（expurgation）后它变成脍炙人口的童谣。爱玛·奥沙利文指出：这些创作“是由育儿保留下来的，而不是来自于育儿的目的”，而现在很多童谣在这个时期流传下来，足可见“口述传统的生命力”[2]。童谣通常是代代相传的口头歌谣，所以推算其具体的起源时间较为困难，然而著名民俗学者彼得·奥佩和艾奥娜·奥佩对童谣进行过历史考据，他们的研究提供了大量的史料和准确的时间：1702 年出版的《给孩子的书》（*A Little Book for Little Children*）中包含了两首至今仍享有盛名的押韵诗——《字母歌》（*A Was an Archer*）和《我看见一只孔雀有燃烧的尾巴》（*I Saw a Peacock with a Fiery Tail*）；1728 年由匿名作者所作的“儿歌”（Nurse's Song）也流传下来部分作品，如《小猪去市场》（*This Little Pig Went to Market*）、《嗨，我的小猫》（*Hey, My Kitten, My Kitten*）、《亲爱的乔纳森》（*Oh My Sweet Jonathan, Jonath*）等；1744 年，第一本正式印刷的童谣合集《拇指汤米的歌谣集》（*Tommy Thumb's Pretty Song Book*）由玛丽·库珀（Mary Cooper）出版，其中包含很多古老的童谣，它也成为目前童谣研究的重要历史资料。18 世纪 60 年代，

1 Opie, I. & Opie, P. (Eds.). 1952. *The Oxford Dictionary of Nursery Rhymes*. Oxford: The Clarendon Press, 1.

2 O'sullivan, E. 2010. *Historical Dictionary of Children's Literature* (Vol. 46). Plymouth: Scarecrow Press, 186.

《鹅妈妈童谣》[又被称为《摇篮曲》(*Mother Goose's Melody or Sonnets for the Cradle*)]诞生[1]，关于这本书的确切诞生日期及来源学界仍有争议。1817 年，托马斯·比威克（Thomas Bewick）的插画版《鹅妈妈童谣》出版，《鹅妈妈童谣》是享誉世界的经典童谣集，在历史上印刷出版多次[2]。

图像 IMAGE

《牛津英语词典》(*The Oxford English Dictionary*，简称 OED）阐释了“图像”（image）的多重含义，第一层含义指“对某物的人工模仿与再现”，意指图像、图片；第二层含义是从图像的概念抽象延伸到“一个事物给人的总体印象”，即形象。儿童文学（children's literature）中的视觉表现体现在图像艺术维度，与图像相关度最高的是图画书（picturebook），又称作绘本。图画书是一种图文结合的书籍（book），其中的图画与文字能够互相搭配来传递信息、讲述故事。与单独的插画（illustration）相比，图画书“更像是一个不断变化的集体想象，立足于当下的时间与地点，并且由文化（culture）决定”[3]。其中图像与表意的关系经常是学者们研究的重点对象，尤其是儿童认知与图像的联系，涉及符号学、语言学与图像心理学等领域。对此德比克认为：“在给定的文本中能掌握图画的意义既是一种形式上的训练，也是文化训练。”[4]阅读图画书是训练儿童（children）图像认知能力的一种方式，理解图画

1 通常认为是 1760 年，又一说为 1766 年或 1767 年编纂。

2 Opie, I. & Opie, P. (Eds.). 1952. *The Oxford Dictionary of Nursery Rhymes*. Oxford: The Clarendon Press, 1–45.

3 Beeck, N. 2011. Image. In P. Nel & L. Paul (Eds.), *Keywords for Children's Literature*. New York: New York University Press, 118.

4 同上，117–118。

的能力不仅与脑力发展水平相关，而且还受文化与社会背景的影响，“图像是文化符号的具体表现”[1]。儿童经常阅读的图画书有《彼得兔》《野兽出没的地方》和苏斯博士的作品，如《戴高帽子的猫》《格林奇如何偷走圣诞节》(*How the Grinch Stole Christmas*, 1966)和《老雷斯的故事》(*The Lorax*，1971)等，其中语言与视觉要素的交互作用与双重表达使得故事(story)所传递的信息更加完整。

同时，图像还有另一层含义，即指抽象的、总体的形象。儿童文学中也经常涉及这一点，如儿童的形象、童年(childhood)的形象。批评家认为，形象是可以被构建的。因此，在18世纪的浪漫主义(Romanticism)风潮下，儿童的形象是纯真的、贴近自然(nature)的，与腐化的工业文明形成鲜明的对比。到了19世纪，受现实主义(Realism)的影响，关于孤儿(orphan)、被虐待的儿童之类的描写增多。21世纪以来，儿童文学中儿童的形象具有多元化、多样化、成人化的特点，如杰奎琳·伍德森的作品会探讨性虐待、种族歧视、早熟等要素。童年的书写也是如此，“使用‘童年’这个词或创造其与‘儿童’的相似性是为了激活和测试一个可变形象”[2]，所以形象的产生基于时代的观念与理解，并且将处于一个不断被构建的状态。奥沙利文提出形象学(imagology)是儿童文学研究中的重要领域，它根植于比较文学“研究‘自我’和‘他者’(other)心理形象的文学表达”，儿童文学中所展现的社会、文化规范与人物的形象对“儿童自我的建立”产生着重大影响[3]。

---

1 Albers, P. 2008. Theorizing visual representation in children's literature. *Journal of Literacy Research, 40*(2): 164.

2 Beeck, N. 2011. Image. In P. Nel & L. Paul (Eds.), *Keywords for Children's Literature*. New York: New York University Press, 117.

3 O'Sullivan, E. 2011. Imagology meets children's literature. *International Research in Children's Literature, 4*(1): 3–7.

玩偶和玩具故事 DOLL AND TOY STORY

玩偶和玩具故事（doll and toy story）以“拟人化（anthropomorphism）的玩偶和玩具为主角，在儿童（children）幻想中占有特殊地位”[1]。恩斯特·西奥多·阿玛迪斯·霍夫曼的幻想《胡桃夹子和老鼠王》（*Nussknacker und Mausekönig*，1816）及伯莎·厄普顿（Bertha Upton）和佛罗伦萨·厄普顿（Florence Upton）的《两个荷兰娃娃和一个怪人的冒险》（*The Adventures of Two Dutch Dolls and a "Golliwogg"*，1895）正是早期两大经典作品。这一类型中最著名的作品当属卡洛·科罗迪的《木偶奇遇记》，其意大利语原版出版于1881—1882年，它探讨了成为“人类”和成为“大人”的条件。

玩偶和玩具故事通常能够探索人类和非人类之间的界限，“当故事（story）描述儿童主人和他或她的玩具之间的关系时，可以探索相互之间的感情、忠诚和责任问题。一般来说，玩具或玩偶甚至比儿童主人公更加脆弱”[2]。不同的传统对玩具和人类之间的互动产生不同的制约作用。在某一类故事中，只有当人类不在场时，玩具才会变得有生命力，如“安徒生的《坚定的锡兵》（*The Steadfast Tin Soldier*，1838）和安妮·帕里什（Anne Parrish）的《浮岛》（*Floating Island*，1930），后者是一部以遇难的娃娃家庭（family）为主题的‘鲁滨孙’式海难故事”[3]。而在另外一类作品中，拥有生命的玩具则会与它们的主人互动，例如，在玛格丽·威廉姆斯（Margery Williams）的《天鹅绒兔，或玩具如何变成现实》（*Velveteen Rabbit, or How Toys Become Real*，1922）中，一个孩子的爱给予了他的宠物绒兔生命。同样的互动场景在艾伦·米尔恩的《小熊维尼》和林恩·里德·班克斯（Lynne Reid Banks）的《橱柜里的印度人》（*The Indian in the Cupboard*，1980）中均有体现。罗素·霍本（Russell Hoban）

---

1 O'Sullivan, E. 2010. *Historical Dictionary of Children's Literature*. Plymouth: Scarecrow Press, 88.

2 同上，89。

3 同上。

的《老鼠和他的孩子》（*The Mouse and His Child*，1967）和西尔维娅·沃夫（Sylvia Waugh）的“门尼”系列（*The Mennyms*，1993）则涉及“存在”这一哲学问题。在大获成功的电影《玩具总动员》（*Toy Story*，1995）和《玩具总动员 2》（*Toy Story 2*，1999）中，玩具复活的主题得到了广泛的应用，这些拥有生命的玩具也参与了一场又一场惊心动魄的冒险。

文化 CULTURE

著名的文化理论家雷蒙·威廉斯曾说文化（culture）是英语中最为复杂的几个词之一。拉丁语中的文化 cultura 起源于 colere，意为“滋养”和“崇拜”。探究儿童文学（children's literature）所蕴含的文化其实就是追寻儿童观的变化历程。从华兹华斯开始的浪漫主义儿童观，他认为儿童（children）是成人之父，到卢梭的自然主义儿童观，主张儿童释放自己的天性，自然地成长，再到米兹·迈尔斯（Mitzi Myers）和朱莉娅·布里格斯（Julia Briggs）的启蒙时期儿童观，认为儿童应该发挥主观能动性，最后到尼尔·波兹曼（Neil Postman）的现代儿童观，认为儿童生活在以成人（adult）为中心的文化中。长久以来，成人精英阶层将儿童的天真视为无知，儿童不具有自己的文化，认为他们同大众一样是需要被教化的群体。因此，成人所撰写的儿童文学都含有较强的说教意味，即使是童话故事（fairy story）也会在最后表明故事（story）所传达的教育内涵。然而，儿童并非如成人所设想的那样“天真”，他们对成人关注的政治、经济、道德或性等问题同样有自己的见解。

第二次世界大战之后，青少年群体成为主要的市场劳动力，经济独立使他们开始不自觉地形成自己的文化。在现代社会，青少年文化成为青春与活力的象征，成人对青春的渴望与怀念促使他们接受了青少年文化。青少年文化引发了一系列流行文化（pop culture）热潮的出现，许多经典文本都被改变为电影。《哈利·波特》系列的成功促使了粉丝文化（fandom）、同人文化等兴起，霍格沃茨魔法学校在网络上风靡流行。《暮光之城》系列一经出版便吸引了大量粉丝购买，电影的成功不仅推动了文本销售，还扩大了粉丝群体，既吸引了青少年女性阅读和观影，也吸引了“妈妈粉”的关注，这一现象还引发了评论界对流行文化中出现的歧视大龄女性问题的争论。

儿童文学在促进流行文化产生的同时也受到流行文化的影响。被改编为电影的文学作品往往会迎来第二次销售热潮，甚至成为风靡全球的经典文学。《指环王》电影的成功改编，使研究者们重估《指环王》系列小说的文学价值，同时开始挖掘托尔金其他小说的审美和文化意涵。《黑暗物质》三部曲中《黄金罗盘》改编的电影虽不甚成功，但也使该系列小说销量增加 5000 万册。《纳尼亚传奇》系列改编的电影虽未取得巨大的商业成功，但电影改编在某些方面对文本进行了全新的诠释，更适合现代人的阅读品味。电影增加了苏珊和凯斯宾王子的恋情，削弱了小说中宗教思想价值的传递。

网络的发展使得儿童能够更多地发挥自己的能动性（agency），去做一些能够影响社会和世界的事情，如马拉拉（Malala）为儿童受教育的权利发声，格雷塔·桑德伯格（Greta Thunberg）对环保事业产生了影响。但应该警惕的是，成人对儿童施加控制以达到某些目的，儿童不应当被牵涉进成人的利益纠葛当中，成为斗争的牺牲品。

巫师 WIZARD

通常来说，巫师（wizard）指的是“智者”或“圣人”，后渐渐被用来指代精通魔法的人[1]。现公认已知最早的巫师是亚瑟王故事里的梅林

1 O’Sullivan, E. 2010. *Historical Dictionary of Children’s Literature*. Plymouth: Scarecrow Press, 269–270.

法师。自此许多儿童文学（children's literature）中巫师的形象都受到了梅林的影响，如约翰·罗纳德·瑞尔·托尔金创作的《指环王》系列中的甘道夫，苏珊·库珀（Susan Cooper）创作的《黑暗崛起》（*The Dark is Rising*）系列中的马利曼·莱昂。

同女巫（witch）的邪恶形象不同，巫师从一开始就是智慧和力量的象征。梅林作为亚瑟王的挚友兼导师，一直是睿智、预知、拥有超凡能力的形象。在文学作品中的巫师和女巫往往被放在对立的位置，阿尔弗雷德·丁尼生（Alfredlord Tennyson）所写的长诗《梅林和薇薇安》（*Merlin and Vivien*，1874—1875），讲述了女巫薇薇安向梅林倾诉爱意，却得不到他的回应，而最终选择杀害梅林，在此邪恶的女巫杀死了智慧的男巫。在弗兰克·鲍姆所著的童话《绿野仙踪》中，奥兹国巫师以送多萝西回家为条件要求其杀害西方的邪恶女巫。但并不是所有的故事（story）都在强调男巫与女巫的对立，在乔安妮·凯瑟琳·罗琳的《哈利·波特》系列中，男巫与女巫的关系并不是由性别决定的，而是与他们所处的立场相关，比如哈利与赫敏之间如家人、如战友的情谊。

在儿童文学中，巫师的形象也不总是智慧的长者，同样有许多深入人心的儿童巫师形象，如刘易斯的《纳尼亚传奇》、菲利普·普尔曼的《黑暗物质》三部曲就出现了儿童巫师的形象，他们勇敢坚韧、富有同理心、团结伙伴，往往能帮助众人建立更好的生活环境。

现代主义 MODERNISM

现代主义（Modernism）通常指从 19 世纪晚期到 20 世纪中叶横跨所有艺术领域的一场运动。在这场运动中，许多实践者、批评家和哲学家放弃了古典的形式、风格、表达方式和创造理念。这个词既包含了那些对科技未来持悲观态度，也包含了科学技术能够为所有人实现乌托邦（Utopia）理想。然而，它们共同构成了“一场走向世故和矫饰主义、走向探索精神世界、自我怀疑、注重展示写作技巧的运动，这经常被视为关于现代主义定义的共同特点”[1]。

如果说现代主义本身向着几个不同的方向发展，那么儿童文学（children's literature）和现代主义之间的关系可以说是复杂且矛盾的。这种现象引起了儿童文学研究领域的教学和研究人员的注意，杰奎琳·罗斯认为，儿童作家有意识地抵抗现代主义在文学上的影响，这也是抵制文化变革的一种策略。到 20 世纪中叶，儿童文学成了那些逃避现代主义影响的作家的避难所。罗斯引用了艾萨克·巴什维斯·辛格的一句话以支持自己的观点：“我为儿童（children）而写作是因为在儿童文学中，我看到了逃离疯狂、准备走向终结的文学的最后避难所。”[2] 但是罗斯和辛格不仅没有认识到在 20 世纪出版的儿童书籍中存在许多现代主义的印记，而且也没有认识到现代主义本身高度依赖于儿童是卓越的和鼓舞人心的这一理念。从 20 世纪 90 年代开始，有关儿童文学与现代主义关系的批判作品就倾向于朱丽叶·杜辛贝尔（Juliet Dusinberre）的观点，认为儿童文学非但没有抛弃现代主义，反而成为现代主义思想实验的一片沃土。

现代主义与儿童绘本结合的一个典型例子便是俄罗斯艺术家埃尔·利西茨基（El Lissitzky）的《关于两个红方》（*About Two Red Squares*，1922），这是一个关于六个建筑中的两个正方形的至上主义故事（story）。利西茨基的短篇小说《献给孩子，献给所有的孩子》（*To Children, To All Children*，1922）中，“孩子”的重复强调了这个群体的重要性，包括那些依然保留有童心的人。该绘本选择用红色和灰色两种对比鲜明的方块图像，表现革命的胜利和由此带来的社会改革。儿童文学中有关视觉方面的创作一直是现代主义实验的一个特别重要的领域，因为它们允许艺

1 Bradbury, M. & MacFarlane, J. (Eds.). 1976. *Modernism*, 1890–1930. New York: Penguin Press, 26.

2 Singer, I. B. 1978. Acceptance speech for National Book Award, 1970. Re-used as Nobel speech, 1978. *Nobel Lecture*, 3–10.

术交叉融合，而这正是早期现代主义的兴趣所在。颜色、图形、裁剪和图像（image）配合着文本产生看似简单的作品，却成功地传达了深奥的思想。

现实主义 REALISM

雷蒙·威廉斯认为，“现实主义”（Realism）这个词很难理解，不仅仅是因为其在艺术和哲学上引起的争议，更因为与它紧密联系的两个词“真实”（real）和“现实”（reality）具有非常复杂的语言学历史。现实主义文学不仅是对真实的事件和存在事物的精准再现，更致力于揭示表象背后所隐含的问题与矛盾。

“现实主义”这个词在儿童文学（children's literature）中并没有出现非常明确地定义。“现实主义”在内容上强调对社会现实的关注，杰罗姆·布鲁纳（Jerome Bruner）认为，现实主义叙事不仅可以反映现实，也能够在一定程度上构筑现实。其发展历史从卢梭所倡导的浪漫主义儿童观主张尊重儿童（children）的天性，让其自然、自由地成长，到洛克主张社会和周围环境需要教化和干预儿童的思想和行为，因为儿童是白纸一张，不具有明确的判断能力，再到 18 世纪的启蒙运动提倡的理性（reason）和合理性（rationality）挑战了童话（fairy tale）和幻想文学（fantasy），为实用主义和现实主义文本让路。金伯利·雷诺兹认为，儿童文学中的动物文学（animal story）模糊了现实和幻想的界限，例如，《黑骏马》就从马的视角旁观了“主人公”黑骏马接触过的各类主人，它的遭遇不仅反映了当时的社会发展和变迁，也反映出了人们对待动物的态度[1]。

1 Reynolds, K. 2011. *Children's Literature: A Very Short Introduction*. Oxford: Oxford University Press, 81.

随着儿童文学创作理念的发展，儿童文学逐渐趋于为儿童呈现更加真实的社会。儿童文学中涉及更复杂的主题，如种族、殖民、家庭（family）、性别、性关系、同性恋、司法、校园暴力、残疾、死亡等。梅尔文·伯吉斯（Melvin Brugess）写的青少年小说《坏人》（*Smack*，1998）涉及滥用毒品和政治，巴里·里加（Barry Lyga）的《玩具男孩》（*Boy Toy*，2007）探讨了性虐待。苏珊·依·辛顿在 16 岁时创作的《局外人》，讲述了一群青少年（young adult）之间的手足之情和贫富差距带来的阶级对立，从而呈现青少年的生活现实，以及个体与社会整体之间的对话，等等。中国的现实主义儿童文学作品主要是中华人民共和国成立初期的儿童战争题材，例如，曹文轩的《火印》讲述的就是一匹名叫雪儿的马与主人公坡娃在抗日战争时期的深厚友谊。

小册子 CHAPBOOK

小册子（chapbook）是从 17 世纪到 19 世纪流通的廉价通俗文学畅销书，为贫穷的识字阶层阅读而设计，由小贩或商人出售。《牛津英语词典》（*The Oxford English Dictionary*，简称 OED）中对小册子的定义是由巡回经销商或小册子作者流通的流行文学的样本，而后被图书收藏家等人用“小册子”这个现代名称命名。这些书的长度很短，页数在 16 至 24 页之间，通常有木刻插图，涵盖了广泛的主题，包括“宗教、伦理道德、寓言（fable）、故事（story）、传说（legend）、散文、童谣（nursery rhyme）、自然史、笑话、谜语和讽刺、奇闻逸事、历史、旅行等”[1]。小册子通常不被认为是书。它们的印刷量较小，通常在500册以下。由此，出版商可以出版更多作品。

1 Bishop, W. & Starkey, D. 2006. Chapbooks. In W. Bishop & D. Starkey (Eds.), *Keywords in Creative Writing*. Boulder: University Press of Colorado, 25.

基于传奇故事和浪漫故事改编而成的小册子最受欢迎，如《巨人杀手杰克》《基督教的七个冠军》（*The Seven Champions of Christendom*，1596）、《浮士德博士》（*Doctor Faustus*，1587）。除此之外，广为流传的《伊索寓言》《堂吉诃德》（*Don Quijote*，1605）、《天路历程》和《鲁滨孙漂流记》等也都曾以这种节选形式面世。“小册子从一开始就吸引着英国和美国的年轻读者，而从 18 世纪末开始，年轻读者几乎成了小册子唯一的受众群体。因此，小册子可以被看作是专为儿童（children）制作，在教育读物的基础上进行流行化改良的产物。”[1]小册子流行之后，英国的一便士小说（penny dreadful）和美国的一角钱小说（dime novel）也相继崛起。

小册子的流行也引发了课堂教学的思考。如针对低年龄段学生，教师可限定阅读（reading）和讨论文本，从而实现预期目标；而针对年龄较大的学生群体，写作教师可利用小册子作为教学工具，敦促学生按学期或学年收集和完善个人写作，制作成作品集小册子，作为最终评估的依据。

校园故事 SCHOOL STORY

校园故事（school story）指的是以学校为背景和起因的叙事。这种小说形式起源于英国，是维多利亚时期教育改革的产物，故事（story）一般发生在专为中产阶级和上层阶级开设的现代私立寄宿男校中[2]。托马斯·修斯的《汤姆·布朗的公学岁月》被普遍认为是第一个讲述男校故事的小说，主要集中于讲述男主角汤姆在道德、情感和社会经历上的成长。

1 O'Sullivan, E. 2010. *Historical Dictionary of Children's Literature*. Plymouth: Scarecrow Press, 64.

2 同上，223。

校园故事的主要特征是它发生在一个具有独特价值观、规范和传统的封闭社区中。这个社区包含了长官制度、住宿制度、宿舍间的竞争，还有对游戏和校园男孩的荣誉准则等元素[1]。情节还会包括典型的寄宿学校午夜大餐、违反学校规则、个人或集体接受惩罚、课后游历乡村小镇等活动。其主要强调的品质包括懂礼、国家自豪感、勇敢、忠诚、公正及富有团队精神。符合这些特征的相关代表作品有约瑟夫·吉卜林的《斯托凯与其同党》(*Stalky and Co.*，1899)。与男校相对的是女孩校园故事，代表作品有米德(L. T. Meade)在1886年出版的《女孩的世界》(*A World of Girls*)，讲述了一位自尊好学的女孩海蒂·桑顿与她的伙伴们在学校里发生的故事；畅销作家安吉拉·布莱西(Angela Brazil)在1916年创作的《学校里最幸运的女孩》(*The Luckiest Girl in the School*)，讲述女孩薇诺娜·伍德沃德因家庭贫困，受到奖学金资助才得以进入学校读书，其后通过个人努力赢得众人赞许的故事。

随着20世纪中期教育改革的推行，上学不再是中产或以上阶级的特权，受教育成了理所应当的事。以私立男校为背景的校园故事无法吸引广大的读者，渐渐式微。越来越多的作家开始在传统校园故事中增添创新性的元素。20世纪最著名的校园故事是乔安妮·凯瑟琳·罗琳的《哈利·波特》系列。这个系列讲述了一个魔法世界的校园故事，融合了所有校园故事的经典元素，并添加了一些新的元素，例如，魔法和引人入胜的魁地奇比赛。20世纪末，学校仍然是儿童(children)和青少年(young adult)书籍中最有吸引力的背景设定。在校园背景下，不同背景的儿童相遇并且分享彼此的经历。校园故事也是儿童进行阅读的首选，因为他们可以从中获取校园经验和与同伴的相处之道。尽管校园故事常被批驳与现实的学校情况不符，但是越来越多的作家开始进行更与时俱进的创作，他们将由来已久的主题融入当今的新环境，创作出更多富有时代气息的作品。

1 O'Sullivan, E. 2010. *Historical Dictionary of Children's Literature*. Plymouth: Scarecrow Press, 223–224.

童话剧 PANTOMIME

童话剧（pantomime）属于英国经典戏剧（opera）形式之一，它通过音乐喜剧的形式来讲述童话故事（fairy story），很多表演方式源于维多利亚时期。表演的服装颜色鲜艳、夸张，角色善恶分明，故事（story）简单易懂，通常在圣诞节或其他重大节日期间上演，为英国家庭提供娱乐活动，适合各个年龄段的群体观看。较为流行的剧目包括《阿拉丁》《灰姑娘》《睡美人》和《小红帽》等耳熟能详的童话故事。童话剧的叙事结构以英雄的征程或者冒险奇遇为主，此处英雄由女性扮演，“他”历程磨难最终获得荣誉、财富和公主的青睐[1]。童话剧中还会出现一个滑稽妇人（pantomime dame）的角色，由身穿女装的男性扮演，“她”有时是男主角的母亲或保姆，负责搞怪和调动观众参与演出。异性变装、幽默夸张是童话剧的艺术特征。童话剧的另一个突出特征是互动性，表演注重在与观众的互动中呈现戏剧的艺术效果，同时鼓励观众在表演过程中享受“乌托邦式的、童话式的戏剧世界”[2]。历史上，童话剧与滑稽表演（Harlequinade）紧密相关，滑稽剧和童话剧中会有小丑的形象，其中最为知名的艺人是约瑟夫·格里马尔迪（Joseph Grimaldi）。但随着戏剧形式的发展与节日庆祝需求的增加，童话剧在吸纳滑稽剧、音乐剧和情景剧的基础上形成了自己的风格。维多利亚时期，童话剧是最流行的娱乐方式，被视为“维多利亚时期娱乐文化的重要组成部分”[3]，现在人们仍将童话剧看作后维多利亚时期的遗产。

童话剧有着简单的叙事结构和幽默的语言特征，因此受到儿童（children）的喜爱。当今的童话剧并没有因数字媒体的发展而走向式微，相反，它借助技术进步，包括舞台、灯光、传播媒介等不断更新形式。随着儿童和青少年（young adult）的加入，其表演群体也逐渐扩

1 Taylor, M. 2007. *British Pantomime Performance*. Chicago: Intellect Books: 13.

2 同上，192。

3 Davis, J. (Ed.). 2010. *Victorian Pantomime: A Collection of Critical Essays*. New York: Palgrave Macmillan, 1.

大。英国 2016 年设立了英国童话剧奖（The Great British Pantomime Awards），仅 2020 年就颁发多达 27 个奖项以鼓励演员与创作。观看童话剧已成为英国圣诞节的传统，老少皆宜的表演形式使它被视为庆祝家庭（family）团聚时刻的必备项目。在全球化背景下，它的表演也从英国走向全世界。

一角钱小说[1] DIME NOVEL

一角钱小说（dime novel）通常指代那些为了迎合市场需要，大批量快速完成的耸人听闻的廉价通俗小说。这些作品多以系列丛书或故事周刊连载的形式出现，价格常常低至五分钱或一角钱，在 19 世纪后半期及 20 世纪早期的美国非常盛行。其内容涉及侦探、犯罪、探险、爱情、牛仔、淘金等，主要面向工人阶层和移民，是快餐性的消费品，商业性很强，对于大众生活的意义"类似于 20 世纪后半期的电视"[2]，成为普通老百姓日常消遣娱乐的重要部分。一角钱小说继承了以库柏为代表的西部拓荒故事的特点，以及沃尔特·司各特的历史浪漫主义（Romanticism）色彩，兼具传奇性与历史性，但作为 19 世纪后半期美国工业迅速发展的产物，它们更多地反映了工业文明带来的美国社会价值观的变化，以及个人主义思想遇到的阻力，遵循了"福特主义的数量、整齐划一和速度原则"的生产原则，"将通俗小说的传统转变成孩子们和工人阶层的读者能接受的社会背景"[3]，使文学以易于接受的方式进入大众的日常生活。

1 一角钱小说在英国被称作一便士惊悚小说（penny dreadfuls / shilling shockers）。

2 Ross, C. S. 2011. Dime novels and series books. In S. A. Wolf et al. (Eds.), *Handbook of Research on Children's and Young Adult Literature*. London: Routledge, 196.

3 同上，199。

一角钱小说作家来自各行各业，人数众多，“在 1860 至 1915 年期间有数千人参与了一角钱小说的写作”[1]。具有代表性的一角钱小说作家包括伊拉斯托斯·比德尔（Erastus Beadle）、汤姆斯·哈伯（Thomas Harbaugh）、爱德华·惠勒（Edward Wheeler）、普伦蒂斯·英格拉哈姆（Prentiss Ingraham）、弗雷德里克·马尔马杜克·范·伦斯勒（Frederic Marmaduke Van Rensselaer）等。

一角钱小说对于儿童（children）或青少年（young adult）的成长有着极大的影响，在很大程度上促进了他们的识字能力及辨别是非的道德能力的发展，但也往往因其充斥的暴力情节与凶杀场景饱受诟病，被认为“廉价而具有毒害性”[2]，导致“社会混乱、道德败坏”[3]。但不可否认的是，一角钱小说也塑造了很多励志的英雄人物，南茜·朱尔便是其中一个得到普遍认可的重要人物。作为一个独立自强的女性，南茜·朱尔成了“文化偶像”与“女性主义楷模”[4]，其相关书籍（book）与产品在母亲与女儿之间代代相传。

一角钱小说在 19 世纪美国工人阶层家庭（family）大为流行，却仅仅在 20 世纪 50 年代前后才开始得到大量学者的关注。研究者们从不同的角度切入研究中，如一角钱小说的文类、所体现的西部文学的特点、塑造的女性形象、受众群体特点等。贝多（Pamela Bedore）的著作《一角钱小说与美国侦探小说的根源》（*Dime Novels and the Roots of American Detective Fiction*，2013）可以说开拓了一角钱小说的一个重要研究领域。

一角钱小说中的主角虽然以男性为主，但也包括了大量类似于南茜·朱尔的女性，这与这一时期许多女性开始进入制衣类的工厂成为工人阶层的一员，经济上获得一定的独立性有关，她们也随之获得了更强的平等意识，更多地参与到社会生活中。她们中的许多人自己也成了一

---

1 Cox, J. R. 2000. *The Dime Novel Companion: A Source Book*. Westport: ABC-CLIO, xvii.

2 Bedore, P. 2013. *Dime Novels and the Roots of American Detective Fiction*. New York: Palgrave Macmillan, 2.

3 Ross, C. S. 2011. Dime novels and series books. In S. A. Wolf et al. (Eds.), *Handbook of Research on Children's and Young Adult Literature*. London: Routledge, 196.

4 同上，202。

角钱小说作家或者畅销书作家，对感伤主义文学的兴起起到了推进的作用。范妮·弗恩（Fanny Fern）与《汤姆叔叔的小屋》的作者斯托夫人都是这一时期女性作家中的代表人物。她们的作品从不同的角度抵制了父权社会对女性的压迫，为女性树立了有利于她们成长的典范，她们自己通过写作获得的经济独立也极大地促进了 19 世纪后期的女性意识的觉醒及女权运动的发展。

英国图书馆协会

LIBRARY ASSOCIATION, UK

图书馆协会于 1877 年 10 月 5 日在伦敦成立，起初称作英国图书馆协会（Library Association, UK），后英文简称为 LA。其创建的目的是联合所有从事图书馆工作及对此感兴趣的人士，鼓励文献研究，促进现有图书馆的管理及新图书馆的建立。[1] 1899 年协会创办刊物《图书馆协会记录》（*Library Association Record*）。协会每年召开年会、举办展览。图书馆协会关注图书馆的教育功能并积极推动公共图书馆立法的进行，促进英国图书事业的发展。为了更好地提供信息服务，优化协会结构，2002 年图书馆协会与英国情报科学家学会（Institute of Information Scientists）合并，成立英国图书信息专业协会（The Chartered Institute of Library and Information Professionals，简称 CILIP），致力于改善图书与信息管理，提供民主、平等的社会服务。

1936 年，该协会创立卡内基奖（Carnegie Medal），用于奖励和扶持优秀儿童（children）和青少年（young adult）文学作品。1955 年，创立凯特·格林纳威奖（Kate Greenaway Medal），颁发给面向儿童和青少年优秀绘本，这两项均是英国重要的儿童文学奖项。同时，协

1 Munford, W. A. 1976. A history of the Library Association 1877–1977. *Library Association*, 30.

会创办了奖项追踪计划（Shadowing Scheme），以此鼓励热爱图书的儿童和学校组织并提供教育性活动。计划的参与者可参与追踪选择奖（Shadowers' Choice Award）的评选活动，选出自己喜爱的儿童图书作家。协会下设学校图书馆组织（The School Libraries Group）和青年图书馆组织（The Youth Libraries Group），其中学校图书馆组织为学校的工作人员提供帮助与支持，青年图书馆组织负责上述两个奖项的评选工作，并出版《青年图书评论》（*Youth Library Review*）杂志，旨在为儿童与青少年提供优质的图书阅读服务。协会还提供短期课程，包括在图书馆、数据与信息等方面的模块教学，帮助相关从业人员提升专业水平。[1]英国图书信息专业协会在儿童文学奖项的设立、儿童及青少年图书阅读等方面发挥着重要作用，并通过积极举办国际会议与交流项目，联络其他地区的图书馆与协会组织，共同推动国际图书事业的发展。

英国图书信息专业协会

CHARTERED INSTITUTE OF LIBRARY AND INFORMATION PROFESSIONALS

英国图书信息专业协会（Chartered Institute of Library and Information Professionals，简称 CILIP）于 2002 年 4 月 1 日成立，是英国图书馆员和信息专家的专业组织，由英国图书馆协会（Library Association, UK）和英国情报科学家协会（Institute of Information Scientist，简称 IIS）合并而成。随着美国和英国各地政府对儿童获取信息权力的拥护，英国图书信息专业协会也对儿童读者投注了大量关注。它意识到图书馆工作人员在儿童阅读中所扮演的重要角色，因此鼓励工作人员接受培训。培训内容包括“招聘新所员工时要求他们提供对儿童（children）

1 The Library and Information Association. Retrieved Jul. 22, 2021, from CILIP website.

和青少年（young adult）持积极态度的证明等”[1]。

CILIP 负责颁发的奖章有两种，分别为凯特·格林纳威奖（Kate Greenaway Medal）和卡内基奖（Carnegie Medal）。凯特·格林纳威奖于 1955 年由英国图书馆协会设立，每年颁发给上一年度优秀插画，这些插画都出现在英国本土出版的儿童图书中。卡内基奖于 1936 年设立，用以纪念在苏格兰出生的工业家和慈善家安德鲁·卡内基，每年颁发给上一年度在英国出版的优秀图书。该奖章最初只颁发给英国作家，自 1969 年起，凡是用英语写的、在英国首先出版或同步出版的书，都有资格获奖。卡内基奖最初创建时，委员会的九人只是普通图书馆员，而非儿童图书馆员。不久，卡内基奖项便因其对儿童读物及儿童读者群体的忽视，曾受到多方学者的谴责。近年来，卡内基奖受到媒体广泛关注，因为它开始更多地将奖项颁发给那些适合儿童阅读的书籍（book）。“2014 年，当它再一次为凯文·布鲁克（Kevin Brooks）创作的儿童小说（children’s fiction）《碉堡日记》（*The Bunker Diary*，2013）颁奖时，卡内基奖成了当时最为人热衷讨论的话题。”[2] 因此回顾千禧年伊始到 2010 年之间的十年，不难看出儿童文学（children’s literature）在文学领域中的地位得到了明显的提升。

营销 MARKETING

一直以来，文学和营销（marketing）都紧紧地联系在一起。文学作品离不开出版、发行、宣传、销售等一系列商业手段，但同时又在商

1 Stannard, T. 2008. *The Guardians of Children’s Literature? A Study into the Attitudes of Public Library Staff and Parents Regarding Issues of Censorship of Children’s Books [sic]*. Sheffield: University of Sheffield, Department of Information Studies, 66.

2 Emerson, R. 2019. *Putting the Child Back into Children’s Literature*. Brisbane: The University of Queensland Press, 11.

业化和守护文学信仰和文化（culture）之间矛盾不已，这其实也反映了艺术与商业之间复杂矛盾的关系。在经济学中，营销就是公司采取手段推销自己的商品或服务，而随着商业与文化挂钩，现在的营销已经不仅仅是销售商品本身了，更多的是推送一种生活方式和文化方式。

阅读（reading）这项活动一开始作为上层阶级的娱乐消遣，普通大众很难接触到。丹尼尔·笛福的《鲁滨孙漂流记》首次出版之后，在不列颠群岛和美洲开始出现大量经过内容删减的廉价小书，同样在民众中广泛的传播。英国在 19 世纪实施的教育改革使得普通民众能够参与到阅读这项活动之中，阅读也逐渐成为儿童（children）的娱乐活动。在美国，19 世纪二三十年代的儿童图书营销主要针对图书馆，出版公司会成立针对性的营销小组在全国范围展开业务，而后随着儿童图书的受众（audience）增多，渐渐发展出多样的营销方式，如苏斯博士就曾为他的新书《戴高帽子的猫》开展了全国范围的签名售书活动并大获成功。

国内的出版社也在积极探索童书的销售方式，将童书做成系列进行出版销售，例如，浙江少年儿童出版社推出了“中国幽默儿童文学创作系列”，代表作品有任溶溶的《没头脑和不高兴》、杨红樱的《淘气包马小跳》系列和沈石溪的动物小说系列；或是成立单独的公司运营特定的童书品牌，如皮皮鲁公司对皮皮鲁系列图书的出版、发行和销售；还有将某一特定主题做成一个系列，如二十一世纪出版社集团的《大中华寻宝》系列漫画图书作品。有些出版公司在书的大小上做起了文章，如极小的口袋书或者大开本的图册等。

从某种程度上说，营销正在塑造儿童文学（children’s literature）创作。现在的出版商越来越重视市场导向。正如罗伯特·达顿（Robert Darnton）提出的“沟通循环”（communications circuit）所阐释的那样，图书作者、出版商、印刷商、发行商、销售商和儿童读者构成了一个循环。但是这其中产生的问题值得思考，比如在当今全球化的现状下，营销中无法回避的就是作品的翻译（translation）及如何处理文化差异等问题。

寓言故事 FABLE STORY

寓言故事（fable story）是一种传统文学（traditional literature）叙事体裁（genre），篇幅较为短小，动物常是故事（story）中的主角，这些通常被拟人化（anthropomorphism）的动物，能够像人类一样行动和说话，从而突出人类的愚蠢和弱点。作者将道德启示或人生训诫编织进故事中，明确阐述人生道理，让读者从中获得教育（education）和启发。早在公元前 6 世纪，印度、中国和希腊就创作了许多寓言故事，如中国的《庄子》《孟子》等，许多成语故事如亡羊补牢、守株待兔等也是由寓言故事演化而来的。西方的寓言故事主要源于希腊民间故事集《伊索寓言》。《伊索寓言》的确切出现时间已难以追溯，与其相关的最早文集出现于公元前 4 世纪。古罗马诗人贺拉斯（Horace）、希腊传记作家普鲁塔克（Plutarch）和希腊讽刺作家卢西恩（Lucian）等都对《伊索寓言》故事模式的形成作出了贡献。

寓言故事盛行于中世纪，法国文学家拉·封丹于 17 世纪将寓言推向顶峰，认为寓言的精髓在于道德准则的传递。拉·封丹的寓言充满了辛辣讽刺，嘲讽对象包括宫廷、教会、新兴的资产阶级，甚至对他所处的整个时代都大加挞伐。他的影响遍及整个欧洲，贯穿浪漫主义（Romanticism）时期，俄国的伊凡·安德烈耶维奇·克雷洛夫（Ivan Andreyevich Krylov）是其风格的杰出继承者。19 世纪，随着儿童文学（children's literature）的兴起，寓言故事成为面向儿童（children）的文学类型，成为儿童文学家喜爱的文学形式，其代表作家有刘易斯·卡罗尔、肯尼斯·格雷厄姆、约瑟夫·吉卜林、希莱尔·贝洛克、乔尔·钱德勒·哈里斯（Joel Chandler Harris）和毕翠克丝·波特等。在当代，寓言以更丰富的形式融入儿童文学之中。费利克斯·萨尔登的《小鹿斑比》以寓言形式讲述了主人公的成长故事。乔治·奥威尔（George Orwell）的《动物农场》（*Animal Farm*，1945）同样以动物寓言的形式讽刺了斯大林时期的极权主义。

除《伊索寓言》《克雷洛夫寓言》（*Krylov's Fables*，1869）、《列那狐传奇》（*Reynard the Fox*，1485）等经典西方寓言外，印度的《五卷书》（*Panchatantra*，200 BCE）、日本的《古事纪》（*Kojiki*，711—712 BCE）和《日本书纪》（*Nihon shoki*，720 BCE）中都包含大量的寓言故事。对寓言故事的挖掘与探索，不仅可以溯源儿童文学的发展源流，亦为世界文学的比较、交流与互鉴提供契机。

阅读 READING

阅读（reading）既指"看见文字并理解其中的意思"，还指"读到信息"，因此具有"解读"的意思，表示以某种方式来理解某件事的行为。阅读是一项复杂的活动，在阅读时需要调动人体的多个器官进行配合来达成目的，因此可以将阅读分为阅读文字和理解文意，仅仅这两个步骤便吸引了语言学、心理学、教育学，神经学、人类学等方面的学者对其进行全方位的研究。儿童（children）阅读的初始往往是从最简单的字符开始，渐渐地读写能力开始追赶上口语表达的习得速度。

成年人能指导儿童阅读，尤其在运用技巧去讲述故事（story）时，儿童往往更容易理解[1]。成年人对文本的解读和理解使他们能够在讲述故事的过程中有意识地去强调故事发展的线索，同时在语言表达上会主动替换成儿童更容易理解的单词，因此能够帮助儿童理解文本。儿童的阅读会受到许多因素的影响，如亲子关系、家庭（family）阅读氛围等。甚至整个社会的阅读氛围也会对个体产生深刻的影响。

不同于以往的书本式阅读，随着阅读工具的改变，现今儿童有了更多选择，如电子书、平板电脑上的阅读软件等。此外，书本阅读的呈现

1 Gamble, N. & Yates, S. 2002. Reading and responding to fiction. *Exploring Children's Literature Teaching the Language and Reading of Fiction*. London: Paul Chapman Publishing, 130.

方式也发生了改变，出现了新设计的立体书、触感书，以及绘本和具有互动形式的书籍（book），如马丁·汉德福德（Martin Handford）绘制的《威利在哪里？》（*Where's Wally?*，1987—）就是一本解谜类童书。除此之外，一本童书最终是否畅销需要经过创作者、审查委员会、父母、老师等多方参与，儿童所阅读的文本其实是层层筛选下的产物。

阅读能给儿童带来什么？亨利·詹姆斯将他自己阅读的过程称为"重建"（reconstruction），强调读者在阅读的过程中是积极的，并不只是被动地接受情绪。儿童通过阅读建立起对社会和世界的理解和认知，知晓和了解基本的社会规则，明白自己未来要承担的责任，因此父母在辅助儿童阅读的时候要引导儿童进行思考。随着儿童文学（children's literature）批评研究的深入，跨界阅读现象也成为研究热点，跨界阅读为儿童和成人（adult）的对话提供了有效途径。

侦探小说 DETECTIVE FICTION

"侦探小说（detective fiction）起源于大众读物，包括叙述犯罪行为的小册子（chapbook），以及写犯罪故事的一便士书和一角钱小说（dime novel）。最早以年轻侦探形象为主题的故事（story）之一是1882年发表在《纽约男孩》（*Boys of New York*）周刊上的《年轻的侦探，在芝加哥》（*Young Sleuth, the Detective, in Chicago*）。"[1]

19世纪中期，埃德加·爱伦·坡的作品中也出现了侦探小说，但在爱伦·坡所处的时代，这类作品因过度关注死亡而被忽视。其后随着人们态度的改变，侦探小说得到发展。

1 O'Sullivan, E. 2010. *Historical Dictionary of Children's Literature*. Plymouth: Scarecrow Press, 83.

从 19 世纪末开始，侦探小说成为男女杂志上的热门内容。埃里希·卡斯特纳（Erich Kästner）于 1929 年出版的德语小说《埃米尔和侦探》是第一本以儿童团伙为主角的书，伊妮德·布莱顿的“五个小侦探”系列和“秘密的七人”（*Secret Seven*，1949—1963）系列出版后，以儿童（children）作为主角这一特点得到推广。随之而来的是于 1927 年起发行的神秘系列“哈代男孩”，作者斯特拉梅耶·辛迪加（Stratemeyer Syndicate）自那时起便大受欢迎。

侦探类作品一般都包含冒险故事的元素，如秘密通道、伪装、隐藏的宝藏等，但与此同时，也有一些更为注重推理艺术的系列作品，如唐纳德·索博尔（Donald Sobol）从 1963 年开始出版的《少年侦探布朗百科全书》（*Encyclopedia Brown, Boy Detective*）系列，以及罗伯特·阿瑟（Robert Arthur）从 1964 年开始出版的《阿尔弗雷德·希区柯克和三个调查员》（*Alfred Hitchcock and the Three Investigators*）系列。

部分侦探故事也会突破传统侦探小说中过于公式化的结构和简化的道德观念以引发读者更深层的思考，其代表性例证包括伊莱恩·洛布·柯尼斯伯格（Elaine Lobl Konigsburg）的《来自巴斯尔·E. 弗兰克韦勒夫人的混合文件》（*From the Mixed-Up Files of Mrs. Basil E. Frankweiler*，1977），琼·洛厄里·尼克松（Joan Lowery Nixon）的《黑暗的另一边》（*The Other Side of the Dark*，1986），和鲁思·托马斯（Ruth Thomas）的《有罪》（*Guilty*，1993）等。

侦探小说也在不断自我完善，努力适应时代和市场需求，如增加冒险元素，设置悬疑故事、追逐故事、警匪故事情节等。性和暴力已成为侦探小说的重要元素，除了为小说增加调味品，也促使侦探小说与现实世界建立起联系。有趣的是，在过去几年老式侦探小说的平装本再版出现了明显的回升，新推理作者们的第一本书也纷纷开始重新强调推理。这可能意味着，传统侦探小说正在回归阅读（reading）市场。

自然 NATURE

儿童（children）与自然（nature）的关系一直以来都是文学中的重要话题，卢梭提出的“回归自然”主张，高度重视人与自然之间的和谐。他提出的自然教育就是倡导儿童应在大自然中成长，即接触大自然而不是远离大自然。浪漫主义者也强化了儿童与自然天然的联系和相似性。而儿童文学（children’s literature）中的自然往往带有强烈的“万物有灵”色彩，在童话世界中人类并不是唯一的主角，大自然被看作与人类地位平等的一种存在。在儿童文学中“自然”有多重含义，既可以是花园，也可能是荒野。《秘密花园》中的自然就被赋予了多重含义和能指在其中，“自然”由于人类活动的影响，早已超脱出传统意义上拥有惊人力量的“母亲”形象，而具有了更为复杂和多重的含义。这种观念也反映在反乌托邦（Dystopia）儿童小说（children’s fiction）中。

近年来，人们对成长于“室内与高科技”时代儿童越来越脱离自然的现状表达了强烈的担忧。2005 年，理查德·卢夫提出了“自然赤字障碍”（nature-deficit disorder）一词，指代当今脱离大自然的儿童，并警告这将对人们未来的环境管理造成不良后果。自 20 世纪中叶以来，诸多学者认为儿童对自然世界的直接体验能够促进他们的个人发展。伊迪丝·科布（Edith Cobb）的《童年的想象力生态》（*The Ecology of Imagination in Childhood*，1977）和雷切尔·卡森的《帮助你的孩子产生好奇心》（*Help Your Child to Wonder*，1956）都明确提出童年（childhood）时期与大自然建立联系的重要价值。科布提出与自然接触可以激发儿童的创造力和想象力。20 世纪 80 年代，威尔逊（E. O. Wilson）创造了“自然之爱”这个词，这种“对自然的爱”与人类童年时期对大自然的情感联系起来。随后斯蒂芬·凯勒特（Stephen Kellert）提出了“热爱自然”假说，认为人类天生与自然相关联。可悲的是，在当今西方社会，许多孩子几乎没有机会与自然世界接触。另一方面，气候变化和污染、自然栖息地和生物多样性的丧失及淡水资源匮乏的状况已经严重威胁到人类的生存。

作为对始于 20 世纪环境危机意识的回应，以泰德·休斯为代表的儿童文学作家，在其文学作品中探索了人类和自然世界之间发生的裂痕，试图重构人与自然的相互联系。休斯提倡保护环境，其对自然的感知和保护环境意识始于与自然界密切接触的童年时代。休斯的环境意识和强烈的生态责任感贯穿于他的作品中，早期的动物诗歌关切对当地物种的保护，其后的文学作品如《铁巨人》《女铁人》等尤其突出对自然之爱及重构人与自然紧密关系的渴望，表达了鲜明的环境教育理念。当今学者应审视儿童与自然之间隐含的联系，增加儿童 / 青少年（young adult）文学与文化（culture）中自然地呈现和表达，以加深人们对自然和环境问题的理解。

附 录

英—汉术语索引

abridgment 节略

adaptation 改编

adult 成人

adult based 成人本位

adulthood 成年期

aesthetic criticism 审美批评

agency 能动性

American Library Association，ALA 美国图书馆协会

animal story 动物文学

anthropomorphism 拟人化

archetypal study 原型研究

Astrid Lindgren Memorial Award 阿斯特丽德·林格伦纪念奖

audience 受众

bibliotherapy 书籍疗法

Biennial of Illustrations Bratislava，BIB 布拉迪斯拉发插图双年展

bildungsroman 成长小说

board book 纸板书

book 书籍

Bowdlerize 鲍德勒化

boyhood 男孩时期

canon 经典

Carnegie Medal 卡内基奖

censorship 审查制度

chapbook 小册子

Chartered Institute of Library and Information Professionals，CILIP 英国图书信息专业协会

child based 儿童本位

child-centered theory 儿童中心论

childhood 童年

children 儿童

children's fiction 儿童小说

children's literature 儿童文学

Children's Literature Association，ChLA 儿童文学协会

children's play 儿童戏剧

children's poetry 儿童诗歌

children's story 儿童故事

cognitive estrangement 认知疏离

crossover literature 跨界文学

culture 文化

detective fiction 侦探小说

dime novel 一角钱小说

doll and toy story 玩偶和玩具故事

double audience 双重受众

dual reader 双重读者

Dystopia 反乌托邦

easy readers 简易读物

education 教育

empire 帝国

ethnocentrism 民族中心主义

expurgation 删改

fable 寓言

fable story 寓言故事

fairy tale and fairy tale literature 童话与童话叙事文学

family 家庭

fan fiction 同人小说

fandom 粉丝文化

fantasy 幻想文学

Feminism 女性主义

feminist criticism 女权主义批评

folklore 民间传说

Geek Culture 极客文化

gender criticism 性别批评

genre 体裁

Gentleman Education 绅士教育

girlhood 女孩时期

golden age of children's literature 儿童文学的黄金时代

graphic novel 漫画小说

Hans Christian Anderson Award 国际安徒生奖

Hans Christian Anderson Literature Award 安徒生文学奖

historical fiction 历史小说

home 家园

horror story 恐怖故事

horse and pony story 马驹故事

identity 身份认同

illustration 插画艺术

image 图像

implied reader 隐含读者

information book 科普图书

innocence 天真

interdisciplinary research 跨学科研究

International Board on Books for Young People，IBBY 国际儿童读物联盟

International Research Society for Children's Literature，IRSCL 国际儿童文学研究会

intertextuality 互文性

Kate Greenaway Medal 凯特·格林纳威奖

Library Association, UK 英国图书馆协会

marketing 营销

mass media 大众传媒

media 媒介

Mildred L. Batchelder Award 米尔德丽特·L. 巴彻尔德奖

Modernism 现代主义

myth 神话

myth and legend 神话与传奇

narrative theory 叙事理论

narratology criticism 叙事学批评

nature 自然

Newbery Medal 纽伯瑞奖

nonsense 荒诞话语

nostalgia 怀旧

nuclear family 核心家庭

nursery rhyme 童谣

orphan 孤儿

pantomime 童话剧

paratext 副文本

picturebook 图画书

pop culture 流行文化

posthuman 后人类

Postmodernism 后现代主义

primer 初级读本

psychoanalysis 精神分析学

psychoanalytical criticism of fairy tale 童话心理学批评

puritanism 清教主义

Queer Theory 酷儿理论

Randolph Caldecott Medal 兰道夫·凯迪克奖

reader-response criticism 读者反应批评

reading 阅读

Realism 现实主义

retelling 复述

rhetorical criticism 修辞批评

Robin Hood 罗宾汉

Robinsonade 鲁滨孙式传统

Romanticism 浪漫主义

romantic literature 浪漫主义文学

school story 校园故事

science fiction 科幻小说

size 尺度

social construction 社会建构

story 故事

The Children's Book Council，CBC 儿童图书委员会

The Council on Interracial Books for Children，CIBC 儿童跨种族书籍委员会

The International Brothers Grimm Award 国际格林奖

The International Youth Library 国际青少年图书馆

the real reader 实际受众

theory 理论

Theory of Tabula Rasa 白板理论

tomboy 假小子

traditional literature 传统文学

trans audience 跨受众

translation 翻译

transmediation 跨媒介

trauma 创伤

Utopia 乌托邦

views on children 童年观

voice 声音

witch 女巫

wizard 巫师

young adult 青少年

汉—英术语索引

阿斯特丽德·林格伦纪念奖 Astrid Lindgren Memorial Award

安徒生文学奖 Hans Christian Anderson Literature Award

白板理论 Theory of Tabula Rasa

鲍德勒化 Bowdlerize

布拉迪斯拉发插图双年展 Biennial of Illustrations Bratislava，BIB

插画艺术 illustration

成年期 adulthood

成人 adult

成人本位 adult based

成长小说 bildungsroman

尺度 size

初级读本 primer

传统文学 traditional literature

创伤 trauma

大众传媒 mass media

帝国 empire

动物文学 animal story

读者反应批评 reader-response criticism

儿童 children

儿童本位 child based

儿童故事 children's story

儿童跨种族书籍委员会 The Council on Interracial Books for Children，CIBC

儿童诗歌 children’s poetry

儿童图书委员会 The Children's Book Council，CBC

儿童文学 children's literature

儿童文学的黄金时代 golden age of children's literature

儿童文学协会 Children's Literature Association，ChLA

儿童戏剧 children's play

儿童小说 children's fiction

儿童中心论 child-centered theory

翻译 translation

反乌托邦 Dystopia

粉丝文化 fandom

复述 retelling

副文本 paratext

改编 adaptation

孤儿 orphan

故事 story

国际安徒生奖 Hans Christian Anderson Award

国际儿童读物联盟 International Board on Books for Young People，IBBY

国际儿童文学研究会 International Research Society for Children's Literature，IRSCL

国际格林奖 The International Brothers Grimm Award

国际青少年图书馆 The International Youth Library

核心家庭 nuclear family

后人类 posthuman

后现代主义 Postmodernism

互文性 intertextuality

怀旧 nostalgia

幻想文学 fantasy

荒诞话语 nonsense

极客文化 Geek Culture

家庭 family

家园 home

假小子 tomboy

简易读物 easy readers

教育 education

节略 abridgment

经典 canon

精神分析学 psychoanalysis

卡内基奖 Carnegie Medal

凯特·格林纳威奖 Kate Greenaway Medal

科幻小说 science fiction

科普图书 information book

恐怖故事 horror story

酷儿理论 Queer Theory

跨界文学 crossover literature

跨媒介 transmediation

跨受众 trans audience

跨学科研究 interdisciplinary research

兰道夫·凯迪克奖 Randolph Caldecott Medal

浪漫主义 Romanticism
浪漫主义文学 romantic literature
理论 theory
历史小说 historical fiction
流行文化 pop culture
鲁滨孙式传统 Robinsonade
罗宾汉 Robin Hood
马驹故事 horse and pony story
漫画小说 graphic novel
媒介 media
美国图书馆协会 American Library Association，ALA
米尔德丽特·L. 巴彻尔德奖 Mildred L. Batchelder Award
民间传说 folklore
民族中心主义 ethnocentrism
男孩时期 boyhood
能动性 agency
拟人化 anthropomorphism
纽伯瑞奖 Newbery Medal
女孩时期 girlhood
女权主义批评 feminist criticism
女巫 witch
女性主义 Feminism
青少年 young adult
清教主义 puritanism
认知疏离 cognitive estrangement
删改 expurgation
社会建构 social construction
身份认同 identity
绅士教育 Gentleman Education
神话 myth
神话与传奇 myth and legend
审查制度 censorship
审美批评 aesthetic criticism
声音 voice
实际受众 the real reader
受众 audience
书籍 book
书籍疗法 bibliotherapy
双重读者 dual reader
双重受众 double audience
体裁 genre
天真 innocence
同人小说 fan fiction
童话剧 pantomime
童话心理学批评 psychoanalytical criticism of fairy tale
童话与童话叙事文学 fairy tale and fairy tale literature
童年 childhood
童年观 views on children
童谣 nursery rhyme
图画书 picturebook
图像 image
玩偶和玩具故事 doll and toy story

文化 culture

乌托邦 Utopia

巫师 wizard

现代主义 Modernism

现实主义 Realism

小册子 chapbook

校园故事 school story

性别批评 gender criticism

修辞批评 rhetorical criticism

叙事理论 narrative theory

叙事学批评 narratology criticism

一角钱小说 dime novel

隐含读者 implied reader

英国图书馆协会 Library Association, UK

英国图书信息专业协会 Chartered Institute of Library and Information Professionals，CILIP

营销 marketing

寓言 fable

寓言故事 fable story

原型研究 archetypal study

阅读 reading

侦探小说 detective fiction

纸板书 board book

自然 nature

后记

在历史悠久的文学大系统中，有自觉意识的儿童文学无疑是一个新生事物。在人类文明发展史上，人们对于儿童生命状态、心理发展特征及身心成长过程，对于儿童文学艺术及其教育功能的认知始终处于不断发展与深化的进程中。无论是儿童文学的本体研究，还是儿童文学的跨学科研究，研究者都需要关注儿童文学批评的知识结构体系和理论话语体系，尤其需要掌握相关的批评话语。当然，儿童文学的学科研究特性必定指向有意识的童年叙事和童年文学表达这一独特本质，指向从低幼到青少年阶段的未成年人这样的读者对象。儿童文学的创作和研究必然要考虑不同年龄层次的少年儿童读者的心理认知需求和审美接受特征。这是它与大文学系统的最大差异所在。对于国内的外国儿童文学研究者和中外比较儿童文学研究者，编写一部具有常识性和学术性的关键词工具书无疑是十分必要的。这项工作的初衷是为外国儿童文学研究者提供相关的研究资源、基本概念和参考工具，同时为他们提供考察、研究外国儿童文学的切入点及理论视角和批评方法，促进相关学界、教育者、创作者和出版界对该领域核心问题的关注和研究。本书由张生珍、舒伟共同设计，由中外语言文化比较学会外国儿童文学研究会、国家社科基金重大项目“《世界儿童文学百科全书》翻译及儿童文学批评史研究”的部分团队成员合力完成。张生珍负责统稿、书稿校对、关键术语和后记部分；舒伟负责撰写导言。

参与本书核心概念撰写的具体分工如下（按撰写者姓氏字母顺序）：陈蓼撰写“儿童诗歌”“儿童戏剧”“声音”；惠海峰撰写“浪漫主义”“叙事学批评”“审美批评”“跨学科批评”；霍盛亚撰写“科幻小说”“互文性”；李芳撰写“荒诞话语”；李丽撰写“男孩时期”“女孩时期”“书籍疗法”“经典”；刘爱华撰写“儿童”“童年”“儿童文学”；刘

江撰写“插画艺术”“成长小说”“民族中心主义”；李文婕撰写“性别批评”；舒伟撰写“童话与童话叙事文学”“幻想文学”“童话心理学”“儿童文学的黄金时代”；张国龙撰写“动物文学”；张生珍撰写“改编”“审查制度”“跨界文学”“流行文化”等。刘江、崔筱、刘贻丹、张诗情、刘晓书、刘思睿、谭小玲、吴晓彤、陈淑贤等参与了相关术语、机制（机构）和奖项部分的资料整理工作。崔筱、张诗情和刘江协助参考文献和注释的核对工作。在此一并致谢。

本成果受北京语言大学校级项目资助（中央高校基本科研业务费专项资金）（20HQ03）。特别感谢上海外国语大学庄智象教授、清华大学出版社郝建华编审等专家学者给予的支持和帮助！

作为国内首部外国儿童文学批评关键词著作，本书还有许多需要完善和提升的空间。需要指出的是，本书所遴选的是最重要和最具影响力的术语，并对相关的关键词进行了必要阐发。编撰者将根据中外儿童文学创作和研究的发展状况进行扩充更新，以期更有针对性地为相关研究者及普通读者提供更新的资源。这是一项尝试性和开拓性的工作，不妥之处和谬遗之处还请同行和读者批评指正！